古典文獻研究輯刊

二一編

曾永義 主編

第 7 冊

蘇軾詩論與佛學關係研究

周燕明 著

國家圖書館出版品預行編目資料

蘇軾詩論與佛學關係研究／周燕明 著 — 初版 — 新北市：花
木蘭文化事業有限公司，2020〔民 109〕
目 4+198 面；19×26 公分
（古典文學研究輯刊 二一編；第 7 冊）
ISBN 978-986-518-054-6（精裝）
1.（宋）蘇軾 2. 宋詩 3. 詩評
820.8   109000514

ISBN-978-986-518-054-6

9 789865 180546

古典文學研究輯刊
二一編 第七冊   ISBN：978-986-518-054-6

蘇軾詩論與佛學關係研究

作　　者　周燕明
主　　編　曾永義
總 編 輯　杜潔祥
副總編輯　楊嘉樂
編　　輯　許郁翎、張雅淋　美術編輯　陳逸婷
出　　版　花木蘭文化事業有限公司
發 行 人　高小娟
聯絡地址　235 新北市中和區中安街七二號十三樓
　　　　　電話：02-2923-1455／傳真：02-2923-1452
網　　址　http://www.huamulan.tw 信箱 hml810518@gmail.com
印　　刷　普羅文化出版廣告事業
初　　版　2020 年 3 月
全書字數　192720 字
定　　價　二一編 16 冊（精裝）新台幣 35,000 元　　版權所有・請勿翻印

蘇軾詩論與佛學關係研究

周燕明　著

作者簡介

周燕明，女（1982～）江蘇宿遷人，首都師範大學文藝學專業博士，河北大學博士後研究人員，研究方向爲中國古典文學理論。發表論文主要有：《蘇軾「空故納萬境」與般若空觀》；《蘇軾「靜故了群動」詩學觀與禪宗止觀》；《周濟「寄托出入說」三論》；《詞體弱德之美審美範式》；《從和陶詩看陶淵明人格的詩體意義》等。

提　　要

　　蘇軾詩論與佛學關係，通過編年梳理出佛學對蘇軾生平及詩學影響，進而探討佛學對蘇軾詩學空靜論、自然論、中道觀以及詩禪說的影響。

　　第一章，蘇軾佛禪活動編年。以編年體例，從歷史材料中鉤輯出蘇軾生平與佛學有關佛禪活動和交遊，及詩作中的佛學典故，總結出其佛學思想主要體現在人生苦觀、人生如夢感慨以及出世入世不二的人生態度。並將其一生分爲四個階段，依此可以看出蘇軾佛學思想在貶謫黃州以後漸趨成熟並達到高峰。

　　第二章，分析蘇軾佛學思想成因主要在三個方面：宋代禪宗盛行，家庭氣氛的薰陶和跌宕起伏的政治生涯經歷。分析佛學思想在蘇軾人生中的地位和作用。蘇軾一生得意時儒家思想爲主，積極入世；失意時，以佛道思想調節內心，呈現出儒表釋內的圓融態度。

　　第三章，蘇軾詩學空靜論與佛學。探討佛教般若空觀和佛禪靜觀對蘇軾詩論影響，並從與韓愈詩論「不平則鳴」對比角度，分析佛學空靜論對蘇軾詩論的美學影響。

　　第四章，蘇軾詩學自然論與佛學。在佛教自然觀與道教自然觀比較的視域中，概括佛道自然觀對蘇軾詩學自然觀的影響，體現在情感之自然、表達之自然以及摹物之自然，形成其長於議論的文風、直抒胸臆的表達方式以及晚年平淡美學追求。從與受道家自然觀影響的陶淵明詩論自然觀不同比較中，總結出佛學對蘇軾詩論自然觀的影響主要體現在「心安即是歸處」人生態度，唯心淨土思想及山水詩之理趣三方面。

　　第五章，蘇軾詩學中道觀與佛學。從「出新意於法度，寄妙理於豪放」，「端莊雜流麗，剛健含婀娜」，「發纖穠於簡古，寄至味於淡泊」三點入手，分析蘇軾詩論的中道思想，並在與杜甫詩論中庸觀以及皎然詩論中道觀的比較中分析蘇軾詩論中道觀文質兼取、形神並重、尚意及詩本位等特點。

　　第六章，蘇軾詩禪說。關於詩與禪的關係，蘇軾說：「暫借好詩消永夜，每逢佳處輒參禪。」本章從蘇軾禪詩入手，疏證以詩入禪的歷史脈絡，探討詩與禪之異同。

目次

緒論：蘇軾詩論與佛學關係研究綜述

　　考察蘇軾詩論與佛學的關係對考察佛學對文學的影響以及對宋代士大夫思維方式影響有重要意義。蘇軾詩論思想，主要指蘇軾關於詩歌創作及其規律的理論，兼涉相關詞論。佛學，是指釋迦牟尼佛和其弟子及後代宗師所闡論佛教的各種學說，包括經律論三藏、大小乘以及諸宗義理的學問。受時代環境和家庭環境影響，蘇軾很早就接觸佛教。宋政權建立後，給佛教以適當保護來加強政權統治。北宋三位皇帝太宗、真宗和仁宗都尊禮佛教，因而佛教信仰大盛。北宋中後期，學佛修禪成為文人士大夫的一種風氣。蘇軾父親常跟名僧結交，母親也篤信佛教。但在蘇軾前半生中，像很多士大夫一樣，是積極入世的，主要以儒家思想為主，早年蘇軾對佛教的態度，更多是一種文化上的欣賞。如他的《次韻秦太虛見戲耳聾》，雖然使用「根性空」、「口業」、「五蘊皆是賊」諸多佛教用語，但筆墨恣肆，嬉笑怒罵，無所顧忌。作此詩時距因誹謗罪下獄只有三四個月，這首詩可以看作蘇軾下獄前激憤情緒的集中體現。蘇軾被貶黃州後，自號「東坡居士」。這意味著他思想上的變化：佛學思想成為他在政治逆境中的主要思想和精神支柱。正是佛學思想的影響，他觀察問題比較通達，在逆境中仍能豁達面對。如《金剛經》心無所住的觀念讓他能夠隨緣自適，不同於柳宗元等人對被貶謫的耿耿於懷。這樣的人生態度變化由此而帶來他文風和詩學思想的變化。但似乎蘇軾又沒有完全放下，他像蒼穹中的飛鷹，只是在風雨來臨之時，到佛學的屋簷下暫避風雨，其用世之心仍在。綜其一生，本著實用的態度，其儒家思想、佛學思想乃至道家思想雜糅在一起。

　　蘇軾詩論與佛學之關係研究，主要探討佛學對蘇軾詩論影響。佛學是蘇軾藝術思維的重要資源，但蘇軾詩論與佛學思想關係是較難考察的，有關

佛學思想散見於他的詩文中。考察佛學對蘇軾詩學的影響，可以看出佛學
對蘇軾人生態度乃至文人思維方式的影響，可以看到佛學對詩學批評範式的
影響。

在蘇軾人生思想與佛學關係方面，把蘇軾放到儒釋道三家中研究的作品
較多。張毅《蘇東坡小品》認爲，蘇軾貶謫黃州之前以儒家思想爲主，之後
受到佛、道思想影響較爲明顯。馬銀華《淺論蘇軾的人生哲學及淵源》認爲
蘇軾與儒學關係構成他人生哲學表層：「與佛學關係構成他人生哲學的最深
層，即生活心態。」〔註1〕冷成金的《論蘇軾黃州時期的思想與實踐》認爲，
蘇軾黃州時期，將佛、道思想看作一種精神支柱。梁銀林《蘇軾與佛學》，認
爲蘇軾詩歌化用佛禪義理：「加快了宋詩議論化、哲理化進程。」〔註2〕日本
竺沙雅章的《蘇軾和佛教》認爲，蘇軾於佛教，主要用佛家對人生的觀點，
作爲顛沛流離生活中的解脫和慰藉。劉麗娟《論蘇軾的佛教思想及其詩詞中
的般若空意識》中也認爲蘇軾：「主要從禪思想中求得安頓身心的方法。」
〔註3〕這類研究側重點都認爲蘇軾通過對儒、道、佛三家的融合和超越而解決
了人的終極價值問題，這些研究都把蘇軾與佛學的關係放到儒道釋三家角度
考察蘇軾的哲學思想對其及文學的影響。

蘇軾詩論與佛學之關係的研究較多，大多側重從其空靜論、自然論、詩
禪論其中一個方面論及。

第一，蘇軾說：「欲令詩語妙，無厭空且靜。」〔註4〕（《送參寥師》）「空
靜」是一種積極的創作心理狀態，借用佛教的無我思想而達到泯滅創作主
體，全神貫注於客體，從而達到對客體更好地審美把握狀態。如黨聖元《蘇
軾詩學批評之義理及其特點》認爲空靜狀態，「可以助使主體集中、專一地接
納、體驗外部世界」〔註5〕，還能使主體超越自我，達到「物化」之境，從而
進入自由興發的直覺表現階段，如身與竹化。王國君《「不能不爲之」與「空
靜」觀》一文裏闡釋了蘇軾「空靜」詩學觀和「不能不爲之」詩學觀的關

〔註1〕 馬銀華：《淺論蘇軾的人生哲學及淵源》，《鎮江師專學報》，1998 年 2 月。
〔註2〕 梁銀林：《蘇軾與佛學》，四川大學博士論文，2005 年 3 月。
〔註3〕 劉麗娟：《論蘇軾的佛教思想及其詩詞中的般若空意識》，東北師範大學碩士
　　　 論文，2006 年 10 月。
〔註4〕 孔凡禮點校，王文誥輯注：《蘇軾詩集》，北京：中華書局，1982 年，905 頁。
〔註5〕 黨聖元：《蘇軾詩學批評之義理及其特點》，《陝西師範大學學報》，2003 年 11
　　　 月。

係，認為蘇軾把佛教觀點用於文藝批評中，只有心靈達到「空靜」狀態才能寫出妙語連珠的文章。「不能不為之」也是一種「無意為文」狀態，要求心靈的自由抒發，從而得出「不能不為之」與佛教「空靜」觀有著內在聯繫的結論。張晶在《空靜——詩歌創造的重要審美命題》一文中說：「正因心態之『靜』，方能了然『群動』；正因心態空明方能涵納『萬境』，……是積極的創作心態。」〔註6〕田淑晶《論「空」在中國詩學範疇中的地位》對虛靜和空靜作了區分，認為虛靜是創作準備階段的主體策略，空靜是創作階段主體觀照世界的策略。李學珍《論空靜觀在蘇軾文藝創作中的表現》認為，禪宗「無住」的思維方法，和老莊的「順應自然」思想交織在一起並與蘇軾坎坷的經歷相互激發，孕育出「萬物皆幻」、「五蘊皆空」的空靜觀。張晶的《審美靜觀論》梳理了靜觀理論的中西美學概念和內涵，認為空靜的心態可以了然洞察紛紜變幻的萬象。蘇軾「空靜觀」之空、靜，是為更好地洞照世間萬象，創造出更豐富、更深微的意境。王運熙、顧易生的《中國文學批評通史》在論述蘇軾空靜觀時，認為必須處於「空」與「靜」的狀態，「才能有清明而遠大的眼光，冷靜與開闊的心胸，廣泛經歷世間的人事活動，又高處於紛擾的環境之上，才能加以充分認識。在此基礎上產生的詩歌，如同多種美好食料加上調味品，自然意境深遠、韻味雋永了。」〔註7〕由此可見，關於蘇軾的詩學「空靜」論，分歧較少，觀點大致相同。

第二，論述蘇軾詩學自然論的文章有：李桂珍的《隨物賦形 氣韻自然——蘇軾的自然寫作觀》，何敏怡的《蘇軾詞的自然率真與通變》等。劉俊麗的《蘇軾的自然詩學研究》認為蘇軾的自然詩學觀是不能不為的寫作狀態，先由才學進入法度，然後由法度走向自然，自然是無法之法。冷成金的《蘇軾哲學觀與文藝觀》也主要從老、莊的影響角度分析蘇軾「自然」詩學觀，認為主要指蘇軾隨意所至、真率無拘、自得天成的創作個性，平易的文風。陶文鵬《清雄奇富，變化飛動：論蘇軾詩中的自然山水動態美》認為蘇軾山水詩特色在於揭示自然內涵之理。徐名俠《蘇軾文學中的自然觀》從了然於口與手傳達自然，以意象為載體駕馭自然，以理趣入詩文關注自然，詩書畫皆可寓意自然幾個方面闡述蘇軾自然詩學觀內涵。許多論著曾提及蘇軾「自

〔註6〕 張晶：《空靜——詩歌創造的重要審美命題》，《古典文學知識》，1997年5月。
〔註7〕 王運熙，顧易生：《中國文學批評通史》宋金元卷，上海：上海古籍出版社，1996年，152頁。

然」觀，如袁行霈的《中國詩歌藝術研究》、周裕鍇的《宋代詩學通論》、陳良運的《中國詩學體系論》、童慶炳與馬新國合編的《宋學與宋代文學觀念》等。有關自然詩學研究論文很多，如李青春的《論「自然」範疇的三層內涵──對詩學闡釋視角的嘗試》、馬建榮的《論自然範疇的詩學價值》、劉紹瑾的《自然：中國古代一個潛在的文學理論體系》、饒芃子的《自然之道──中西傳統詩學比較論綱》、宋建林的《中國古代自然審美觀》、譚容培的《中國古代自然審美觀管窺》、彭彥琴的《論自然美在中國美學中的特殊地位》等。王建明的《從老莊到劉克莊：「自然」美學觀的發展之路》、趙志軍的《中國古代自然範疇的審美內涵》、唐豔華的《試論中國古代詩論家之「自然說」》，將自然詩學理論梳理得很清楚，對於我們研究蘇軾的自然詩學有一定的啟發意義。這些研究重視人文內涵，有些還運用西方文論方法，進行了綜合的探討。但研究大多注重老莊思想對蘇軾自然詩學的影響，很少從佛學的角度去分析。

第三，蘇軾詩學中道觀。蘇軾的詩論形神並重，文質兼取，不偏不倚，在他眾多文藝評論中，詩、書、畫往往可以互滲互證，融為一體。這種圓融精神既是蘇軾博學體現，也與佛家中道不二思想在某種程度上有契合之處。研究者們大多注意到了蘇軾文藝觀的這種圓融精神，多數學者從辯證的角度來看待蘇軾詩論這種特點，如張大聯的《文道並重──蘇軾的文道觀》，認為蘇軾詩論文道並重，認為他的「道」，不僅僅指儒家之道，泛指事物的客觀規律，肯定文章具有獨立藝術價值。此方面研究較少從佛家中道觀角度考察。「中道」，即大乘佛學的假有性空思想。「不落二邊」，不執著於一端。張晶的《中道與詩法》一文，認為中道觀主要：「作為一種內在方法論，呈現為具有豐富理論蘊含的詩學命題。」〔註 8〕認為王維、皎然、王昌齡、司空圖、蘇軾、黃庭堅、嚴羽等人詩論中或多或少地呈現中道色彩。「中道」觀念進入詩學後，使詩人：「形成了創造渾然圓整之審美意境的能力。」〔註 9〕中觀的思維方式，增加了詩歌內在張力。般若中觀假有性空觀念，使詩歌意境的創造有著幻象特徵。王渭清的《般若中道智慧與蘇軾的人格境界》，從中道角度考察蘇軾的人格。她的《佛家中道思想對蘇軾的影響》，認為中道思想對蘇軾圓融人格建構有重要作用，促成了蘇軾：「超越有無之間、不即不離、無往而

〔註 8〕 張晶：《中道與詩法》，《北京大學學報》，2017 年 5 月。
〔註 9〕 張晶：《中道與詩法》，《北京大學學報》，2017 年 5 月。

不樂的審美化人生境界。」〔註10〕關注皎然詩論中道觀的較多，如陳小茹的《皎然詩式中的中道思想研究》，張晶的《皎然詩論與佛教中道觀》，劉啓旺《論皎然詩家之中道》等。

第四，蘇軾詩禪論的研究主要著眼佛禪對蘇軾詩的影響，吳洪澤《禪悟與蘇詞的創造性》一文，認為佛禪思想對蘇軾人生觀和文藝創作都有很大影響。蘇詞中的禪意，主要體現在對禪典、禪法與禪理運用三個方面。以禪法入詞，對詞的題材與風格多開創之功。阮延俊的《蘇軾詩與禪之研究》，認為佛學改變了蘇軾詩歌風貌，主要論述蘇軾以佛語入詩，以佛典入詩，點化佛教義理入詩三方面。李明華的博士論文《蘇軾詩歌與佛禪關係研究》，把蘇軾佛禪詩量化，指出倅杭時期、黃州時期和惠儋時期是蘇軾佛禪詩作主要時期。佛學思想促進了蘇軾以議論為詩、以才學為詩、以文字為詩傾向。成宗田的《東坡詩的禪緣情結》認為，蘇軾以參禪的態度和方法讀詩，豐富了詩歌內容，增強了詩的意趣。黎小冰的《禪宗對蘇軾創作的影響》認為，禪宗隨緣自適思想讓他在窮荒之所處之泰然，形成他曠達性格。鄭文的《略論蘇軾禪宗思想及對其詩論詩作的影響》，探討禪宗對蘇軾詩論與詩作的影響。胡中柱的《蘇軾與禪宗》，從禪宗對蘇軾影響角度探討蘇軾在文化史上的作用。曹軍的《論蘇軾詩歌的佛禪底蘊》，從禪宗空觀、禪宗頓悟觀闡述了禪思義理對蘇軾詩歌風格的影響。楊小莉《蘇軾與佛禪》，主要探討蘇軾學禪的原因和佛禪對蘇軾的影響。董雪明、文師華《蘇軾的參禪活動與禪學思想》，認為蘇軾主要吸收佛教華嚴宗和禪宗理論，形成空靜圓通的佛學思想，以面對人生坎坷磨難。朴永煥《蘇軾禪詩表現的藝術風格》認為，禪師們內心寧靜、超塵脫俗的尋求解脫方式使蘇詩具有清新自然、平淡樸實、幽深清遠等藝術風格。蕭占鵬、劉偉的《論蘇軾禪意詩的當代價值》認為，蘇軾禪意詩是人們心靈精神家園。相關研究還有李嚮明《蘇軾禪理詩生成的文化背景》，陳希《蘇軾詩詞禪學思想及人生觀》，張曉麗《蘇軾與禪僧酬唱詩研究》，劉宗朝《蘇軾詩詞禪學思想及人生觀》，遲寶東《試論佛禪對蘇軾詞之影響》，吳洪激《略論蘇軾詩詞中的禪玄風味和審美情趣》，范學琴《從〈前赤壁賦〉看佛禪思想對蘇軾的影響》，劉偉《蘇軾佛禪詩的審美意蘊》等。其中比較有系統的研究有魏啓鵬的《蘇軾禪味八題》、曾棗莊的《蘇軾對釋道的態度》，劉乃昌的《論佛老思想對蘇軾文學的影響》，王文龍的《試論蘇軾詩中的哲理性》，朴永煥

〔註10〕 王渭清：《佛家中道思想對蘇軾的影響》，《寶雞文理學院學報》，2001 年 6 月。

《蘇軾禪詩研究》，孫昌武的《蘇軾與禪》，周裕鍇的《蘇、黃禪悅傾向與其詩歌意象之關係》，冷成金的《蘇軾的禪學思想與其哲學觀》，李廈揚、李勃揚的《瀟灑人生——蘇軾與佛禪》等。在禪學與詩學的關係中，觀點較爲獨特的是龔鵬程在《中國文學批評史論》「論妙悟」一章，以《解深密經》的「三自性」遍計執性、依他起性和圓成實性作爲理論構架解釋詩禪論的詩學內部問題。這種以佛學的理論來架構詩學體系的視角較爲獨特。

綜上所述，蘇軾詩學與佛學關係的研究已經很豐富和深入。但在分析蘇軾詩學思想及文藝思想時，從佛學的角度還不夠系統和全面，蘇軾詩學與佛學關係方面的研究還比較碎片化。所以文章試圖系統地、全面地分析蘇軾詩學與佛學的關係，以此探究佛學對蘇軾詩學思想的影響，從而可以看出在佛學影響下的詩學批評範式與儒家政教詩學批評範式的不同，以及禪宗影響之下宋代詩學特點。第一章全面搜集、整理蘇軾作品及其相關歷史材料，以文本爲基礎，以編年體例，提煉出蘇軾詩論中佛學思想。第二章分析蘇軾佛學思想與儒道關係及其成因。第三、四、五章主要以佛教天台宗的空假中思想爲主要脈絡分論。第三章蘇軾詩學空靜論，探討般若空觀和禪宗止觀對蘇軾詩論的影響；第四章蘇軾詩學自然論，在與道家自然觀比較的視野中，分析佛教自然觀對蘇軾詩論的影響；第四章蘇軾詩學中道觀，分析蘇軾詩論思想與佛家中道不二精神的契合之處；第五章蘇軾詩禪論，梳理出蘇軾主要禪詩，將其歸類，在此基礎上討論詩與禪的關係以及蘇軾的詩禪觀。

論文主要研究方法爲：

第一，文獻學方法。全面搜集、整理蘇軾作品，及其相關史料，以文本爲基礎，提煉出蘇軾詩論中的佛學思想。在充分尊重前人研究成果前提下，借鑒後人對其相關研究作比較考察。

第二，歷史與邏輯相結合方法。以蘇軾一生的活動及思想爲考察對象，用佛教天台宗空假中思想切入，探討佛學思想對蘇軾的影響。

第三，比較法。通過與陶淵明、韓愈、杜甫、皎然的詩學思想比較，對比蘇軾佛學思想在其詩學層面的體現，突出其詩學受到佛學影響的特點。

第一章　蘇軾佛學思想及相關事蹟
編年考述

　　蘇軾一生仕途坎坷，幾度浮沉。得意時，是譽滿京都之進士、才情熠熠帝王之師；失意時，是躬耕之遷客、偏遠地之謫官。元祐時，官至翰林學士，榮寵甚速。紹聖時，先貶黃州，又貶惠州，三改謫命。榮辱、窮達之間的巨大反差，使得蘇軾於儒釋道三家思想皆有所取。佛學思想雖不是蘇軾一生的主導思想，但佛學對蘇軾人生及其詩學的影響卻不可迴避。佛家思想孕育出其隨緣自適的人生態度，勾勒出其文學史上出世入世不二的曠達的人格範式及其自然眞情的行文風格，在文學史的長河中熠熠生輝。這主要和宋代禪宗之風的熾盛及其一生坎坷的政治遭遇有關。政治失意是導致其走向佛老的主要因素，故根據其任職期間將其一生劃分爲鳳翔爲官之前，杭密徐湖時期，黃州期間和儋州、惠州四個階段加以考察。

　　蘇軾佛學思想編年意在通過年譜考察其一生的政治、交遊以及思想的變化。今存宋人所撰蘇軾年譜，主要有以下三種：一，《東坡先生年譜》一卷，王宗稷編。王《譜》特點是廣徵蘇軾本集及他人詩文集考證其生平行實。二，《東坡紀年錄》一卷，傅藻編。傅《錄》側重爲蘇軾的詩、文、詞繫年。三，《東坡先生年譜》一卷，施宿編。施宿譜中對蘇軾政治舉措，以及他的政治態度都作了較爲詳細反映。王水照先生將其輯爲《三蘇年譜彙刊》。孔凡禮先生的《蘇軾年譜》則綜合了上述年譜的優點，把蘇軾的詩文寫作、仕途升遷以及交遊根據其一生經歷較爲詳細地羅列。以下蘇軾佛學思想編年則主要依據此四種年譜。另外，蘇轍的《亡兄子瞻端明墓誌銘》也是研究蘇軾生平權威資料。今人所作傳記林語堂的《蘇東坡傳》、王水照的《蘇軾》、曾棗莊

的《蘇軾評傳》也極具參考價值。此外，下面的蘇軾佛學思想編年還參考了《宋史》、《續資治通鑑長編》、《宋史紀事》等史學材料，力求還原史實。編年還注重考察當時的詩風文風，以便探討蘇軾詩論與佛學之關係。

第一節　蘇軾鳳翔爲官前佛學思想及相關事蹟編年考述

　　第一階段，蘇軾鳳翔爲官前佛學思想及相關事蹟考述（1059～1071）。蘇軾學習、參加科考以及先後兩次分別爲母親、父親守制，此期蘇軾以儒家思想爲主，心懷壯志。有時也感歎世事無常，如《屈原塔》說：「名聲實無窮，富貴亦暫熱」〔註1〕，《夜泊牛口》云：「人生本無事，苦爲世味誘」〔註2〕，頗有幾分爲賦新詞強說愁的意味。嘉祐六年，作：「人生到處知何似，應似飛鴻踏雪泥。」〔註3〕（《和子由澠池懷舊》）王文誥認爲，詩中的人生空漠感乃是和佛學偶合。從佛典的嫻熟運用，可以看出，此時蘇軾對佛經的熟悉程度。雖然這時蘇軾還沒有眞正從內心深處接受佛學思想，也可以看出當時禪宗盛行時代，佛禪宗風對蘇軾潛移默化的影響，這些爲後來的佛學思想內化奠定了基礎。「乃知至人外生死，此身變化浮雲隨。」〔註4〕（《鳳翔八觀維摩像，唐楊惠之塑，在天柱寺》）通過稱讚維摩詰居士「心」之「外生死」，「身」之「變化浮雲隨」，表明自己心靈的追求、渴望。又如《將往終南和子由見寄》曰：「人生百年寄鬢鬚，富貴何啻菖莪中蘋。」〔註5〕此期主要學習、接觸佛學知識，是蘇軾佛學思想的薰習時期。

　　據孔凡禮撰《蘇軾年譜》：嘉祐四年（1059），二十四歲。《詩集》卷一有《寄題清溪寺》、《留題峽州甘泉寺》。嘉祐六年，和弟轍《澠池懷舊》。「遊開元寺，觀王維、吳道子畫；遊天柱寺，觀楊惠之塑維摩像；泛東湖；登眞興寺閣。」〔註6〕嘉祐七年（1061），二十七歲。「遊崇聖觀、大秦寺、延生觀、仙遊潭，宿中興寺。」〔註7〕嘉祐八年，「正月十五日，題府城東院王維畫，

〔註1〕　王文誥輯注，孔凡禮點校：《蘇軾詩集》，北京：中華書局，1982年，9頁。
〔註2〕　王文誥輯注，孔凡禮點校：《蘇軾詩集》，北京：中華書局，1982年，22頁。
〔註3〕　王文誥輯注，孔凡禮點校：《蘇軾詩集》，北京：中華書局，1982年，96頁。
〔註4〕　王文誥輯注，孔凡禮點校：《蘇軾詩集》，北京：中華書局，1982年，99頁。
〔註5〕　王文誥輯注，孔凡禮點校：《蘇軾詩集》，北京：中華書局，1982年，180頁。
〔註6〕　孔凡禮：《蘇軾年譜》，北京：中華書局，1998年，99頁。
〔註7〕　孔凡禮：《蘇軾年譜》，北京：中華書局，1998年，102頁。

書壁。見《文集》卷七十《題鳳翔東院王畫壁》。《書摩詰藍田煙雨圖》。」〔註8〕二月，作《記所見開元寺吳道子畫佛滅度，以答子由題畫文殊、普賢》。作《鳳翔八觀》八首。二十七日，宿南山蟠龍寺。據《詩集》卷四詩題《是日，自磻溪，將往陽平，憩於麻田青峰寺之下院翠麓亭》。九月十六日，挈家來遊天和寺，有詩《扶風天和寺》。

治平四年（1067），三十二歲。九月十五日，作《中和勝相院記》。熙寧元年七月，蘇軾與溥會食加油寺，觀佛牙，作《油水頌》。吳道子四菩薩畫自京師載歸，軾以之贈僧惟簡。「十月二十六日，作《四菩薩閣記》。」〔註9〕與王淮奇、楊宗文、蔡褒遊；王箴亦與遊，作《書戴嵩畫牛》、《書黃筌畫雀》等。熙寧二年三月，秀州僧本瑩來訪，作《秀州僧本瑩淨照堂》。王鞏來從學，為鞏跋所收僧藏真書。為王詵寫《蓮華經》。

熙寧四年（1071），三十六歲。「作《淨因院畫記》。嘗為淨因院僧道臻作真贊，」〔註10〕見《文集》卷二十二《淨因淨照臻老真贊》。蔡褒（子華）及史厚秀才來京師；得寶月大師惟簡簡，答之。《文集》卷六十一《與寶月》第一簡言二人之來，並言將出京赴杭倅。在京師時，嘗晤惟湜於淨因。《文集》卷六十一《與清隱老師》第二簡云：「淨因之會，茫然如隔生矣。名言絕境，寤寐不忘。」十一月三日，遊金山，作《遊金山寺》。遊甘露寺，作《甘露寺》。十二月一日，訪惠勤、惠思，作《臘日遊孤山訪惠勤惠思二僧》。

此期佛學作品多為遊覽者視角。《記所見開元寺吳道子畫佛滅度》，記吳道子畫佛滅度，襲用佛家用語。「俯首無言心自知」，《維摩詰經》有：「時維摩詰默然無言。」〔註11〕《次韻子由除日見寄》中「愁來豈有魔」，〔註12〕《楞嚴經》有：「常憂愁魔入其心腑。」〔註13〕

此期接觸僧人主要有惟度、惟簡、懷璉，主要都是父親朋友。在川居父喪期間，蘇軾作《中和勝相院記》：「惟度，器宇落落可愛，渾厚人也……惟簡則其同門友也。其為人，精敏過人。」〔註14〕《寶月大師塔銘》曰：「師清

〔註8〕孔凡禮：《蘇軾年譜》，北京：中華書局，1998年，111頁。

〔註9〕孔凡禮：《蘇軾年譜》，北京：中華書局，1998年，154頁。

〔註10〕孔凡禮：《蘇軾年譜》，北京：中華書局，1998年，199頁。

〔註11〕《維摩經》，《大正藏》14冊，551頁下。

〔註12〕王文誥輯注，孔凡禮點校：《蘇軾詩集》，北京：中華書局，1982年，119頁。

〔註13〕《楞嚴經》，《大正藏》19冊，158頁下。

〔註14〕孔凡禮點校：《蘇軾文集》，北京：中華書局，1986年，384頁。

亮敏達，綜練萬事，端身以律，物勞己以裕人。」〔註15〕蘇軾曾兩次回蜀奔喪，期間多與惟簡遊。蘇軾貶謫黃州時，惟簡曾派弟子探望。惟簡圓寂時，蘇軾爲之作《寶月大師塔銘》，表達對他的崇敬。

嘉祐年間，蘇軾在京城與大覺懷璉相識。懷璉是嗣泐潭懷澄禪師法嗣，青原下十四世。蘇軾多次聽懷璉說法：「我在壯歲，屢親法筵」〔註16〕。後懷璉南歸，兩人仍以書信來往。蘇軾《與大覺禪師三首》其二云：「奉別二十五年……恨不得一見老師，更與鑽磨也」，〔註17〕可見蘇軾對懷璉尊敬與想念。懷璉圓寂後，蘇軾作《祭大覺禪師文》，哀悼懷璉。維琳，是懷璉弟子。蘇軾曾在《與徑山無畏維林禪師》中稱讚維琳：「行峻而通，文麗而清」。〔註18〕蘇軾貶嶺南時，維琳極表關切。元符三年，蘇軾給維琳寄信曰：「臥病五十日，日以增劇，已頹然待盡矣……老師能相對臥談少頃？」〔註19〕（《與徑山長老維琳》）詞情殷切，依戀之情溢於言表。維琳聞知，即趕來常州探詢，蘇軾以詩答曰：「大患緣有身，無身則無疾。」〔註20〕臨終那一年，維琳就在蘇軾身邊。

青少年時期，佛學思想在蘇軾的精神世界埋下了發芽的種子，爲後來佛學思想的成熟奠定了良好的基礎，同時也使得蘇軾早慧，少年老成，聰慧過人。

第二節 蘇軾杭、密、徐、湖時期佛學思想及相關事蹟編年考述

第二階段，杭密徐湖時期（1072～1079）。此時蘇軾政治思想與王安石發生衝突，心情苦悶，需要佛禪思想的撫慰。而且杭州得天獨厚的地理條件和較爲輕鬆的職位，使得蘇軾更多地遊覽寺院，欣賞美景。此期詩作大量運用佛禪典故。《吉祥寺僧求閣名》：「觀色觀空色即空」，〔註21〕用《心經》：「色

〔註15〕 孔凡禮點校：《蘇軾文集》，北京：中華書局，1986年，467頁。
〔註16〕 孔凡禮點校：《蘇軾文集》，北京：中華書局，1986年，1960頁。
〔註17〕 孔凡禮點校：《蘇軾文集》，北京：中華書局，1986年，1879頁。
〔註18〕 《徑山志》，《中國佛史志彙刊》32冊，778頁上。
〔註19〕 孔凡禮點校：《蘇軾文集》，北京：中華書局，1986年，1884頁。
〔註20〕 王文誥輯注，孔凡禮點校：《蘇軾詩集》，北京：中華書局，1982年，2459頁。
〔註21〕 王文誥輯注，孔凡禮點校：《蘇軾詩集》，北京：中華書局，1982年，331頁。

即是空，空即是色」之意。蘇軾此期以佛典入詩，則有了排遣苦悶意味。「寓世身如夢，安閒日似年」，〔註22〕流露人生如夢感慨。「因病得閒殊不惡，安心是藥更無方」〔註23〕，用《傳燈錄》安心典故。「示病維摩元不病」，〔註24〕用《維摩經》：「一切眾生病，是故我病」〔註25〕。「結習漸消留不住，卻須還與散花天。」〔註26〕（《坐上賦戴花得天字》）用《維摩經》中天女散花典故：「結習未盡，花著身耳。結習盡者，華不著也。』」《聞辯才法師復歸上天竺以詩戲問》：「昔年本不住，今者亦無來。」〔註27〕「本不住」，即用《金剛經》「應無所住而生其心」之句。《與參寥師行園中得黃耳蕈》：「遣化何時取眾香」〔註28〕，《維摩經》有：「維摩詰遣化菩薩往眾香國」之句。《送參寥師》：「視身如丘井」，〔註29〕《維摩經》有：「是身如丘井」。《次韻秦太虛見戲耳聾》中：「君知五蘊皆是賊」，《楞嚴經》認爲眼、耳、鼻、舌、身、意六：「爲賊媒，自劫家寶」。〔註30〕《端午遍遊諸寺得禪字》中：「眼界窮大千」，〔註31〕《阿彌陀經》有：「遍覆三千大千世界。」《和蔡準郎中見邀遊西湖三首》其一：「湖上四時看不足，惟有人生飄若浮」，流露出人生漂泊之感。其三：「君不見壯士憔悴時，饑謀食，渴謀飲，功名有時無罷休。」透露出對功名的些許厭倦。《和歐陽少師會老堂次韻》：「我欲棄官重問道，寸莛何以得春容。」〔註32〕隨著進入官場的時間越長，蘇軾越來越感受到官場生活的污濁與自己自然本性的巨大矛盾：「我老人間萬事休，君亦洗心從佛祖。」〔註33〕（《送劉寺丞赴餘姚》）對佛院禪境由衷的讚美：「拾薪煮藥憐僧病，掃地焚香淨客魂。」〔註34〕表達了他對寂靜生活、以及與禪僧高人對榻清談的渴望。再如熙寧五年的《是日宿水陸寺，寄北山清順僧二首》其二：「長嫌鐘鼓聒湖山，

〔註22〕王文誥輯注，孔凡禮點校：《蘇軾詩集》，北京：中華書局，1982年，459頁。
〔註23〕王文誥輯注，孔凡禮點校：《蘇軾詩集》，北京：中華書局，1982年，444頁。
〔註24〕王文誥輯注，孔凡禮點校：《蘇軾詩集》，北京：中華書局，1982年，508頁。
〔註25〕《維摩詰經》，《大正藏》14冊，544頁中。
〔註26〕王文誥輯注，孔凡禮點校：《蘇軾詩集》，北京：中華書局，1982年，805頁。
〔註27〕王文誥輯注，孔凡禮點校：《蘇軾詩集》，北京：中華書局，1982年，824頁。
〔註28〕王文誥輯注，孔凡禮點校：《蘇軾詩集》，北京：中華書局，1982年，903頁。
〔註29〕王文誥輯注，孔凡禮點校：《蘇軾詩集》，北京：中華書局，1982年，905頁。
〔註30〕《楞嚴經》，《大正藏》39冊，832頁中。
〔註31〕王文誥輯注，孔凡禮點校：《蘇軾詩集》，北京：中華書局，1982年，951頁。
〔註32〕王文誥輯注，孔凡禮點校：《蘇軾詩集》，北京：中華書局，1982年，364頁。
〔註33〕王文誥輯注，孔凡禮點校：《蘇軾詩集》，北京：中華書局，1982年，952頁。
〔註34〕王文誥輯注，孔凡禮點校：《蘇軾詩集》，北京：中華書局，1982年，390頁。

此境蕭條卻自然。……披榛覓路衝泥入，洗足關門聽雨眠。」〔註35〕也可看出這個時期蘇軾與僧人的交往更加頻繁。密州、徐州、湖州時期，佛學詩作稍顯回落。

據孔凡禮撰《蘇軾年譜》：熙寧五年（1072），三十七歲。二月，作《墨寶堂記》。雨中游明慶寺賞牡丹。寺有蘇軾書《觀音經碑》。詩集卷七有《雨中明慶賞牡丹》。清明，吉祥寺牡丹盛開，與眾觀賞，據《牡丹記敘》。《詩集》卷七有《吉祥寺賞牡丹》、《吉祥寺僧求閣名》。雨中游天竺靈感觀音院，有詩《雨中游天竺靈感觀音院》。宿臨安淨土寺，至功臣寺。嘗與澄慧大師遊。作《梵天寺見僧守詮小詩清婉可愛，次韻》。經水陸寺，遊鹽官南寺千佛閣、北寺悟空禪師塔。十一月初十日（冬至），獨游吉祥寺。後十餘日復至。《詩集》卷八《冬至日獨游吉祥寺》、《後十餘日復至》。是歲，寶相法師梵臻居南屏興教寺。郡守陳襄請宗本（本長老、圓照禪師）住淨慈寺，蘇軾為作疏，為是歲事。見《杭州請圓照禪師疏》。

熙寧六年（1073），三十八歲。《詩集》卷四十七《遊靈隱寺戲增開軒李居士》。至富陽，遊普照寺，有詩《獨遊富陽普照寺》。記謂井修成於今年春。吉祥寺牡丹花將落，與陳襄共賞。《詩集》卷九有《吉祥寺花將落而述古不至》。「五月十日，與呂仲甫、周邠、僧惠勤、惠思、清順、可久、惟肅、義詮同泛湖遊北山。」〔註36〕「六月，與明州育王寺懷璉（大覺）簡，欲捨父洵所愛《禪月羅漢》畫於寺。」〔註37〕「七月初三日，與周邠、徐疇禱雨天竺，宿靈隱寺，有詩《立秋日禱雨宿靈隱寺同周徐二令》。《文集》卷六十二亦有《禱雨天竺觀音文》。病中獨遊靈隱寺，訪宗本，周邠寄詩邀遊靈隱寺，次韻答之。」〔註38〕「遊佛日山淨慧寺，憩榮長老方丈，作五絕。見《詩集》卷十《佛日山榮長老五絕》。」〔註39〕是歲，嘗遊杭之萬松嶺惠明院。文集卷七十一《題萬松嶺惠明院壁》。《詩集》卷九《法會寺橫翠閣》。「九月，遊寶山廣嚴寺，書雙竹湛師房，作《寶山新開徑》。」〔註40〕「十月，海月（惠辯）卒。至天竺弔之，作挽詩。《文集》卷二十二有《海月辯公眞

〔註35〕 王文誥輯注，孔凡禮點校：《蘇軾詩集》，北京：中華書局，1982 年，390 頁。
〔註36〕 孔凡禮：《蘇軾年譜》，北京：中華書局，1998 年，255 頁。
〔註37〕 孔凡禮：《蘇軾年譜》，北京：中華書局，1998 年，255 頁。
〔註38〕 孔凡禮：《蘇軾年譜》，北京：中華書局，1998 年，256 頁。
〔註39〕 孔凡禮：《蘇軾年譜》，北京：中華書局，1998 年，257 頁。
〔註40〕 孔凡禮：《蘇軾年譜》，北京：中華書局，1998 年，263 頁。

贊》。」〔註41〕「至蘇州。請成都通長老出主蘇州報恩寺，作疏。疏見《文集》
卷六十二《蘇州請通長老疏》。《文集》卷六十一《與通長老》第一簡作於熙
寧七年末。」〔註42〕「是歲，題僧法言所居室曰雪齋。」〔註43〕《詩集》卷
九有《法惠寺橫翠閣》。

　　熙寧七年（1074），三十九歲。「二月，遇蜀僧法通，贈詩並作跋。詩見
《成都進士杜暹伯升出家名法通往來吳中》，跋即《書贈法通師詩》。」〔註44〕
「遊金山，詩別寶覺、圓通二長老。詩見《留別金山寶覺、圓通二長老》。」
〔註45〕「遊太平寺，觀牡丹，作詩。」〔註46〕詩見《常州太平寺觀牡丹》；太
平寺在常州。「至蘇州，遊虎丘寺；與劉述會虎丘。」〔註47〕詩見《虎丘寺》。
「過秀州，夜至本覺寺，文及長老已卒，爲詩悼之。」〔註48〕詩見《詩集》
卷十一《過永樂文長老已卒》。「本月，遊靈隱高峰塔，有詩。」〔註49〕詩見
《遊靈隱高峰塔》。「八月十三日，陳襄赴南都，與孫奕等別襄於佛日靜慧寺，
題名。題名見於《佚文匯編》卷六。」〔註50〕「二十五日，登新城縣西青牛
嶺多福寺，題詩。詩見《詩集》卷十二《青牛嶺高絕處有小寺人跡罕到》。」
〔註51〕二十七日，訪元淨（辯才）。九月十七日，「與楊繪等來遊法惠寺，至
法言舍同觀王羲之《敬和帖》，有題。文見《佚文匯編》卷六。」〔註52〕「二
十日，與楊繪、魯有開、陳舜俞遊靈鷲，題名。題名見《佚文匯編》卷六。
是日，別南北山道友元淨（辯才）等。」〔註53〕「僧居則建大悲閣，蘇軾題
梁。明州育王寺懷璉禪師約於本歲以羅漢木贈蘇軾，軾復以贈慈化大師植
之。」〔註54〕「在杭，嘗舍亡母程氏簪於淨慈寺，作《阿彌陀佛頌》，命工畫

〔註41〕　孔凡禮：《蘇軾年譜》，北京：中華書局，1998年，264頁。
〔註42〕　孔凡禮：《蘇軾年譜》，北京：中華書局，1998年，266頁。
〔註43〕　孔凡禮：《蘇軾年譜》，北京：中華書局，1998年，269頁。
〔註44〕　孔凡禮：《蘇軾年譜》，北京：中華書局，1998年，272頁。
〔註45〕　孔凡禮：《蘇軾年譜》，北京：中華書局，1998年，273頁。
〔註46〕　孔凡禮：《蘇軾年譜》，北京：中華書局，1998年，277頁。
〔註47〕　孔凡禮：《蘇軾年譜》，北京：中華書局，1998年，278頁。
〔註48〕　孔凡禮：《蘇軾年譜》，北京：中華書局，1998年，279頁。
〔註49〕　孔凡禮：《蘇軾年譜》，北京：中華書局，1998年，280頁。
〔註50〕　孔凡禮：《蘇軾年譜》，北京：中華書局，1998年，280頁。
〔註51〕　孔凡禮：《蘇軾年譜》，北京：中華書局，1998年，282頁。
〔註52〕　孔凡禮：《蘇軾年譜》，北京：中華書局，1998年，285頁。
〔註53〕　孔凡禮：《蘇軾年譜》，北京：中華書局，1998年，285頁。
〔註54〕　孔凡禮：《蘇軾年譜》，北京：中華書局，1998年，286頁。

阿彌陀佛像。」〔註 55〕在杭，嘗遊西湖壽星寺。詩見《去杭州十五年復遊西湖用歐陽察判韻》。在杭，嘗遊六和寺，書蘇舜欽金魚詩。《文集》卷六十八有《書蘇子美金魚詩》，敘其事。《詩集》卷三十一《去杭州十五年復遊西湖用歐陽察判韻》。過甘露寺，使工摹陸探微畫師子板。應蘇州姚淳之請，題其三瑞堂。十二月十二日，與通長老簡。《文集》卷六十一。

　　熙寧八年（1075），四十歲。任職密州：「三月，弟轍寄次韻韓宗弼送遊泰山等四詩來，次韻，欲借《法界觀》讀之。詩見《詩集》卷十三《和子由四首》。」〔註 56〕應僧之請，作《鹽官大悲閣記》。「秋，金山寶月禪師專人致簡，答之，並寄《後杞菊賦》。據《文集》卷六十一《與寶覺》第一簡。」〔註 57〕

　　熙寧九年（1076），四十一歲。「四月，文同寄《超然臺賦》來，六日，蘇軾書其後。書見《文集》卷六十六《書文與可超然臺賦後》。鮮于侁、張耒亦作《超然臺賦》。李清臣（邦直）亦作《超然臺賦》，蘇軾刻之石並跋。跋見《文集》卷六十六。」〔註 58〕「芍藥今年特盛，循舊俗，大會南禪、資福二寺供佛，取其資格絕異日白盤盂，作詩。《玉盤盂》詩見《詩集》卷十四。」〔註 59〕

　　熙寧十年（1077），四十二歲。改任徐州，七月二十二日，作《寶繪堂記》。十月，妙善為寫真，贈詩。詩乃《詩集》卷十五《贈寫御容妙善師》。

　　元豐元年（1078），四十三歲。任職徐州，敕追賜乾明寺真寂大師為靈慧大師，塔曰靈慧之塔，作告賜文。文見《文集》卷六十二；同卷尚有《禱靈慧塔文》、《告謝靈慧塔文》。《樂靜集》卷七《敕賜靈慧大師傳》敘大師事蹟，謂熙寧十年，河水「環浸城腹」，太守蘇軾齋祝真寂大師，「期以旬日之間，水退城完，奏乞謚號，漲怒果息，而淫雨連淫，再罄誠謁，廓而澄霽，踰月，表上其事」，於是賜謚號、塔名。「文同（與可）以書與詩來，答詩並簡，簡索同偃竹。同以篔簹谷偃竹為贈。《文集》卷十一《文與可畫篔簹谷偃竹記》敘同來書與詩。」〔註 60〕「道潛來訪，呈詩，是為始見。蘇軾次韻。

〔註 55〕 孔凡禮：《蘇軾年譜》，北京：中華書局，1998 年，287 頁。
〔註 56〕 孔凡禮：《蘇軾年譜》，北京：中華書局，1998 年，311 頁。
〔註 57〕 孔凡禮：《蘇軾年譜》，北京：中華書局，1998 年，318 頁。
〔註 58〕 孔凡禮：《蘇軾年譜》，北京：中華書局，1998 年，332 頁。
〔註 59〕 孔凡禮：《蘇軾年譜》，北京：中華書局，1998 年，335 頁。
〔註 60〕 孔凡禮：《蘇軾年譜》，北京：中華書局，1998 年，395 頁。

呈詩乃《訪彭門太守蘇子瞻學士》。次韻乃《詩集》卷十七《次韻僧潛見贈》。」〔註61〕「十六日，與文同（與可）簡，贊道潛之詩及其為人，催作《黃樓賦》。簡乃《佚文匯編》卷二與同第十簡，云道潛：「『詩句清絕，可與林逋相上下，而通了道義，見之令人蕭然，有一詩與之。』其所與之詩，當為《次韻僧潛見贈》。」〔註62〕「十二月十二日，致簡秦觀，託道潛轉致。道潛歸，有送行詩。送行詩見《送參寥師》。道潛留徐州日，蘇軾嘗與道潛等遊戲馬臺，見《詩集》卷十七詩題；與道潛放舟百步洪之下，見《百步洪二首·序》；蘇軾嘗於席上命妓求道潛詩，道潛有作；道潛嘗陪蘇軾登黃樓；蘇軾嘗與道潛、張天翼月夜遊百步洪東崖，題名：遊倡甚樂。《詩集》卷十七有《次韻潛師放魚》。」〔註63〕「祈雪霧豬泉、靈慧塔，見《祈雪霧豬泉祝文》、《祈雪霧豬泉詩二首》。《禱靈慧塔文》亦為祈雨作；同卷有徐州作《謝雪祝文》。」〔註64〕「道潛過淮上，專人寄詩並簡來。和詩並答簡。道潛原韻，題作《自彭城回止淮上因寄子瞻》。蘇軾和詩，見《和參寥見寄》。」〔註65〕

　　元豐二年（1079），四十四歲。移知湖州：「題雪齋詩寄杭僧法言。詩乃《雪齋》。」〔註66〕「至高郵，見道潛、秦觀。至金山，次舊詩韻贈寶覺。詩見《詩集》卷十八。」〔註67〕「與道潛、秦觀遊惠山。贈惠山僧惠表及錢道人詩。詩見《詩集》卷十八。」〔註68〕道潛詩乃《參寥子詩集》卷四《子瞻赴守湖州三首》，觀詩乃《淮海集》卷四《同子瞻賦遊惠山三首》。二十日，到湖州任。「五月五日端午，遍遊飛英諸寺，作詩。詩見《詩集》卷十八《端午遍遊諸寺得禪字。」〔註69〕「作詩寄杭州淨慈寺宗本長老。表忠觀錢自然道士自杭來見，其歸，送以詩。詩皆見《詩集》卷十九。」〔註70〕「道潛自杭州寄詩。《參寥子詩集》卷四《夏日龍井書事》。寄詩徑山澄慧大師淵。詩見《詩集》卷十九，題作《送淵師歸徑山》。與胡祠部遊法華山，有詩。詩見

〔註61〕孔凡禮：《蘇軾年譜》，北京：中華書局，1998年，406頁。
〔註62〕孔凡禮：《蘇軾年譜》，北京：中華書局，1998年，408頁。
〔註63〕孔凡禮：《蘇軾年譜》，北京：中華書局，1998年，412頁。
〔註64〕孔凡禮：《蘇軾年譜》，北京：中華書局，1998年，413頁。
〔註65〕孔凡禮：《蘇軾年譜》，北京：中華書局，1998年，415頁。
〔註66〕孔凡禮：《蘇軾年譜》，北京：中華書局，1998年，427頁。
〔註67〕孔凡禮：《蘇軾年譜》，北京：中華書局，1998年，433頁。
〔註68〕孔凡禮：《蘇軾年譜》，北京：中華書局，1998年，434頁。
〔註69〕孔凡禮：《蘇軾年譜》，北京：中華書局，1998年，436頁。
〔註70〕孔凡禮：《蘇軾年譜》，北京：中華書局，1998年，441頁。

《詩集》卷十九。」〔註71〕七月七日，作《文與可畫篔簹谷偃竹記》。

此期，蘇軾與僧人交遊、唱和逐漸增多。杭州是當時佛教興盛之地，佛寺林立，高僧雲集。蘇軾說：「吳越多名僧，與予善者常十九」。他到杭州第三天，就去拜訪惠勤和惠思。此期，蘇軾交往僧人主要有：

（一）惠勤

熙寧四年，蘇軾到杭州後第三天，去拜訪惠勤：「抵掌而論人物」。〔註72〕（《六一泉銘》）「天欲雪，雲滿湖，樓臺明滅山有無，水清石出魚可數，林深無人鳥相呼。」〔註73〕（《臘日遊孤山訪惠勤惠思二僧》）字裏行間流露出對二人所住之地羨慕，贊其「道人有道山不孤」精神。蘇軾在《錢塘勤上人詩集敘》中讚歎惠勤，聰明才智有學問，尤長於詩。《僧惠勤初罷僧職》云：「軒軒青田鶴，鬱鬱在樊籠。既為物所麼，遂與吾輩同。今來始謝去，萬事一笑空。」〔註74〕讚歎其不為世俗羈絆的灑脫。

（二）辯才

辯才即元淨法師，字無象。蘇軾《訥齋記》贊其不慕名利精神：「天竺之南山，山深而木茂，泉甘而石峻，……我將老於是。」〔註75〕辯才的影響力和高行懿範從中可見一斑：「不辯不訥，……以辯見我，既非見我。以訥見我，亦幾於妄。……非辯非訥，如如不動。」〔註76〕可見蘇軾辯訥不二的佛學思想。蘇迨少時有疾，行動不便，借辯才救助，很快恢復，後來又為蘇迨向佛請贖買度牌剃度。《與辯才禪師六首》其二云：「某向與兒子竺僧名迨於觀音前剃落，權寄緇褐，去歲明堂恩，已奏授承務郎，謹與買得度牒一道，以贖此子。」〔註77〕「忽聞道人歸，鳥語山容開。」〔註78〕（《聞辯才法師復歸上天竺，以詩戲問》）祝賀其被復請住持天竺寺。蘇軾貶黃州時，辯才遣人問候，蘇軾亦道：「別來思仰日深」〔註79〕元祐元年，蘇軾曰：「日望東南一郡，庶

〔註71〕 孔凡禮：《蘇軾年譜》，北京：中華書局，1998 年，442 頁。
〔註72〕 孔凡禮點校：《蘇軾文集》，北京：中華書局，1986 年，565 頁。
〔註73〕 王文誥輯注，孔凡禮點校：《蘇軾詩集》，北京：中華書局，1982 年，316 頁。
〔註74〕 王文誥輯注，孔凡禮點校：《蘇軾詩集》，北京：中華書局，1982 年，576 頁。
〔註75〕 孔凡禮點校：《蘇軾文集》，北京：中華書局，1986 年，2393 頁。
〔註76〕 孔凡禮點校：《蘇軾文集》，北京：中華書局，1986 年，2393 頁。
〔註77〕 孔凡禮點校：《蘇軾文集》，北京：中華書局，1986 年，1857 頁。
〔註78〕 王文誥輯注，孔凡禮點校：《蘇軾詩集》，北京：中華書局，1982 年，824 頁。
〔註79〕 孔凡禮點校：《蘇軾文集》，北京：中華書局，1986 年，1858 頁。

幾臨老復聞法音」。(《與辯才禪師三首》之一) 還請辯才爲父母造地藏菩薩像。
「某與舍弟某捨絹一百匹,奉爲先君霸州文安縣主簿累贈中大夫、先妣武昌
郡太君程氏,造地藏菩薩一尊,並座及侍者二人。」〔註80〕(《與辯才禪師六
首》其三) 元祐四年,蘇軾二度在杭,此時辯才已退居終南山龍井延壽院。
蘇軾《與辯才禪師六首》其四云:「聞老師益健,更乞倍加愛重,且爲東南道
俗歸依也。某衰病,不復有功名意,此去且勉歲月,才得個退縮方便,即歸
常州住也。更告法師,爲禱諸聖,令早得歸爲幸。」〔註81〕。至杭二年,蘇
軾去拜訪他,兩人談得十分投機。元祐六年九月,辯才趺坐而去。蘇軾《與
參寥子二十一首》其六云:「辯才遂化去,雖來去本無,而情鍾我輩,不免悽
愴也。」〔註82〕感傷之情溢於言表。

(三) 道潛

　　道潛,字參寥,大覺懷璉法嗣。是蘇軾交往最密切的詩僧之一,著有《參
寥子詩集》,崇寧五年圓寂。元豐元年,參寥往彭城拜見蘇軾。參寥對蘇軾曠
達坦蕩、超然物外的氣度讚歎不已,作詩以贊,蘇軾作《次韻僧潛見贈》讚
歎參寥,兩人一見如故,結下一生之交。之後,蘇軾經常與其作詩唱和,有
詩《送參寥師》、《和參寥見寄》、《次韻答參寥》、《和參寥》、《次韻參寥詠雪》
等。《與參寥子二十一首》其一云:「別來思企不可言,每至逍遙堂,未嘗不
悵然也。爲書勤勤不忘如此。仍審比來法體康佳,感服兼至。三詩皆清妙,
讀之不釋手,且和一篇爲答。」〔註83〕後元豐二年三月蘇軾由徐州移知湖州,
參寥特意前來結伴而行。元豐三年二月,蘇軾貶到黃州後,蘇軾對參寥十分
思念,在《與參寥子二十一首》其二云:「到黃已半年,朋遊常少,思念二公
不去心。懶且無便,故不奉書。遠承差人致問,殷勤累幅,所以開諭獎勵者
至矣。僕罪大責輕,謫居以來,杜門念咎而已。平生親識,亦斷往還,理故
宜耳。而釋、老數公,乃復千里致問,情義之厚,有加於平日,以此知道德
高風,果在世外也。」〔註84〕元豐六年三月參寥前往探望,並陪伴他。元豐
七年四月,蘇軾移汝州,參寥作《留別雪堂呈子瞻》:「主人今是天涯客,明

〔註80〕孔凡禮點校:《蘇軾文集》,北京:中華書局,1986年,1857頁。
〔註81〕孔凡禮點校:《蘇軾文集》,北京:中華書局,1986年,1858頁。
〔註82〕孔凡禮點校:《蘇軾文集》,北京:中華書局,1986年,1861頁。
〔註83〕孔凡禮點校:《蘇軾文集》,北京:中華書局,1986年,1859頁。
〔註84〕孔凡禮點校:《蘇軾文集》,北京:中華書局,1986年,1860頁。

日孤帆下渺茫。」〔註85〕離開黃州之後，兩人同遊廬山。六月與參寥別，蘇軾作《次韻道潛留別》。元祐四年，蘇軾赴杭州太守，常往錢塘西湖智果院謁見參寥。貶惠州後，兩人亦多次寄信相問。在宦海沉浮中，參寥是他精神上的一大慰藉。

另外，蘇軾此期交往僧人還有惠辯、契嵩等僧人。此期，寺廟不只是蘇軾遊玩去處，更是安頓心靈和參悟禪思處所。如《法惠寺橫翠閣》：「朝見吳山橫，暮見吳山縱」〔註86〕一句，已具有「橫看成嶺側成峰」的意境。

第三節　蘇軾黃州時期佛學思想及相關事蹟編年考述

第三階段，黃州時期（1080～1085）。蘇軾真正傾心佛學，是在被貶黃州後。元豐七年（1084），蘇軾《黃州安國寺記》云，他經常到安國寺練習打坐，希望能夠通過「歸誠佛僧」，達到「身心皆空」目的。錢謙益《讀蘇長公文》云：「子瞻之文……黃州已後得之於釋」。〔註87〕因為烏臺詩案和貶謫的經歷，黃州時期的蘇軾，已將佛學思想吸收、內化。黃州時期蘇軾的佛學思想主要有：

第一，人生苦觀

佛教認為，輪迴皆苦，諸行無常。根據苦的性質，可分八類：「一生苦、二老苦、三病苦、四死苦、五所求不得苦、六怨憎會苦、七愛別離苦、八五受陰苦。」〔註88〕烏臺詩案，蘇軾險些遭受生命之危，驚魂未定之際，貶謫黃州，除政治理想受到打擊外，生存的艱難和病痛的折磨接踵而至。《與參寥子二十一首》其四云：「黃州絕無所產，又窘乏殊甚。」〔註89〕生活環境簡陋至極。《寒食雨二首》其一云：「何殊病少年，病起頭已白。」〔註90〕其二：「空庖煮寒菜，破灶燒濕葦。」「空床斂敗絮，破灶鬱生薪。」〔註91〕（《大寒步至東坡贈巢三》）《三朵花》連用佛經數典，喻人生苦短，抒發不遇之慨。《葉

〔註85〕高慎濤、張昌紅：《參寥子詩集校注》，鄭州：中州古籍出版社，112頁。
〔註86〕孔凡禮點校：《蘇軾文集》，北京：中華書局，1986年，426頁。
〔註87〕錢謙益：《錢謙益牧齋初學集》，上海：上海古籍出版社，1985年，1756頁。
〔註88〕《大般涅槃經》，《大正藏》1冊，195頁中。
〔註89〕孔凡禮點校：《蘇軾文集》，北京：中華書局，1986年，1860頁。
〔註90〕王文誥輯注，孔凡禮點校：《蘇軾詩集》，北京：中華書局，1982年，1112頁。
〔註91〕王文誥輯注，孔凡禮點校：《蘇軾詩集》，北京：中華書局，1982年，1159頁。

濤致遠見和二詩，復次其韻》其一：「欲除苦海浪」，〔註92〕都是人生苦痛之詞，此時加上痛失幼子，雪上加霜，「吾年四十九，羈旅失幼子。」〔註93〕苦痛哀傷之情溢於言表。

第二，人生如夢之感

佛教緣起性空觀認爲世間萬象皆因緣和合而生，虛幻不實。《金剛經》云：「一切有爲法，如夢幻泡影，如露亦如電」。〔註94〕《華嚴經》中，喻一切諸法爲：「如夢如幻，如影如像」。〔註95〕烏臺詩案、貶謫黃州的打擊，使得蘇軾切切實實體會到了人生如夢的感慨，人生虛幻感油然而生。《謫居三適三首・午窗坐睡》：「謂我今方夢，此心初不垢。」《上元夜過赴儋守召獨坐有感》：「燈花結盡吾猶夢，香篆消時汝欲歸。」獨坐掩扉，字裏行間流露出寂寞淒涼、人生夢幻之感。「那知夢幻軀，念念非昔人」。〔註96〕（《再過常山和昔年留別詩》）「人生如夢」是蘇軾作品中反覆詠歎的哀傷：「聚散細思都是夢」，「夢幻去來殊未已」，「此身自幻孰非夢」……這段時期，蘇軾詩中不斷重複著這一人生感慨。

第三，出世入世不二

大乘佛法的辯證在於，他既沒有像道家一樣隱居避世，也沒有像儒家一樣以世俗之事爲主，而是強調在入世中出世，以出世之心做入世之事，出世入世之不二。《維摩詰經》中提出：「不捨道法而現凡夫事」〔註97〕。《壇經》也強調：「佛法在世間，不離世間覺。離世覓菩提，恰如求兔角。」〔註98〕較爲圓融地處理了入世與出世的矛盾對立和衝突。主張在生活、日用中參修，打破了對靜坐和出家的形式執著，圓融入世與出世之道。由於世人執有，故佛陀說空。但「空」是緣起性空，於現象表現爲假有。而很多學佛者容易法執執著於空。《景德傳燈錄》：「越州惠海禪師。有律師法明問師曰：『禪師家多落空。』」〔註99〕蘇軾「蓬蓬未必都非夢，了了方知不落空」，〔註100〕（《次

〔註92〕王文誥輯注，孔凡禮點校：《蘇軾詩集》，北京：中華書局，1982年，1241頁。
〔註93〕王文誥輯注，孔凡禮點校：《蘇軾詩集》，北京：中華書局，1982年，1240頁。
〔註94〕《金剛經》，《大正藏》8冊，752頁中。
〔註95〕《大方廣佛華嚴經》，《大正藏》10冊，404頁中。
〔註96〕王文誥輯注，孔凡禮點校：《蘇軾詩集》，北京：中華書局，1982年，1381頁。
〔註97〕《維摩詰經》，《大正藏》14冊，539頁下。
〔註98〕《壇經》，《大正藏》48冊，351頁下。
〔註99〕《景德傳燈錄》，《大正藏》51冊，246頁下。

之趙先生之舍利授悟清，使持歸勝相院。記見《文集》卷十二。」〔註112〕十二月十八日，「書蒲永升畫後（即《畫水記》）寄惟簡，惟簡刻之石。文見《文集》卷十二。」〔註113〕歲晚，答秦觀長簡，贊其詩文，並敘個人節儉生活。《文集》卷五十二與觀第四簡詳敘到黃後諸況：「初到黃，廩入既絕，人口不少，私甚憂之。但痛自節儉，日用不得過百五十，每月朔便取四千五百錢，斷為三十塊，掛屋梁上，平旦用畫叉挑取一塊，即藏去叉，仍以大竹筒別貯用不盡者，以待賓客。此賈耘老法也。」〔註114〕《文集》卷六十六《書南史盧度傳》敘不殺生之願。

元豐四年（1081），四十六歲。「悟清歸，簡惟簡（寶月），並簡滕元發（達道），求為書《經藏碑》碑額大字，令悟清歸途中持往。嘗欲以吳道玄所畫釋迦牟尼佛送惟簡所在中和院供養。」〔註115〕「二月二十七日，為模上人書佛經」。〔註116〕「四月八日，母程氏忌日，飯僧於安國寺，作《應夢羅漢記》。記見《文集》卷十二。述父洵遺志，成《易傳》，又作《論語說》。」〔註117〕「八月十六日，書陶潛詩二首，為跋。九月十五日，海印禪師紀公將赴峨眉，作偈送行。偈見《文集》卷二十二。二十二日，書《集歸去來辭》六首，即《詩集》卷四十三《歸去來集字十首》前六首。」〔註118〕「十二月，了元（佛印）來簡，答之。見《文集》卷六十一。」〔註119〕作《東坡八首》，自是始號東坡居士。

元豐五年（1082），四十七歲。「三月三日，作《書淵明飲酒詩後》。文見《文集》卷六十七。」〔註120〕七日，作《定風波》。「五月，以怪石供佛印，作《怪石供》。」〔註121〕「七月十六日，與客泛舟赤壁，作《赤壁賦》。赤壁懷古，賦《念奴嬌》。」〔註122〕「十月十五日夜，復遊赤壁之下，作《後赤壁賦》」。〔註123〕「二月十三日，跋李康年篆《心經》後。跋見《文集》卷六十

〔註112〕孔凡禮：《蘇軾年譜》，北京：中華書局，1998年，492頁。
〔註113〕孔凡禮：《蘇軾年譜》，北京：中華書局，1998年，493頁。
〔註114〕孔凡禮：《蘇軾年譜》，北京：中華書局，1998年，495頁。
〔註115〕孔凡禮：《蘇軾年譜》，北京：中華書局，1998年，500頁。
〔註116〕孔凡禮：《蘇軾年譜》，北京：中華書局，1998年，501頁。
〔註117〕孔凡禮：《蘇軾年譜》，北京：中華書局，1998年，504頁。
〔註118〕孔凡禮：《蘇軾年譜》，北京：中華書局，1998年，515頁。
〔註119〕孔凡禮：《蘇軾年譜》，北京：中華書局，1998年，523頁。
〔註120〕孔凡禮：《蘇軾年譜》，北京：中華書局，1998年，536頁。
〔註121〕孔凡禮：《蘇軾年譜》，北京：中華書局，1998年，541頁。
〔註122〕孔凡禮：《蘇軾年譜》，北京：中華書局，1998年，545頁。
〔註123〕孔凡禮：《蘇軾年譜》，北京：中華書局，1998年，550頁。

九《跋李康年篆心經後》。」〔註124〕

　　元豐六年（1083），四十八歲。「正月十五日，作《唐畫羅漢贊》。時悟清復來黃。贊見《文集》卷二十二。」〔註125〕「三月，道潛來，館於東坡。喜道潛詩，嘗誦之。《文集》卷十九《參寥泉銘・敘》敘道潛來。」〔註126〕「五月一日，張公裕卒。蘇軾嘗跋其《清淨經》。跋見《文集》卷六十六《跋張益孺清靜經後》。」〔註127〕僧應純將之廬山，作偈送之。題《沈君琴》，見《詩集》卷四十七。「七月十日，作《跋吳道子地獄變相》。」〔註128〕十月十二日夜，至承天寺，與張懷民遊。據《文集》卷七十一《記承天寺夜遊》。十一月一日，賦《水調歌頭》。「十二月，徐州開元寺僧法明來簡，答之。見《文集》卷六十一《答開元明座主》一、二簡。」〔註129〕

　　元豐七年（1084），四十九歲。正月十九日，答徐州開元寺僧法明簡。見《文集》卷六十一《答開元明座主》第三簡。「三月三日，與道潛、徐大正、崔閒等訪定惠東海棠，記之，明日並作詩。記乃《文集》卷七十一《記遊定惠院》。」〔註130〕「遊大別寺，作《大別方丈銘》。銘見《文集》卷十九。」〔註131〕在黃，作《書淵明羲農去我久詩後》。「王定民（佐才）嘗專人送文並書至，作《石恪畫維摩贊》。」〔註132〕「長蘆法秀（圓通）禪師嘗有簡來。有答。筠州聖壽院僧有聰嘗來訪，作偈送之。《文集》卷六十一《與圓通》四簡敘往還之跡。」〔註133〕法秀全稱東京法雲寺法秀圓通禪師，《五燈會元》卷十六有傳，爲長蘆鼻祖。「嘗簡法芝敘夢彌勒殿事。作《五祖山長老眞贊》。贊見《文集》卷二十二。」〔註134〕嘗與石康伯《簡》，論及養生。「嘗戲用佛經語，爲陳慥作《魚枕冠頌》。頌見《文集》卷二十。」〔註135〕三月十八日，作《水調歌頭》。四月六日，作《黃州安國寺記》。別黃州，道潛、趙吉從行。《詩

〔註124〕孔凡禮：《蘇軾年譜》，北京：中華書局，1998年，552頁。
〔註125〕孔凡禮：《蘇軾年譜》，北京：中華書局，1998年，563頁。
〔註126〕孔凡禮：《蘇軾年譜》，北京：中華書局，1998年，566頁。
〔註127〕孔凡禮：《蘇軾年譜》，北京：中華書局，1998年，568頁。
〔註128〕孔凡禮：《蘇軾年譜》，北京：中華書局，1998年，572頁。
〔註129〕孔凡禮：《蘇軾年譜》，北京：中華書局，1998年，592頁。
〔註130〕孔凡禮：《蘇軾年譜》，北京：中華書局，1998年，599頁。
〔註131〕孔凡禮：《蘇軾年譜》，北京：中華書局，1998年，601頁。
〔註132〕孔凡禮：《蘇軾年譜》，北京：中華書局，1998年，604頁。
〔註133〕孔凡禮：《蘇軾年譜》，北京：中華書局，1998年，605頁。
〔註134〕孔凡禮：《蘇軾年譜》，北京：中華書局，1998年，606頁。
〔註135〕孔凡禮：《蘇軾年譜》，北京：中華書局，1998年，609頁。

集》卷二十三有《別黃州》、《和參寥》。二十四日，宿圓通禪院。二十五日，
寫寶積獻蓋頌佛，贈圓通禪院可遷長老，作詩。詩見《詩集》卷二十三。可
遷禪師全稱廬山圓通可遷法鏡禪師。屬南嶽下十三世，東林總禪師法嗣。《五
燈會元》卷十七有傳。「在廬山，了元（佛印）來《簡》約同遊。見《文集》
卷六十一與了元第三簡。」〔註136〕在廬山，與開元觀道人遊。「至筠州，洞山
克文禪師、聖壽聰禪師來迎。洞山克文禪師，南嶽下十二世，黃龍南禪師法
嗣，《五燈會元》卷十七有傳。聖壽聰長老事蹟，見《欒城後集》《逍遙聰禪
師塔碑》。」〔註137〕「五月，端午，遊大愚山眞如寺，佇遲、適、遠從，謁大
愚禪師。有詩，詩見《詩集》卷二十三。」〔註138〕往龍泉，宿資福寺。十日，
與李志中同遊寶雲寺此君亭。據《書李志中文後》。十九日，與葛格（道純）
同遊廬山簡寂觀。據《文集》卷六十八《書葛道純詩後》。「同日，於慧日院
雨中，跋秦觀、元淨（辯才）廬山題名，以贈道潛。文見《文集》卷七十
一。二十三日，與道潛登慧日寺樓觀。獨遊白鶴觀，見《詩集》卷四十二《觀
棋》。《文集》卷六十七《書司空圖詩》亦敘遊白鶴觀事。」〔註139〕「爲東林
常總（廣惠）長老《題西林壁》。詩皆見《詩集》卷二十三。《文集》卷二十
二《東林第一代廣惠禪師眞贊》稱常總爲「僧中之龍」。《五燈會元》卷十七
謂蘇軾爲總長老法嗣。」〔註140〕「與了元（佛印）遊廬山。識其徒自順，並
爲題品。《文集》卷六十一與了元第七簡。與道潛登朱砂峰，題字。與開元觀
道人簡，以不能踐約與晤爲歉。《文集》卷六十一《答開元明座主》第一簡敘
之。」〔註141〕登無相寺，題字。《文集》卷二十二有《無相庵偈》。「至江州紫
極宮，道士胡洞微以李白《潯陽紫極宮感秋》相示。蘇軾和詩見《詩集》卷
二十三。道潛作詩話別九江，次韻約道潛至汝州。次韻見《詩集》卷二十三。」
〔註142〕「晤寶覺，次韻答寶覺詩。答詩見《詩集》卷二十四。《文集》卷二十
二有《金山長老寶覺禪師眞贊》。」〔註143〕在「金山，以玉帶施了元（佛印），
了元報以衲裙。爲作詩。詩見《詩集》卷二十四。《五燈會元》卷十六有《了

〔註136〕孔凡禮：《蘇軾年譜》，北京：中華書局，1998年，618頁。
〔註137〕孔凡禮：《蘇軾年譜》，北京：中華書局，1998年，620頁。
〔註138〕孔凡禮：《蘇軾年譜》，北京：中華書局，1998年，621頁。
〔註139〕孔凡禮：《蘇軾年譜》，北京：中華書局，1998年，626頁。
〔註140〕孔凡禮：《蘇軾年譜》，北京：中華書局，1998年，627頁。
〔註141〕孔凡禮：《蘇軾年譜》，北京：中華書局，1998年，627頁。
〔註142〕孔凡禮：《蘇軾年譜》，北京：中華書局，1998年，631頁。
〔註143〕孔凡禮：《蘇軾年譜》，北京：中華書局，1998年，636頁。

元傳》。金山僧寶覺歸蜀，有送行詩。詩乃《詩集》卷二十四《送金山鄉僧歸蜀開堂》。」〔註144〕「長蘆法秀禪師赴召主京師法雲寺。與了元（佛印）簡，乃《文集》卷六十一與了元第一簡。」〔註145〕「十二月，過龜山，贈辯才師。見《詩集》卷二十四《龜山辯才師》。」〔註146〕

　　元豐八年（1085），五十歲。「正月十九日，答徐州開元寺僧法明簡，簡見《文集》卷六十一《答開元明座主九首》第三首。」〔註147〕「張方平授《楞伽經》使印施江淮間，授所藏禪月羅漢十六軸使施之。《文集》卷六十六《書楞伽經後》敘方平授《楞伽經》，卷六十一《答開元明座主》第七簡敘授禪月羅漢。」〔註148〕作《薦誠禪院五百羅漢記》，見《文集》卷十二。「至揚州，過壽寧寺，見文覺顯公；悟雲師無著：有詩。詩見《詩集》卷二十五。」〔註149〕「五月一日，留題揚州竹西寺。詩見《詩集》卷二十五。徐州開元寺僧法明來相別，以張方平所授禪月羅漢十六軸贈之。《答開元明座主》第七簡敘之。過瓜洲，了元（佛印）來迎，以偈為獻。」〔註150〕「六月十五日，徐州開元寺僧法明以蘇軾手簡刻石。」〔註151〕「《文集》卷六十六《書楞伽經後》敘受張方平印施《楞伽經》於江淮間之命。軾留金山，了元請代書之。」〔註152〕「中秋前後，亦嘗登妙高臺，應了元（佛印）之請，作詩。醉後遊招隱寺，記焦山長老答問。詩見《詩集》卷二十六，文見《文集》卷七十二。」〔註153〕「二十七日，別揚州石塔寺擇老（擇公、無擇、戒公）據《記石塔長老答問》。」〔註154〕「二十九日，過邵伯埭，與了元（佛印）簡。」〔註155〕九月，《楞伽經》刻成，本月，書其後。文見《文集》卷六十六。「十一月二日，遊登州延洪禪院，捨子過所蓄烏桐鑑為佛心鑑，作偈。偈見《文集》卷二十二。」〔註156〕

〔註144〕孔凡禮：《蘇軾年譜》，北京：中華書局，1998 年，645 頁。
〔註145〕孔凡禮：《蘇軾年譜》，北京：中華書局，1998 年，649 頁。
〔註146〕孔凡禮：《蘇軾年譜》，北京：中華書局，1998 年，659 頁。
〔註147〕孔凡禮：《蘇軾年譜》，北京：中華書局，1998 年，667 頁。
〔註148〕孔凡禮：《蘇軾年譜》，北京：中華書局，1998 年，669 頁。
〔註149〕孔凡禮：《蘇軾年譜》，北京：中華書局，1998 年，673 頁。
〔註150〕孔凡禮：《蘇軾年譜》，北京：中華書局，1998 年，674 頁。
〔註151〕孔凡禮：《蘇軾年譜》，北京：中華書局，1998 年，677 頁。
〔註152〕孔凡禮：《蘇軾年譜》，北京：中華書局，1998 年，680 頁。
〔註153〕孔凡禮：《蘇軾年譜》，北京：中華書局，1998 年，683 頁。
〔註154〕孔凡禮：《蘇軾年譜》，北京：中華書局，1998 年，684 頁。
〔註155〕孔凡禮：《蘇軾年譜》，北京：中華書局，1998 年，685 頁。
〔註156〕孔凡禮：《蘇軾年譜》，北京：中華書局，1998 年，692 頁。

「過濟南，長清眞相院方建塔，許以弟轍所得釋迦舍利葬之。據《文集》卷十九《眞相院釋迦舍利塔銘》。」〔註157〕「與了元（佛印）、雲菴克文禪師簡。」〔註158〕「元豐間，玉泉承皓禪師首眾於襄陽谷隱。蘇軾嘗參謁承皓禪師。玉泉承皓禪師，《五燈會元》卷十五有傳。」〔註159〕

此期，蘇軾詩詞中佛語甚多，如「畏蛇不下榻，睡足吾無求」，《佛遺教經》有：「煩惱毒蛇，睡在汝心」。《書麈公詩後》全詩使用佛教典故多處。「但嗟濁惡世，不受龍象蹴。」〔註160〕《維摩經》有：「如龍象蹴踏，非驢所堪」；〔註161〕「爲吟無字偈，一洗凡眼肉。」《金剛經》有：「如來有肉眼不？」〔註162〕《遊淨居寺》：「稽首兩足尊，舉頭雙涕揮」，〔註163〕語出《法華經》：「稽首兩足尊」。「靈山會未散，八部猶光輝。」用《法華經》：「世尊於靈山會上，爲諸大眾說二十八品。」《遷居臨皋亭》：「區區欲右行，不救風輪左」，〔註164〕《楞嚴經》有：「覺明空昧相待成搖，故有風輪執持世界。」〔註165〕《次韻答子由》「尙有讀書清淨業」，《華嚴經》有：「即以利益諸眾生，而爲自行清淨業」語。《歧亭五首》其五「頭然未爲急」，〔註166〕《梵網經》有：「當求精進，如救頭然」。《次韻道潛留別》：「故就高人斷宿攀」，〔註167〕《維摩經》有：「何斷攀緣，以無所得。」《豆粥》：「聲色相纏心已醉」，〔註168〕《楞嚴經》有：「汝愛我心，我憐汝色，以是因緣經千百劫，常在纏縛。」另外，一些詩句中用常見佛語，如《子由自南都來陳三日而別》：「悟彼善知識」，〔註169〕《謝人惠雲巾方舄二首》：「便於禪坐作跏趺」〔註170〕等。

四十五歲的蘇軾到達黃州後，身爲朝廷罪人，不便與人來往，唯有杜門

〔註157〕孔凡禮：《蘇軾年譜》，北京：中華書局，1998年，693頁。

〔註158〕孔凡禮：《蘇軾年譜》，北京：中華書局，1998年，699頁。

〔註159〕孔凡禮：《蘇軾年譜》，北京：中華書局，1998年，701頁。

〔註160〕王文誥輯注，孔凡禮點校：《蘇軾詩集》，北京：中華書局，1982年，1023頁。

〔註161〕《維摩詰經》，《大正藏》38冊，383頁中。

〔註162〕《金剛經》，《大正藏》8冊，751頁中。

〔註163〕王文誥輯注，孔凡禮點校：《蘇軾詩集》，北京：中華書局，1982年，1024頁。

〔註164〕王文誥輯注，孔凡禮點校：《蘇軾詩集》，北京：中華書局，1982年，1053頁。

〔註165〕《楞嚴經》，《大正藏》18冊，120頁上。

〔註166〕王文誥輯注，孔凡禮點校：《蘇軾詩集》，北京：中華書局，1982年，1209頁。

〔註167〕王文誥輯注，孔凡禮點校：《蘇軾詩集》，北京：中華書局，1982年，1233頁。

〔註168〕王文誥輯注，孔凡禮點校：《蘇軾詩集》，北京：中華書局，1982年，1271頁。

〔註169〕王文誥輯注，孔凡禮點校：《蘇軾詩集》，北京：中華書局，1982年，1018頁。

〔註170〕王文誥輯注，孔凡禮點校：《蘇軾詩集》，北京：中華書局，1982年，1112頁。

深居，讀「佛經以遣日」。《與參寥子書》說謫居以後，親朋好友，幾乎斷了來往：「而釋老數公，乃復千里致問」，〔註171〕方外之友的關心、致問對蘇軾是莫大的安慰。黃州時期，蘇軾交往僧人主要有：

（一）佛印了元

了元，號佛印。《五燈會元》卷十六有傳。屬雲門宗，青原下十世，神宗嘗賜高麗磨衲金缽以旌之。元豐二年，二人已經相識。居黃期間，佛印致書邀蘇軾爲其雲居寺作記，軾以婉拒。蘇軾把在黃州收藏的石頭，並作《怪石供》贈之。蘇軾與其金山寺見面，《叢林盛事》記載二人鬥禪機趣事：

> 佛印一日入室次。忽東坡至。印云：「此間無榻座。不及奉陪居士。」坡云：「暫借和尚四大爲榻座。」印曰：「山僧有一問。居士若道得即請坐。若道不得即輸卻玉帶。」坡欣然曰：「便請。」印曰：「居士適來道。借山僧四大爲榻座。只如山僧四大本空。五陰非有。居士向什麼處坐。」坡擬議。不能加答。遂解玉帶。大笑而出。印卻以雲山衲衣贈之。〔註172〕

佛印曾欲給蘇軾買田京口。蘇軾居常州時，應了元之勸，書《楞伽經》。元豐七年四月，蘇軾到廬山遊覽，佛印陪同。後歸陽羨，蘇軾「以書抵元曰：『不必出山。當學趙州上等接人。』元得書徑來。東坡迎笑問之。元以偈爲獻曰：『趙州當日少謙光。不出山門見趙王。爭似金山無量相。大千都是一禪床。』東坡撫掌稱善。」〔註173〕「趙州上等接人」，即用唐代趙州禪師典故，「下等人來。出三門接。中等人來。下禪床接。上等人來，禪床上接。」〔註174〕蘇軾意謂直接以佛法眞義相待，不用前來迎接，了元卻以佛法反用之，謂「大千都是一禪床」意化解之，前來迎接，幽默風趣。《戲答佛印偈》亦云：「百千燈作一燈光，儘是恆沙妙法王。是故東坡不敢借，借君四大作禪床。」蘇軾在京時，告訴佛印自己多年不聞法音，經術荒疏。蘇軾貶惠州，佛印則鼓勵蘇軾：「三十年功名富貴，轉眼成空，何不一筆勾斷，尋取自家本來面目萬劫常住永無墮落。……子瞻胸中有萬卷書。下筆無一點塵。到這地位。不知性命所在。一生聰明。要做什麼三世佛。則是一個有血性的漢子。子瞻若能

〔註171〕孔凡禮點校：《蘇軾文集》，北京：中華書局，1986年，1860頁。

〔註172〕《叢林盛事》，《續藏經》86冊，686頁中。

〔註173〕《禪林僧寶傳》，《大正藏》86冊，550頁下。

〔註174〕《古尊宿語錄》，《大正藏》68冊，87頁上。

腳下承當。把三二十年富貴功名賤如泥土。努力向前。珍重。珍重。」〔註 175〕
兩人之友情可見一斑。

（二）東林常總

　　東林常總，即江州常總照覺禪師，南嶽下十二世。《禪林僧寶傳》載其生
平：「十一依寶雲寺文兆法師出家。又八年落髮。詣建州大中寺。契思律師受
具。神觀秀異。鸞翔虎視。威掩萬僧。偉如也。初至吉州禾山。依禪智材
公，材有人望，厚禮延之不留。聞南禪師之風。辭材至歸宗，久之無所得而
去。歸宗寺火，南公遷石門南塔。又往從之。及南公自石門，而遷黃蘗積
翠，自積翠而遷黃龍，總皆在焉。二十年之間。凡七往返。南公佳其勤勞，
稱於眾。總自負密受，大法旨決。志將大掖臨濟之宗。名聲益遠，叢林爭
追崇之。南公歿，哭之不成聲，戀戀不忍去。明年洪州太守榮公修撰。請
住泐潭。其從相語曰：『馬祖再來也。』道俗爭先願見。」初至吉州禾山禪
智材公，次依黃龍慧南禪師，皇帝賜號「照覺禪師」。常總住持東林寺長達
數年，使東林寺「廈屋崇成，金碧照煙雲……天下學者從風而靡」。〔註 176〕
元豐七年，蘇軾被命為汝州團練副使。四月，作《贈東林總長老》。在廬山
十餘日，與常總朝夕相處甚歡，作《題西林壁》一詩。蘇軾《與東林廣惠
禪師二首》〔註 177〕記兩人交往情形。《東林第一代廣惠禪師真贊》云：「應物
而無情者乎堂堂總公，僧中之龍」〔註 178〕。《五燈會元》把蘇軾看作是常總
法嗣。

第四節　蘇軾元祐年間和惠儋貶謫時期佛學思想及
　　　　相關事蹟編年考述

　　元祐時期（1086～1093）：這一時期，蘇軾仕宦生涯達到了人生頂峰期，
此期思想仍以儒家思想為主。但由於此時的蘇軾已經歷宦海沉浮，能以一種
較為淡然的態度來面對眼前的顯赫與榮耀。

　　據孔凡禮《蘇軾年譜》：宋哲宗元祐元年（1086），五十一歲：始與黃庭

〔註 175〕　《居士分燈錄》，《續藏經》86 冊，596 頁下。
〔註 176〕　《禪林僧寶傳》，《大正藏》86 冊，539 頁中。
〔註 177〕　孔凡禮點校：《蘇軾文集》，北京：中華書局，1986 年，1890 頁。
〔註 178〕　孔凡禮點校：《蘇軾文集》，北京：中華書局，1986 年，623 頁。

堅相見。「常總來簡催作《東林寺碑》，答簡請少寬限。見《文集》卷六十一與常總第一簡。」〔註179〕「三月一日，書《佛心鑑偈》以立石。文見《文集》卷二十二。」〔註180〕「與了元（佛印）簡，報翰林學士新除。《文集》卷六十一與了元第十一簡敘其事。」〔註181〕與錢勰、黃庭堅遊寶梵寺。

　　元祐二年（1087），五十二歲：「三月四日，書《般若波羅蜜多心經》。」〔註182〕八月二十五日，「書《眞相院舍利塔銘》，銘見《文集》卷十九。」〔註183〕

　　元祐三年（1088），五十三歲：「八月五日，與弟轍、孫敏行（子發）、秦觀遊相國寺，觀王詵墨竹，題名。題名見《佚文匯編》卷六，詩見《詩集》卷三十《虛飄飄》。」〔註184〕「二十九日，跋《石恪畫維摩頌》。跋見《佚文匯編》卷五，頌見《文集》卷二十。」〔註185〕《文集》卷二十二有《葆光法師眞贊》。「嘗往興國寺浴室院，見彭汝礪，共觀六祖畫像，應其請作贊，據《興國寺浴室院六祖畫贊》。」〔註186〕「三十日，家定國（退翁）及興國院浴室法用來簡，以正信和尙所作偈、頌及塔記求跋，跋之，簡法用。跋見《文集》卷六十六《書正信和尙塔銘後》。跋謂正信和尙卒於熙寧六年，又十五年而爲此跋，知作於今年。簡見《文集》卷六十一《與浴室用公一首》。」〔註187〕「十二月，與元淨（辯才）簡，求爲父洵、母程氏造地藏菩薩一尊等，以供養京師寺中。簡見《與辯才禪師》第三簡。」〔註188〕

　　元祐四年（1089），五十四歲。《文集》卷六十七《題淵明詩》其一論陶潛「平疇」二句爲妙句。「七月二十五日，至法惠寺，有題。文見《佚文匯編》卷六。」〔註189〕「八月六日，自書《歸去來兮辭》，並跋。跋見《佚文匯編》卷六。」〔註190〕「贈千頃廣化院僧了性海石，作詩。了性嘗作六觀堂，爲作

〔註179〕孔凡禮：《蘇軾年譜》，北京：中華書局，1998年，705頁。
〔註180〕孔凡禮：《蘇軾年譜》，北京：中華書局，1998年，711頁。
〔註181〕孔凡禮：《蘇軾年譜》，北京：中華書局，1998年，739頁。
〔註182〕孔凡禮：《蘇軾年譜》，北京：中華書局，1998年，768頁。
〔註183〕孔凡禮：《蘇軾年譜》，北京：中華書局，1998年，787頁。
〔註184〕孔凡禮：《蘇軾年譜》，北京：中華書局，1998年，833頁。
〔註185〕孔凡禮：《蘇軾年譜》，北京：中華書局，1998年，834頁。
〔註186〕孔凡禮：《蘇軾年譜》，北京：中華書局，1998年，839頁。
〔註187〕孔凡禮：《蘇軾年譜》，北京：中華書局，1998年，848頁。
〔註188〕孔凡禮：《蘇軾年譜》，北京：中華書局，1998年，856頁。
〔註189〕孔凡禮：《蘇軾年譜》，北京：中華書局，1998年，887頁。
〔註190〕孔凡禮：《蘇軾年譜》，北京：中華書局，1998年，888頁。

贊。詩見《詩集》卷三十一《次韻錢越州見寄》。《文集》卷二十一《六觀堂贊》作於守杭時。了性又稱垂慈堂老人、六觀堂老人。參《詩集》卷三十四《六觀堂老人草書》。」〔註191〕

　　元祐五年（1090），五十五歲。「二月二十六日，過金文寺，再觀李建中詩，書其後。《詩集》卷二十八有《金門寺中見李西臺與二錢》詩。金門寺在杭州。」〔註192〕「二十七日，訪道潛，《書參寥詩》敘其事。」〔註193〕「五月十二日，錄《壽星院寒碧軒》詩贈通悟師。詩見《詩集》卷三十二。」〔註194〕「七月二十五日，作《安州老人食蜜歌》贈僧仲殊。詩見《詩集》卷三十二，注謂仲殊爲承天寺僧，居錢塘。知往來於蘇、杭間。」〔註195〕「據《指月錄》，八月，法雲法秀禪師卒。呂大防（微仲）作碑文，欲蘇軾書之，軾以爲當書。」〔註196〕「九月三十日，訪元淨（辯才）。據《文集》卷六十九《跋舊與辯才書》。」〔註197〕「十月十四日，賦《問淵明》詩。詩見《詩集》卷三十二。」〔註198〕「十月二十九日，長子邁離杭，爲雄州防禦推官。子迨、過解兩浙路，赴試春幃，道潛（參寥）有詩贈之。」〔註199〕

　　元祐六年（1091），五十六歲。「正月一日，懷璉（大覺禪師）卒。有祭文。蘇軾嘗以張方平所贈之鼎齍贈懷璉，並爲銘。《文集》卷六十一《與通長老》第七簡：『大覺正月一日遷化，必已聞之，同增悵悼。』祭文見《文集》卷六十三《祭大覺禪師文》。文云：「於穆仁祖，威神在天。山陵之成，二十九年。當時遺老，存者幾人。今年距仁宗之卒爲二十九年。銘見《文集》卷十九《大覺鼎銘》。」〔註200〕《文集》卷六十一《與大覺禪師》第三簡：「要作《宸奎閣碑》，謹已撰成。」同上《與通長老》第七簡：「大覺正月一日遷化。」以下云：「某卻與作得《宸閣碑記》，此老亦及見之。」記文即碑文。碑文之撰成，在此之前不久。「嘗書《八師經》。所謂八師者：不殺、不盜、

〔註191〕孔凡禮：《蘇軾年譜》，北京：中華書局，1998年，893頁。
〔註192〕孔凡禮：《蘇軾年譜》，北京：中華書局，1998年，908頁。
〔註193〕孔凡禮：《蘇軾年譜》，北京：中華書局，1998年，909頁。
〔註194〕孔凡禮：《蘇軾年譜》，北京：中華書局，1998年，917頁。
〔註195〕孔凡禮：《蘇軾年譜》，北京：中華書局，1998年，924頁。
〔註196〕孔凡禮：《蘇軾年譜》，北京：中華書局，1998年，925頁。
〔註197〕孔凡禮：《蘇軾年譜》，北京：中華書局，1998年，929頁。
〔註198〕孔凡禮：《蘇軾年譜》，北京：中華書局，1998年，935頁。
〔註199〕孔凡禮：《蘇軾年譜》，北京：中華書局，1998年，937頁。
〔註200〕孔凡禮：《蘇軾年譜》，北京：中華書局，1998年，947頁。

不淫、不惡，口不飲酒，老，病，死。」〔註201〕「初七日，與錢勰、江公著（晦叔），柳庸同訪龍井元淨（辯才），題名。公著知吉州，有送行詩詞。勰赴瀛州，賦《臨江仙》送行。題名見《佚文匯編》卷六。詩見《詩集》卷三十三《送江公著知吉州》。送江詞乃《東坡樂府》卷上《漁家傲》（送客歸來燈火盡）。」〔註202〕「二月，蘇州通長老來簡，答簡乃《文集》卷六十一與通第六簡。云及「召還禁林」。駙馬都尉張敦禮來聘淨慈法湧大師主京師法雲寺，爲作疏《請淨慈寺法湧禪師入都疏》。卷六十一《與淨慈明老》第四簡言法湧不欲往，敦禮請既堅，遂從。法湧原名善本，嗣元照禪師宗本，韓絳奏號法湧大師。見《咸淳臨安志》卷七十《傳》。詩乃《詩集》卷三十三《送小本禪師赴法雲》。小本即法湧，大本乃宗本。法湧入法雲，乃嗣法秀。請楚明（明老）繼法湧之後住持淨慈寺，楚明從之。《文集》卷六十一《與淨慈明老》第一簡請楚明嗣法湧。」〔註203〕「三月，守杭。贊僧若愚詩。《嘉泰吳興志》卷十八《事物雜志‧德清縣》：僧若愚，字谷老，姓馬。少於覺海寺出家。後從參寥、從龍井辯才傳教，俱有詩名。東坡見師詩，許之曰：『他日當能振辯才家風。』」〔註204〕「守杭，嘗爲亡母程氏捨遺留簪珥，命工畫阿彌陀佛像，爲作頌。應圓照律師之勸也。頌見《文集》卷二十《阿彌陀佛頌》。《咸淳臨安志》卷七十《人物》十一《方外‧僧‧元照》：『靈芝大智律師，字湛如，號安忍子，錢唐人，本姓唐。母竺氏，夢異僧託孕。幼居祥府寺東藏，窮清淨毗尼之學，參神悟大師處謙，傳天台教觀。』《東堂集》卷十有《元照律師畫贊》。《文集》卷七十二《圓照》稱圓照『志行苦卓，教法通洽，晝夜行道二十餘年』，作於紹聖二十年。」〔註205〕「贈道潛（參寥）卵硯，並爲銘。約爲守杭時事。《文集》卷十九《卵硯銘》有『與居士，同出入，更險夷，無燥濕』之語，是硯從蘇軾已久。又有「從參寥，老空寂」，是贈道潛也。」〔註206〕「書《圓澤傳》贈山中僧人，傳見《文集》卷十三。參《冷齋夜話》卷十。簡別元淨（辯才）。簡乃《文集》卷六十一與元淨第四簡，云「迫行」。寒食日，罷杭守，過智果精舍，訪道潛（參寥）辭行，作《參寥泉

〔註201〕孔凡禮：《蘇軾年譜》，北京：中華書局，1998年，948頁。
〔註202〕孔凡禮：《蘇軾年譜》，北京：中華書局，1998年，949頁。
〔註203〕孔凡禮：《蘇軾年譜》，北京：中華書局，1998年，954頁。
〔註204〕孔凡禮：《蘇軾年譜》，北京：中華書局，1998年，957頁。
〔註205〕孔凡禮：《蘇軾年譜》，北京：中華書局，1998年，959頁。
〔註206〕孔凡禮：《蘇軾年譜》，北京：中華書局，1998年，963頁。

銘》。道潛作詩。銘見《文集》卷十九，詩乃《參寥子詩集》卷七《別蘇翰林》。」〔註207〕「二十八日，遊常州淨土院，觀牡丹，賦詩，復題華藏院蘦蔔；與張弼（秉道）同遊。」〔註208〕「訪了元（佛印）於金山，為畫壁。《文集》卷七十一《書浮玉買田》首云：『浮玉老師元公』，謂了元。《詩集》卷十一常潤道中有懷錢塘寄述古五首》自注謂浮玉即金山。《節孝集》所云玉師即了元。」〔註209〕「五月，僧慧汶館蘇軾於興國浴室東堂，軾有詩。與錢勰（穆父）簡，報此時事。詩見《詩集》卷三十三《元祐六年六月，自杭州召還，汶公館我於東堂，閱舊詩卷，次諸公韻三首》。」〔註210〕「九月，嘗書元淨（辯才）次韻道潛（參寥）詩，為跋。跋見《文集》卷六十八《書辯才次韻參寥詩》。三十日，致書元淨（辯才）。同日，元淨卒。有祭文，託道潛（參寥）祭之。與道潛簡。《文集》卷六十九《跋舊與辯才書》謂元淨始以元祐五年九月三十日入山。」〔註211〕十一月二十五日，作《祈雨迎張龍公祝文》、文見《文集》卷六十二。二十六日，書遣迨與陳師道禱張龍公神祠事。二十八日，與趙令時、陳師道同訪歐陽棐（叔弼）、辯（季默），作詩並論詩。詩見《詩集》卷三十四。

　　元祐七年（一○九二），五十七歲。「正月二十二日，題句信道集朝賢書夾頌《金剛經》。」〔註212〕文見《文集》卷六十九《跋勾信道郎中集朝賢書夾頌金剛經》。「二月，遣趙令時祭佛陀波利，作祝文，祈雨雪不作。雪霽，上乞光梵寺額狀。」〔註213〕祝文見《文集》卷六十二《祭佛陀波利祝文》。「五月十一日，跋舊與元淨（辯才）書。跋見《文集》卷六十九《跋舊與辯才書》。時元淨弟子惟楚攜元祐五年為元淨所書數紙來，乃太息書此。」〔註214〕「七月三十日，訪戒長老，留長老住石塔，長老留。有留疏。嘗為戒趙老作戒衣銘。疏見《文集》卷六十二《重請戒長老住石塔疏》。卷十九《石塔戒衣銘》作於揚。」〔註215〕「與晁補之、法芝送客山光寺，法芝作詩，蘇軾有和。識

〔註207〕　孔凡禮：《蘇軾年譜》，北京：中華書局，1998年，966頁。
〔註208〕　孔凡禮：《蘇軾年譜》，北京：中華書局，1998年，968頁。
〔註209〕　孔凡禮：《蘇軾年譜》，北京：中華書局，1998年，969頁。
〔註210〕　孔凡禮：《蘇軾年譜》，北京：中華書局，1998年，976頁。
〔註211〕　孔凡禮：《蘇軾年譜》，北京：中華書局，1998年，1001頁。
〔註212〕　孔凡禮：《蘇軾年譜》，北京：中華書局，1998年，1022頁。
〔註213〕　孔凡禮：《蘇軾年譜》，北京：中華書局，1998年，1024頁。
〔註214〕　孔凡禮：《蘇軾年譜》，北京：中華書局，1998年，1040頁。
〔註215〕　孔凡禮：《蘇軾年譜》，北京：中華書局，1998年，1048頁。

法芝所藏龍尾硯。法芝遊廬山，作詩送之。」〔註216〕《文集》卷六十八《書曇秀詩》，和詩見《詩集》卷三十五《山光寺送客回，次芝上人韻》，送詩見同上《送芝上人遊廬山》。「八月，在揚州，嘗簡弟轍，求爲作元淨（辯才）塔碑。」〔註217〕

元祐八年（一○九三），五十八歲。「三月二十四日，餞送范子奇歸，爲李存言五代時某僧事。」〔註218〕元祐八年因送范河中是院，聞言之耳。」六月，爲內殿崇班馬惟寬作《法雲寺禮拜石記》。「八月二十六日，太皇太后高氏疾，蘇軾作疏文《景靈宮祈福道場功德疏文》。」〔註219〕「九月初三，太皇太后高氏卒。挽詞見《詩集》三十六。迨之婦歐陽氏卒，有祭文，作《裝備羅漢薦歐陽婦疏》、《觀音贊》，《文集》卷六十三《祭迨婦歐陽氏文》，贊見《文集》卷二十一。」〔註220〕「與道潛簡，敍來日赴定。《文集》卷六十一與道潛第八簡乃此簡。」〔註221〕「十月二十五日，得雪浪石。滕希靖賦詩，弟轍、李之儀、道潛、秦觀、張耒、晁補之皆有和。軾詩見《詩集》卷三十七，道潛詩見《參寥子詩集》卷八《次韻蘇端明定武雪浪齋》。」〔註222〕「十一月十一日，作《釋迦文佛誦》。」〔註223〕元祐中，或識釋惠洪。

此期以佛語入詩作品主要有：

《和人假山》：「造物何如童子戲」，〔註224〕《法華經》有：「乃至童子，戲聚沙爲佛塔。」流露出宿命思想。《題文與可墨竹》：「遊戲得自在」，〔註225〕《法華經》有：「神通遊戲三昧」之語，以佛法的自在解脫境界比喻文與可畫技之隨心所欲。《西山詩和者三十餘人，再用前韻爲謝》：「赤松卻欲參黃梅」，〔註226〕《傳燈錄》：「弘忍大師者，蘄州黃梅人也。」「願求南宗一勺水」，《傳燈錄》：「上堂僧，問：『如何是曹溪一滴水？』答云：『曹溪一滴水。』」「坐視萬物皆浮埃」，「還朝豈獨羞老病，自歎才盡傾空罍……我如廢

〔註216〕孔凡禮：《蘇軾年譜》，北京：中華書局，1998年，1049頁。

〔註217〕孔凡禮：《蘇軾年譜》，北京：中華書局，1998年，1054頁。

〔註218〕孔凡禮：《蘇軾年譜》，北京：中華書局，1998年，1083頁。

〔註219〕孔凡禮：《蘇軾年譜》，北京：中華書局，1998年，1100頁。

〔註220〕孔凡禮：《蘇軾年譜》，北京：中華書局，1998年，1107頁。

〔註221〕孔凡禮：《蘇軾年譜》，北京：中華書局，1998年，1119頁。

〔註222〕孔凡禮：《蘇軾年譜》，北京：中華書局，1998年，1125頁。

〔註223〕孔凡禮：《蘇軾年譜》，北京：中華書局，1998年，1127頁。

〔註224〕王文誥輯注，孔凡禮點校：《蘇軾詩集》，北京：中華書局，1982年，1435頁。

〔註225〕王文誥輯注，孔凡禮點校：《蘇軾詩集》，北京：中華書局，1982年，1439頁。

〔註226〕王文誥輯注，孔凡禮點校：《蘇軾詩集》，北京：中華書局，1982年，1459頁。

井久不食，古甃缺落生陰苔」，仍有人生虛幻之感。《次韻曾子開從駕二首》
其二：「流落生還眞一芥」，〔註 227〕用《傳燈錄》：「一芥墮而覆地。」感慨宦
海沉浮、自己渺小。《始於文登海上得白石數升如芡實可作枕》：「法供坐令
微物重」〔註 228〕，富於內涵，微小的事物也就有了意義，表達萬物重視內涵
之意。

　　蘇軾從元祐元年到元祐八年八年間，由於高太后庇護，是蘇軾一生仕途
最順利、最顯赫時期。他把更多精力投入到治國理政中，此期蘇軾佛學思想
明顯回落。但這時蘇軾經歷了近三十年宦海沉浮，對於突如其來的榮耀與顯
赫，蘇軾較爲淡然，「再入都門萬事空」（《送杜介歸揚州》），仍能見出前期貶
謫經歷及佛學思想對其影響。此期佛禪詩作數量和表現程度上都較黃州時
少，但是經過了黃州的學佛經歷，佛禪思想已內化爲蘇軾思想一部分，與儒
家思想水乳交融、互相作用，構成他新的思想境界。

　　惠州與儋州時期（1094～1101）：元祐八年，高太后卒。第二年，哲宗改
年號爲紹聖，意味著繼承其父神宗新黨變法路線，蘇軾等元祐黨人都在貶謫
之中。紹聖元年六月，詔謫惠州。在赴嶺南的路上，朝廷五改謫令，一直將
蘇軾貶爲寧遠軍節度副使，惠州安置。這樣的人生經歷，使蘇軾的佛禪思想
進入了融通期和成熟期。「一念失垢污，身心洞清淨」。〔註 229〕（《過大庾嶺》）
不僅沒有哀怨，反而將貶謫視作是清淨心靈，參悟佛道的機會。蘇軾此時題
述僧佛之詩作中，往往儒、釋、道三家思想互滲，表現出圓融特點。如《宿
建封寺，曉登盡善亭，望韶石三首》，雜用三家典故，又如《次韻正輔同遊白
水山》，更是直接言明其自身於儒釋道三者之出處關係。在佛學中，圓融意謂
圓滿融通，即各事各物既能保持獨立性，又能互相交互融攝，爲完整一體。
據《華嚴法界觀門》，華嚴宗三種圓融思想：一理事圓融，世界萬象與眞如之
理，如水與波圓融不二；二理理圓融，眞如理體，體一不二。三事事圓融，
事相爲同一理體所現，圓融無礙。事物千差萬別，然同一體性，本質不二。「法
界緣起，無礙自在，一即一切，一切即一，主伴圓融。」〔註 230〕「可憐狡獪
維摩老，戲取江湖入鉢盂。」〔註 231〕（《遊中峰杯泉》）用維摩詰居士以大入

〔註 227〕王文誥輯注，孔凡禮點校：《蘇軾詩集》，北京：中華書局，1982 年，1490 頁。
〔註 228〕王文誥輯注，孔凡禮點校：《蘇軾詩集》，北京：中華書局，1982 年，1650 頁。
〔註 229〕王文誥輯注，孔凡禮點校：《蘇軾詩集》，北京：中華書局，1982 年，2426 頁。
〔註 230〕《華嚴一乘教義分齊章》，《大正藏》45 冊，484 頁下。
〔註 231〕王文誥輯注，孔凡禮點校：《蘇軾詩集》，北京：中華書局，1982 年，1689 頁。

小之典故，闡發佛教事事圓融思想。蘇軾很多詩句都表達這種觀念，如：「仰看雲天眞箬笠，旋收江海入蓑衣。」（《西塞風雨》）「我持此石歸，袖中有東海。」廣博的學養，貶謫生涯的磨煉，使蘇軾能夠從更深的層次上看到儒、釋、道的通融之處。他在《祭龍井辯才文》中說：「孔老異門，儒釋分宮。又於其間，禪律相攻⋯⋯江河雖殊，其至則同。」〔註232〕蘇軾強調儒、釋、道殊途同歸，可以融會貫通，他認爲不能僅從表象去判斷儒、釋的殊異：「指衣冠以命儒，蓋儒之衰；認禪律以爲佛，皆佛之粗」。〔註233〕（《蘇州請通長老疏》）在蘇軾看來，衣儒者之衣，冠儒者冠，並非就是眞儒。同樣，參禪守律未必就是眞佛。他認爲成都通法師亦儒亦佛，亦律亦禪，不囿於外象，這才是得儒、佛之眞。儋州時期，蘇軾的思想最終臻於圓融，很多詩作，展現出一個既不脫離於世間，又超脫於世間的心靈境界。

據孔凡禮《蘇軾年譜》：紹聖元年（一〇九四），五十九歲。「四月，在定州，勉之儀寫《華嚴經》，作《靜安縣君許氏繡觀音贊》。贊見《文集》卷二十一。」〔註234〕將行赴嶺表，謁諸廟辭行，作祝文，見《文集》卷六十二《辭諸廟祝文》：「軾得罪於朝，將適嶺表。」「以道潛所送彌陀像隨行，見《與參寥子》第十一簡。」〔註235〕「過龜山，與龜山長老別。見《文集》卷六十一《答龜山長老》。」〔註236〕「過眞州長蘆，見僧思聰（聞復），作詩呈之並請轉呈道潛。」〔註237〕詩見《詩集》卷三十七《僕所至，未嘗出游。過長蘆，聞復禪師病甚，不可不一問。既見，則有間矣。明日阻風，復留，見之。作三絕句，呈聞復，並請轉呈參寥子，各賦數首》。「七日，泊金陵。晤鍾山法泉佛慧禪師，法泉說偈，蘇軾有詩《六月七日泊金陵阻風得鍾山泉公書，寄詩爲謝》。法泉，《五燈會元》卷十六有傳。九日，迨、過以與其兄邁畫阿彌陀像奉安金陵清涼寺，蘇軾作贊，並贈詩和長老。」〔註238〕贊見《文集》卷二十一《阿彌陀佛贊》。詩見《詩集》卷三十七《贈清涼寺和長老》。「在金陵，晤杜傳（孟堅）及傳子唐弼；禱於崇因禪院觀世音菩薩。」〔註239〕

〔註232〕孔凡禮點校：《蘇軾文集》，北京：中華書局，1986年，1961頁。
〔註233〕孔凡禮點校：《蘇軾文集》，北京：中華書局，1986年，1907頁。
〔註234〕孔凡禮：《蘇軾年譜》，北京：中華書局，1998年，1146頁。
〔註235〕孔凡禮：《蘇軾年譜》，北京：中華書局，1998年，1147頁。
〔註236〕孔凡禮：《蘇軾年譜》，北京：中華書局，1998年，1155頁。
〔註237〕孔凡禮：《蘇軾年譜》，北京：中華書局，1998年，1157頁。
〔註238〕孔凡禮：《蘇軾年譜》，北京：中華書局，1998年，1159頁。
〔註239〕孔凡禮：《蘇軾年譜》，北京：中華書局，1998年，1160頁。

「八月十七日，遊天竺寺，書白居易贈韜光禪師詩，並賦詩。《文集》卷六十七《書樂天詩》敘其事。」〔註240〕「入曹溪，至南華寺，作《卓錫泉銘》。為南華寺書寶林二大字為額，謁六祖普覺大鑒禪師塔，作《南華寺》、《南華寺六祖塔功德書》、《與南華辯老》、《書南華長老重辯師逸事》。」〔註241〕「九月十二日，與子由同遊壽聖寺（南山寺），據《題廣州清遠峽山寺》。《次韻高要令劉湜峽山寺見寄》敘及遊清遠峽山寺。」〔註242〕「遊蒲澗寺，留詩贈信長老。見詩《廣州蒲澗寺》、《贈蒲澗信長老》。」〔註243〕《南海百詠》有《菖蒲觀覺真寺》：「寺觀並在蒲澗東」。「十八日，遷居嘉祐寺。據《詩集》卷四十《遷居》之引。《文集》卷七十一《題嘉祐寺壁》謂寓居嘉祐寺松風亭，同卷有《記遊松風亭》。作《和陶移居》《斜川集》卷二有《松風亭詞》。二十日，作《思無邪丹贊》；作思無邪齋。贊見《文集》卷二十一。蓋謂致身煉養，其道之旨在思無邪。二十二日，撰短文《事不能兩立》。文見《文集》卷七十三，論世間、出世間事不兩立。二十三日，遊大雲寺，賦《浣溪沙》。」〔註244〕「十二月十二日，與過遊白水山佛跡院，見《白水山佛跡岩》。」〔註245〕

紹聖二年（1095），六十歲。一月，「道潛（參寥）專使至。應道潛請，作《海月辯公真贊》，贊見《文集》卷二十二。《寶晉英光集》補遺《書海月贊跋》謂嘗於杭州天竺淨惠禪師處見軾贊，贊軾書法遒勁。《文集》卷七十一敘與毅遊天慶觀。」〔註246〕「自二月一日起，習道家龍虎鉛汞說，調息煉功，以百日為期。見《文集》卷七十三《龍虎鉛汞說》。二月十一日，默坐思無邪齋，書陶潛《東方有一士》詩示子過，並為跋，跋見《文集》卷六十七《書淵明東方有一士詩後》。三月二日，卓契順自宜興徒步抵惠州，致其師蘇州定慧寺僧守欽《擬寒山十頌》與長子邁之書。了元（佛印）致書，據《守欽》、《記卓契順答問》。」〔註247〕「四日，遊白水山佛跡寺，歸，和陶《歸園田居》；接陳慥書，答之。《文集》卷七十一《題白水山》敘遊白水山。《詩集》

〔註240〕孔凡禮：《蘇軾年譜》，北京：中華書局，1998年，1168頁。
〔註241〕孔凡禮：《蘇軾年譜》，北京：中華書局，1998年，1172頁。
〔註242〕孔凡禮：《蘇軾年譜》，北京：中華書局，1998年，1173頁。
〔註243〕孔凡禮：《蘇軾年譜》，北京：中華書局，1998年，1175頁。
〔註244〕孔凡禮：《蘇軾年譜》，北京：中華書局，1998年，1179頁。
〔註245〕孔凡禮：《蘇軾年譜》，北京：中華書局，1998年，1181頁。
〔註246〕孔凡禮：《蘇軾年譜》，北京：中華書局，1998年，1190頁。
〔註247〕孔凡禮：《蘇軾年譜》，北京：中華書局，1998年，1191頁。

卷三十九有《和陶歸園田居》，並寄道潛（參寥）。」〔註248〕「二十三日，書所善吳、越名僧十二人事授永嘉羅漢院僧惠誠，據《惠誠》，十二人爲：妙總（即道潛）、維琳、圓照、秀州長老、楚明、仲殊、守欽、思義、聞復、可久、清順、法穎。」〔註249〕四月八日，佛生日，畫壽星。嘗畫月梅。《東坡赤壁藝文志》卷五：「宋蘇軾畫壽星石刻，同治戊辰翻刻『紹聖二年四月，佛生日，蘇軾寫』，存坡仙亭。」並謂軾畫月梅石刻，同年翻刻，亦存坡仙亭。茲附此。「二十三日，黃庭堅到達黔州貶所。修簡相慰。與惟簡（寶月大師）簡。簡見《佚文匯編》卷四。道潛（參寥子）專人回，答簡。」〔註250〕與南華重辯簡。見《文集》卷六十一與道潛第十七簡、與重辯第三簡。「六月九日，書柳宗元《大鑒禪師碑》，並跋。蓋應南華重辯（辯老）之請。跋見《文集》卷六十六《書柳子厚大鑒禪師碑後》。《文集》卷六十一與重辯第十簡敘寫碑，云『仍作一小記』，乃謂此跋。《眉山唐先生文集》卷九《書大鑒碑陰記》謂軾所寫柳碑，崇寧中毀去。十一日，從張惠蒙請，遣惠蒙往南華寺謁重辯禪師。《文集》卷六十一《與南華辯老》第十一簡敘之，第八簡敘惠蒙事。十二日，寶月大師惟簡卒，據《文集》卷十五《寶月大師塔銘》。《文集》卷六十一有《付龔行信一首》，謝其承南華重辯（辯老）禪師之命遠道來通書。」〔註251〕本月，弟轍賦詩，以修無生法爲勸。「八月一日，書《金光明經後》。《金光明經》蓋子過所寫，以資母冥福。文見《文集》卷六十六《書金光明經後》。二十七日，書養生三法：食芡法、胎息法、藏月砂法，寄弟轍。文見《文集》卷七十三《寄子由三法》。」〔註252〕與程之才簡，敘颶風異常，望來廣、惠視察災情。命子過作《颶風賦》。與之才第四十一簡敘廣州災情，並云之才「早來民受賜多矣，必察此意。」「和陶潛《貧士》七首。詩見《詩集》卷三十九《和陶貧士七首》。重九後，程之才視察風災。將至惠，以詩迎之。詩見《詩集》卷三十九《聞正輔表兄將至，以詩迎之》。之才至惠，與晤。之才旋東按，歸途復經惠，有詩篇來往。與之才第四十六簡云及之才「過重九啓行，計已在途」，作《正輔既見和，復次前韻，慰鼓盆，勸學佛》。與之才遊白水山，浴湯池，復同遊香積寺，有詩，詩見《詩集》卷三十九《同正

〔註248〕孔凡禮：《蘇軾年譜》，北京：中華書局，1998 年，1192 頁。

〔註249〕孔凡禮：《蘇軾年譜》，北京：中華書局，1998 年，1196 頁。

〔註250〕孔凡禮：《蘇軾年譜》，北京：中華書局，1998 年，1198 頁。

〔註251〕孔凡禮：《蘇軾年譜》，北京：中華書局，1998 年，1201 頁。

〔註252〕孔凡禮：《蘇軾年譜》，北京：中華書局，1998 年，1207 頁。

輔表兄遊白水山》、《次韻正輔同遊白水山》、《與正輔遊香積寺》。」〔註 253〕
「杭州慧淨琳老等默禱於佛，令蘇軾亟還中州。簡道潛（參寥）致意，並
及秦觀。《文集》卷六十一與道潛第十九簡敘之。」〔註 254〕「十月初，和陶
《己酉歲九月九日》。見《詩集》卷三十九，為朝雲賦《三部樂》，詞見《東
坡樂府》卷上。詞云：『何事散花卻病，維摩無疾。』散花謂朝雲，維摩乃
蘇軾自謂。」〔註 255〕「和陶讀《山海經》。詩見《詩集》卷三十九《和陶讀
山海經》。」〔註 256〕「十一月九日，夜夢與人論神仙道術，作詩。詩見《詩集》
卷三十九《十一月九日，夜夢與人論神仙道術，因作一詩八句。既覺，頗記
其語，錄呈子由弟。後四句不甚明瞭，今足成之耳》。」〔註 257〕「十二月，鍾
山泉公（法泉、佛慧禪師）卒。與道潛（參寥）簡，慰之。《慶湖遺老詩集·
拾遺·贈僧彥》序：『丙子三月，再由金陵，泉公化去已累月。』泉公約卒於
本年末。簡乃《文集》卷六十一與道潛第十二簡。」〔註 258〕「法舟、法榮二
僧自成都來，求撰寶月大師惟簡塔銘。應其請，撰文。與之才第十五簡敘法
舟來。塔銘見《文集》卷十五《寶月大師塔銘》。《文集》卷六十一《與僧隆
寶》敘二僧來，並敘作塔銘。」〔註 259〕

　　紹聖三年（1096），六十一歲。「正月十二日，題所書寶月塔銘付法舟。
見《寶月大師塔銘》。作《和陶詠二疏》、《和陶詠三良》、《和陶詠荊軻》。詩
見《詩集》卷四十。本月，程之才召還。以和陶潛《飲酒》二十篇寄之，並
薦候晉叔。」〔註 260〕「三月五日，作《祭寶月大師文》。據《紀年錄》，文已
佚作《和陶移居二首》。詩見《詩集》卷四十。」〔註 261〕「作《和陶桃花源》，
詩見《詩集》卷四十。錄所作《和桃花源·引》等贈卓契順，有跋。跋見《佚
文匯編》卷五。四月八日，卜新居。據《紀年錄》。《詩集》卷四十《和陶移
居》之引敘得古白鶴觀地，欲居之。」〔註 262〕「二十日，復遷嘉祐寺，作

〔註 253〕孔凡禮：《蘇軾年譜》，北京：中華書局，1998 年，1208 頁。
〔註 254〕孔凡禮：《蘇軾年譜》，北京：中華書局，1998 年，1211 頁。
〔註 255〕孔凡禮：《蘇軾年譜》，北京：中華書局，1998 年，1213 頁。
〔註 256〕孔凡禮：《蘇軾年譜》，北京：中華書局，1998 年，1214 頁。
〔註 257〕孔凡禮：《蘇軾年譜》，北京：中華書局，1998 年，1216 頁。
〔註 258〕孔凡禮：《蘇軾年譜》，北京：中華書局，1998 年，1217 頁。
〔註 259〕孔凡禮：《蘇軾年譜》，北京：中華書局，1998 年，1217 頁。
〔註 260〕孔凡禮：《蘇軾年譜》，北京：中華書局，1998 年，1223 頁。
〔註 261〕孔凡禮：《蘇軾年譜》，北京：中華書局，1998 年，1224 頁。
〔註 262〕孔凡禮：《蘇軾年譜》，北京：中華書局，1998 年，1225 頁。

詩。《詩集》卷四十《遷居・敘》敘此事。」〔註263〕「五月五日，應惠州道士鄒寶光之請，書《天蓬咒》，並跋。跋見《文集》卷六十九《書天蓬咒》。」〔註264〕「六月，與重辯南華辯老簡，報近況。《文集》卷六十一《與南華辯老》第五簡：『至此二年，再涉寒暑，粗免甚病。』簡作於伏暑，朝雲未病也。第十三簡亦作於此前後，云：『在此凡百如宜。』」〔註265〕「七月五日，朝雲病卒。八月初三葬朝雲於棲禪山寺，作墓誌銘。銘見《文集》卷十五《朝雲墓誌銘》。《文集》卷六十二《惠州薦朝雲疏》：『念其忍死之言，欲託棲禪之下。』葬棲禪乃從其遺言。《總案》：『棲禪寺，泗州塔、朝雲墓、放生湖、海會院皆在湖濱而各占一坡，若連若續，不出二里餘也。』」〔註266〕「九日，視朝雲墓，《文集》卷七十一《題棲禪院》，卷六十二《惠州薦朝雲疏》。」〔註267〕「十二月十九日，生日，過壽詩。南華辯老亦有餉。《文集》卷六十一《與南華辯老》第九簡。」〔註268〕「二十五日，酒盡米盡，和陶《歲暮和張常侍》贈吳復古、陸惟中。見《詩集》卷四十。」〔註269〕

紹聖四年（1097），六十二歲。「法芝（曇秀）復來。爲作《夢齋銘・敘》。敘見《文集》卷十九。正月四日，了元（佛印禪師）卒。《文集》卷五十六與古第五簡云：『浮玉遂化去』。浮玉乃了元。」〔註270〕作《辨道歌》。闡辨道家龍虎之說，見《詩集》卷四十《辨道歌》。「六日，法芝（曇秀）出劉季孫（景文）詩，爲跋其後。《文集》卷六十八《書劉景文詩後》即此跋。二十一日，書過送法芝（曇秀）詩以贈法芝之行。復作書托法芝致江浙友舊。《文集》卷六十八《書過送曇秀詩後》、卷六十九《跋所贈曇秀書》分別敘之。」〔註271〕「子邁挈孫簞、符等至惠州，作《和陶時運》。詩見《詩集》卷四十。閏二月十三日，記道人養生語。」〔註272〕在惠，嘗藏書潮州開元寺。在惠，嘗飲酒西溪之下；嘗於嘉祐寺植椶樹。「在惠，嘗爲譚揆（文初）所書《金剛經》跋尾。

〔註263〕孔凡禮：《蘇軾年譜》，北京：中華書局，1998年，1226頁。
〔註264〕孔凡禮：《蘇軾年譜》，北京：中華書局，1998年，1227頁。
〔註265〕孔凡禮：《蘇軾年譜》，北京：中華書局，1998年，1229頁。
〔註266〕孔凡禮：《蘇軾年譜》，北京：中華書局，1998年，1230頁。
〔註267〕孔凡禮：《蘇軾年譜》，北京：中華書局，1998年，1231頁。
〔註268〕孔凡禮：《蘇軾年譜》，北京：中華書局，1998年，1234頁。
〔註269〕孔凡禮：《蘇軾年譜》，北京：中華書局，1998年，1235頁。
〔註270〕孔凡禮：《蘇軾年譜》，北京：中華書局，1998年，1238頁。
〔註271〕孔凡禮：《蘇軾年譜》，北京：中華書局，1998年，1240頁。
〔註272〕孔凡禮：《蘇軾年譜》，北京：中華書局，1998年，1249頁。

文見《文集》卷六十六《金剛經跋尾》。」〔註273〕嘗作應身彌勒，傳寄秦觀（少游）。四月十九日，與過離惠，與家人痛苦訣別。「與李思純之子光道別，作《潛珍閣銘》贈之。嘗以手抄《金剛經》置潛珍閣。」〔註274〕遊月華寺。又傳訪道人鍾鼎。「五月十一日，與弟轍相遇與藤州，作《和陶止酒》，見《文集》卷四十一。經容州，晤邵道士彥肅。作《和陶擬古九首》其五。」〔註275〕「六月十一日，和陶潛《止酒》，贈別弟轍。作《和陶還舊居》，敘夢歸惠州白鶴山居。作和陶《勸農》六首。」〔註276〕九月八日，作《和陶九日閒居》。「作《和陶擬古九首》、《和陶東方有一士》。詩見《詩集》卷四十一。立冬後，和陶《停雲》寄弟，致思念之意。《欒城後集》卷五有次韻。」〔註277〕

元符元年（1098），六十三歲。「正月，弟轍作《浴罷》，與子過皆有次韻。轍詩在《欒城後集》卷二。軾詩見《詩集》卷四十二《次韻子由浴罷》，旨在順其自然。過詩見《斜川集》卷一。二十三日，書陶潛《形贈影》、《影答形》、《神釋》付過，和潛韻。據《紀年錄》。作《和陶使都經錢溪》。」〔註278〕「和陶潛《歸去來兮辭》，邀弟轍同作。和辭見《詩集》卷四十七《和陶歸去來兮辭》。轍詩見《欒城後集》卷五《和子瞻歸去來兮辭》。作《和陶和劉柴桑》。」〔註279〕「屋成，遷居，有詩《新居》、《遷居之夕聞鄰舍兒誦書信然而作》。」〔註280〕「與程全父簡，敘居儋心境。七月十六日，題陶潛《自祭文》後。」〔註281〕八月八日，作《和陶九日閒居》。「歲末，小圃栽植漸成，取陶潛詩有及草木蔬穀者五篇，即《西田獲早稻》、《下潠田舍獲》、《戴主簿》、《酬劉柴桑》、《和胡西曹示顧賊漕》。」〔註282〕

元符二年（1099），六十四歲。正月五日，作《和陶遊斜川》。「四月十五日，作《十八大阿羅漢頌》。」〔註283〕六月，賦《和陶與殷晉安別》。「七月十

〔註273〕孔凡禮：《蘇軾年譜》，北京：中華書局，1998年，1259頁。
〔註274〕孔凡禮：《蘇軾年譜》，北京：中華書局，1998年，1264頁。
〔註275〕孔凡禮：《蘇軾年譜》，北京：中華書局，1998年，1268頁。
〔註276〕孔凡禮：《蘇軾年譜》，北京：中華書局，1998年，1271頁。
〔註277〕孔凡禮：《蘇軾年譜》，北京：中華書局，1998年，1279頁。
〔註278〕孔凡禮：《蘇軾年譜》，北京：中華書局，1998年，1286頁。
〔註279〕孔凡禮：《蘇軾年譜》，北京：中華書局，1998年，1291頁。
〔註280〕孔凡禮：《蘇軾年譜》，北京：中華書局，1998年，1292頁。
〔註281〕孔凡禮：《蘇軾年譜》，北京：中華書局，1998年，1294頁。
〔註282〕孔凡禮：《蘇軾年譜》，北京：中華書局，1998年，1301頁。
〔註283〕孔凡禮：《蘇軾年譜》，北京：中華書局，1998年，1307頁。

五日，以金水張氏所畫阿羅漢並頌寄弟轍，作跋。跋附《十八大阿羅漢頌後》。」〔註284〕十一月十九日，得弟轍書，作《書柳子厚詩》。賦《和陶王撫軍座送客》。

　　元符三年（1100），六十五歲。賦和陶《始經曲阿》，抒聞赦後心情。題子過所畫庫木竹石。黃庭堅嘗次韻贊之。清明（二十四日），以聞子過誦書，追懷父洵，作《和陶郭主簿》，編年從《紀年錄》。和陶詩止此。「三月，偶與慧上人夜話誦《金剛經》有善報，慧因求繕寫此經，閱月乃成。《文集》卷七十二《金剛經報》敘其事。」〔註285〕辭峻靈王廟，作碑文。「在儋，常於天慶觀內鑿石得泉，嘗於城東清水池內種蓮。」〔註286〕在儋，作《續養生論》，見《文集》卷五十五《與章致平》第二簡。文在《文集》卷六十四。離儋，儋人爭致饋，不受。「過澄邁驛，題通潮閣詩。見《詩集》卷四十三《澄邁驛通潮閣二首》。作《瓊州惠通泉記》。」〔註287〕「九月，至容州，晤都嶠山道士邵彥肅。見《詩集》卷四十四《送邵道士彥肅還都嶠》。」〔註288〕「二十日，書《楞嚴》經義贈鄧彥肅，並跋；彥肅還都嶠山，嘉魚亭作詩贈別。跋乃《書贈邵道士》，詩乃《送鄧道士彥肅還都嶠》。」〔註289〕至廣州，應程懷立之約，遊淨慧（六榕）寺。《文集》卷五十六與懷立第三簡云：「來約淨慧」。「東莞縣資福禪寺羅漢閣成。十月十五日作記，記見《文集》卷十二《廣州東莞縣資福禪寺羅漢閣記》。」〔註290〕「過天慶觀，訪何德順道士，觀所作眾妙堂，見《廣州何道士眾廟堂》。」〔註291〕「惠州曇穎、祖堂、通老三道人來。見《佚文匯編》卷六《遊廣陵寺題名》。離廣州，孫謩（叔靜）與其子拏舟相送，餞別金剎崇福寺。《文集》卷五十二與之儀第四簡，卷五十八與謩第三簡。過清遠峽寶林寺，頌禪月所畫十八大阿羅漢。頌見《文集》卷二十二《自海南歸過清遠峽寶林寺敬贊禪月所畫十八大阿羅漢》。留題見卷六十六，題作《書羅漢頌後》。」〔註292〕與范沖（元長）簡，並致銀五兩與秦觀之子湛（處度），

〔註284〕孔凡禮：《蘇軾年譜》，北京：中華書局，1998年，1309頁。
〔註285〕孔凡禮：《蘇軾年譜》，北京：中華書局，1998年，1325頁。
〔註286〕孔凡禮：《蘇軾年譜》，北京：中華書局，1998年，1332頁。
〔註287〕孔凡禮：《蘇軾年譜》，北京：中華書局，1998年，1338頁。
〔註288〕孔凡禮：《蘇軾年譜》，北京：中華書局，1998年，1349頁。
〔註289〕孔凡禮：《蘇軾年譜》，北京：中華書局，1998年，1351頁。
〔註290〕孔凡禮：《蘇軾年譜》，北京：中華書局，1998年，1354頁。
〔註291〕孔凡禮：《蘇軾年譜》，北京：中華書局，1998年，1356頁。
〔註292〕孔凡禮：《蘇軾年譜》，北京：中華書局，1998年，1358頁。

為其父齋僧。簡乃《文集》卷五十與沖第十三簡。《文集》卷五十八《與歐陽元老》贊湛甚奇峻，有父風。吳復古（子野）卒，為文祭之。《文集》卷六十三《祭吳子野文》。「離英州，朱服（行中）借搬行李人。至金山寺下，與蘇堅（伯固）簡，言舟行艱澀。」〔註293〕《文集》卷五十七答堅第一簡敘至金山寺。「遊曹溪。至南華寺，全家瞻禮南華寺，六祖普覺禪師之塔，作功德疏。堅設榻明老之談妙齋，為作《談妙齋銘》。」〔註294〕「在南華寺，夜觀《傳燈錄》，口占詩。南華明老寄四偈，作一偈以報。」〔註295〕詩見《詩集》卷四十四《追和沈遼贈南華詩》、《曹溪夜觀〈傳燈錄〉，燈花落一僧字上，口占》、《與南華明老》。書《南華長老重辯師逸事》。

宋徽宗建中靖國元年（1101），六十六歲。「正月初一，作《南華長老題名記》。文見《文集》卷十二。此南華長老乃南華明老、南華明公。」〔註296〕至嶺巔，次前所題龍泉鍾韻。在南安，遇劉安世。時已精力不濟，鬢髮盡脫。「遊景德寺為僧榮顯賦詩。詩見《詩集》卷四十五在《虔州景德寺榮師湛然堂》。」〔註297〕「乞數珠崇慶院，贈長老惟湜詩，惟湜和不已，復作。為惟湜作真贊及《清隱堂銘》。軾詩見《詩集》卷四十五《乞數珠贈南禪湜老》、《再用數珠韻贈湜老》、《南禪長老和詩不已，故作〈六蟲篇〉答之》、《明日，南禪和詩不到，故重賦數珠篇以督之，二首》。」〔註298〕崇慶院址建，惟湜主其事。真贊見《文集》卷二十二《湜長老真贊》。贊云：『彼真清隱』。惟湜亦號清隱禪師，《山谷老人刀筆》卷四有《答清隱禪師二首》。「過慈雲寺，戲贈長老明鑒。詩見《詩集》卷四十五《戲贈虔州慈雲寺鑑老》。」〔註299〕「在虔，作水陸道場，薦孤魂滯魄，作疏。疏見《文集》卷六十二《虔州法幢下水陸道場薦孤魂滯魄疏》。」〔註300〕在虔州日，常漫遊市肆、寺觀，施藥於人，並為人書字。獨遊清都觀，贈道士謝子和詩，並作真贊，為題字。詩見《詩集》卷四十五《永和清都觀道士，童顏鬒髮，問其年，生於丙子，蓋與予同，求此詩》。真贊見《文集》卷二十二《清都謝道士真贊》。「四月甲午（初四日），

〔註293〕孔凡禮：《蘇軾年譜》，北京：中華書局，1998年，1365頁。
〔註294〕孔凡禮：《蘇軾年譜》，北京：中華書局，1998年，1367頁。
〔註295〕孔凡禮：《蘇軾年譜》，北京：中華書局，1998年，1368頁。
〔註296〕孔凡禮：《蘇軾年譜》，北京：中華書局，1998年，1374頁。
〔註297〕孔凡禮：《蘇軾年譜》，北京：中華書局，1998年，1378頁。
〔註298〕孔凡禮：《蘇軾年譜》，北京：中華書局，1998年，1380頁。
〔註299〕孔凡禮：《蘇軾年譜》，北京：中華書局，1998年，1384頁。
〔註300〕孔凡禮：《蘇軾年譜》，北京：中華書局，1998年，1385頁。

艤舟吳城山順濟龍王祠下。作《順濟王廟新獲石砮記》。記見《文集》卷十二。」〔註301〕「與劉安世（器之）同入廬山。晤山中道友。重遊棲賢寺、開先寺，題漱玉亭柱石。」〔註302〕欲見隱士王元甫，元甫辭。《能改齋漫錄》卷十一《王元甫有詩名》敘之。「贈廬山宣秘大師（道通、惠通）詩，並念思聰（聞復）、仲殊二僧，贊其詩。詩見《詩集》卷四十五，題作《贈詩僧道通》，贊宣秘詩無蔬筍氣。」〔註303〕《省齋文稿》卷十八《題蘇季真所藏墨蹟》謂蘇軾愛重思聰。此外，軾尚多處念及思聰。元豐三年與道潛簡中，贊其詩長進（《與參寥子》第四簡）；惠州書贈惠誠遊吳中代書十二僧，其中即有思聰，贊其詩清遠，見《聞復》。「五月一日，舟至金陵，作崇因院觀音頌。據《紀年錄》。頌見《文集》卷二十《觀世音菩薩頌》。《姑溪居士文集》卷三十八《跋東坡觀音贊》引崇因寺長老欽之語謂：蘇軾南遷，嘗禱於寺之觀音大士前而應，遂頌之，欽為刻石。」〔註304〕「將往真州，次舊韻贈清涼和長老。詩見《詩集》卷四十五《次舊韻贈清涼長老》。」〔註305〕「自書與柳瑾（子玉）、寶覺禪師會金山詩，並跋。」〔註306〕詩見《詩集》卷十一《子玉以詩見邀同刁丈遊金山》。「甥柳閎來謁，跋閎手寫《楞嚴經》。跋見《文集》卷六十八《書楞伽經後》。」〔註307〕「撰《遺表》，道潛（參寥）欲刻之，簡道潛，囑勿刻。簡乃與道潛第二十一簡，見《文集》卷六十一。」〔註308〕「二十六日，維琳來說偈，答之；語維琳簡，絕筆。與惟琳簡全文，見《文集》卷六十一《與徑山維琳二首》。惟琳偈，見《答徑山琳長老》。」〔註309〕

儋州時期詩作涉及佛典情況如下：《贈蒲澗信長老》全詩用佛典。《追餞正輔表兄至博羅賦詩為別》：「神遊黃蘗參洞山。」〔註310〕黃蘗，即黃蘗山禪師，洞山，即洞山禪師，為曹洞宗。《和郭功甫韻送芝道人遊隱靜》：「我願焚囊鉢，不作陳俗具。」〔註311〕《傳燈錄》：「一瓶兼一鉢，到處是生涯。」《次

〔註301〕孔凡禮：《蘇軾年譜》，北京：中華書局，1998年，1388頁。
〔註302〕孔凡禮：《蘇軾年譜》，北京：中華書局，1998年，1390頁。
〔註303〕孔凡禮：《蘇軾年譜》，北京：中華書局，1998年，1391頁。
〔註304〕孔凡禮：《蘇軾年譜》，北京：中華書局，1998年，1400頁。
〔註305〕孔凡禮：《蘇軾年譜》，北京：中華書局，1998年，1401頁。
〔註306〕孔凡禮：《蘇軾年譜》，北京：中華書局，1998年，1404頁。
〔註307〕孔凡禮：《蘇軾年譜》，北京：中華書局，1998年，1409頁。
〔註308〕孔凡禮：《蘇軾年譜》，北京：中華書局，1998年，1414頁。
〔註309〕孔凡禮：《蘇軾年譜》，北京：中華書局，1998年，1418頁。
〔註310〕王文誥輯注，孔凡禮點校：《蘇軾詩集》，北京：中華書局，1982年，2109頁。
〔註311〕王文誥輯注，孔凡禮點校：《蘇軾詩集》，北京：中華書局，1982年，2191頁。

韻正輔表兄江行見桃花》：「蕭然振衣裓，笑問散花女。」〔註312〕用《維摩經》天女散花典故。《江月五首》其四：「夢中游化城。」〔註313〕用《法華經》化城喻典故。「析塵妙質本來空」，〔註314〕《楞嚴經》云：「又鄰虛析塵入空者，用幾色相，合成虛空。」《和陶和劉柴桑》：「萬劫互起滅」，〔註315〕佛語。《遷居之夕聞鄰舍兒誦書欣然而作》：「吾道無南北」〔註316〕暗用佛性無南北之意。《縱筆三首》其二：「應緣曾現宰官身。」〔註317〕《法華經・普門品》云：「應以宰官身得度者，即現宰官身，而為說法。」《追和沈遼贈南華詩》：「歡然不我厭，肯致遠公杯。」〔註318〕遠公，指慧遠。「山堂夜岑寂，燈下看傳燈。不覺燈花落，茶毗一個僧。」〔註319〕用《傳燈錄》典故，禪趣十足。《次韻陽行先》：「摩詰原無病，須洹不入流。」〔註320〕用《維摩經》典故：「維摩詰言，如我此病，非真非有。」「用捨俱無礙，飄然不繫舟。」頗具用捨不二之意。

《乞數珠贈南禪湜老》：「未敢轉千佛，且從千佛轉」句，〔註321〕《壇經》：「心迷法華轉，心悟轉法華。」「叢林真百丈，法嗣有橫枝。」〔註322〕《傳燈錄》：「洪州百丈山懷海禪師住大雄山，以居處岩巒峻極，故號之百丈。」禪家旁出，謂之橫枝。《戲贈虔州慈雲寺鑒老》：「居士無塵堪洗沐，道人有句借宣揚。窗間但見蠅鑽紙，門外唯聞佛放光。遍界難藏真薄相，一絲不掛且逢場。卻須重說圓通偈，千眼薰籠是法王。」〔註323〕「居士無塵堪洗沐」，佛性本淨之意。「窗間但見蠅鑽紙，門外唯聞佛放光」，謂佛法遍一切處。「一絲不掛且逢場」句，《佛祖統紀》載：南泉問陸亙：「十二時中作麼生？」陸曰：「寸絲不掛。」〔註324〕謂佛性乃本來面目。「千眼薰籠是法王」，謂佛法無處不在。《虔州景德寺榮師湛然堂》：「方定之時慧在定，定慧寂照非兩法。妙湛總持不動

〔註312〕王文誥輯注，孔凡禮點校：《蘇軾詩集》，北京：中華書局，1982年，2107頁。
〔註313〕王文誥輯注，孔凡禮點校：《蘇軾詩集》，北京：中華書局，1982年，2140頁。
〔註314〕王文誥輯注，孔凡禮點校：《蘇軾詩集》，北京：中華書局，1982年，2154頁。
〔註315〕王文誥輯注，孔凡禮點校：《蘇軾詩集》，北京：中華書局，1982年，2311頁。
〔註316〕王文誥輯注，孔凡禮點校：《蘇軾詩集》，北京：中華書局，1982年，2312頁。
〔註317〕王文誥輯注，孔凡禮點校：《蘇軾詩集》，北京：中華書局，1982年，2328頁。
〔註318〕王文誥輯注，孔凡禮點校：《蘇軾詩集》，北京：中華書局，1982年，2409頁。
〔註319〕王文誥輯注，孔凡禮點校：《蘇軾詩集》，北京：中華書局，1982年，2410頁。
〔註320〕王文誥輯注，孔凡禮點校：《蘇軾詩集》，北京：中華書局，1982年，2431頁。
〔註321〕王文誥輯注，孔凡禮點校：《蘇軾詩集》，北京：中華書局，1982年，2432頁。
〔註322〕王文誥輯注，孔凡禮點校：《蘇軾詩集》，北京：中華書局，1982年，2447頁。
〔註323〕王文誥輯注，孔凡禮點校：《蘇軾詩集》，北京：中華書局，1982年，2448頁。
〔註324〕《佛祖統紀》，《大正藏》49冊，358頁上。

尊，默然眞入不二門。」〔註325〕謂定慧不二。

　　蘇軾自紹聖元年貶謫惠州至紹聖四年，詩中常用佛典所出佛家經籍主要爲《法華經》、《傳燈錄》、《法苑珠林》、《楞嚴經》、《維摩經》等。此期與蘇軾交往密切的僧人主要有蒲澗信長老、曇穎、行全、羅浮長老和曇秀諸人，其與參寥交往也未間斷。

　　佛學對蘇軾影響貫穿其一生。由於家庭氣氛的薰陶和宋代禪宗盛行的文化背景，使得佛學在蘇軾童年的精神世界就埋下發芽的種子，使蘇軾稟賦過人。起伏的政治生涯，使蘇軾切切實實體會到人生無常和痛苦。便自然而然地用佛家思想調節內心，排遣心中苦悶。越到晚年，越呈現出出世入世不二的圓融生活態度，展示出內心無雨無晴的人格境界。

〔註325〕王文誥輯注，孔凡禮點校：《蘇軾詩集》，北京：中華書局，1982 年，2430 頁。

第二章　蘇軾佛學思想與儒道關係及其成因

第一節　蘇軾佛學思想與儒道關係

蘇軾之於佛學採取了較為實用的態度，以化解政治失意之時的苦痛與創傷。蘇軾所接受的文化是多方面的，他的思想隨著他仕途變化而變化，仕途較為順利時以儒家思想為主，失意時則以釋、道思想為主，表現出外儒家內釋老特點。

一、外儒內釋

（一）以儒家入世

貶謫黃州前，蘇軾思想主要以儒家為主。他早年為應舉所作的文章具有濃厚的儒家思想，主要體現在忠君報國和仁政愛民上：

第一，忠君報國

早年蘇軾仕途上的榮耀，是蘇軾獻身政治的主要原因。嘉祐二年（1057），他至京應試，一舉成名。蘇軾把這種仕途上的榮耀，轉化為忠君報國的動力。認為人臣之大節莫過於忠，而忠的內容是正君之非。「夫天下者，非君有也。天下使君主之耳。」〔註1〕（《策問》）在蘇軾看來，朝廷既以國士待我，此身已非己有，惟有以死報恩。元豐八年，《論給田募役狀》云：「臣荷先帝之恩，保全之恩，又蒙陛下非次拔擢，思慕感涕」。〔註2〕《大雪論差役不便

〔註1〕　孔凡禮點校：《蘇軾文集》，北京：中華書局，1986年，216頁。
〔註2〕　孔凡禮點校：《蘇軾文集》，北京：中華書局，1986年，768頁。

箚子》云：「今侍從之中，受恩之深，無如小臣」〔註3〕。《杭州召還乞郡狀》說：「報國之心，死而後已。」〔註4〕《論邊將隱匿敗亡憲司體量不實箚子》云：「受恩深重，不敢自同眾人」〔註5〕。晚年遇赦北歸時說：「平生多難非天意，此去殘念盡主恩。」（《次韻王鬱林》）儒家思想是蘇軾一生主導思想，貫穿蘇軾一生。

第二，以民為本

蘇軾繼承了傳統的利民思想，認為一個國家，如果不能施惠於民，就不是一個有前途的國家：「民者，天下之本。」（《進策別》）「夫民相與親睦者，王道之始也。」（《同上》）。蘇軾無論身在朝廷，還是被貶邊地，都盡力造福百姓。擔任地方官期間，始終仁政愛民。嘉祐五年（1060），尚未正式做官的蘇軾將五十篇策論奏給皇帝，對治理天下提出了一系列主張。認為當時雖號稱「治平」，實際上已危機四伏，百病叢生。為了百姓，甚至不惜冒死向朝廷進諫。熙寧二年（1069），蘇軾上書批評神宗收買浙燈是：「以耳目不急之玩，奪其口體必用之資」。〔註6〕（《諫買浙燈狀》）任職徐州時，他曾上書皇帝，建議免病囚的醫藥費用：「哀矜庶獄」（《乞醫療病囚狀》）。在任期間，蘇軾始終以國事百姓事為先，免除賦稅，發展生產。杭州任上體察民意，疏濬西湖。密州任上，滅蝗除害。徐州任上，抗洪救災，愛民如子。即使在荒遠的儋州，仍不忘教化當地百姓……總之，足跡所到之處，即能澤被萬民。

（二）以佛學調心

蘇軾早年在《中和勝相院記》中說：「佛之道難成，言之使人悲酸愁苦。……『是外道魔人也。』」〔註7〕被認為是蘇軾前期重要闢佛之作。大約鳳翔時，他在《王大年哀詞》中說：「予之喜佛書，蓋自君發之。」〔註8〕蘇軾真正從心理上開始接受佛教，則是貶居黃州以後。佛教於蘇軾而言，很大程度上是用來排遣貶謫之苦和失意之悲。唐文獻《跋東坡禪喜後》云：「晚遇貶謫，落落窮鄉，遂以內典為擯愁捐痛之物。」〔註9〕蘇軾之於佛教，主要是

〔註3〕　孔凡禮點校：《蘇軾文集》，北京：中華書局，1986年，807頁。
〔註4〕　孔凡禮點校：《蘇軾文集》，北京：中華書局，1986年，911頁。
〔註5〕　孔凡禮點校：《蘇軾文集》，北京：中華書局，1986年，834頁。
〔註6〕　孔凡禮點校：《蘇軾文集》，北京：中華書局，1986年，726頁。
〔註7〕　孔凡禮點校：《蘇軾文集》，北京：中華書局，1986年，384頁。
〔註8〕　孔凡禮點校：《蘇軾文集》，北京：中華書局，1986年，1965頁。
〔註9〕　蘇軾：《東坡禪喜集》，合肥：黃山書社，2010年，335頁。

學習和汲取佛學思想，安慰自己那顆在坎坷的政治生涯中受傷的心靈，聊作失意之時的慰藉。他在《答畢仲舉書》中說：「公之所談，譬之飲食龍肉也，而僕之所學，豬肉也……公終日說龍肉，不如僕之食豬肉實美而眞飽也。」由此可見，蘇軾對佛教持實用主義態度，以佛法調節內心，在苦難中給自己的心靈尋找一方棲息之地，化解人生失意和辛酸。

二、佛道兼取

　　儒家主要追求外在事功，主張入世；道家追求心靈的自由，主張出世。儒道相互對立，又相互融和，構成中國文化代表性意義的兩方面。道家思想中從老子自然無爲到莊子無己無功無名、逍遙的精神境界，給文人士子提供了調適心靈的良方，讓文人能超脫苦難現實，擁有樂觀曠達胸襟，是實現心靈自由與超越的路徑。中國人最初習佛，往往受老莊影響。東晉廬山慧遠講經說法時，爲使聽眾能理解深奧的佛教義理，「乃引《莊子》義爲連類」。蘇軾從小就對老莊思想很感興趣，他說：「軾齠齔好道，傾心《莊子》」。（《與劉宜翁書》）蘇轍在《亡兄子瞻端明墓誌銘》中說蘇軾：「今見《莊子》，得吾心矣。」〔註10〕蘇軾小學時老師張易簡即是道士。《記陳太初尸解事》：「以道士張易簡爲師。」〔註11〕蘇軾在鳳翔所作的佛禪詩，也有以莊言佛特點，他把佛祖、維摩居士都當作「至人」看待。莊子從抨擊社會現實和反異化出發，主張返歸本眞，以一種超然物外的審美態度來對待人生。蘇軾雖有濟世之志，卻屢遭貶謫，倍感苦悶，尋求對自身苦難處境的超脫，受老莊思想影響。蘇軾在鳳翔期間曾到終南山上清太平宮讀道教經典《道藏》。貶謫期間，蘇軾屢引老莊思想，藉以自況，可以見出他對老莊思想的崇尚。和學佛一樣，蘇軾學道也是爲解煩釋悶。「烏臺詩案」被貶黃州後，老莊思想中輕生死、齊是非等思想，讓蘇軾逐漸從失意中超脫出來。「已借得天慶觀道堂三間，燕坐其中，謝客四十九日」，（《答秦太虛書》）蘇軾很多作品化用《莊子》句子，如：「長恨此身非我有，何時忘卻營營？」（《臨江仙》）其中的「此身非我有」即化用了《莊子·知北遊》中的「舜曰：『吾身非吾有也。』（丞曰）『孰有之哉？』」蘇軾的作品中，引用《莊子》寓言故事爲典故的地方也隨處可見，如：「悲莫悲於汀濱，樂莫樂於濠上。」（《十二琴銘·秋風》）「觀魚並

〔註10〕王文誥輯注，孔凡禮點校：《蘇軾詩集》，北京：中華書局，1982年，2803頁。
〔註11〕孔凡禮點校：《蘇軾文集》，北京：中華書局，1986年，2322頁。

記老莊周」(《壽州李定少卿出餞城東龍潭上》)皆用《莊子》中濠梁之辯典故。「便欲乘風,翻然歸去,何用騎鵬翼!」(《念奴嬌》)用《莊子·逍遙遊》中著名的大鵬意象。

　　蘇軾對於道家還取其養生之用。他在《答秦太虛書》中明確說出他居天慶觀的目的:「當速用道書方士之言,厚自養練。」他身體力行各種養生之法。《與孫運勾》:「聞曼叔比得腫疾,皆以利水藥去之。……當及今無病時,力養胃氣。」〔註12〕熙寧十年(1077),作《問養生》。《與王定國書》云:「靜心閉目,以漸習之」,認為如此可得健身長壽之效。在《與寶月大師書》中云:「近來頗常齋居養氣」,還將道家的「胎息法」,傳授給弟弟。

　　蘇軾對道家思想的汲取,體現了蘇軾對道家思想的體悟。在蘇軾那裡,佛道思想共同作為儒家思想補充,助他度過生活中苦難時期,是心靈的棲息之地。

三、儒釋道圓融

　　蘇軾以儒家治世,以道家修身,以佛家安心,將儒家的弘毅精神與道家的無為思想和佛家的超脫心態圓融處理,以外儒內道的形式找到了生存的支點,所以能以較為曠達、超脫心態面對人生坎坷。他認為虛妄分別儒、釋、道乃至佛教內部宗派之間的紛爭,是狹隘的門戶之見,真正的學術應當具備容納百川的宏闊氣度和融通性格。

　　時代影響,是蘇軾主張儒、釋、道融合的重要因素。宋代,很多文人主張調和儒釋道三家。蘇轍從青年時代起,強調儒、釋、道可以合一。晚年作《老子解》,認為不應該以周、孔之言去駁佛、老之言。很多僧人也積極調和溝通儒、釋。契嵩認為佛教「五戒」和儒家「五常」,雖然說法不同,但在教人為善方面相同。蘇軾在《觀世音菩薩頌》中說:「慈近乎仁,悲近乎義。忍近乎勇,憂近乎智。」〔註13〕認為偏執一隅做法,容易失敗:「晉以老莊亡,梁以佛亡,莫或正之。」〔註14〕(《六一居士集敘》)。在《南華長老題名記》中認為:「儒釋不謀而同」,〔註15〕僅從表象去判斷儒、釋差異,不是真正的智者:「指衣冠以命儒,蓋儒之衰;認禪律以為佛,皆佛之粗」,蘇軾認為通

〔註12〕 孔凡禮點校:《蘇軾文集》,北京:中華書局,1986年,1747頁。
〔註13〕 孔凡禮點校:《蘇軾文集》,北京:中華書局,1986年,586頁。
〔註14〕 孔凡禮點校:《蘇軾文集》,北京:中華書局,1986年,315頁。
〔註15〕 孔凡禮點校:《蘇軾文集》,北京:中華書局,1986年,393頁。

法師不被表象迷惑才是得儒、佛之眞。蘇軾會通儒、釋兩家心性論進行探討。認爲「思無邪」是：「攝心正念，而無所覺」，（《論語說》）將儒家「思無邪」與佛家的「攝心正念」融會貫通。

　　蘇軾還認爲儒、道很多方面可以相通。他在《上清儲祥宮碑》一文中說：「道家者流，……合於《周易》『何思何慮』、《論語》『仁者靜壽』之說」。〔註16〕在《莊子祠堂記》中，蘇軾提出莊子「助孔」的觀點：「余以爲莊子蓋助孔子者，……陽擠而陰助之」〔註17〕，認爲莊子思想和孔子有很多相通之處。

　　蘇軾從儒家思想主要吸取的是「達則兼濟天下」的進取精神，從老莊思想中取其超脫的生活態度，從佛教思想中吸取的是隨緣自適的自在心態。蘇軾從自身經歷出發，通過對儒、道、釋思想的吸收整合，汲取三家之長，以儒治世，以道養生，以佛治心，能夠較圓融地對待人生起伏浮沉。

第二節　蘇軾佛學思想成因

一、宋代佛教之盛行

　　宋太祖開國以來，鑒於唐代藩鎮跋扈，爲矯其弊，採取加強中央集權，削弱地方勢力的體制。以文制武，財政負擔極重。權力制衡方面，中央政府設樞密院和三司分宰相之權。收奪高級將領兵權，將兵權一分爲三。集各項權利於中央，兵力日漸其弱，國勢日益不振。其由中央到地方的分化事權，使得官僚隊伍大大增加，耗費益多，入不敷出，造成國家軍事不強，內憂外患日益加深。所以，宋代皇帝大多利用佛教維護統治。宋太祖經常參拜佛寺，派僧人到西域學習，並組織官刻大藏經《開寶藏》。不但熱心於佛事，還創建譯經院，在開寶寺建舍利塔，稱：「浮屠氏之教，有裨政治。」〔註18〕眞宗、仁宗、英宗、神宗也都把佛教視爲統治國家工具大加提倡。

　　上有所好，下必盛焉。國家上層的政治傾向影響到文人士大夫的興趣。北宋士人喜讀佛書，交友僧道，或俗家修行，往往釋道並重，最終歸宗於儒。宋代文人士大夫更多將佛教看作是對儒家思想的輔助與補充，與儒、道

〔註16〕孔凡禮點校：《蘇軾文集》，北京：中華書局，1986 年，502 頁。
〔註17〕孔凡禮點校：《蘇軾文集》，北京：中華書局，1986 年，347 頁。
〔註18〕李燾：《續資治通鑑長編》，北京：中華書局，1995 年，512 頁。

融合，呈三教合一趨勢。王安石曾與宋神宗論佛書：「臣觀佛書乃與經合」〔註19〕。契嵩《鐔津文集》云：「儒佛者聖人之教也。其所出雖不同而同歸乎治。儒者聖人之大有爲者也。佛者聖人之大無爲者也。有爲者以治世，無爲者以治心。」〔註20〕認爲儒佛「同歸乎治」。李綱《三教論》云：「治天下者，……曰：從儒。彼道釋之教，可以爲輔而不可爲主」〔註21〕，認爲治理天下，應該以儒家思想爲主，以釋老思想爲輔。

宋代佛教，最盛行的是禪宗，形成「五家七宗」局面，受到知識分子歡迎。蘇軾云：「至使婦人孺子，抵掌嬉笑，爭談禪悅……」佛教在宋代士大夫那裡主要作爲學問或思想存在，佛教宗教性漸漸淡化。禪宗向內觀照的方式，要求摒棄外在假相，靜心觀照，以求得心靈寧靜式的自我解脫。對於宋代文人士大夫來說，佛教成爲修身養性一種生活方式。他們樂於參與僧人語錄整理，推動文字禪發展。

二、蜀文化及家庭影響

蘇軾幼時生活於佛教氛圍濃厚的蜀地，自唐代以來佛教就很發達，佛寺林立，素有「天府佛國」之稱。所以，蘇軾少年就有很多機會與佛教接觸。蘇軾外祖父因受助於僧人而供奉阿羅漢像。父親蘇洵攜全家赴京時，「追念死者，……於是造六菩薩並完座二所」。〔註22〕（《極樂院六菩薩記》）初遊京師，即有「彭州僧保聰，來求識予甚勤。」〔註23〕（《彭州圓覺禪院記》）後遊廬山圓通禪院，與居訥禪師交好。母親亦虔誠信奉佛教。《欒城後集》卷二一《書白樂天集後二首》云其：「少年知讀佛書，習禪定」。蘇軾在《子由生日以檀香觀音像及新合印香銀篆盤爲壽》中也回憶說：「旁資老耽釋迦文」。〔註24〕在《與劉宜翁使君書》云：「軾韶齔好道，……然未嘗一念忘此心也。」〔註25〕皇祐二年，蘇洵攜蘇軾、蘇轍兄弟到成都拜謁張方平，蘇軾說他「性與道合，得佛老之妙」。〔註26〕（《張文定公墓誌銘》）鳳翔時，他在王大年引

〔註19〕 李燾：《續資治通鑑長編》，北京：中華書局，1995年，5653頁。

〔註20〕 《鐔津文集》，《大正藏》52冊，686頁上。

〔註21〕 脫脫：《宋史》，北京：中華書局，1985年，8567頁。

〔註22〕 蘇洵：《嘉祐集》，上海：上海古籍出版社，1993年，401頁。

〔註23〕 蘇洵：《嘉祐集》，上海：上海古籍出版社，1993年，398頁。

〔註24〕 王文誥輯注，孔凡禮點校：《蘇軾詩集》，北京：中華書局，1982年，2015頁。

〔註25〕 孔凡禮點校：《蘇軾文集》，北京：中華書局，1986年，1415頁。

〔註26〕 孔凡禮點校：《蘇軾文集》，北京：中華書局，1986年，458頁。

導下學習佛學。

　　蘇軾妻子也愛好佛學。蘇軾第二任妻子王閏之去世後，蘇軾曾在她生日時放生祈福。後來，蘇軾又遵從其遺願，請畫家李公麟畫釋迦牟尼及十大弟子像。第三任妻子朝雲更是虔誠的佛教徒。蘇軾貶往嶺南，朝雲陪伴，蘇軾感激寫詩讚其：「天女維摩總解禪。」〔註27〕以《維摩經》中能解禪之散花天女喻朝雲善解人意。朝雲病逝前一年，蘇軾作：「白髮蒼顏，正是維摩境界，空方丈、散花何礙？」〔註28〕（《殢人嬌‧贈朝雲》）以散花天女喻朝雲，以維摩詰自比，表達他們在生活中相濡以沫的深情。《與李方叔四首》之四云朝雲：「臨去，誦《六如偈》以絕。」〔註29〕蘇軾三位妻子秉性善良，或多或少都與佛教相關，也是蘇軾佛學思想成因的一部分。

三、跌宕起伏的政治生涯

　　蘇軾的佛禪之緣，更與他的政治命運息息相關，蘇軾大半生處在北宋黨爭的漩渦中，政治上屢遭迫害，其佛學思想內化爲自己的思想則主要在貶謫黃州以後。蘇軾二十五篇《進策》和《御試制科策》代表了他的政治主張。二十五篇《進策》分爲三大部分：《策略》五篇，《策別》十七篇，《策斷》三篇。《策略》總論，主張除舊立新，反對當時因循苟且社會風氣。在主張政治變革上，他與王安石觀點相同。但同時蘇軾反對魯莽行事，在變革什麼問題上，蘇軾同王安石分歧更大。

（一）蘇軾與王安石之爭

　　北宋晚期政治舞臺上，王安石在思想、文化領域處於獨尊地位。宋神宗兩次想讓蘇軾擔任重要官職，王安石都表示反對。熙寧元年（1068），王安石爲翰林學士，熙寧二年（1069），王安石開始變法，推行均輸、青苗、農田水利、免役、方田均稅等新法。蘇軾對王安石改革持反對態度。熙寧二年，頒布《農田水利條約》，鼓勵興修水利。蘇軾說汴水渾濁，宜種禾黍不宜種稻穀。現在改種稻穀，易造成水患。熙寧二年（1069）七月頒行均輸法，規定上供的物品，可「徙貴就賤，用近易遠」，限制商賈從中牟取利益，蘇軾認爲「設官置吏」會增加朝廷負擔。九月頒行青苗法，政府借錢給農民，秋收後

〔註27〕王文誥輯注，孔凡禮點校：《蘇軾詩集》，北京：中華書局，1982年，2202頁。
〔註28〕鄒同慶，王宗堂校注：《蘇軾詞編年校注》，北京：中華書局，2002年，759頁。
〔註29〕孔凡禮點校：《蘇軾文集》，北京：中華書局，1986年，1420頁。

－53－

還納。蘇軾也反對，認為這是奪取高利貸者利益歸朝廷。同時，王安石廢除詩賦考試，主張以經義、論策取士。蘇軾反對：「自唐至今，以詩賦為名臣者，不可勝數，何負於天下而必欲廢之？」〔註30〕（《議學校貢舉狀》）認為根本問題在於朝廷用人是否得當。王安石認為當時形勢「患在不知法度」，蘇軾認為「任人之失」為主要。熙寧三年一月，王安石廢除差役法，實行雇役法，「使民出錢雇役」。蘇軾認為這樣既有損官僚階層利益，又損百姓利益。蘇軾主張漸變，反對驟變。「法相因則事易成，事有漸則民不驚」〔註31〕。王安石改革措施旨在增強國力，蘇軾認為這是國家和百姓爭利，應該「課百官，安萬民，厚財貨，訓兵旅」〔註32〕（《思治論》）。

王安石全面推行新法同時，排斥異己，某種程度上，「改革」成了一面黨同伐異的旗幟。蘇軾直斥安石「造端宏大，民實驚疑；創法新奇，吏皆惶惑」。〔註33〕（《上神宗皇帝萬言書》）。致使：「安石大怒，其黨無不切齒」。何正臣、舒亶、李定和李宜等人先後進札，彈劾蘇軾。七月十八日蘇軾被押回京審問，他們將蘇軾已經出版的詩文收集起來，讓蘇軾自己解釋。審判的結果是，蘇軾詩文牢騷滿腹，但不致殺頭。再由於曹太后的救援和諸多大臣的求情，最終給予蘇軾「譏諷政事」的罪名，被貶為黃州團練副使、本州安置，這次打擊幾乎致命。

王安石援法入儒，其變法實質在勸農、教戰二事。他制定「農田水利法」以大興水土之利；制定免役法為「釋天下之農歸於田畝」，使農業勞動者盡可能地回歸農業生產；「方田均稅法」，意在丈量土地，確定地權；改變雇傭兵制也是為了不使過多的勞動力去充役。但這樣的激進改革確實風險很大，歷時十八年的變法最終以失敗告終。如青苗法，試圖以政權力量剝奪兼併之家放貸特權，農民直接向官府貸款度過饑荒，待到秋收時再本息償還。本意很好，但執行過程中，原來規定借貸自願，結果卻強制性「抑配」，許多官員為了多取利息，往往附加種種勒索。所以，改革終於以失敗告終。元豐二年，王安石經兩度罷相後退居金陵。宋神宗元豐七年七月，蘇軾：「道過金陵，見王安石」，（《宋史·蘇軾列傳》）兩人相見甚歡，既有詩歌唱和，亦有書信往來。蘇軾詩云：「勸我試求三畝宅，從公已覺十年遲」〔註34〕。元祐元年，王

〔註30〕孔凡禮點校：《蘇軾文集》，北京：中華書局，1986年，723頁。

〔註31〕孔凡禮點校：《蘇軾文集》，北京：中華書局，1986年，788頁。

〔註32〕孔凡禮點校：《蘇軾文集》，北京：中華書局，1986年，115頁。

〔註33〕孔凡禮點校：《蘇軾文集》，北京：中華書局，1986年，729頁。

〔註34〕王文誥輯注，孔凡禮點校：《蘇軾詩集》，北京：中華書局，1982年，1252頁。

安石去世，蘇軾爲之作《王安石贈太傅制》。

（二）蘇軾與司馬光之異

「元祐更化」時期，以司馬光爲代表的舊黨掌政。蘇軾從禮部郎中升到翰林學士兼侍讀。此時蘇軾政治立場出發點仍是百姓，他與司馬光論爭焦點在是否應該廢除免役法。王安石變法前，朝廷實行差役法。官府很多勞役由百姓承擔，這樣使得百姓不能專心務農，而且貪官污吏又敲詐勒索，導致很多農民傾家蕩產。免役法規定，百姓如果不能服勞役，可以給官府交錢，由官府雇傭勞役。免役法弊端在於有的部門收的錢過多，而且也未完全用於雇傭勞役。蘇軾原來反對免役法，但密州任職期間，他發現免役法於民有益，不贊成廢除免役法。司馬光與高太后認爲新法已經失敗，意在罷廢新法。司馬光不聽勸阻，依舊一意孤行。一次爭論之後，蘇軾怒罵：「司馬牛，司馬牛！」（蘇轍《龍川別志》）這種態度造成他「上與執政不合，下與本局異議」（《再乞罷詳定役法狀》）的尷尬處境。他爲民請命的精神在黨政鬥爭的政治漩渦中如此危險，是他屢限政治險境主要原因。

（三）蘇軾與程門之爭

哲宗即位後，程頤與蘇軾同爲帝王之師。程頤平時不苟言笑，開口便是孔孟之道，仁義禮智。以他爲代表的理學家們看不慣蘇軾，在他們看來，蘇軾不講規矩、輕佻油滑。元祐元年九月一日，司馬光去世。同時，哲宗率領百官在首都南郊祭祀。朝廷祭祀活動剛結束，大臣們就趕往司馬光相府弔唁。程頤負責主喪，卻不允許大臣們在這時弔唁。理由是：「《論語》曰：『子於是日哭，則不歌。』」蘇軾忍不住挖苦道：「此乃鏖糟陂裏叔孫通所制禮也。」[註35] 譏諷程頤不知變通。在場官員們哄堂大笑，程頤惱羞成怒，程門弟子更是怒不可遏。從此，蘇門與程門也結下冤結，拉開洛蜀兩派黨爭之幕。元祐元年九月，孫陞上奏說蘇軾：「德業器識，有所不足」[註36]。元祐元年十一月，蘇軾作試館職策問，主持考試，其中一道考題大意是：「學習仁宗皇帝的仁厚、寬博，效法神宗皇帝的勵精圖治。」十二月，朱光庭說題目言外之意是仁宗皇帝不勵精圖治，神宗皇帝不仁厚。而後，傅堯俞、王岩叟、王覿、孫陞爲此輪番進攻。

〔註35〕李燾：《續資治通鑑長編》，北京：中華書局，1995年，9552頁。
〔註36〕李燾：《續資治通鑑長編》，北京：中華書局，1995年，9432頁。

　　元祐八年，高太后去世，哲宗親政，這次新黨的政治反撲大大超過上次，淪爲赤裸裸的打擊報復。紹聖元年四月三日，第一道詔命下達，取消蘇軾翰林侍讀學士稱號，任英州知州。沒多久，第二道詔命下，降蘇軾正六品下。不久，又下誥命：「詔蘇軾合敘復日不得與敘。」斷絕蘇軾升遷機會。六月，降爲廣西節度副使，惠州安置。三年後，又下詔命海南、儋州安置，不得簽書公事。短短時間，數次貶謫。在蘇軾貶謫期間，「蘇門四學士」亦難逃其厄運。黃庭堅「貶涪州別駕」，晁補之一貶再貶。秦觀「貶監處州酒稅。……繼編管黃州，又徙雷州」。陳師道亦貶。

　　政治生涯的跌宕起伏是蘇軾走向佛學主要原因。窮達之間的巨大反差，使他嘗盡人生酸甜苦辣。而之前的佛經閱讀及與僧人交遊則爲其後來佛學思想打下基礎，沒有前期的佛學思想及環境的浸染也就不會有後來的失意之時的化爲己用，就不會醞釀出失意之時仍舊高唱「也無風雨也無晴」的樂觀心態。貶謫黃州，促使蘇軾「歸誠佛僧」，再貶惠州、儋州，最終內化了他的佛學思想。

　　宋代佛教的盛行，家庭氣氛的薰陶，以及政治生涯的跌宕起伏都是蘇軾佛學思想形成的原因。蘇軾的佛學思想影響到他的創作，他很多作品採攝佛經語彙，引用佛禪事典，點化佛學義理，體現出濃厚的佛禪風貌，在一定程度上改變了言志緣情詩學傳統，加快了宋詩哲理化進程。這是蘇軾佛學思想在詩學思想及其創作方面的投射，從中可以一窺佛學對其及宋代文藝思想及創作風格的影響。

第三章　蘇軾詩學空靜論與佛學

　　受佛教空靜論影響，蘇軾認為空靜創作狀態，有助於作者開闊心胸，觀察萬物。本章在與「不平則鳴」一脈詩學的比較中，探討蘇軾詩論空靜論的美學意義。

　　蘇軾《送參寥師》云：「欲令詩語妙，無厭空且靜。靜故了群動，空故納萬境。」〔註1〕詩作於蘇軾徐州任職之時，蘇軾讚歎參寥詩如玉屑、語清警之餘而發出疑問，為什麼遁入佛門已久的僧人參寥能寫出像我們一樣的好詩？進而聯想到韓愈論張旭草書一事。韓愈稱讚張旭草書：「不治他技，喜怒窘窮，憂悲愉懌，怨恨思慕，酣醉無聊不平，有動於心，必於草書焉發之」〔註2〕。（《送高閒上人序》）讚歎張旭善寫草書，不涉其他技藝，天地間的千變萬化、喜怒哀樂都通過草書來表現。而認為僧人高閒的草書，僅學其形，而未得神。故而韓愈認為僧人有淡泊之意，如何能像張旭那樣出神入化呢？如今蘇軾看到參寥的詩卻得出了韓愈不一樣的結論，虛靜能洞察萬物變化，空明能接納萬事境界。蘇軾認為，在創作中詩人內心處於「空靜」狀態，有助於更好地觀察萬物。「閱世走人間，觀身臥雲嶺」，閱歷世事行走於人間，而能以空靜心態保持距離觀照萬象，已經含有出世入世不二的思想，這也是後來蘇軾在逆境中仍能保有達觀心態的思想基礎。「詩法不相妨」，認為作詩和參禪有異曲同工之妙。下面分節論述，試從「靜故了群動」與佛禪靜觀和「空故納萬境」與般若「空」觀兩方面探討禪之空靜觀對蘇軾詩學「空靜論」的影響。

〔註1〕　王文誥輯注，孔凡禮點校：《蘇軾詩集》，北京：中華書局，1982年，906頁。
〔註2〕　韓愈著，馬其昶校注：《韓昌黎文集校注》，上海：上海古籍出版社，1987年，270頁。

第一節 「靜故了群動」與佛禪靜觀

一、佛禪靜觀

禪宗的「禪」字，由梵文 Dhyana 音譯而來，意譯則爲「思維修」、「靜慮」之意。佛教認爲，人人皆有佛性，只是被妄想蒙蔽，禪定可以讓人安靜，減少妄想。意在借禪定消除妄念，開顯佛性。「何謂定？即不散亂，又不昏沉」，〔註3〕散亂，指不能制心一處，妄想紛飛，胡思亂想，禪定目的就是要使身調氣柔，不隨妄念。佛家之定，要求修行者不起妄念，心如止水，往往就是靜。戒、定、慧三學，「定」則是由「戒」到「慧」的橋樑，要想斷惑證眞，就得依靠禪定。眞正禪定，不在於形式上打坐，主要在於內心的寧靜，六祖慧能說：「外離相爲禪，內不亂爲定。」〔註4〕因此禪定之關鍵在於「止觀雙修」、「定慧等持」。「止」就是止息妄念，心專注一境的狀態；「觀」就是正確觀照諸法，斷滅煩惱。

第一，止——禪靜之無念

安世高翻譯的《安般守意經》主要講述調息守意入禪之法，「安般」就是數息、調息，又稱「止觀法門」，即禪修者把注意力集中觀察呼吸的長短和次數的多少而降服念頭的方法，意在以一念止萬念。南嶽慧思《大乘止觀法門》說：「所言止者。謂知一切諸法從本已來性自非有不生不滅。但以虛妄因緣故非有而有。然彼有法有即非有。唯是一心體無分別。作是觀者。能令妄念不流。故名爲止。」〔註5〕謂依止一心，截斷妄念。「日止觀，日定慧，日寂照，日明靜，皆同出而異名也。」〔註6〕可見，止觀禪法，就是對寂靜的追求。

初祖達摩丨年面壁靜坐，五祖弘忍土張遠離塵囂。六祖慧能，爲了破除眾生的我執和法執，強調「心外別無佛」，「自性是佛」。《壇經》云：「菩提般若之智，世人本自有之，只緣心迷，不能自悟。」〔註7〕心的本質是不動的，之所以會動，是由於「無明」，「有念」是無明之表現，念頭一起就違背本來之清靜本性，若要得到解脫，必須減「妄念」爲「無念」。禪宗之「無念爲宗」，

〔註3〕 南懷瑾：《南懷瑾選集》第九卷，上海：復旦大學出版社，2003 年版，170 頁。
〔註4〕 《壇經》，《大正藏》48 冊，353 頁中。
〔註5〕 《大乘止觀法門》，《大正藏》46 冊，641 頁下。
〔註6〕 轉引自侯傳文《「寂靜」論》，《山東社會科學》，2014 年第 10 期，87 頁。
〔註7〕 《壇經》，《大正藏》48 冊，350 頁上。

意在「內息諸念」，停止一切思慮，歸於清靜。心生種種法生，心滅種種法滅。每個人因爲業力不同而看見不同的世界。一花一世界，一葉一菩提。慧能在對爭論風動還是幡動的問題時，道出了「仁者心動」的本質。禪宗之「無念爲宗，無住爲本，無相爲體」，意在顯示眞實的自性。「於諸境上心不染，曰無念。」〔註8〕因爲人的念頭於刹那間相續而起，無有間斷，這念頭往往是貪嗔癡慢疑等世俗之心，無念就是要消除這被外物污染分別之念。這樣，無念也是眞如之念。禪修之「止」即在不染駐於一境，不於一境上生心，截斷如瀑流般的妄念，顯示眞如本性。

第二，觀——禪靜之觀照

「止觀雙修」之「觀」意在正確觀照諸法實相，斷滅煩惱。《大乘止觀法門》說：「所言觀者。雖知本不生今不滅。而以心性緣起不無虛妄世用。猶如幻夢非有而有。故名爲觀。」〔註9〕意謂以般若智之緣起性空觀照諸法實相，萬事萬物皆因緣起而性空。以天台宗的三觀最爲典型，即假觀、空觀與中觀。空觀，照見萬象皆隨緣而起生滅，虛而不實。假觀，即從眞空入假有，空而萬象紛紜，空即是色。中觀方是般若實相，照見萬物非空非有，也即佛家中道：「既不住有，也不住空，即空即有，非空非有」，〔註10〕修觀之目的就是爲契入般若實相。觀，對內是觀察自己起心動念過程，對外是覺知自己對外界事物反應。心不隨境轉，如如不動。智者大師說：「法性常寂即止義，寂而常照即觀義」。〔註11〕「法性常寂」，指沉靜無念狀態，「寂而常照」指明睿深沉之覺照。止與觀二者相輔相成，不即不離。「觀」與通常邏輯思維有所不同，主要指直觀。觀，不是借文字和思維來認識，般若之智，本性具足，藉由直觀，主體心靈直接切入所觀對象，證悟眞理，是「頓悟見性」之主要方法。

第三，慧——禪靜之顯慧

戒定慧三學中，由戒入定，由定顯慧，戒和定之目的都是爲顯慧，即開顯自性佛性。「曰止曰觀，皆爲定慧之因」〔註12〕。歷來參禪的僧人大多求

〔註8〕　《壇經》，《大正藏》48 冊，353 頁上。

〔註9〕　《大乘止觀法門》，《大正藏》46 冊，641 頁下。

〔註10〕　南懷瑾《定慧初修》，《南懷瑾選集》第九卷，上海：復旦大學出版社，2003年，170 頁。

〔註11〕　《摩訶止觀》，《大正藏》46 冊，18 頁中。

〔註12〕　南懷瑾：《定慧初修》，《南懷瑾選集》第九卷，上海：復旦大學出版社，2003年，174 頁。

開悟，求證般若實相。慧遠說：「禪非智無以窮其寂，智非禪無以深其照。」〔註 13〕定能發慧，智由禪起，禪與智相輔相成。

六祖慧能說：「定慧一體，不是二；定是慧體，慧是定用。」〔註 14〕「定」即禪定，「慧」就是智慧觀照。定和慧體一不二，定是慧之體，慧是定之用，發慧之時，定在慧中；入定之時，慧也在定中。「定慧猶如何等？猶如燈光。」〔註 15〕認為定、慧二者如燈和光體一不二。所以人不需要打坐念經，只需自識本性，就能內心覺悟。慧能用覺悟取代了外在的行為。在他看來，修行關鍵在於開悟，與行住坐臥等外在行為關係不大。所以，慧能提出「定慧一體，平等雙修」禪法，使禪從拘泥於形式的窠臼中走出來。走出靜中禪，從動中參禪，其實要求比枯坐更高，要求在動中也能時刻覺察自己的起心動念。由於這樣對修行者要求較高，容易使禪法徒有其表。

禪定之「止」要求修習者控制意識，制心一處，把注意力集中到專一之境界，以一念抵萬念。禪定之「觀」，要求禪者能夠觀照實相。宋代文人士大夫們的禪悅之風以及參禪打坐的體驗不僅影響到宋代詩學觀念而且影響到他們的文藝創作，而蘇軾的空靜論正是這方面的體現。

二、「靜故了群動」之詩學內涵

蘇軾在《送參寥師》中說：「欲令詩語妙，無厭空且靜。靜故了群動，空故納萬境。」〔註 16〕因靜而了群動，即使閱世走人間，也不被世俗紛擾，而能以平靜之心觀世間萬物和世俗沉浮。靜下心來，能把世間萬物看得更清楚，觀察得更仔細。不但能把握事物的動態和發展趨勢，而且能更加清楚明白地總結事物的道理。「靜故了群動」既是他創作經驗，也和他禪修經驗有關。

蘇軾多次寫及自己「焚香默坐」的情況：「及吾燕坐寂然，心念凝默，湛然如大明鏡。」〔註 17〕（《成都大悲閣記》）萬象歷歷分明，而心不染著。貶謫黃州時，蘇軾經常靜坐：「焚香默坐，深自省察」；〔註 18〕並有「物我相忘，

〔註 13〕 僧祐：《出三藏記集》，北京：中華書局，1995 年，360 頁。

〔註 14〕 《壇經》，《大正藏》48 冊，352 頁下。

〔註 15〕 《壇經》，《大正藏》48 冊，352 頁下。

〔註 16〕 王文誥輯注，孔凡禮點校：《蘇軾詩集》，北京：中華書局，1982 年，905 頁。

〔註 17〕 孔凡禮點校：《蘇軾文集》，北京：中華書局，1986 年，394 頁。

〔註 18〕 孔凡禮點校：《蘇軾文集》，北京：中華書局，1986 年，391 頁。

身心皆空，……一念清淨，染污自落」〔註19〕（《黃州安國寺記》）的靜修體會。「閉眼觀心如止水」，「水中照見萬象空」，（《王鞏清虛堂》）是借他人言己意，可見其對禪修確有體會。

第一，以靜觀動

「靜故了群動」，蘇軾認為創作者澄澈心境，利於觀察外界變化萬千情景。他在《靜常齋記》中說：「虛而一，直而正，萬物之生芸芸」，〔註20〕安靜狀態，可以洞察世間萬象，有助於掌握事物規律。這種虛靜狀態對文學創作的影響，早在劉勰《文心雕龍‧神思》就有：「寂然凝慮，思接千載」，〔註21〕作者默然凝思時，甚至會想像到千萬年以前之事，肯定了虛靜心態對文學構思作用。又說：「陶鈞文思，貴在虛靜」〔註22〕，作文，貴在虛靜心態，即排除內心一切雜念和欲求以集中精神構思。皎然《詩式》云：「有時意靜神王，佳句縱橫，若不可遏，宛如神助。」〔註23〕意念清淨時思維之敏捷，佳句宛若神助奔湧流出。蘇軾在《書孫元忠所書華嚴經後》說：「人能攝心，一念專靜，便有無量應感。」〔註24〕至靜之時，便會產生無量神妙天機。蘇軾「靜故了群動」，也意在以靜之心態觀察萬象。這樣，不僅能更細緻入微地觀察靜物，也能把握住轉瞬即逝之動態，以靜觀動：「處靜而觀動，則萬物之情畢陳於前。」〔註25〕（《朝辭赴定州論事狀》）以靜觀動，則能把握萬物之情態。《東坡易傳》云：「以靜觀動，則凡吉凶禍福之至，如長短黑白陳乎吾前。」〔註26〕以靜觀動，吉凶禍福就會歷歷分明，這時可以對事情發展做出清晰判斷。「至靜而明，故物之往來屈信者無遁形也。」〔註27〕認為，靜，有助於探知事物來龍去脈，把握事物規律。表現在詩學上，蘇軾認為作者應有細緻入微的觀察力，他的《高郵陳直躬處士畫雁二首》云：「野雁見人時，未起意先改。」〔註28〕讚歎作者能畫出野雁見人來時，未起意先改之姿態。如此觀察

〔註19〕孔凡禮點校：《蘇軾文集》，北京：中華書局，1986年，391頁。

〔註20〕孔凡禮點校：《蘇軾文集》，北京：中華書局，1986年，363頁。

〔註21〕劉勰著，范文瀾注：《文心雕龍注》，北京：人民文學出版社，1958年，493頁。

〔註22〕劉勰著，范文瀾注：《文心雕龍注》，北京：人民文學出版社，1958年，493頁。

〔註23〕皎然著，李壯鷹校注：《詩式校注》，北京：人民文學出版社，2003年，71頁。

〔註24〕孔凡禮點校：《蘇軾文集》，北京：中華書局，1986年，2208頁。

〔註25〕孔凡禮點校：《蘇軾文集》，北京：中華書局，1986年，1018頁。

〔註26〕蘇軾：《東坡易傳》，上海：上海古籍出版社，1989年，33頁。

〔註27〕蘇軾：《東坡易傳》，上海：上海古籍出版社，1989年，140頁。

〔註28〕王文誥輯注，孔凡禮點校：《蘇軾詩集》，北京：中華書局，1982年，286頁。

入微,若無靜觀之心態很難得到。心靜,還能把握住轉瞬即逝的瞬間物態,體現在蘇軾對飛動水勢的把握。如《入狹》寫將近瞿塘峽的景色,作者細緻地把握住了入狹景物的剎那動態。如其中的「風過如呼吸,雲生似吐含。……飛泉飄亂雪,怪石走驚驂。」〔註29〕捕捉住瞬間飛動的水勢,呼吸般迅速的風,若吐含般卷湧的雲,飛濺的泉水夾雜著飄雪,和怪石迅速墜落,剎那間景物變化,捕捉於筆端,「恒持剎那」。以靜觀動,有助於捕捉動態事物細微處,也是蘇軾曠放風格細微處。

第二,觀物之理

以靜觀動,不僅在於能細緻入微觀察到事物現象,還在於能透過現象分析本質,把握、總結事物道理。蘇軾提出「觀物要審」,不僅僅著眼於觀察事物表象,更強調要把握事物內在規律,他在《書黃道輔品茶要錄後》中說:「物有畛而理無方,……學者觀物之極,而遊於物之表,則何求而不得。」〔註30〕事物都有其畛域的區別,但義理沒有固定範圍,只要抓住本質要害,便可透過表象深入本質。蘇軾《書黃筌雀》說:「黃筌畫飛鳥,頸足皆展。……乃知觀物不審者。」〔註31〕黃筌把鳥錯畫成頸足都伸展狀態,是沒有仔細觀察鳥習性緣故。「與可之與竹石枯木,真可謂得其理者矣。」〔註32〕讚揚文與可繪畫能夠得其神,畫出其精神。如何審物之「理」,《上曾丞相書》中說:「是故幽居默處,而觀萬物之變,盡其自然之理,而斷之於中。」〔註33〕以虛靜之心境,把握事物及其變化發展之規律。蘇軾還經常從生活中體會禪理,如他的《陸蓮庵》:「陸地生花安足怪,而今更有火中蓮。」〔註34〕「火中蓮」出自《維摩經》,「火」比喻煩惱,「蓮」喻覺悟,意謂在塵世欲望中修行,猶如火中生出蓮花,「火中生蓮」喻從世間煩惱中獲得解脫。蘇軾引用這個典故,表達他對「煩惱是菩提」思想的體悟。理,是對事物規律的把握,它有助於我們更好地認清事物,但詩中若多說理,往往容易削弱藝術形象性及感染力。宋詩多以說理為詩、以才學為詩,說理,是宋詩特色,卻也是它的缺點。繆鉞《詩詞散論》說:「宋詩以意勝,故精能,而貴深哲透闢。」唐詩長於興象,

---

〔註29〕 王文誥輯注,孔凡禮點校:《蘇軾詩集》,北京:中華書局,1982年,31頁。
〔註30〕 孔凡禮點校:《蘇軾文集》,北京:中華書局,1986年,2067頁。
〔註31〕 孔凡禮點校:《蘇軾文集》,北京:中華書局,1986年,2213頁。
〔註32〕 孔凡禮點校:《蘇軾文集》,北京:中華書局,1986年,367頁。
〔註33〕 王文誥輯注,孔凡禮點校:《蘇軾詩集》,北京:中華書局,1982年,1378頁。
〔註34〕 王文誥輯注,孔凡禮點校:《蘇軾詩集》,北京:中華書局,1982年,2590頁。

給人以浪漫情懷；宋詩貴在說理思辨，循循善誘引導人生。

第三，靜中寓動——動靜不二

「不二」，即矛盾、對立雙方是相互聯繫、相互依存的統一體。即一切現象的體性、實相，無主體、客體二元對立。《維摩詰經》舉出諸多不二之範例，如生滅不二、自他不二、色空不二、語默不二等。動靜不二，即動和靜不即不離，相互轉化。僧肇《物不遷論》中說：「必求靜於諸動，故雖動而常靜。不釋動以求靜，故雖靜而不離動。」〔註35〕動和靜沒有絕對界限。宗白華說：「禪是動中的極靜，也是靜中的極動，寂而常照，照而常寂，動靜不二。」〔註36〕禪靜是在靜觀中實現心靈的自由，照見諸法實相而不被萬物所縛，是靜中寓動。

蘇軾詩學思想中的動靜關係也呈現辯證特點。他說：「精出爲動，神守爲靜」〔註37〕，「靜故知猶有動」〔註38〕暗含了辯證動靜觀，動靜相輔相成，不即不離。《東坡易傳》云：「方其動而止之，則靜之始也；方其靜而止之，則動之先也。」〔註39〕把靜理解爲動之先，靜和動猶如陰陽，可以相互轉化。這種動靜不二的理解也是時空的相對性的反映。萊辛在區別詩與畫的特點時，他認爲詩與畫最大的區別就在於詩是時間藝術，畫是空間藝術。時間有先後，呈現出線性流程的形式特點。這種時間觀比較契合我們感覺。但在佛教看來，由於萬物都是假有，時空也只是人的錯覺而已。愛因斯坦「相對論」說明了時空的相對這一特性。蘇軾文中常有這樣的時空體會：「白露橫江，水光接天，縱一葦之所知，凌萬頃之茫然」〔註40〕（《赤壁賦》）時空朦朧而又相對，時空在這彷彿沒有意義，一片混沌。再如《靜常齋記》之靜坐體會：「無後無先」〔註41〕，所以在蘇軾眼中，詩與畫是你中有我，我中有你：「詩畫本一律，天工與清新」。這種「詩中有畫」的美學追求，與西人大異其趣，也是佛家特有時空觀體現，這種時空觀和動靜觀在中國詩學中屢見不鮮。孟浩然有：「野曠天低樹，江清月近人」（《宿建德江》）。時空相伴，不知何者爲時，

〔註35〕僧肇著，張春波校釋：《肇論校釋》，北京：中華書局，2010年，12頁。

〔註36〕宗白華：《美學散步》，上海：上海人民出版社，1981年，65頁。

〔註37〕陳明秀：《東坡文談錄》，北京：商務印書館，1937年。

〔註38〕王文誥輯注，孔凡禮點校：《蘇軾詩集》，北京：中華書局，1982年，540頁。

〔註39〕蘇軾：《東坡易傳》，上海：上海古籍出版社，1989年，97頁。

〔註40〕孔凡禮點校：《蘇軾文集》，北京：中華書局，1986年，5頁。

〔註41〕孔凡禮點校：《蘇軾文集》，北京：中華書局，1986年，363頁。

蘇軾詩論與佛學關係研究

何者爲空。王維《山居秋暝》:「竹喧歸浣女,蓮動下漁舟。」〔註42〕詩中之景皆動,而意境卻靜穆。所謂動靜只不過是說者心中有動靜而已。《宗鏡錄》中亦云:「若以肉眼觀,無眞不俗;若以法眼觀,無俗不眞。」〔註43〕意在說明萬法唯心道理,所謂時空,不過是觀者心中時空感覺而已。蘇軾繼承了動靜不二佛家時空觀,所以他的作品寧靜中蘊靈動,曠放中含沉靜。如他的《澄邁驛通潮閣》其一:「貪看白鷺橫秋浦,不覺青林沒晚潮。」〔註44〕「橫」字,化動爲靜,渲染出水天一色、空寥清曠意境,是詩人心境的外化。可見,中國詩學裏,動靜不二時空觀有助於詩人營造更深微幽遠之意境,也是中國傳統思維方式注重事物的聯繫和矛盾統一體現。

三、「靜故了群動」之美學意義

禪靜之心態,有助於在文藝創作中更好地把握創作對象和萬物之理,以達到胸有成竹之創作效果。既帶來寂靜之美的愉悅,又能於中獲得萬象之理。寧靜而不枯寂,頗富理趣。

第一,成竹於胸

「靜故了群動」之「了」,明白,懂得之意,即對萬象歷歷分明。「靜故了群動」的美學意義在於,專注的心態,有助於創作者更好地把握萬物之形態及其規律,無論在文學創作和繪畫創作時都能「成竹於胸」。「成竹於胸」最初由北宋畫家文同提出,經蘇軾的轉述得以流傳,現比喻創作者對創作對象觀察細緻入微後而有十足把握,或對某件事有成功的信心。蘇軾在《文與可畫篔簹谷偃竹記》中說:「故畫竹必先得成竹於胸中」,〔註45〕繪畫之前,反覆地觀察揣摩,才能畫出竹子的精神。文與可任洋州知州時,常到竹林觀竹,對竹子外形體貌乃至生長過程都非常熟悉。所以他畫竹時能做到「成竹於胸」,一氣呵成。藝術構思初始階段,需要創作者凝神靜慮觀察對象。當主體泯去自我時,便進入「身與竹化」之境界。「與可畫竹時,見竹不見人。豈獨不見人,嗒然遺其身。」〔註46〕(《書晁補之所藏與可畫竹三首》)由於專

〔註42〕 王維著,趙殿成箋注:《王右丞集箋注》,上海:上海古籍出版社,1984年,123頁。

〔註43〕 永明延壽:《宗鏡錄》,《大正藏》48冊,517頁下。

〔註44〕 王文誥輯注,孔凡禮點校:《蘇軾詩集》,北京:中華書局,1982年,2364頁。

〔註45〕 孔凡禮點校:《蘇軾文集》,北京:中華書局,1986年,365頁。

〔註46〕 孔凡禮點校:《蘇軾文集》,北京:中華書局,1986年,1522頁。

注於竹，入竹三昧，所以能生動畫出竹子自然狀態。「身與竹化」，明顯受到莊子齊物喪我觀念影響。道家虛靜之說，《老子》第十六章中指出：「歸根曰靜，靜曰覆命。」〔註47〕老子指出生命的源頭，是以靜態爲根基的。在悟道的心理狀態上，道家和佛家是不謀而合的。只是道家的「凝神」、「喪我」的目的是爲「物化」，目的是爲「身與竹化」和「其神與萬物交」，而佛家禪定式的觀照是與對象保持一定距離，心如如不動，是「我心空無物……萬象自往還。」〔註48〕（《書王定國所藏王晉卿畫著色山》）是力求對事物的客觀描述及其規律之把握。禪靜運用到詩學上，是爲更好地洞照世間萬物，創造出更豐富、更深微的意境。他的《江上値雪效歐陽體》：「江邊曉起浩無際，樹梢風多寒更吹。……江空野闊落不見，入戶但覺輕絲絲。」〔註49〕一幅冬季雪景圖，從視覺、聽覺、觸覺寫天氣驟冷，融纖細於浩渺之中，頗具張力，得益於詩人沉靜之心態以及曠達之胸懷。禪靜之心態可以提高創造主體的審美感受力和創造力。無論是文藝創作還是日常生活，若想胸有成竹，必須沉澱下來，細緻觀察，反覆思考。禪靜，既是生活的眞諦，也是美學的殿堂，它可以幫助主體作出正確的美學判斷並進行豐富的審美創造。

第二，幽靜之美

　　佛教參禪入定的修行影響到審美，就是把「寂靜」作爲一種審美。《詩式》中，皎然將「靜」作爲詩的「體格」之一：「靜，……乃爲意中之靜。」〔註50〕和外在的松風不動，林狖未鳴自然之靜相比較，皎然論詩更強調創作主體內心之寧靜。靜思凝慮，有助於美的創造和欣賞。蘇軾在《晁君成詩集引》中讚歎晁君成詩之「清厚靜深」的風格。他的「靜故了群動」，強調創作時身心的寧靜對才思的幫助，以及對萬象的體察和把握，既是對上述詩學的繼承，也是受佛禪思想影響。雖然蘇軾個性使然，豪放風格是作品主色調，但他的創作中，也有很多幽遠寂靜之風格。如《觀棋》：「不聞人聲，時聞落子」〔註51〕，落子之聲反襯清幽絕塵山水意境，寂靜中落子聲，與自然的融而爲一之寧靜，是對塵世的捨棄和忘卻，意境深幽寧靜。「但聞煙外鐘，不聞煙中寺。幽

〔註47〕　陳鼓應注譯：《老子今注今譯》，北京：商務印書館，2003 年，134 頁。
〔註48〕　王文誥輯注，孔凡禮點校：《蘇軾詩集》，北京：中華書局，1982 年，1638 頁。
〔註49〕　王文誥輯注，孔凡禮點校：《蘇軾詩集》，北京：中華書局，1982 年，20 頁。
〔註50〕　皎然著，李壯鷹校注：《詩式校注》，北京：人民文學出版社，2003 年，71 頁。
〔註51〕　王文誥輯注，孔凡禮點校：《蘇軾詩集》，北京：中華書局，1982 年，2310 頁。

人行未已，草露濕芒屨。惟應山頭月，夜夜照來去。」〔註52〕（《梵天寺見僧守詮小詩，清婉可愛，次韻》）寺院是清修之地，清幽靜穆，「煙外鐘」和「煙中寺」，給夜晚籠罩上一層神秘、幽遠和朦朧之感。遠遠傳來的鐘聲似乎帶來了寺院的幽靜，山頭月夜夜照來去，加深了夜晚的寧靜，是對寂靜的氛圍的烘托。鐘、寺、幽人、草、露、山頭、月等意象，一片天然，如此寂靜之夜晚，天人合一，給人的感覺似乎只有一個靜字。「披衣起視夜，海闊河漢永。西窗半明月，散亂梧楸影。」〔註53〕寫謫居海南不能入眠，明月、西窗、散亂之梧桐影營造出闃寂神秘之氣氛，和星河之浩渺璀璨相融，境界闊大而寧靜。這種寧靜幽遠意境在僧人的詩歌裏更為常見，如道潛的《江上秋夜》：「雨暗滄江晚未晴，井梧翻葉動秋聲。樓頭夜半風吹斷，月在浮雲淺處明。」〔註54〕詩雖短小，但捕捉住江上秋夜之景的細微之處。傍晚時分，雨狂風急，秋雨滴打著井邊的梧桐，詩人久久不能入眠，夜半時分，終於風停雨駐，月出浮雲，發出微弱的光芒，一副江上秋夜月色圖，形象刻畫出江上秋夜由喧鬧入靜謐的氣氛。以景結語，韻味無窮，透露出作者寧靜、愉悅的心情。

外部自然寂靜的描繪往往是詩人內在心靈平靜的體現。幽靜之美是詩人超越塵世、忘卻物我的精神體現。李大釗說：「東方文明之特質，全為靜的」。雖然論斷有些誇張，但指出中華民族偏守靜的文化特徵，不同於西方文學崇尚陽剛、熱烈之美。朱光潛用「靜穆」二字評價陶淵明：「如秋潭月影，澈底澄瑩」〔註55〕。藝術的最高境界都不在熱烈，熱烈的歡喜或熱烈的愁苦往往因其熱烈而容易消逝，屈原鋪天蓋地的次次訴說和憤恨不平終歸隕滅。就像愛情，熱烈終歸要化為平淡，方可持久。靜，泯滅大喜或大悲，是身心得到安頓之安寧表現，給人帶來審美之愉悅。幽靜之美，是詩人永恆的追求和希翼。對靜穆精神的崇尚也是理性精神的體現，蘇軾禪詩往往多理趣。

第三，禪理之趣

蘇軾在《書司空圖詩》一詩中曾評其：「棋聲花院靜，幡影石壇高」二句

〔註52〕 王文誥輯注，孔凡禮點校：《蘇軾詩集》，北京：中華書局，1982年，380頁。
〔註53〕 王文誥輯注，孔凡禮點校：《蘇軾詩集》，北京：中華書局，1982年，2273頁。
〔註54〕 參寥著，高慎濤、張昌紅編：《參寥子詩集校注》，鄭州：中州古籍出版社，2014年，32頁。
〔註55〕 朱光潛：《朱光潛全集》，合肥：安徽教育出版社，1987年，396頁。

說：「恨其寒儉有僧態。」〔註56〕可見他雖然讚歎寂靜的創作心態，但是不會走向枯寂一路的。雖然強調審美靜觀，他是取向靜中有動的，故而他在審美靜觀中能夠更超脫地對待萬物，歸納、總結萬物之理，從而充滿理趣，這也是宋詩區別於唐詩的重要方面。和唐詩重情相比，宋詩以才學爲詩，故以哲理見長。宋代，理學的興盛，使得宋詩多思辨。而禪悅之風的盛行，禪宗參禪悟道的思考，賦予宋詩理趣這一特徵。理，即哲理、事理及禪理，經由理性思考後得出的抽象之理；趣，是趣味，詩韻，是審美感知。理趣，即哲理和詩韻相結合，貴在通過生動形象的趣味性讓讀者去頓悟詩中所含哲理，使藝術之靈動與哲學之思辨相融合，說理而不枯燥。蘇軾有著極強的藝術敏感和觀察力，善於從小事中發現妙理新意。「橫看成嶺側成峰，遠近高低各不同。不識廬山眞面目，只緣身在此山中。」〔註57〕（《題西林壁》）以觀山之角度不同就得到不同的結果，寓意認識事物，也是表達一種禪理，我們之所以不認識自己的本來面目，是因爲被五欲六塵所束縛，不能理性觀照自己。小詩說理深刻而表達形象。蘇軾能夠將領悟到的禪理，通過現象的啓示，用形象的詩歌語言表達出來。「若言琴上有琴聲，放在匣中何不鳴？若言聲在指頭上，何不於君指上聽？」〔註58〕（《題沈君琴》）引用《楞嚴經》典故：「譬如琴瑟、箜篌、琵琶，雖有妙音，若無妙指，終不能發。」〔註59〕琴聲乃由手彈奏琴的結果，從佛法角度來看也是因緣和合而成，而蘇軾故意拆開發問，引起人們思考，禪趣十足。這也是以理入詩最可貴之處，說理而極富情趣。以禪入詩，借詩遣懷是蘇軾禪理詩的特點，貴在作者能用豐富的聯想使得說理變得極富情趣，這也是佛家「止觀雙修」之「觀」在文藝創作層面的體現。「觀則不滯空寂，而妙用恒興。」〔註60〕理，需作者具觀察能力，趣，需作者有幽默情懷。所以，以理入詩，往往容易陷入「理障」，爲後人詬病。這也是後人往往批評宋詩，認爲宋詩不如唐詩之興象玲瓏的地方。如果說蘇軾之理趣是天才之稟賦，後來，楊萬里提出「活法」，則是有意識沖淡宋詩說理之僵化和生硬，如他的《江東集・過松源晨飲漆公店》：「莫言下嶺便無難，賺的行人錯喜歡。正入萬山圈子裏，一山放出一山攔。」

〔註56〕孔凡禮點校：《蘇軾文集》，北京：中華書局，1986年，2119頁。
〔註57〕王文誥輯注，孔凡禮點校：《蘇軾詩集》，北京：中華書局，1982年，1219頁。
〔註58〕王文誥輯注，孔凡禮點校：《蘇軾詩集》，北京：中華書局，1982年，2534頁。
〔註59〕《楞嚴經》，《大正藏》39冊，880頁中。
〔註60〕《大乘止觀法門釋要》，《卍新續藏》55冊，509頁中。

〔註61〕人們往往認爲下山時較輕鬆，卻意外發現山外有山，暗含人生是翻越一座又一座高山之過程。小詩寓意深刻，借景說理，活潑生動。

第四，超世俗之利

「靜故了群動」之靜，既指向恢復眾生本具之佛性，還意指對世俗利益的超越和泯滅。靜，源於世間，卻又高於世間，彷彿不食人間煙火之舞女，以超越姿態獨駕於世俗名利之上。又若睿智深沉之智者，照見萬象，而不與之共舞。道家思想的意義似乎正在於此，它以無爲之法，滋養著中國藝術的靈魂。《老子》：「滌除玄鑒，能無疵乎？」〔註62〕所謂「滌除」，即清除內心的雜念與欲望，回歸內心的清靜。「致虛極，守靜篤。」〔註63〕意在致虛、守靜，以恢復心靈的清明，排除外界的擾動以及內心的欲望。《莊子》中的「心齋」和「坐忘」，都是指摒除欲念、空明虛靜。對世俗利益之超越，也是西方審美靜觀理論的核心命題。康德說美：「只要夾雜著極少的利害感在裏面，就會有偏愛而不是純粹的欣賞判斷了。」〔註64〕認爲美是純粹的、無功利的，若是浸染功利之心，美就會降到世俗地步。黑格爾也認爲應該：「讓藝術作品作爲對象而自由獨立存在」〔註65〕。叔本華認爲，審美靜觀狀態下，人們已不再功利地考察事物用處和價值，而僅僅只是什麼。靜，讓人從利害關係中解脫出來，從而擁有自由之特質和內涵，引人膜拜。可見，中西方在審美靜觀對世俗利益的超越性這一點上是相同的。蘇軾在《文與可畫篔簹谷偃竹記》中記述了文同拒絕利益誘惑一事：「四方之人持縑素而請者，足相躡於其門。與可厭之，投諸地而罵曰：『吾將以爲襪材。』」〔註66〕這也說明，文與可畫竹是擺脫了世俗誘惑的。所以若想達到「成竹於胸」的創作效果，需要創作者在創作中的忘我境界和超越世俗功利態度。而這份崇高精神品質會融入到藝術創作中，成爲作品最可貴的靈魂，引起讀者共鳴，這也是藝術的審美價值所在。人們從衣食住行等繁瑣、世俗的物質生活中走出來，就是想要尋找那份清新脫俗之純淨。純潔和高尚幾乎是每個人的嚮往和追求，它讓我們生活在世俗和功利的泥沼中卻有所向往、有所崇尚，心靈有所希翼，有所寄託。

〔註61〕楊萬里著，辛更儒箋校：《楊萬里集箋校》，北京：中華書局，2007年，112頁。
〔註62〕陳鼓應注譯：《老子今注今譯》，北京：商務印書館，2003年，108頁。
〔註63〕陳鼓應注譯：《老子今注今譯》，北京：商務印書館，2003年，134頁。
〔註64〕康德：《判斷力批判》，北京：商務印書館，1964年，41頁。
〔註65〕黑格爾：《美學》，北京：商務印書館，1979年，46頁。
〔註66〕王文誥輯注，孔凡禮點校：《蘇軾詩集》，北京：中華書局，1982年，365頁。

靜，正是對世俗之利的超越，才能面對紛紜萬物而泰然自若，做到「物之來也，吾無所增，物之去也，吾無所虧」〔註67〕（《江子靜字序》）所以，靜，是排除急功近利的企盼，無有得失進退之寧靜，這往往也是宗教和藝術的交匯之處。

蘇軾的親身參禪體驗，使得他的詩學思想和創作不自覺中打上佛禪烙印，「靜故了群動」，賦予詩歌理性、內省、超脫和幽靜之美，這不僅僅是他個人的創作體驗，更是佛禪靜觀在審美層面的投射。

第二節　「空故納萬境」與般若空

在佛教看來，智慧可分為世間智慧和出世間智慧。般若智慧是指能夠了脫生死、超凡入聖的智慧，要通過解行並重的修行求證所得。《大智度論》卷五十八反覆強調般若的重要性：「一切有為法中，智慧第一。一切智慧中度彼岸，般若波羅蜜第一。」〔註68〕「般若波羅蜜能示導出三界、到三乘。若無般若波羅蜜，雖行布施等善法，隨受業行，果報有盡；以有盡故，尚不能得小乘涅槃，何況無上道！」〔註69〕認為，若想了脫生死、到達涅槃彼岸，般若智慧是六度中的燈塔。

一、緣起性空——般若空

佛教般若空觀，指緣起性空，萬事萬物因緣和合產生，一旦產生事物條件發生改變，事物就會隨之變化。所以無常、空性才是事物本質。佛教認為眾生因為執著妄想，往往容易片面看待事物。六百卷《大般若經》，主要講般若空觀，意在打破凡夫之執無為有和認假為真。下面從我空、法空與空空三個方面解釋般若空觀的含義。

第一，我空

佛家認為作為認識主體的「我」是空的。《心經》云：「五蘊皆空」，「蘊」，即集聚。「五蘊」指色、受、想、行、識五種妄想，蘊集不散，遮住我們的智慧光明。凡夫不知道假我是五蘊和合而生，因而固執其中，稱我執。「我」也

〔註67〕 王文誥輯注，孔凡禮點校：《蘇軾詩集》，北京：中華書局，1982年，332頁。
〔註68〕 《大智度論》，《大正藏》25冊，472頁中。
〔註69〕 《大智度論》，《大正藏》25冊，472頁中。

只是業力的因緣和合所生，一旦條件發生改變，「我」也隨之發生改變。「四大苦空。五陰無我。」〔註70〕萬事萬物無不在發展、變化。《心經》說：「色即是空」，《楞嚴經》說：「性色真空」，〔註71〕是說一切色相、一切現象本質是空。《金剛經》云：「凡所有相，皆是虛妄」。〔註72〕再如《維摩詰所說經》云：「是身如聚沫，不可撮摩；是身如泡，不得久立；是身如炎，從渴愛生；是身如芭蕉，中無有堅；是身如幻，從顛倒起；是身如夢，為虛妄見；是身如影，從業緣現；是身如響，屬諸因緣；是身如浮雲，須臾變滅；是身如電，念念不住……」〔註73〕身如聚沫、如泡、如炎、如芭蕉，如幻、如夢、如影，念念不住，須臾變滅。因為有我執，才會有痛苦和煩惱。如果能以般若之智，從緣起中觀察出「我」本「性空」實質，「照見」五蘊皆空，不再執著於我相、人相、眾生相、壽者相，就會以變化、發展眼光看待事物，自然就會通達、達觀，心無所住、不再煩惱。

第二，法空

佛教認為人生而有八苦，佛法是對治人生中的種種煩惱和痛苦的法門，是超凡入聖的修行路徑。一切法為度一切眾生，既然世間一切都是緣起性空的，所以，佛法同樣也是緣起性空的，不應有所執著。《金剛經》裏「我說法如筏喻者」〔註74〕，佛為度眾生而說法，就像人們借船過河，到了彼岸之時，就要把法捨掉，否則就像上了岸還把船背著般荒唐可笑。再如，「說法者無法可說，是名說法」，〔註75〕都意在破除眾生法執。佛法中很多是佛應眾生根基而說法，如果眾生執著於此，往往會阻礙他前進道路。凡夫為六塵所縛，聲聞為四諦所縛，緣覺為十二因緣所縛，菩薩為六度所縛。「一切有為法，如夢幻泡影，如露亦如電。」〔註76〕否定法的真實性，《維摩詰經》說：「諸法皆妄見」。一切法，為度一切眾生。因為「我」是空的，所以，對治「我」的法也是空的。「無法相，即法執空，亦名法空。」〔註77〕

〔註70〕 《佛說八大人覺經》，《大正藏》17 冊，715 頁。
〔註71〕 《楞嚴經》，《大正藏》19 冊，117 頁中。
〔註72〕 《金剛經》，《大正藏》8 冊，749 頁上。
〔註73〕 《維摩詰所說經》，《大正藏》14 冊，539 頁中。
〔註74〕 《金剛經》，《大正藏》8 冊，749 頁上。
〔註75〕 《金剛經》，《大正藏》8 冊，751 頁下。
〔註76〕 《金剛經》，《大正藏》8 冊，752 頁中。
〔註77〕 《金剛般若波羅蜜經講義》，《大正藏補編》7 冊，351 頁上。

第三，空空

因爲佛教一再強調「空」的重要性，所以人們往往用遁入空門、看破紅塵這樣消極的詞語來形容佛教。人們往往誤以爲佛教的「空」就是虛無，是對現實的否定。很多修行人也往往誤會、執著於空而誤入狂禪一路。「我相是從身上起執，法相是從法上起執。無法相，即法執空，亦名法空。非法即是無，即是空。亦無非法相，是空亦空，又名重空，又名俱空。般若顯三空之理，以遣執爲主。人我空後，又執法空，還是不可，故必重重遣之，連空亦要空。古人稱爲窮空到底，此與偏空大不同，故名勝義空，又名第一義空。」〔註78〕「空空」就是說，既不能執著於「有」，也不執著於「空」。從物無自性來解析空，假名的存在是爲了破除對物的執著，它的本性是空。說空是要破斥人對有的執著，但是同時也要避免執著於空，不偏執於一端，取其中道。「眾因緣生法，我說即是空，亦爲是假名，亦是中道義。」〔註79〕《心經》說：「空即是色」，意謂空不是虛無，空是變化紛呈的現象和假有。僧肇《不眞空論》說：「非有非無者」〔註80〕。僧肇以中道觀解空，認爲萬物皆空，但「空」不是無，而是非有非無的統一。「非有」是指事物都是一直在發展、變化，作爲事物的存在，它是暫時的，會變化消失的，「非無」指的是事物的空性並不是虛無，它因緣起而假有。「物從因緣故不有，緣起故不無。」〔註81〕所以，萬事萬物是非有、非無的統一。也就是「空」本身也是空的。如果以發展變化、因緣和合的觀點來看待萬物，就不會執著於事物的假相，不會被事物千差萬別的相狀所迷惑。如果認識到事物的這一特性，就會認識到萬物的本來面目，同時，認識到空性之空，也就不會執著於空，而是取其中道。

在生活中運用般若「空」觀的智慧，而又不執著於空，就會使人生較爲達觀，不會患得患失。行到水窮處，坐看雲起時。比較能夠看淡自身利益得失，從而能夠安於平淡生活，隨緣自適。晚年蘇軾正是這樣，即使身處逆境，卻有「也無風雨也無晴」的達觀。

〔註78〕　《金剛般若波羅蜜經講義》，《大正藏補編》7 冊，351 頁上。
〔註79〕　《中觀論疏》，《大正藏》42 冊，5 頁中。
〔註80〕　僧肇著，張春波校釋：《肇論校釋》，北京：中華書局，2010 年，53 頁。
〔註81〕　僧肇著，張春波校釋：《肇論校釋》，北京：中華書局，2010 年，53 頁。

二、蘇軾般若空觀

以儒家思想爲主導的社會，賦予文人士大夫們修齊治平的光榮使命，但這在人治的封建體制下又有很大束縛性。宋代重文輕武的政策，給文人士大夫們提供了一個很好的治國理政的平臺。但政黨的爭權奪利和政治鬥爭的此起彼伏接連不斷，又往往使得文人如驚弓之鳥。蘇軾也是這樣，他憑著文章之才而得歐陽修賞識，度過了一段名動京師的繁華歲月。雖然他頗有治世之才，但因和王安石、司馬光政見不同，一生幾乎都在外作官，特別是「烏臺詩案」貶謫黃州後，環境、氣候的惡劣以及對朝廷的失望，使得蘇軾心灰意冷，自號「東坡居士」，這也意味著佛老思想在蘇軾生活中眞正發揮作用了。加之蘇軾長期浸潤佛典，對佛法有較深刻體悟，深契般若實相。所以，佛典的浸潤和貶謫經歷，使得蘇軾汲取般若思想精髓，並轉化爲切切實實的人生感受。

第一，蘇軾般若空體悟

嘉祐元年（1056），父親帶著蘇軾、蘇轍，赴京應考，路過澠池，借宿寺廟，並在壁上題詩。嘉祐六年，蘇軾再次路過澠池。人生空漠感油然而生，寫下了大家耳熟能詳的《和子由澠池懷舊》：「人生到處何處似？應似飛鴻踏雪泥。」〔註82〕見到新塔而想起逝僧，人生似「雪泥鴻爪」般稍縱即逝。在佛經中，「空中鳥跡」是很常用的意象之一，《華嚴經》卷三十五《寶玉如來性起品》：「譬如鳥飛虛空」，〔註83〕《續傳燈錄》有：「雁過長空，影沉寒水。雁無遺蹤之意。水無留影之心」。〔註84〕王文誥認爲，詩中的「雪泥鴻爪」，是與佛教經典的偶合。儘管對是否化用佛典有爭議，但無論怎樣，蘇軾的人生無常感是切切實實的。飛鴻爪跡輕淺，雪泥消融，形象表達出人生如煙似夢般虛幻。這種無常感多次出現在詩句裏。「此身變化浮雲隨」〔註85〕，用《維摩經》：「是身如浮雲，須臾變滅」之語，表達人生無常之感。杭州任職時，蘇軾作《吉祥寺僧求閣名》，從盛開的牡丹中悟出榮枯如風如電般轉瞬即逝：「觀色觀空色即空。」〔註86〕再如，作於由徐州改任湖州途中的《次韻

〔註82〕 王文誥輯注，孔凡禮點校：《蘇軾詩集》，北京：中華書局，1982年，96頁。
〔註83〕 《華嚴經》，《大正藏》9冊，626頁上。
〔註84〕 《續傳燈錄》，《大正藏》51冊，501頁中。
〔註85〕 王文誥輯注，孔凡禮點校：《蘇軾詩集》，北京：中華書局，1982年，111頁。
〔註86〕 王文誥輯注，孔凡禮點校：《蘇軾詩集》，北京：中華書局，1982年，331頁。

秦太虛見戲耳聾》一詩借用很多佛典來闡明空性道理。如：「聞塵掃盡根性空」，「君知五蘊皆是賊」，「不見不聞還是癡。」〔註87〕「聞塵掃盡根性空」，用《楞嚴經》典故：「聽與聲，二處虛妄。」〔註88〕佛以鐘聲爲例，意在破解耳往聲處和聲往耳來的虛妄性。鐘聲既沒有「耳往聲處」，也沒有「聲來耳邊」，感官的「來去」是虛妄相，五欲六塵所感受事物同樣也都是虛妄不實的。色、受、想、行、識五陰皆是如此，都把眞如本性掩蓋起來，讓我們看不清眞相。《維摩經‧菩薩品第四》有：「樂觀五陰如怨賊。」〔註89〕所以蘇軾說「君知五蘊皆是賊，人生一病今先差。」「見聞如幻翳，三界若空花」〔註90〕，嗅、嘗、覺、知等都如眼中幻翳一樣。欲界、色界、無色界三界，亦如空花。但詩結尾「不見不聞還是癡」，蘇軾反用佛典，意謂自己並未達到佛家不見不聞的境界，憤激之情，流露筆端。這首詩雖然用了很多佛典，但其因不滿王安石新法和外調任職而牢騷滿腹，運用佛典是反用其意，這也是「烏臺詩案」山雨欲來風滿樓的前兆。再如作於熙寧四年的《墨妙亭記》：「雖金石之堅，俄而變壞⋯⋯」〔註91〕這時候，蘇軾對事物空性的認識還是理性層面的。

如果說此時的蘇軾還只是隔靴搔癢地引用佛典，那麼隨著政治環境的險惡加劇，他的無常、空漠感卻是深刻而持久的體悟了。如貶謫黃州後的《安國寺浴》：「心困萬緣空」〔註92〕，任密州後，作《薄薄酒》二首：「世間是非憂樂本來空。」〔註93〕作於元祐年間仕途順利之時的「再入都門萬事空」〔註94〕。（《送杜介歸揚州》）貶謫惠州時期的：「析塵妙質本來空」。作於貶謫海南期間的《次前韻寄子由》：「榮辱今兩空。」〔註95〕在頹唐的老境中，回首一生，終於看破紅塵，看淡榮辱、得失。被貶嶺南後，蘇軾作了大量的和陶詩：「是身如虛空，誰受譽與毀？」（《和陶飲酒二十首》其六），「吾生一塵，寓形空中。」（《和陶答龐參軍六首》其六）這些詩句表明，蘇軾在後期貶謫

〔註87〕王文誥輯注，孔凡禮點校：《蘇軾詩集》，北京：中華書局，1982年，950頁。
〔註88〕《楞嚴經》，《大正藏》19冊，115頁下。
〔註89〕《維摩詰經》，《大正藏》38冊，366頁下。
〔註90〕《楞嚴經》，《大正藏》19冊，130頁上。
〔註91〕孔凡禮點校：《蘇軾文集》，北京：中華書局，1986年，354頁。
〔註92〕王文誥輯注，孔凡禮點校：《蘇軾詩集》，北京：中華書局，1982年，1034頁。
〔註93〕王文誥輯注，孔凡禮點校：《蘇軾詩集》，北京：中華書局，1982年，687頁。
〔註94〕王文誥輯注，孔凡禮點校：《蘇軾詩集》，北京：中華書局，1982年，1476頁。
〔註95〕王文誥輯注，孔凡禮點校：《蘇軾詩集》，北京：中華書局，1982年，2248頁。

生活中，切切實實體會到了空和無常。

　　從對佛典的運用到人生孤獨、空漠感的真實感受，貶謫的經歷，使得蘇軾真真實實地體會到了人生之無常，也許，這是他仕途之不幸，卻也是他藝術之大幸。這種人生無常感使得他多有人生如夢之感。

第二，人生夢幻之感

　　人生如夢思想既是政治起伏中蘇軾對人生的體悟，同時也是般若「空」觀在人生層面體現。在佛家看來，人和萬物一樣，不能決定自己的生和死，也是無自性的，人只是在業力的大海中浮沉，生命是短暫、虛幻、無常的。「三界如夢、如幻」，〔註96〕（《大智度論》）般若智看來，萬物如夢般短暫，人生是宇宙萬相之一，故用「如夢」作喻。如《維摩經》「人身無常」十喻。《大智度論》以十種譬喻說明諸法空相等。

　　「人生如夢」慨歎在文學的長河中也屢見不鮮。如曹操《短歌行》：「譬如朝露」，慨歎人生如朝露般苦短，高唱「縱浪大化中，不喜亦不懼」的陶淵明猶有「人生似幻化，終當歸空無」〔註97〕的慨歎。白居易也有「長於春夢幾多時」〔註98〕詩句。（《蕭相公宅遇自遠禪師有感而贈》）正如佛家所言，世人不能主宰自己的命運猶如大海一葉扁舟，隨波浪起伏不定。時間碾著歷史的車輪前進，不變的是世人對人生短暫和無常的歎息，「人生如夢」成了文學永恆主題。

　　蘇軾政治生涯跌宕起伏，一生顛沛流離，所以人生虛幻感更深。任徐州太守時他就有「古今如夢，何曾夢覺」（《永遇樂·明月如霜》）；「休言萬事轉頭空，未轉頭時皆夢」（《西江月·三過平山堂下》）的感慨。密州時，亦有「人生如朝露，白髮日夜催」詩句。貶謫黃州時期，惡劣的生活環境，以及痛徹心扉的孤獨和病況也在詩中反覆提及，《大寒步至東坡贈巢三》：「空床斂敗絮，破灶鬱生薪。」〔註99〕《寒食雨二首》：「何殊病少年，病起頭已白。〔註100〕生死邊緣的人生感受，人生低谷的貶謫生涯，以及閱讀佛教經典、靜坐觀空體驗，使他切膚般地體會到「人生如夢」的含義：「事如春夢了無痕」；

〔註96〕　《大智度論》，《大正藏》25 冊，354 頁上。

〔註97〕　陶淵明著，逯欽立校注：《陶淵明集》，北京：中華書局，1979 年，43 頁。

〔註98〕　《全唐詩》，中華書局，1960 年，4943 頁。

〔註99〕　王文誥輯注，孔凡禮點校：《蘇軾詩集》，北京：中華書局，1982 年，1159 頁。

〔註100〕　王文誥輯注，孔凡禮點校：《蘇軾詩集》，北京：中華書局，1982 年，1112 頁。

「世事一場大夢」(《西江月・黃州中秋》);「恍然酒醒夢覺也」(《與杜幾先一首》);「萬事回頭都是夢」(《與王定國十五首》十二);「一年如一夢」(《歧亭五首》其二)……

　　黃州時期,蘇軾對夢與覺關係有了更深層認識:「不知眞覺者,覺夢兩無有。」〔註101〕(《勝相院經藏記》)眞正徹悟的人,既不執於「夢」,也不耽於「覺」,即非有非無之中道。《圓覺經》說:「如夢中人,夢時非無,及至於醒,了無所得……彼知覺者猶如虛空,知虛空者即空花相,亦不可說無知覺性。有、無俱遣」〔註102〕,既打破執夢爲實凡夫知見,又是對虛無主義的糾偏,取佛家之中道。正因爲蘇軾受佛家中道如夢觀影響,能使他從人生逆境中走出來,走向超脫,這也是蘇軾最具人格魅力的地方。

　　後來即使在元祐年間仕途輝煌之時,面對再次的榮華,蘇軾並沒有沉溺其中,而是對現實有所覺照:「紛紛榮瘁何能久」。(《次韻三舍人省上》)黃州的貶謫讓他心有餘悸,對政治有所覺醒,所以,這一時期,他仍有夢幻之感:「二十三年眞一夢。」(《送陳睦知潭州》)亦多次有「吾生如寄耳」感傷,如《和王晉卿》、《次韻劉景文登介亭》、《送芝上人遊廬山》等,都有「吾生如寄耳」的慨歎。貶謫儋州時,作:「人間何者非夢幻」,(《四月十一日初食荔支》)遇赦北歸時,只淡淡道出:「了無一事眞」,(《用前韻再和孫志舉》)政治生涯的起伏跌宕最終換來榮辱得失的雲淡風輕。

　　「人生如夢」既是人生體悟,也是一種覺悟。在死亡面前,功名利祿都如過眼雲煙。這在無形中消解了儒家向實用的一面,也是釋老的價值體現。儒道的結合,更有助於面對和解決人生諸種問題。而佛家的中道更爲辯證和圓融,這也滋養了蘇軾出世入世不二的精神面貌,滋養出那個在逆境中仍樂觀曠達的具有張力的人物形象,滋養出他那些極具感染力的詩句和隨緣自適的心態,在文學史的長河中,劃下有力的一筆。

第三,隨緣自適人生態度

　　儘管在蘇軾的文學作品中有許多人生如夢的感傷,但人生如夢的體驗沒有把蘇軾引入人生的虛無,而是讓他能夠更清楚、持距離地看待得失和榮辱,保持達觀情懷,在淡泊的日常生活中體味著人生眞趣,這也是蘇軾作品中最有魅力的精神所在。林語堂也認爲蘇軾是一個「他本人,是享受人生的每一

〔註101〕孔凡禮點校:《蘇軾文集》,北京:中華書局,1986 年,388 頁。
〔註102〕《圓覺經》,《大正藏》11 冊,913 頁中。

刻時光。」〔註103〕

　　貶謫黃州時，簡陋的生活、惡劣的氣候並沒有使他徹底喪失信心，即使在「恐年載間，遂有飢寒之憂」溫飽問題之下，他猶能達觀看待事物：「水到渠成，至時亦必自有處置。」〔註104〕（《與章子厚書》）被貶黃州，雖然也有環境和地位天壤之別的不適、失落和感傷，但因以往佛家文化的滋養，使得蘇軾本能地運用了佛家隨緣自適思想，在榮與辱的巨大落差中開闢出人生的一條曲徑。雖有幾分不甘和悽楚，卻也撐起了他的生命之舟，從而在艱難的人生困境中搖出文藝的輝煌成就。

　　他的《和蔡景繁海州石室》：「今年洗心參佛祖」，〔註105〕洗心參佛、焚香靜坐，是蘇軾貶謫生活後的常事。這時已不同於前期的以文化視禪，開始將禪理運用到生活中。一洗之前儒家「立功、立德、立名」價值追求，在精神上追求物我兩忘、身心俱適的清淨禪境。「定心無一物，法樂勝五欲」〔註106〕說明佛家思想對蘇軾真正發揮作用了。所以，同樣是貶謫，柳宗元散文裏多是淒神寒骨的風格，而蘇軾文章中我們依然能看到超脫的人生態度。「行看花柳動，共享無邊春。」〔註107〕（《大寒步至東坡贈巢三》）能於苦境中尋出樂趣，被貶黃州，他說：「長江繞郭知魚美，好竹連山覺筍香」（《初到黃州》）；貶惠州則曰：「日啖荔枝三百顆，不辭長作嶺南人」；（《惠州一絕》）貶儋州，則曰：「他年誰作輿地志，海南萬里真吾鄉」。（《吾謫海南子由雷州被命即行了不相知至梧乃聞》）般若「空」觀使他能看淡得失，隨遇而安。再如：「我行無南北，適意乃所祈。」（《發洪澤中途遇大風復還》）「不知何所樂，竟夕獨醺歌。」（《乘舟過賈收水閣收不在見其子三首》）「回首向來蕭瑟處，歸去，也無風雨也無晴。」（《獨覺》）蘇軾學禪，主要是追求曠達的人生境界。般若「空」觀彷彿一劑良藥，能對治生活中的苦難。它意在人們把執著的事物看輕、看淡，在死亡面前，一切的功名利祿都不過是過眼雲煙。這也是很多文人士大夫之所以在仕途困頓之時走向佛老，療治傷口的主要原因。

〔註103〕林語堂：《蘇東坡傳》，天津：百花文藝出版社，2000年，9頁。
〔註104〕王文誥輯注：《蘇軾文集》，北京：中華書局，1986年，1661頁。
〔註105〕王文誥輯注，孔凡禮點校：《蘇軾詩集》，北京：中華書局，1982年，1661頁。
〔註106〕王文誥輯注，孔凡禮點校：《蘇軾詩集》，北京：中華書局，1982年，1947頁。
〔註107〕王文誥輯注，孔凡禮點校：《蘇軾詩集》，北京：中華書局，1982年，1159頁。

三、眞空生妙有──「空故納萬境」詩學內涵

　　萬事萬物皆因緣變化所生，隨緣而起生滅。故人生態度也應隨緣而生，隨緣而滅。蘇軾般若「空」觀人生態度運用到詩學上，即是「空故納萬境」。其作品題材和風格隨著人生境遇之起伏而改變，不沾滯一物一境，萬象紛紜。《送參寥師》曰：「空故納萬境。」〔註108〕蘇軾認爲，在創作中詩人不執著於事物，才能容納萬事萬物。《壇經》說：「世界虛空，能含萬物色像。」〔註109〕世界虛空，而能孕育萬物，人有空性，方能容納萬象。海納百川，有容乃大。袁宏道《雪濤閣集序》說蘇軾創作：「於物無所不收，於法無所不有，於情無所不暢，於境無所不取」。〔註110〕惠洪《跋東坡允池錄》評蘇軾文風：「其文渙然如水之質，漫衍浩蕩，……自非從《般若》中來，其何以臻此？」〔註111〕儒家思想滋養了蘇軾積極進取的精神，而釋老思想卻給了蘇軾隨緣自適的心態，使其人生剛柔並具，即使在人生的曲折處，也似園林般具有曲徑通幽之美，不似屈原抱石投江之悲壯。「空故納萬境」之「萬境」略舉其作品題材、博喻和用典三方面，以一斑窺全豹，以見蘇軾題材之豐富、修辭手法之嫻熟以及學問之廣博。

第一，作品題材之「萬境」

　　「空故納萬境」，蘇軾認爲要使詩歌達到妙境，心無掛礙，而能包納萬千境象。他在《與子明兄》中說：「胸中廓然無一物，即天壤之內，山川草木蟲魚之類，皆是供吾家樂事也。」〔註112〕蘇詩2700多首，內容非常豐富，涉及事物有：紀行、詠史、懷古、時事、宮殿、田圃、釋老、節序、夢、月、雨雪、風雷、江河、書畫、筆墨、音樂、器用、燈燭、食物、酒茶、禽鳥、竹、木、懷舊、尋訪、酬答、送別、慶賀、遊賞、射獵、醫藥、卜相、傷悼等。總體而言，烏臺詩案前，儒家思想在蘇軾一生中占主導地位，其對政治的熱情和民生的關注也是他詩歌的主題。

（一）政治諷喻詩

　　在杭州、密州和徐州任職期間，他發現王安石新法有很多弊病，而自己

〔註108〕王文誥輯注，孔凡禮點校：《蘇軾詩集》，北京：中華書局，1982年，906頁。
〔註109〕《壇經》，《大正藏》48冊，350頁上。
〔註110〕袁宏道：《雪濤閣集序》，郭紹虞《中國歷代文論選》，上海：上海古籍出版社，2001年，205頁。
〔註111〕惠洪著，張伯偉等點校：《注石門文字禪》，北京：中華書局，2012年，1548頁。
〔註112〕王文誥輯注，孔凡禮點校：《蘇軾詩集》，北京：中華書局，1982年，1832頁。

又身處推行新法之行政職位，夾在忠於職守和為民請命間，痛苦萬分。於是以政治諷喻詩的方式暴露新法弊端。如《山村五絕》其中兩首反映加強鹽政鹽稅致使有數月食淡之民，青苗法實施過程中，百姓因欠青苗至賣田宅、投水、自縊等慘況。《李氏園》揭露統治者為滿足個人享受勞命傷財罪行。因為對新法的不滿和失望，他時常在詩中表達出來，《寄劉孝叔》涉及新政時弊各個方面，這也正成為後來「烏臺詩案」的把柄。

（二）民生疾苦詩

儘管對新法不滿，但蘇軾還是一個勤政愛民的好官，在他任職期間，「每因法以便民，民賴以安」〔註113〕，他以儒家仁政愛民情懷，關注民生疾苦，如：「汗流肩頳載入市，價錢乞與如糠粞。」〔註114〕（《吳中田婦歎》）一年辛苦勞作，米價竟賤如糠粞，只好賣牛納稅。彷彿看到了杜甫三吏、三別影子。在關注民生疾苦上，蘇軾和杜甫一樣有著儒家仁者之心，寫了不少「悲歌為黎元」詩篇。《除夜直都廳囚繫皆滿，日暮不得返舍》，同情百姓因生存販鹽身陷囹圄。任職密州時，《次韻章傳道喜雨》描繪出蝗旱災害的悲慘景象。在黃州寫的《五禽言》、《魚蠻子》，反映地租剝削的殘酷性。這些詩寫得情真言摯，字裏行間流露出詩人對百姓苦難的深切同情，留下了時代民生疾苦的真實剪影。

（三）山水詩

蘇軾一生足跡所至，飽覽美景，寫了大量山水詩。如《江上看山》、《巫山》、《入峽》等詩，描寫蜀中山水。蘇軾兩度任職杭州，西湖的美景滋養了蘇軾的閒情逸致，使得他暫時忘卻政治的憤懣，和朋友遊湖、賞月，過著詩情畫意的生活。《遊金山寺》、《望湖樓醉書》、《夜泛西湖》等詩，描繪了美麗的長江夜色、江南風光、西湖夜景等。密州、徐州所寫的《登常山絕頂廣麗亭》、《登州海市》描繪了江北的地方風物和名勝。蘇軾晚年遠放惠州、儋州，再現了嶺外風光。《新城道中》、《白塔鋪歇馬》等詩，則以喜悅之情描繪了農村風俗人情的清新樸厚，生機盎然。

貶謫以後，政務較少，基本就是閒職，所以這時期蘇軾詩多向日常生活傾斜。他以吃飯、品茶、睡眠、沐浴、筆墨紙硯等題材入詩，樂此不疲。如詩人對濯足的描寫：「明燈一爪剪，快若鷹辭韝。」〔註115〕（《謫居三首·

〔註113〕王文誥輯注，孔凡禮點校：《蘇軾詩集》，北京：中華書局，1982年，2815頁。
〔註114〕王文誥輯注，孔凡禮點校：《蘇軾詩集》，北京：中華書局，1982年，404頁。
〔註115〕王文誥輯注，孔凡禮點校：《蘇軾詩集》，北京：中華書局，1982年，2286頁。

夜臥濯足》）詩人洗腳時，也許太燙了，於是，他把腳蜷著急速地從盆中抬起，影子映在了牆上，濯足之類小事在他看來充滿生活情趣。生活的窘迫似乎也沒有減少他生活的樂趣，後期作品，他以飲食、養生等題材入詩，屢見不鮮。

　　蘇軾筆下的風光、物態和人情隨著他政治的起伏和人生狀態的改變而改變。無論順境亦或逆境，他都能找到人生的樂趣，似乎萬象皆可入詩，「空故納萬境」來形容他的創作更合適。作品題材之「萬境」正是蘇軾隨緣自適人生態度之體現。隨緣而生，隨緣而滅。逆境之時，也不沉淪，隨遇而安。他的創作題材，隨著他的人生起伏而變化，給我們以人生「萬境」之體驗。他以豐富的文藝題材，達觀的人生態度，帶我們走進他的世界，和他同樂，與他同悲，一起賞景。逾越千年，我們仍能感受到他鮮活的靈魂。當然，由於蘇軾率性之態度，萬象為我裁的氣度，加之「以文為詩」的創作導向，不免有散漫之流弊，沖淡詩韻之含蓄蘊藉之傾向。

第二，修辭手法之「萬境」──博喻

　　佛經中佛陀為眾生說法，喜用生活中事件作譬喻，以把佛法說清楚明白易懂。如《法華經》經典七喻之火宅喻、窮子喻、藥草喻、化城喻、衣珠喻、髻珠喻、醫子喻。東坡詩中也多譬喻，以使詩歌更加形象。他善於從日常生活中尋找平凡細小的事物進行譬喻，從而收到點石成金的藝術效果。「嶺上晴雲披絮帽，樹頭初日掛銅鉦。」〔註116〕因雲輕軟色白，故以絮喻，因形狀相似，故以鉦喻日，新鮮奇特。再如《石鼓歌》：「模糊半已隱癱瘇，詰曲猶能辨跟肘。娟娟缺月隱雲霧，濯濯嘉禾秀糧莠。」「石鼓」一般四周刻鑿文以記載、頌揚古代帝王田獵遊宴等事。蘇軾以「如癱」（瘡疤）「如眠」（厚皮）喻石鼓經受風雨剝蝕字跡模糊隱約。又以人的「腳跟」、「臂肘」比喻還能約略辨認字跡之處。又把字形模糊比喻成月入雲霧之朦朧和雜草叢生莊稼，六種比喻使人宛若目睹石鼓之滄桑字跡。再看《讀孟郊詩二首》之一：「水清石鑿鑿，湍激不受篙。初如食小魚，所得不償勞。又似煮蜂蟲越，竟日持空贅。」〔註117〕孟郊詩多寒苦之音，用語苦澀生硬。蘇軾用「孤芳」、「水清」、「小魚」、小螃蟹來比喻孟詩清苦風格，又用「荒穢」、「湍激」、無肉空蟹來比喻孟詩內容之貧瘠，形象地表達出孟詩特點。《文心雕龍·比興》說：「故

〔註116〕王文誥輯注，孔凡禮點校：《蘇軾詩集》，北京：中華書局，1982 年，436 頁。
〔註117〕王文誥輯注，孔凡禮點校：《蘇軾詩集》，北京：中華書局，1982 年，791 頁。

比類雖繁，以切至爲貴」。〔註118〕認爲比喻以用得恰當爲好。蘇軾之比喻不但形象，而且富有新意。如《海棠》以人喻物：「只恐夜深花睡去，故燒高燭照紅妝。」〔註119〕以身著紅妝的美人比喻深夜的海棠，寫出海棠之嬌媚，構思奇特，比喻脫俗。當然，蘇軾的比喻引人注目的還是博喻。

博喻，運用幾個喻體描繪本體，更富表現力。博喻，可以看做蘇軾「空故納萬境」之「萬境」在修辭手法方面的體現，正是因爲心無掛礙，所以能對諸多意象信手拈來，不一而足。元豐元年（1078），蘇軾作《百步洪》二首，其一：「有如兔走鷹隼落，駿馬下注千丈坡。斷弦離柱箭脫手，飛電過隙珠翻荷。」〔註120〕詩連用動態之兔奔、鷹落、馬馳、弦飛、箭脫、飛電、水珠翻荷七個比喻來形容洪流急湍的迅猛之勢，筆酣墨飽，酣暢淋漓。這樣的比喻手法以排比句式一氣噴出，詩之韻律與文之流暢兼而有之，充分顯示了蘇詩豪邁奔放的風格特徵。與《金剛經》中「如夢幻泡影，如露亦如電」之「六如」比喻異曲同工，皆錯綜利落，一氣呵成。

巧妙的比喻能給人以形象的藝術形象，是詩人詩思敏銳、才情卓越的標誌。如果說豐富多彩的比喻爲我們展示了一個才華橫溢的蘇軾，那麼用典的繁複則讓我們看到了博學多識的蘇軾。

第三，修辭手法之「萬境」——用典

「空故納萬境」之「萬境」還體現在蘇詩用典方面。劉勰《文心雕龍》曰：「據事以類義，援古以證今者也。」〔註121〕即引用古事、古語來論證今義。蘇軾讀書極多，他以若谷之胸懷，博學之才識，將當時人的作品掌故、風俗民歌等，運用到詩中。從傳統的經、史、子、集，到民謠、俗語、乃至朋友間的說笑、打趣。邵長衡《注蘇例言》云：「自經史四庫，旁及山經地志、釋典道藏、方言小說，以至嬉笑怒罵、裏嫗灶婦之常談，一入詩中，遂成典故。」〔註122〕蘇軾用典和其博喻一樣，有一連串用典現象，且以排比句式鋪陳而出，以義理貫穿，似長江大河，既有蘇軾慣有的縱橫恣肆之風，又呈現宋詩學問化、議論化特點。

這裡舉其佛典爲例。根據統計，「東坡引用《景德傳燈錄》144次、《法華

〔註118〕劉勰著，范文瀾注：《文心雕龍注》，北京：人民文學出版社，1958年，601頁。
〔註119〕王文誥輯注，孔凡禮點校：《蘇軾詩集》，北京：中華書局，1982年，1186頁。
〔註120〕王文誥輯注，孔凡禮點校：《蘇軾詩集》，北京：中華書局，1982年，891頁。
〔註121〕劉勰著，范文瀾注：《文心雕龍注》，北京：人民文學出版社，1958年，614頁。
〔註122〕馮應榴輯注：《蘇軾詩集合注》，上海：上海古籍出版社，2001年，2715頁。

經》38 次、《高僧傳》22 次、《華嚴經》25 次、《楞嚴經》113 次、《維摩詰經》78 次……」〔註 123〕蘇軾詩中常用佛典表達自己對人生及禪理之體悟，東坡運用佛典詩有《吉祥寺僧求閣名》、《鹽官絕句四首北寺悟空禪師塔》、《次韻僧潛見贈》、《次韻潛師放魚》、《次韻秦太虛見戲耳聾》、《遊淨居寺》、《三朵花》、《贈東林總長老》、《觀臺》……《記所見開元寺吳道子畫佛滅度，以答子由，題畫文殊、普賢》一詩，前半首幾乎句句用佛典，但思想較平淡。

　　蘇軾禪詩大多說理較強，和王維以禪境入詩不同。「嵐薰瘴染卻敷腴，笑飲貪泉獨繼吳。……收得曹溪一滴無。但指庭前雙柏石，要予臨老識方壺。」〔註 124〕「飲貪泉獨繼吳」，借吳隱之勇敢飲貪泉水之典故，表達自己清廉為政之願望。「曹溪一滴」喻指慧能的禪法，指別後三年，是否對禪法有了新的體悟。「但指庭前雙柏石」，《五燈會元》曰：「有一僧人問趙州禪師：『什麼是佛祖西來意？』，趙州答：『庭前柏子樹。』」〔註 125〕意思是平常心是道。蘇軾意在表明，禪之深刻，一般人並不容易掌握。

　　《追和沈遼頃贈南華寺》云：「善哉彼上人，了知明鏡臺。歡然不我厭，肯致遠公杯。莞爾無心雲，胡為出岫來。一堂安寂滅，卒歲局蒼臺。」〔註 126〕「上人」，「然出家稱為上人。如世人所貪我不貪，世人所愛我不愛，出人之上。故名上人。」〔註 127〕「明鏡臺」即用神秀和慧能禪詩之典故。神秀有：「身如菩提樹，心如明鏡臺。時時勤拂拭，莫使惹塵埃。」意在時時覺照，使心不落塵俗，是漸修之法。慧能卻反其意說：「菩提本無樹，明鏡亦非臺。世本無一物，何處惹塵埃？」〔註 128〕表達乃是大徹大悟之境界，照見萬物皆空之本性。「歡然不我厭，肯致遠公杯。」是說不反對東晉廬山慧遠所創淨土宗。「莞爾無心雲，胡為出岫來」，化用陶淵明「雲無心以出岫，鳥倦飛而知還」，表示閒適之情。蘇軾卻以反問語氣出之，多了一層理性思考。「一堂安寂滅，卒歲局蒼臺。」指心無所念，身心澄靜。幾乎句句用典，可以讓人感受到撲面而來的禪宗氣息和東坡的佛學造詣。

〔註 123〕蕭麗華：《從王維到蘇軾——詩歌與禪學交會的黃金時代》，天津：天津教育出版社，2013 年，207 頁。

〔註 124〕王文誥輯注，孔凡禮點校：《蘇軾詩集》，北京：中華書局，1982 年，1949 頁。

〔註 125〕普濟：《五燈會元》，朱俊紅點校，海口：海南出版社，2011 年，261 頁。

〔註 126〕王文誥輯注，孔凡禮點校：《蘇軾詩集》，北京：中華書局，1982 年，2409 頁。

〔註 127〕《怡山禮佛發願文略釋》，《嘉興藏》30 冊，910 頁中。

〔註 128〕《壇經》，《大正藏》48 冊，348 頁下。

　　用典，貴在化用，用古事抒懷，如鹽中著水，了無痕跡，方是佳境。《文心雕龍・事類》「用舊合機，不啻自其口出。」〔註129〕引用恰到好處，就像作者自己說出來一樣。蘇詩運用佛典而有詩的意境的，往往是化用禪境入詩，如《和黃秀才鑒空閣》：「明月本自明，觀空孰爲境。掛空如水鑒，寫此山河影。」〔註130〕寫月之本體自明，無所滯礙，如水之清澈，映照山河。夜月當空之意境，蘊含性本清淨而照見萬象之禪理，意境空靈。既有詩之韻味，又有禪理之深刻。和王維以自然山水表達禪意類似。

　　蘇軾以其天才之稟賦、廣博之學問、創新之態度，於詩中用典，增強詩歌表現力。信手拈來，化典入詩，觸手成春，廣博嫻熟。當然，如此繁複用典而不加揀擇，也有弊端。蘇軾用典過於繁複，加之學問化，晦澀難懂，且過於率性，比較粗疏，常夾雜著融而未化成分。用典之「萬境」，也會給詩歌帶來以學問爲詩之說理傾向，致使後代評論家褒貶不一。

四、「空故納萬境」之美學意義

　　當然，蘇軾之「萬境」遠遠不止以上三個方面，就文學而言，其文體的種類也令人眼花繚亂，從抒情之純詩，到實用之書、詔、宣等。般若「空」賦予蘇軾不沾滯於物之自由精神以及海納百川的雍容氣度，這種寬廣的胸襟更有助於領悟宇宙人生的意蘊。「空」生出「萬境」之有，也成就了蘇軾詩歌斑斕的風格、多彩的語言以及恢宏的氣勢。

第一，風格之斑斕

　　政治的失意孕育了蘇軾文藝成就的輝煌，宛若陰中育陽，其詩詞、散文、書畫樣樣精通。散文被尊爲八大家之一，書與蔡襄、黃庭堅、米芾並稱，畫是文人畫的重要成員之一，詩歌開闢出宋詩新風貌。和他作詞，豪放婉約兼有一樣，他的詩歌風格多樣，色彩斑斕，既有豪放奔肆、清曠簡遠，又有婉約清麗、自然平淡等，南宋劉克莊《後村詩話》卷二曰：「有汗漫者，有謹嚴者，有麗縟者，有閒淡者。翕張開合，千變萬態」。〔註131〕這也是詩歌題材的豐富性在藝術風格上的體現。

　　蘇軾通達精神和開放態度體現在文風上，主張風格應多樣化，《答張文潛

〔註129〕劉勰著，范文瀾注：《文心雕龍注》，北京：人民文學出版社，1958年，614頁。
〔註130〕王文誥輯注，孔凡禮點校：《蘇軾詩集》，北京：中華書局，1982年，2399頁。
〔註131〕吳文治：《宋詩話全編》，南京：江蘇古籍出版社，1998年，8352頁。

書》認爲王安石「愚在好使人同己」〔註132〕，會造成創作上千篇一律雷同效果。他的詩風斑斕多彩，風格不一。通篇老健如《白帝廟》，飄逸如《神女廟》，清麗如《石鼻城》，古雅如《九日湖上尋李二君不見》，華麗如《四時詞‧春詞》。當然，曠放是他的主要風格，也是他的個性使然，作於早期南行進京期間的《江上看山》、《巫山》、《入峽》，任職杭州時期的《有美堂暴雨》、《百步洪》等奔放流轉之作，即使在後期生涯中，這種雄健之風格仍偶有流露，如貶謫黃州時的《次韻孔毅父集古人句見贈五首》，元豐七年的《樓賢三峽橋》和《開先漱玉亭》。貶謫黃州後，生活的挫折和打擊使他的率性真情有所收斂，開始傚仿陶淵明平淡詩風，作大量《和陶詩》，語言質樸，不假雕飾。

第二，雅俗之並具

蘇詩題材的世俗化和日常化帶來了語言的通俗化，他在《題柳子厚詩》中說：「用事當以故爲新，以俗爲雅。」〔註133〕還說：「街談市語，皆可入詩」。也許是出於唐詩之外的另闢蹊徑考慮，一改宋前詩人不敢用俚字俗語的風氣，與後來的江西詩派「點鐵成金」有異曲同工之妙，「如街談巷說，鄙俚之言，一經其手，似神仙點瓦礫爲黃金，自有妙處。」〔註134〕但蘇軾以俗爲雅更多的是出於對生活的熱愛和幽默，俚俗語言運用起來更爲自然，不同於江西詩派亦步亦趨之沾滯。蘇詩中有不少地方使用俗語、諺語、方言，如《除夜大雪留濰州》的「助爾歌飯甕」，「飯甕」是民間歌謠的俗語。《東坡八首》之四「毛空暗春澤，針水聞好語。」〔註135〕「毛」與「針」是借用蜀中方言。蘇軾以這樣的俚俗語言入詩，使詩歌具有詼諧意味。蘇軾很多俗語來自禪宗語錄。如：「天下幾人學杜甫，誰得其皮與其骨？」〔註136〕「皮」與「骨」典故出自《景德傳燈錄》卷三《第二十八祖菩提達摩》。達摩欲返天竺，命門徒各言所得，謂道副曰：「汝得吾皮。」謂道育曰：「汝得吾骨。」蘇軾這樣引用，意在表達，天下有幾個人能得到杜甫作詩的精髓呢？形象而生動。而蘇軾這首詩的「信手拈得」四字，也是佛典中常見詞匯。受到禪宗世俗化影響，宋人的審美也向世俗化傾斜。雖然使用方言、俚語，卻意在通

〔註132〕 王文誥輯注：《蘇軾文集》，北京：中華書局，1986 年，1538 頁。
〔註133〕 王文誥輯注：《蘇軾文集》，北京：中華書局，1986 年，2109 頁。
〔註134〕 《風月堂詩話》，何文煥：《歷代詩話》，北京：中華書局，1987 年，149 頁。
〔註135〕 王文誥輯注，孔凡禮點校：《蘇軾詩集》，北京：中華書局，1982 年，1081 頁。
〔註136〕 王文誥輯注，孔凡禮點校：《蘇軾詩集》，北京：中華書局，1982 年，1155 頁。

過俗語獲得高雅趣味，使詩歌更有生命力，也是宋人迫於唐詩藝術高峰下作出的努力和嘗試。如蘇軾在《於潛僧綠筠軒》中說：「可使食無肉，不可居無竹。」〔註137〕可見，肉和竹二者不可兼得時，蘇軾選擇了「不可居無竹」，因為「無竹令人俗」。他在《寶繪堂記》中說：「君子可以寓意於物，不可以留意於物」，〔註138〕保留了士大夫不被物慾所縛的高潔情操。

蘇軾無論是使用俗語還是表達雅情，都能信手拈來，形成自然而富於新意的語言。「以俗為雅」往往使得雅俗並重，既有俗語之活潑，又有雅情之高潔。即使看起來鄙俗俚語的語句，在詩人筆下，也往往雅味十足。這既是蘇軾才華之體現，也源於他對生活的熱愛，也是他以萬象入詩取材在語言層面的體現。

第三，氣勢之恢宏

作家才性對藝術風貌的形成有著關鍵作用，劉勰的《文心雕龍·體性》說：「性情所鑠，陶染所凝；……各師成心，亦如人面。」〔註139〕人的才華、氣質是由人的情性決定，人按照自己本性寫作，作品風格就像人的容貌一樣不同。蘇軾率性曠達的個性成就了他曠放詩風和恢宏氣勢。蘇軾詩和他文一樣，氣勢磅礴，才氣縱橫。尤其是七言歌行情感迸發，才氣縱橫。蘇詩也有工整、凝練、艱深一面，但他擅長的還是放筆縱意、以氣運筆、一意傾瀉、痛快淋漓的寫法。就蘇詩創作主流來說，詩境界闊大，筆力豪邁，宏肆雄放，自由揮灑，具有豪健清雄特點。蘇軾喜歡使用排比句以及博喻，使文章氣勢磅礴，喜歡任意揮灑。「船上看山如走馬，倏忽過去數百群。前山槎牙忽變態，後嶺雜沓如驚奔。」〔註140〕（《江上看山》）水急船快，景色飛逝而過，詩風奔逸，彷彿一揮而就，一氣呵成。他的《荔枝歎》云：「飛車跨山鶻橫海，風枝露葉如新探。」〔註141〕揭露統治者貪圖享樂、魚肉百姓可恥行為。即使到了晚年，豪放風格仍有流露。《壺中九華詩》云：「清溪電轉失雲峰，夢裏猶驚翠掃空。」〔註142〕作於紹聖元年東坡六十歲時南遷道中，詩從大處著筆，清澈的溪水，由於舟行急速，迅轉如電，插入雲霄的山峰也轉瞬

〔註137〕王文誥輯注，孔凡禮點校：《蘇軾詩集》，北京：中華書局，1982年，448頁。
〔註138〕王文誥輯注：《蘇軾文集》，北京：中華書局，1986年，356頁。
〔註139〕劉勰著，范文瀾注：《文心雕龍注》，北京：人民文學出版社，1958年，505頁。
〔註140〕王文誥輯注，孔凡禮點校：《蘇軾詩集》，北京：中華書局，1982年，16頁。
〔註141〕王文誥輯注，孔凡禮點校：《蘇軾詩集》，北京：中華書局，1982年，2126頁。
〔註142〕王文誥輯注，孔凡禮點校：《蘇軾詩集》，北京：中華書局，1982年，2047頁。

即逝，夢中還能看見那蒼翠橫空的山色。「失」和「掃」，有力表現了舟行的急速，詩風健勁。再如他的《有美堂暴雨》、《登玲瓏山》、《和子由木山引水》、《渼陂魚》、《僧清順新作垂雲亭》、《石蒼舒醉墨堂》等，都以駿快見長，才氣噴湧。趙翼《甌北詩話》贊其：「才思橫溢，觸處生春」。〔註143〕這恢宏氣勢主要取決於蘇軾心胸氣度和才華個性。蘇詩豪放風格是蘇軾曠達性格、淵博學識、以及創新精神和個性在詩歌中體現。沈德潛《說詩晬語》云：「蘇子瞻胸有洪爐，金銀鉛錫，皆歸鎔鑄。」〔註144〕肯定蘇軾曠達樂觀人生態度對其作品恣肆風格作用。而這似胸口噴出之詩文，往往使人望其項背，歎爲觀止，後人難以找到學習路徑。蘇軾縱橫恣肆筆風和詞體相結合，孕育了天風海雨般的豪放詞。和詩相比較，詞長短不一的體式，更符合蘇軾的奔放恣肆的行文特點和隨意率性的性格特徵，而同時兼有詩的含蓄蘊藉，故蘇詞往往得到更多人的青睞。

蘇軾一生，彷彿一首交響樂，不同階段唱出不同旋律，故而他的人生不是只有一種色調。人生的起伏使得他的人生呈現出多面性，而宋代文人的禪悅之風和爲學的態度，使得他的創作更富於張力，也容易和後來者產生共鳴。不沾滯於物的態度使得蘇軾作品氣象萬千。題材之「萬境」、修辭手法之「萬境」和用典之「萬境」是蘇軾曠達胸懷和學高才博的體現，也因此誕生了斑斕的藝術風格、雅俗並重的語言風格和恢宏的氣勢，而不變的是他那隨緣自適的曠達，正是這份曠達，成就了他豪放的藝術本色，而這曠達，多得益於佛家般若「空」觀的滋養，使他即使在逆境中，也沒有沉淪，反而成就了他文藝的輝煌。

佛禪靜觀，澄澈的心態使蘇軾凝神專注，靜中觀動，有助於捕捉自然萬物的細微之處，並總結事物之理；般若空觀給予蘇軾海納百川的心胸氣度和隨緣自適的情懷，使他於逆境中仍能曠達對待人生。二者一微觀一宏觀，使得蘇軾詩學思想和創作頗具張力。空靜論是蘇軾建立在其佛學修養基礎之上得出的結論，是他對參寥詩的讚譽，也是針對韓愈「不平則鳴」詩學觀提出的，下面比較兩者之異同。

〔註143〕趙翼：《甌北詩話》，霍松林，胡主祐校點，北京：人民文學出版社，1963年，56頁。

〔註144〕沈德潛著，霍松林校注：《說詩晬語》，北京：人民文學出版社，1979年，233頁。

第三節　蘇軾「空靜」論與韓愈「不平則鳴」說比較

　　蘇軾《送參寥師》曰：「頗怪浮屠人，視身如邱井，頹然寄淡泊，誰與發豪猛？」〔註145〕詩作於蘇軾徐州任職之時，蘇軾讚歎參寥詩如玉屑、語清警之餘發出疑問，爲什麼遁入佛門已久的僧人參寥能寫出像我們一樣好詩？聯想到韓愈論張旭草書：「退之論草書，萬事未嘗屏，憂愁不平氣，一寓筆所騁。」韓愈在《送高閒上人序》中稱讚張旭草書：「不治他技，喜怒窘窮，憂悲愉懌，怨恨思慕，酣醉無聊不平，有動於心，必於草書焉發之……」〔註146〕讚歎張旭草書，天地間千變萬化、喜怒哀樂都通過草書來表現。認爲僧人高閒的草書，僅學其形，而未得神。故而韓愈認爲僧人頹然寄有淡泊之意，又如何能像張旭那樣出神入化呢？韓愈強調喜怒哀樂對詩歌豪猛之氣的作用。蘇軾看到參寥的詩卻得出了與韓愈不一樣的結論：「欲令詩語妙，無厭空且靜。靜故了群動，空故納萬境。」虛靜能洞察萬物，空明能容納萬事。蘇軾認爲，在創作中詩人內心處於「空靜」的狀態，有助於更好地觀察萬物。沿著蘇軾當初的思路，下面比較其「空靜論」與韓愈「不平則鳴」說的異同。

一、韓愈「不平則鳴」說

第一，「不平則鳴」說內涵

　　韓愈《送高閒上人序》中的喜怒哀樂等情感有助於詩歌創作的詩學觀點，在他的《送孟東野序》一文中也有體現，即大家比較熟悉的「不平則鳴」說。他在文中說：「大凡物不得其平則鳴。……其歌也有思，其哭也有懷。凡出於口而爲聲者，其皆有弗平者乎！」〔註147〕心有所感，不能自已，不得不表達出來。雖然對不平則鳴說法不一，有人認爲不平主要指懷才不遇、人生坎坷等怨憤之情，也有人認爲也包括歡樂在內。錢鍾書先生在《詩可以怨》一文中，認爲韓愈的「不平」「不但指憤鬱，也包括歡樂在內」。據：「歡愉之辭難工，而窮苦之言易好」〔註148〕，（《荊潭唱和詩序》）韓愈「不平則鳴」及

〔註145〕王文誥輯注，孔凡禮點校：《蘇軾詩集》，北京：中華書局，1982年，906頁。
〔註146〕韓愈著，馬其昶校注：《韓昌黎文集校注》，上海：上海古籍出版社，1987年，270頁。
〔註147〕韓愈著，馬其昶校注：《韓昌黎文集校注》，上海：上海古籍出版社，1987年，232頁。
〔註148〕韓愈著，馬其昶校注：《韓昌黎文集校注》，上海：上海古籍出版社，1987年，24頁。

其相關文章意在表明，人受到外界環境影響時，會引起人喜怒哀樂之情，特別是遇到人生困境或坎坷時，往往能寫出好的文章。

　　「不平則鳴」詩論觀的提出，和韓愈一生經歷密切相關。韓愈不到兩歲，母親去世，三歲時，父親又去世。由兄嫂撫養，十一歲時，哥哥也突然去世，便與嫂嫂相依為命。十九歲時，開始艱難的仕途跋涉。連考三次進士不中，二十五歲第四次才考中。歷經十五年仕途掙扎，才謀一官職。五十二歲諫《迎佛骨表》一文，慘貶潮州。途中，女兒夭折。如此坎坷人生，是他「不平則鳴」詩論觀的土壤。韓愈一生都在和命運抗爭，所以創作中，他肯定主體的獨立性，重視主體情感價值，肯定詩歌抒情性。主體受到外物感召後，情動於中而形於言。主體需要借助創作抒發自身情感，宣洩內心憤懣。「不平則鳴」是韓愈對傳統詩論精神的繼承。

第二，「不平則鳴」說溯源

　　韓愈一生都在提倡儒家思想，其「不平則鳴」說精神血脈也是儒家詩學，它遠承孔子的「詩可以怨」說：「詩，可以興，可以觀，可以群，可以怨。」〔註149〕（《論語・陽貨》）用詩歌反映政治問題以達到改良政治目的。所以，「怨」強調批判性社會政治功能，具有很強政治性和功利性，也是儒家詩論教化體現。屈原《九章・惜誦》云：「惜誦以致愍兮，發憤以抒情。」〔註150〕他有感於當時朝廷小人當權，心中充滿怨憤不平之氣，發而為《離騷》，以抒心中感慨。司馬遷由於遭受宮刑之恥，也肯定悲憤心理對創作的動力作用。他在《報任安書》裏說：「昔西伯拘羑里，演《周易》；孔子厄陳、蔡，作《春秋》；屈原放逐，著《離騷》；左丘失明，厥有《國語》；孫子臏腳，而論兵法；不韋遷蜀，世傳《呂覽》；韓非囚秦，《說難》、《孤憤》；《詩》三百篇，大抵聖賢發憤之所為作也。」〔註151〕。其「憤」之情，也是政治理想與抱負無法施展與實現，而與之抗爭的表現。

　　魏晉南北朝，文學逐漸從經學中分離出來，有了獨立地位。鍾嶸《詩品序》云：「嘉會寄詩以親，離群託詩以怨」〔註152〕，「怨」，更多指哀怨的情思，指文章可以表達不滿現實的思想感情。如果說孔子的「興觀群怨」說之

〔註149〕楊伯峻譯注：《論語譯注》，北京：中華書局，2009年，183頁。
〔註150〕洪興祖注：《楚辭補注》，北京：中華書局，1983年，141頁。
〔註151〕司馬遷：《史記》，北京：中華書局，1951年，3300頁。
〔註152〕鍾嶸著，曹旭箋注：《詩品箋注》，北京：人民文學出版社，2009年，28頁。

怨情仍然是立足政治立場，比較功利，那麼，《詩品》則將怨情從政教束縛下解放出來，從審美的角度考慮怨情對詩歌創作作用。白居易《與元九書》說：「詩者，根情，苗言，華聲，實義」，〔註153〕認為情感是詩歌根本因素。宋代，歐陽修一定意義上繼承和發展了韓愈「物不平則鳴」說。他說：「窮者之言易工也。」〔註154〕（《薛簡肅公文集序》）認為政治失意、身處困境，苦心危慮而極於精思，寓於文辭，故能作出好文章。蘇軾被新黨排斥，政治失意，通判杭州時說：「秀語出寒餓，身窮詩乃亨。」他多次表達「詩是窮人物」的感慨：「信知詩是窮人物，近覺王郎不作詩。」〔註155〕《答陳師仲主簿書》說：「詩能窮人，所從來尚矣，而於軾特甚。」〔註156〕在《次韻張安道讀杜詩》中說：「詩人例窮苦，天意遣奔逃」，〔註157〕將杜甫個人命運上升到詩人普遍命運，這也是大多數封建士人命運真實寫照。「詩能窮人」，是蘇軾切身體會和深沉的人生感慨。他的率性和耿直，讓他在激烈黨爭中「群而不黨」，屢遭貶謫。他將自己一生最為苦難的時期，視為一生藝術成就最輝煌時期。「問汝平生功業，黃州、惠州、儋州。」（《自題金山畫像》）詩性的人生，是一種審美化的境界，它超脫於現實利益，是「詩能窮人」根本原因。

第三，「不平則鳴」說詩學意義

「不平則鳴」詩學觀，強調創作個體對人生感慨的抒發，發展了儒家思想的政教詩學觀，使得創作更具真情實感，故而也就更容易和讀者產生共鳴。

（一）儒家詩教觀的發展

「詩可以怨」，「發憤以抒情」、「發憤著書」說、「不平則鳴」說、「窮而後工」說側重從內部考察文學，是對創作動力的規律把握，強調創作的抒情性。雖然論述形式不同，論述側重點也有差異，但其精神脈絡是一脈相承的。它訴諸文藝的審美性質，是對儒家政教詩學的發展。儒家思想重社會倫理，以「禮」作為人們行為準則和道德規範，故而也對文學藝術情感作出規

〔註153〕白居易著，顧學頡點校：《白居易集》，北京：中華書局，1979年，959頁。
〔註154〕歐陽修著，李逸安點校：《歐陽修全集》，北京：中華書局，2001年，612頁。
〔註155〕王文誥輯注，孔凡禮點校：《蘇軾詩集》，清北京：中華書局，1982年，1639頁。
〔註156〕孔凡禮點校：《蘇軾文集》，北京：中華書局，1986年，1428頁。
〔註157〕王文誥輯注，孔凡禮點校：《蘇軾詩集》，北京：中華書局，1982年，265頁。

範，要求「發乎情，止乎禮義」，追求「樂而不淫，哀而不傷」中和之美。受其政治倫理思想影響，儒家文論強調文學為政治服務社會功能，重視文學社會性一面。詩歌不是個人之事，作詩要以濟世之志為情感指向，不平則鳴說肯定作者自身情感價值。認為詩歌所表達的感情不只是經過人倫道德過濾的情感，而是更加個人化的主體之情。這種對詩歌抒情的肯定，強調個體對人生感慨的抒發，拓展了詩歌表現社會生活的領域，使得創作更加個性化、更具真情實感，是對儒家文藝思想的發展。但由於抒情主體仍然懷抱儒家修齊治平的政治理想，故其所抒發之感情大多也是「文以明道」的延續。政治上，韓愈屢有挫折，他經常把「不平」之氣訴諸筆端：「時有感激怨懟奇怪之辭，以求知於天下，亦不悖於教化」〔註158〕。目的仍在於「不悖於教化」，著眼點仍是政治教化，只是他將「儒家詩學」的合理性發揮到了相當高度。所以「不平則鳴」說很大程度上是儒家詩論內部的一種調適。

（二）真情實感

文學是感情的藝術，陸機說「詩緣情而綺靡」。劉勰強調「為情而造文」，反對「為文而造情」。詩是強烈感情自然流露，沒有深切真摯情感，不能寫出真誠感人作品。有真情實感，作品才有感染力。文人士子「窮」的痛苦境地和心靈創傷是真實而又深刻的情感體驗，力透紙背、深沉厚重。「發憤著書」的作家，往往都有著不幸遭遇，他們常常飽嘗心靈的痛苦、精神的折磨，處於窮困潦倒的狀態，如屈原、司馬相如、李白、杜甫等。在強調詩歌抒發真情方面，「不平則鳴」一脈詩學卻有著道家追求獨立和自由的精神實質。相較而言，「發乎情，止乎禮義」的情感約束，確實對政治教化有一定作用，但難免有隔靴搔癢之嫌，不如「發憤抒情」和「不平則鳴」之真實動人。只是，如果「不平則鳴」淪為抒發個人遭遇和挫折的憤慨，而濾去民生之苦關懷和天下之志，則其在情感之深度和廣度上未免又大打折扣。這也是韓愈「不平則鳴」的缺陷所在，韓詩多怨憤激悱，終未能達到杜詩「沉鬱」之深厚廣博境界。

（三）創作動力

創作動力，是指推動人們創作的原因，表現為激發人們完成創作過程的衝動、願望等。「不平則鳴」說是對作者心理動力的揭示。創作者心中鬱結著

〔註158〕　韓愈著，馬其昶校注：《韓昌黎文集校注》，上海：上海古籍出版社，1987年，
　　　　　153頁。

種種情感，這種鬱結在創作主體心裏的「不平」之情是作家創作的直接心理動力。越是能激發主體痛苦情緒，越是能轉化爲勢不可遏的創作動力。痛苦的感情讓作者情緒達到至高點，從而產生心理勢能，使作者思如泉湧。作者在創作過程中，不平心理會使創作主體的理性分析能力減弱，感性衝動加強，創作主體受到強烈的感情支配，陷入主觀情感世界，悲憤交加。作者在創作中一遍遍體驗、重複著心中不平之情，通過創作使內心鬱結的憤慨之情得到抒發和宣洩，從而恢復心理平衡。這種情感眞實，正是藝術追求的理想境界，因其強烈、誇張而容易激發讀者共鳴。《離騷》之奇譎是屈原流放後一遍遍的不平之憤憑訴說和苦苦哀告；《史記》之鋪天蓋地悲劇氣氛是司馬遷宮刑後難以熄滅的悲憤之懷；杜詩之沉鬱頓挫是杜甫不遇之情的委婉表達；曹雪芹家道中落，才有《紅樓夢》曠世經典。

二、蘇軾「空靜論」與韓愈「不平則鳴」說人生觀比較

蘇軾「空靜」論和韓愈「不平則鳴」說都是二人懷才不遇的結果，只是二人對生活態度有所不同。

第一，人生苦觀——「不平則鳴」與「空靜論」之同

（一）蘇軾「空靜論」與佛教苦諦

佛教四諦，即苦、集、滅、道，「苦」是指世間的苦果；「集」是苦產生的原因；「滅」是熄滅苦；「道」是滅苦的方法。苦諦意在告訴人們輪迴之苦、人生之苦。在佛教看來，世事無常，變幻紛紜，凡事無不在生滅變化流轉中。「世間無常，國土危脆；四大苦空，五陰無我。」〔註159〕（《佛說八大人覺經》）「三界無安，猶如火宅。」〔註160〕（《法華經》）《涅槃經》說人生有八苦，生老病死是自然過程苦；怨憎會、愛別離和求不得，是主觀願望不得滿足之苦。五蘊熾盛，即色、受、想、行、識五陰，如火熾燃。這樣，苦就具備普遍性，凡是輪迴眾生，苦都在所難免。而封建士人之苦，大多是儒家政治理想無法實現的求不得苦。

蘇軾耿直的性格與爲民請命的使命，使他與新黨、元祐舊臣和二程理學派都頗多爭執，一生多次貶謫。四十五歲貶至黃州，五十九歲被貶惠州，六

〔註159〕 《佛說八大人覺經》，《大正藏》17冊，715頁中。
〔註160〕 《妙法蓮華經》，《大正藏》9冊，13頁下。

十二歲貶至儋州。他所受打擊迫害頻繁而強烈，對生命艱辛困苦體驗也較常人深刻：「心似已灰之木，身如不繫之舟。」（《自題金山畫像》）他不止一次發出人生憂勞之歎：「來日苦無多」（《滿庭芳》），「世路無窮，勞生有限」（《沁園春》），是對餘生不多的憂慮和無奈；「人有悲歡離合，月有陰晴圓缺」，「長恨此身非我有，何時忘卻營營」（《臨江仙》），「分攜如昨，人生到處萍漂泊」（《醉落魄》），是身不由己，對生命無法把握的苦楚。這樣屢遭貶謫的經歷，也是大多士人的「不平」命運。

（二）「不平則鳴」之「不平」之苦

「不平」之情源於建功立業理想受阻，或身處艱難處境，也是在生活中受到挫折之後的苦楚和辛酸。封建士人往往受儒家思想影響，滿懷一腔報國治民熱忱，但在現實面前常常碰壁，被貶流放，甚至招來殺身之禍。大多數優秀作品，是作者在不得志、鬱結境遇下創作。「發憤以抒情」之「憤」，是屈原貶謫流放、不被信任的苦苦哀告。屈原對楚懷王忠心赤誠，卻遭受誹謗，君臣共興楚國的美政理想無法實現，故而滿懷悲愴，投汨羅江而亡。其「憤」是對小人進讒的憤恨，對楚懷王疏離的哀怨。韓愈「不平則鳴」說之「不平」，指人生困境和坎坷。韓愈四次求試，均無結果，十六年後始入京任國子監四門博士。長期的仕途寥落，使他鬱鬱寡歡。「不平則鳴」，由身世之感而發。司馬遷「發憤著書」說之「憤」，也是他的宮刑之恥。司馬遷遭宮刑致殘，身心受辱，聯想到周文王身陷囹圄之苦，孔子不被受用之屈，屈原流放之痛，左丘失明之悲，孫子臏腳之傷，不韋遷蜀之苦，韓非囚秦之難。歐陽修「詩窮而後工」之論，為梅堯臣而發。梅堯臣對呂夷簡等舊派人物不滿，也與范仲淹等新派人物有分歧，處於新舊兩黨間尷尬位置，不遇處境和蘇軾相似。中國古代文人人生價值主要體現在仕途上，但由於中國傳統知識分子固有的人格獨立及清高等習性，與險惡政治環境和朋黨之爭格格不入，因此就形成了特有的「士不遇」現象。「不平」命運是儒家政治理想無法實現之悲，是佛家苦諦之求不得苦，期間再夾有生老病死之痛，故人生確實充滿血淚和辛酸。封建士人不遇之處境，決定了他們創作大多是反映坎坷遭際的不公正待遇，鳴其不幸。

無論是蘇軾的空靜論，還是「不平則鳴」說的一脈詩學，其人生觀都是人生苦觀。蘇軾「空靜」論之空，意在把苦看空，方得解脫。「不平則鳴」，意在把人生「不平」之苦訴諸筆端，以舒悲怨。

第二，立功、立德、立言與心無所住──「不平則鳴」與「空靜論」
人生態度之異

（一）「不平則鳴」之儒家「立功、立德、立言」人生態度

「不平則鳴」之「不平」，大多是文人的政治失意之悲。儒家「修身、齊家、治國、平天下」的歷史使命，是大多數文人的一生追求。「立功、立德、立言」是儒家思想為士人確立的價值標杆。儒家道統，就是以德為治國原則傳統。儒家主張立德為體，立功立言為用。三者兼具，是儒家的「內聖外王」，所以中國歷史上崇尚事功風氣一直濃厚。理學家有「託諸空言，不如實行之深切著明」思想。文人以建功立業為正途，立言為次。所立之言，亦以經邦濟世為高。屈原的怨憤之情也是出於憂傷國事，以政教得失為依歸。他的理想是幫助楚懷王實現「美政」以實現自己人生價值。其美政思想主要體現為：德政惠民的民本思想，修明法度的法制思想，主張合縱的強國思想等，主要仍然是以儒家「三不朽」之立功為主，即明君賢臣共興楚國。司馬遷「發憤著書」說也是建立在「立功」思想基礎上，它是司馬遷銘記於心的生命追求。他在《與摯峻書》中說：「太上立德，其次立言，其次立功。」不能立德，立言才成為其追求目標。韓愈《原道》篇認為理想社會是：「其文《詩》、《書》、《易》、《春秋》，其法禮、樂、刑、政，其民士、農、工、賈，其位君臣、父子、師友、賓主、昆弟、夫婦……」〔註161〕一派井然有序、各司其職的儒家倫理規範。韓愈上《論佛骨表》而貶潮後，在《左遷至藍關示侄孫湘》中依然表達忠君報國思想：「欲為聖明除弊事，肯將衰朽惜殘年」。只是這樣儒家政治理想，在封建體制下受到很大侷限。容易受挫，發而為「不平」之鳴。

（二）蘇軾「空靜論」之佛家心無所住人生態度

蘇軾由於受釋老思想影響，故而其在政治失意之時，能夠較為達觀看待，沒有停留在怨憤不平階段，關鍵在於他汲取了佛教般若思想的精華並實踐到生活中，為我所用。「空靜論」之「空」認為一切事物都是因緣和合，沒有永恆不變的自體。看清事物變化無常、遷流不斷的本質屬性，從而不執著於事物現象，因而就不會有得失之憂和煩惱。「凡所有相，皆是虛妄」。「應無所住而生其心。」〔註162〕心無所住，就是對事物不要執著，世俗生活中，人

〔註161〕韓愈著，馬其昶校注：《韓昌黎文集校注》，上海：上海古籍出版社，1987年，12頁。

〔註162〕《金剛經》，《大正藏》8冊，758頁中。

們總是習慣於執著財富、美色、名利、美食等。以此視角，儒家之「立德、立功、立言」的追求也是一種執著。功名利祿和富貴榮華也是變化無常的，歷史上眾多文人士子之屢遭貶謫，已經說明了這一點。如果再不能以達觀之心態對待之，要麼淪為韓愈之激憤不平，或是屈原自殺之悲。對於苦難，蘇軾也有人生如夢的感傷和空漠之感，但蘇軾的人格中，最吸引我們的卻是在得失和榮辱面前的平靜和達觀。作於元豐元年（1078）《百步洪》二首其一：「但應此心無所住，造物雖駛如吾何。」〔註163〕《定風波》中說：「歸去，也無風雨也無晴。」貶謫黃州時，說：「心困萬緣空，身安一床足。」（《安國寺浴》）被貶嶺南，他說：「莫嫌犖確坡頭路，自愛鏗然曳杖聲。」（《東坡》）置身名利之外，物我兩忘之樂觀。不執著並看淡名利、得失，能夠以發展、變化心態接納生活中榮辱，生活就會多一份曠達和樂觀。蘇軾的這點人格魅力正得益於佛家般若空思想影響，這也是佛家思想精髓。

第三，衝突與圓融──「不平則鳴」說與「空靜論」人生境界之異

（一）「不平則鳴」說人生之衝突

「不平則鳴」是和諧狀態被打破，更強調人生衝突的一面。「不平」之鳴大多產生於渴望建功立業的有志之士，他們秉承著儒家修齊治平的文化傳承，心懷遠大理想，關注國家興衰、人民苦難，有著強烈社會責任感。但在殘酷現實面前，他們往往遭到各種打擊和迫害，理想很難實現，故會產生「不平」之鳴。歸根結底是由個人與社會矛盾衝突所引起，這也是儒家思想侷限所在。儒家思想賦予文人士子修齊治平的歷史使命，但現實和體制的侷限卻沒有給他們提供那麼多的機會，再加上文人士子固有的清高和傲慢使得他們不肯屈附於權貴，陷在朋黨之爭的漩渦中，文人士子的政治命運多是悲劇的。屈原的悲劇是明君賢臣共興楚國的美政理想與昏君讒臣不容發生衝突。他希望能實現審美性的文化理想，從而帶給他現實和理想的巨大落差。司馬遷《史記・屈原賈生列傳》說：「屈平疾王聽之不聰也，讒諂之蔽明也，邪曲之害公也，方正之不容也，故憂愁幽思而作《離騷》。」〔註164〕《離騷》的藝術魅力就在於他以詩人的狂熱情感表現他的政治理想與現實遭遇之間的巨大衝突。他說：「世溷濁而嫉賢兮，好蔽美而稱惡。」〔註165〕他的「怨」既有「怨刺上

〔註163〕王文誥輯注，孔凡禮點校：《蘇軾詩集》，北京：中華書局，1982年，891頁。
〔註164〕司馬遷：《史記》，北京：中華書局，1959年，2482頁。
〔註165〕司馬遷：《史記》，北京：中華書局，1959年，34頁。

政」成分，也有不被理解和信任的幽怨。司馬遷的「怨」更多轉化成為發憤著書的動力，「究天人之際，通古今之變，成一家之言」，以立言代替立功化解政治生涯被斷送的衝突。而韓愈，往往把一腔怨氣發洩在詩中，使詩過於直露，缺乏意境。他的《嗟哉董生行》與《馬厭穀》都是憤激之辭。歐陽修《與尹師魯第一書》云：「有不堪之窮愁，形於文字，其心歡戚，無異庸人，雖韓文公不免此累。」〔註166〕杜甫具有寬廣而深厚的仁者之心，在個人窮愁潦倒之際，仍不忘「安得廣廈千萬間，大庇天下寒士俱歡顏」使命，故其詩深厚、沉著。「不平則鳴」則過分強調個人情感渲洩，思想境界不高。元和以後詩壇上，許多入仕艱難詩人還將內心不平發洩向考官，使詩歌成為洩憤工具。過分著眼於個人利益之得失，甚或近於罵詈，有損詩歌藝術。

（二）「空靜」論人生境界之圓融

蘇軾少年時受韓愈影響甚微。但他顛沛流離之時，卻發現自己跌宕起伏的政治生涯和韓愈很相似。「平生多得謗譽，殆是同病也。」〔註167〕其在詩歌創作前期，喜歡韓詩的「豪放奇險」，並曾師範之。其以文為詩、以議論為詩、音節拗戾、奇字險韻方面都有學韓痕跡，可貴的是蘇軾能夠青出於藍而勝於藍，蘇詩意境宏富開闊，善於鎔鑄，自有新意妙趣，這些非韓詩所能企及。蘇軾云：「詩從肺腑出，出輒愁肺腑。」〔註168〕（《讀孟郊詩二首》）認為其憂愁之情與詩的「使貧賤易安，幽居靡悶」的心理功能相左。同樣是政治失意，韓愈似乎總是牢騷滿腹，而蘇軾可貴之處在於，他能夠從心態上走出人生困境，其晚年對平淡詩風的追求，正在於他能夠用釋老思想開闢出人生的另外一片天地。而這份樂觀和曠達正是蘇軾人格魅力彌足珍貴之處，而這些主要得益於蘇軾圓融的生活態度。

華嚴宗把宇宙歸結為四重法界：事法界、理法界、理事無礙法界和事事無礙法界，事事無礙法界是最高境界。華嚴宗認為，宇宙是一個統一的整體，事物與事物之間是相互聯繫圓融無礙的。故而，修行者最後的境界是，不見矛盾、衝突和對立，一切圓融無礙。蘇軾的圓融思想主要體現在儒釋道三家思想之圓融。蘇轍在《亡兄子瞻端明墓誌銘》中說：

> 「（蘇軾）初好賈誼、陸贄書，論古今治亂，不為空言。既

〔註166〕歐陽修著，李逸安點校：《歐陽修全集》，北京：中華書局，2001年，997頁。
〔註167〕蘇軾著，劉文忠評注：《東坡志林》，北京：中華書局，1996年，44頁。
〔註168〕王文誥輯注，孔凡禮點校：《蘇軾詩集》，北京：中華書局，1982年，796頁。

而讀《莊子》，喟然歎曰……今見《莊子》，得吾心矣！」……後
讀釋氏書，深悟實相，參之孔墨，博辯無礙，浩然不見其涯矣。
〔註169〕

蘇軾秉承了文人士子「達則兼濟天下，窮則獨善其身」的精神，他把儒家的
積極入世、佛家的超脫和道家對自由的追求，本著實用態度，巧妙化用在自
己的人生中，多了幾分圓融自在。為官時則忠君報國、仁政愛民；貶居時則
遊山玩水，淡泊自適，輔以道家養生之道，以較為圓融之心態度過了坎坷的
政治生涯，留下文藝的瑰寶。

三、蘇軾「空靜論」與韓愈「不平則鳴」說之美學比較

第一，悲劇之美與空靈之美

（一）「不平則鳴」之悲美

悲劇以藝術的方式把人生矛盾集中，以衝突的方式表現出來，所以悲劇
往往有著震撼人心的力量。生活中的「不平」，本身就是鮮活的悲劇，意味著
人生的挫折，理想抱負的無法實現以及難以言說的痛苦。積極的事功精神和
封建政治體制的矛盾使得士人多遭挫折。屈原的悲劇，是理想無法實現的悲
劇，是個人價值得不到肯定的冤屈。他把國家和君王看作一體，在屈原那裡，
愛國與忠君是一體的，是實現王道必然的途徑，是他悲劇的根源。面對這一
人生衝突，屈原「寧赴常流而葬乎江魚腹中耳，又安能以浩浩之白而蒙世俗
之溫蠖乎！」他帶著治國理想不能實現的無奈，帶著自己不被理解的憤懣，
懷石自沉汨羅而死。死亡，是他的抗爭和實現生命價值的方式，也是他留給
後人和歷史的純粹。他用自己的血肉之軀鑄起一座永恆的精神豐碑，帶給我
們悲美的震撼。屈原，更大意義上是詩性的、審美的，而不是政治的、現實
的。「發憤著書」之「憤」也是悲劇性的，它源於司馬遷的悲劇命運。在尊嚴
方面，其「宮刑」之恥甚或過於死亡，但他化為著書的動力，化恥辱為前進
的動力，進而完成《史記》煌煌巨著。《史記》的藝術成就和其「宮刑」之恥
之間的巨大張力，正是司馬遷值得後人膜拜之處。《史記》中濃鬱的悲劇氣氛，
是司馬遷的身世遭際的投射。李白一生都在尋求各種方式消解不遇之痛，卻
也有「舉杯消愁愁更愁」的煩憂。「不平」之鳴因為人生理想與現實的衝突而

〔註169〕蘇轍著，曾棗莊、馬德富校點：《欒城集》，上海：上海古籍出版社，1987年，
　　　　1410頁。

帶給人以悲美的震撼。

（二）蘇軾「空靜」論之空靈

「靜故了群動，空故納萬境」，簡明睿智揭示了詩禪相濟道理。佛門修行，需要「空寂」之心，詩歌創作同樣需要「空靜」心態。在「空靜」狀態下，才能擺脫外物干擾，專注於萬物紛紜變化，容納萬般妙境。正是佛家般若空的影響，中國文人在接受佛教影響過程中，將般若空思維和理論理解體現在文學藝術上，追求「空靈」之美，追求心物合一。如果說「空性」還更多著眼於認識論角度，那麼「空境」則更多偏向於審美。心無所住之「空靜」，是一種澄明之境，主體進入到一種寂滅、空明的心靈狀態中，引導人們向著自由和本真探尋，它是宗教的心靈，也是藝術的、審美的心靈。受禪宗影響，詩意境通常表現為以空顯靈。王維的《鹿柴》、《鳥鳴澗》、《辛夷塢》，以空襯靜，一有一無中再現自然靈機。柳宗元的《江雪》和韋應物《滁州西澗》都再現了宇宙的寥廓空寂。

主體只有在澄懷虛靜狀態下才能更好地走向審美，構建人與物審美關係。「靜觀萬象，萬象如在靜中，光明瑩潔……呈現著它們內在的、自由的生命」。〔註170〕司空圖說「不著一字，盡得風流」，張炎認為：「清空則古雅峭拔」，〔註171〕精神淡泊，是藝術空靈化基本條件。「結廬在人境，而無車馬喧」，是因為「心遠地自偏」。「心遠」是對物質的疏離，對塵世的喧囂、繁華乃至功名利祿的淡泊。「空靜」，是對自由的嚮往，是對物質束縛的超脫，也是啓發讀者藝術想像的音符。它濾去了塵世的嘈雜，是人間通往聖境的橋樑，是對塵世的拒斥，卻又安撫著躁動的心靈。空靜心態使蘇軾高遠脫俗，他以超然的態度面對政治坎坷和生活苦難，保持心靈的寧靜和空靈，其「一蓑煙雨任平生」(《定風波》)超然的曠逸情懷，「攜壺藉草」的蕭散自在之情(《浣溪沙》)，賦予作品深邃幽遠的意境和空靈之美。

蘇軾想追尋心靈的自由，但他的心靈並未真正皈依宗教，故而他的「空靜」論價值指向也是模糊的，他有「揀盡寒枝不肯棲，寂寞沙洲冷」的空漠感，和「我欲乘風歸去，又恐瓊樓玉宇」的徘徊。他對現實不滿，卻又找不到解決的途徑和方法。這是因為，蘇軾畢竟不是一個真正的佛教徒，他並沒有真正看空一切，他的「空靜」論很大程度上是對塵世和現實的拒斥和不滿

〔註170〕宗白華：《藝境》，北京：商務印書館，2011年，213頁。
〔註171〕張炎：《詞源》，唐圭璋《詞話叢編》，北京：中華書局，1986年，237頁。

以及含有「納萬境」和「了群動」的功利性，他的心靈似乎並未得到安頓，所以他還有愁苦的一面。

第二，物感與再現

（一）「不平則鳴」說之物感

韓愈所謂的不平之情其實就是主體在受到外物刺激之後所引發的感情。因外在環境引起主體內心湧動的各種感情，用言辭來表達，創作從根本上講是因爲情動於中而形於言。由於外物而引起主體內心情感從而進行文學創作的思想，和傳統的物感說一脈相承。

「物感說」強調外在環境對主體作用，早在《禮記‧樂記》就闡明了音樂產生是因爲外物對人心的觸動：「凡音之起，由人心生也。人心之動，物使之然也。」〔註172〕闡述音樂產生過程是人心受到外物感發，「樂者，音之所由生也，人心之感於物也。」在外物作用下，內心持有什麼樣感情，就會產生什麼樣音樂。陸機《文賦》說：「遵四時以歎逝，瞻萬物而思紛。悲落葉于勁秋，喜柔條於芳春。」〔註173〕自然景物觸動作家詩情。鍾嶸《詩品序》說：「若乃春風春鳥，秋月秋蟬，夏雲暑雨，冬月祁寒，斯四候之感諸詩者也。」〔註174〕只是，鍾嶸「物感說」不僅包括自然事物，還包括社會人事，如楚臣去境、漢妾辭宮、解佩出朝，揚娥入寵等悲歡離合情感。《文心雕龍‧明詩》云：「人稟七情，應物斯感，感物吟志，莫非自然」，〔註175〕《文心雕龍》裏，物感說有了「登山則情滿於山，觀海則意溢於海」的情景交融意味。

「物感說」，突出物我互爲條件而相互發生，強調創作主體受到外在自然環境或社會環境的影響而觸動詩情，從而創作。韓愈《送王秀才序》云：「讀阮籍、陶潛詩，乃知彼雖偃蹇不欲與世接，然猶未能平其心，或爲事物是非相感發，於是有託而逃焉者也。」〔註176〕韓愈認爲阮籍、陶潛雖已隱居，卻不能忘卻世情，心中不平抑鬱寄託於詩歌。這裡，韓愈繼承了「物感說」之外物作用於創作主體而產生詩情思想。「發憤著書」之「憤」產生的根源，是主體在追求理想時受到不合理打擊，從而產生憤懣和抑鬱。「不平則鳴」、「發憤

〔註172〕鄭玄注，孔穎達疏：《禮記正義》，北京：北京大學出版社，1999 年，1081 頁。
〔註173〕郭紹虞：《中國歷代文論選》，上海：上海古籍出版社，2001 年，66 頁。
〔註174〕鍾嶸著，曹旭箋注：《詩品箋注》，北京：人民文學出版社，2009 年，28 頁。
〔註175〕劉勰著，范文瀾注：《文心雕龍注》，北京：人民文學出版社，1958 年，65 頁。
〔註176〕韓愈著，馬其昶校注：《韓昌黎文集校注》，上海：上海古籍出版社，1987 年，257 頁。

抒情」、「發憤著書」和「窮而後工」一脈詩學從精神實質上說，也是強調主體
受到外在環境的影響而激發詩情。只是更強調人受到社會環境的影響和制約而
已。「不平則鳴」一脈詩學，主要是儒家思想影響下的文人士子，因其政治環境
阻礙其政治抱負實現，而發出的悲愁之情，訴諸筆端，發而為詩文。歸根結
底，也是受到外在環境影響的結果，和傳統「物感說」的精神實質相同。

（二）蘇軾「空靜」論之再現

在主體和客體關係上，和「不平則鳴」一脈詩學強調外在事物或環境的
影響或刺激作用於主體，創作是主體對客體的反應不同。蘇軾「空靜」論延
續了佛家思想理路，主體應儘量排除外界干擾，保持內心的寧靜、平和，心
不能被外在環境和事物所轉。《楞嚴經》說：「一切眾生從無始來，迷己為物，
失於本心，為物所轉，故於是中觀大觀小；若能轉物，則同如來」。〔註 177〕
《壇經》說：「不是風動，不是幡動，仁者心動」，故而佛家追求心「如如不
動」之境界。「空」，指創作主體心無所住、心無掛礙，超然物外，「靜」指息
心靜慮，以對外在事物及現象歷歷分明。詩人在創作時之所以要保持「空」
和「靜」的狀態，是因為空靜狀態可以排除外物干擾，較好地再現客觀事物
本來面貌。主體屏除知性，進入直覺心靈狀態，有助於主體專注體驗外在世
界。正是在這一意義上，蘇軾認為僧人的淡泊心境，有利於創作。蘇軾多次
形容他空靜狀態下獲得靈感，如：「心空飽新得，境熟夢餘想」。（《和陶歸園
田居》其二）「是身如虛空，萬物皆我儲」。（《贈袁陟》）空靜狀態時，才能儲
納宇宙萬象，促成天機靈感悄然而至。

道家「物化」，強調把主體全部精力和感情凝注於客體，與鳥同語，與花
同放。與道家不同，佛家心無所住要求修行者對一切境相不取不住，故其詩
境往往表現無我之境，對對象作客觀再現，作者幾乎是零度情感。如王維《辛
夷塢》云：「木末芙蓉花，山中發紅萼。澗戶寂無人，紛紛開且落」，〔註 178〕
辛夷花在寂靜無人處，自開自落，靜謐空靈，幾乎沒有情感流露。《鳥鳴澗》
寫靜夜空山鳥鳴之聲，都是自然再現事物境象，幾乎不見作者情感流露。故
禪境之詩多描寫這種無人之境。如孟浩然的「禪房閉幽靜，花藥連冬春。」
（《還山貽湛法師》）柳宗元的「日出霧露餘，青松如膏沐」（《晨詣超師院讀
禪經》）裴迪「秋來山人多，落葉無人掃。」（《宮槐陌》）等。蘇軾曾形象地

〔註 177〕《楞嚴經》，《大正藏》19 冊，111 頁下。
〔註 178〕王維著，趙殿丞箋注：《王右丞集箋注》，上海：上海古籍出版社，241 頁。

比喻過自己的心態：「我心空無物，斯文何足關。君看古井水，萬象自往還。」〔註179〕《書王定國所藏王晉卿畫著色山》）在平靜心態下，觀世間萬象紛紜，也是宋人審美取向較唐人理性之處。宋人審美，寂寞無聲金石絲竹取代聲若雷霆澗水：「維金石絲竹之聲，《國風》、《雅》、《頌》似之。澗水之聲，楚人之言似之。」〔註180〕推崇《詩經》「思無邪」和諧之聲，不滿《楚辭》不平之鳴。

第三，共鳴與同化——接受美學心理

（一）「不平則鳴」之讀者共鳴

共鳴，是讀者在鑒賞作品時，被作品感染，是讀者與作者某種程度思想上的融合，感情上的相通，並給讀者以人生思考和啟發。由於作者高超的藝術表現形式及深刻的人生思考，能夠讓讀者和書中人物一起同悲、一起同喜。如人們在閱讀《紅樓夢》時，容易和寶黛一起同悲，一起含笑，甚至在生活中把自己當作他們，模仿他們。「不平」之情也是如此具有普遍而廣泛意義。古代封建士子不遇現象比較普遍，大多數文人要麼終生未仕，要麼屢遭貶謫。如建安七子久仕不遷，阮籍有「夜中不能寐，起坐彈鳴琴」苦悶；杜甫懷抱「致君堯舜上」理想，卻客居長安十年，仕途無望；柳永終生未仕，自嘲「奉旨填詞柳三變」，不得不長期混跡於煙花柳巷……儒家修齊治平理想是文人士子頭頂的燈塔，但文人士子不遇成為有志之士一生的傷痛，「不遇」的情感長期鬱結，一旦訴諸筆端，便借書中人物言自己所言，恨自己所恨。如司馬遷「發憤著書」而寫《史記》，其在書中表現自己內心的「憤」情時，聯想到歷史人物的悲劇命運，使得《史記》全書籠罩上濃厚的悲劇氣氛，感染著讀者，引起文人士子的共鳴。《聊齋誌異》裏窮書生在備考日子裏總有美女相伴，並能金榜題名，寄託了蒲松齡虛幻的夢想和渴望，是他長期落榜的隱痛。《紅樓夢》結局「落了一片白茫茫大地」的淒涼是曹雪芹家道中落的悲涼。文人士子在閱讀同類作品時，他們因為有著相似的不遇經歷而產生共鳴，從而也可以緩解他們心底的難言之痛。

（二）蘇軾「空靜」論之讀者同化

蘇軾「空靜」論，強調作者主體隱退，把各觀事物萬千境象呈現住讀者

〔註179〕孔凡禮點校：《蘇軾文集》，北京：中華書局，1986 年，1638 頁。
〔註180〕黃庭堅：《豫章黃先生文集》，北京：商務印書館，1936 年，161 頁。

面前，故從讀者接受角度而言，是啓發讀者再創造。這一點，和「禪」之不立文字，注重以心印心啓發頗爲相通。「靜故了群動」指向靜思息慮，意在通過心之靜慮摒除萬緣，達到身心寧靜和解脫，故其審美取向是幽靜之美。而讀者徜徉在這些靜思息慮文字中時，紛繁複雜的思緒自然也會被淨化，被帶入幽深空寂的靜謐氣氛中，安撫那顆躁動的心靈。如韋應物的：「春潮帶雨晚來急，野渡無人舟自橫。」（《滁州西澗》）；謝靈運的：「池塘生春草，園柳變鳴禽」（《登池上樓》）；王維的：「人閒桂花落，夜靜春山空。」（《鳥鳴澗》）幽靜寂寥的景色，給人以靜謐自然之趣，一派天機，容易引起對世外桃源的嚮往之情，卻又似乎有言外之意。更可貴的是，「空故納萬境」汲取了佛家般若空思想，能夠讓蘇軾看淡榮辱得失，是蘇軾曠達思想的根源，這也是千年以來蘇軾最具人格魅力之處。其「也無風雨也無晴」的達觀給我們以勇氣，直面人生之挫折。「心安即是歸處」，是蘇軾對出和處的折衷和新的詮釋，也是佛家出世入世不二思想的體現。和韓愈以「不平」之情感來引起讀者共鳴不同，蘇軾「空靜」論，更多以其曠達精神以及靜謐氣氛同化讀者，給讀者以向上的精神力量或靜謐的情思。

「不平則鳴」說從「立功、立德、立言」人生價值取向出發，一旦理想無法實現，不平而鳴，把挫折和憂愁訴諸筆端，進而引起讀者之共鳴，是儒家詩論體現；蘇軾雖以儒家思想爲主，但他受到佛禪思想影響的「空靜」論，「空故納萬境，靜故了群動」，強調心無掛礙的靜心凝慮狀態，有助於容納萬千境象、更清晰表現萬物，從而啓發讀者想像，帶給讀者審美的愉悅，是佛家思想在詩論方面體現。但也許二者界限並不那麼涇渭分明，蘇軾兼有「詩窮而後工」和「空靜」論詩學主張，可見二者也不是絕對矛盾，也可以看成是不同創作階段。如果作者始終處在悲憂愁苦，或是極端憤怒狀態，也許根本不能創作，只有稍微平靜些後，才能訴諸筆端。「不平」之情可視爲「空靜」狀態創作之醞釀期和準備階段。若一味強調「不平」之情，侷限於小我得失，恐會落入韓孟詩派的苦吟晦澀，而無蘇軾文章隨物賦形之自然之勢。清初，义人論蘇，往往以「韓蘇」並稱。葉燮《原詩》云：「韓詩無一字猶人，如太華削成，不可攀躋。若俗儒論之，摘其杜撰，十日五六，輒搖唇鼓舌矣。蘇詩包羅萬象，鄙諺小說，無不可用……」〔註181〕認爲韓蘇兩人雖在藝術上共同師法杜詩，但亦存在著語言與用事兩方面的區別：韓詩語言詞必

〔註181〕葉燮著，霍松林校注：《原詩》，北京：人民文學出版社，1979 年，51 頁。

己出，蘇詩語言包羅萬象；韓詩用舊典寫新意，蘇詩一句用數典，韓蘇詩風之別正在於此。蘇軾的「空靜」說，注重對現實利益的疏離，更契合詩歌以及文藝的審美特性。蘇軾「空靜」論也還有「閱世走人間，觀身臥雲嶺」的生活積極性一面，不會淪落爲詩僧枯寂的詩境，這也正是蘇軾詩論的圓融之處。

第四章 蘇軾詩學自然論與佛學

受佛家和道家自然觀影響，蘇軾評論和創作從內容的眞情實感到表達形式的隨物賦形，都追求自然。由於受到禪宗自然觀影響，蘇軾詩論自然觀又和受道家影響的陶淵明詩自然觀不同。

第一節 禪宗自然觀與老莊自然觀

如果說儒家的經世致用使得文人士子承當了修齊治平的歷史使命，那麼老莊和禪宗思想則滋養了中國藝術的靈魂。老莊自然觀和禪宗自然觀相近而又不同，下面比較兩者的區別和聯繫。

一、老莊自然觀

（一）萬物之所以然

「自然」是老莊哲學中重要概念，自然而然意思。「自然」一詞在《老子》中出現多次，《十七章》：「功成事遂，百姓皆謂：『我自然』」，〔註1〕好的統治不輕易發號施令。事情成功了，百姓都說：「我們本來這樣。」二十三章：「希言自然」，〔註2〕少發教令，合於自然。五十一章：「道之尊，德之貴，夫莫之命而常自然。」〔註3〕道受尊崇，德被珍視，主要在於順任自然。這裡「自然」都是自然而然之意，主張事物應遵循規律。《老子》中「自然」更根本含義爲：

〔註1〕 王弼注，樓宇烈校釋：《老子道德經注校釋》，北京：中華書局，2008年，40頁。
〔註2〕 王弼注，樓宇烈校釋：《老子道德經注校釋》，北京：中華書局，2008年，57頁。
〔註3〕 王弼注，樓宇烈校釋：《老子道德經注校釋》，北京：中華書局，2008年，136頁。

萬物之所以如此原因，「道法自然」，即事物生成或變化規律。他說：「道常無為而無不為，侯王若能守，萬物將自化」〔註4〕老子質疑種種人為制度規範，認為會導致功利、虛偽和紛爭：「人之道則不然，損不足以奉有餘」〔註5〕。他希望通過自然無為的平等、不私等法則，消除社會中異化現象。由此可見，老子學說中，「自然」基本涵義即事物自身變化規律。

莊子繼承了老子的「自然」思想，《莊子》中多次出現「自然」一詞。如：「順物自然而無容私」，（《應帝王》）「應之以自然」，（《天運》）「無為而才自然」，（《漁父》）「莫之為而常自然」，（《繕性》）「自然不可易也」，（《田子方》）這裡的「自然」，主要是本然、自然而然意思。莊子思想沿老子「道法自然」方向發展，在莊子看來，自然是事物和對象的本然存在狀態。莊子對「自然」的發展，是把它與「天」聯繫起來。在莊子筆下，「天」與「道」同樣具有本體地位：「無為為之之謂天。」與人對舉：「牛馬四足，是謂天；落馬首，穿牛鼻，是謂人。」〔註6〕（《秋水》）從而提出「天人合一」思想：「天與人不相勝也，是之謂真人。」（《莊子·大宗師》）把天和人看作不相對立的，叫做真人。「知天之所為，知人之所為者，至矣。」（《莊子·大宗師》）也就是要順應自然，返樸歸真，面對天地萬物以及人類社會，以「自然」為中心，不損害自然之道。

（二）無為

老莊「自然」思想往往和「無為」聯繫在一起，「自然無為」是「道」的本體境界體現。老子從保持事物自然而然狀態出發，提出「無為」主張。「道常無為而無不為」，「無為」思想，貫穿全書。「我無為而民自化」〔註7〕，政治「無為」，讓人民自我發展，人民就能安平富足，社會就能和諧穩定。「好靜」、「無事」、「無欲」都是「無為」內涵。老子「無為」，更大意義是不妄為意思。「為而不恃」、「為而不爭」，即強調人主觀努力，但對努力結果不要有佔有欲。

莊子繼承老子無為思想：「無欲而天下足，無為而萬物化。」〔註8〕在《莊子》中，自然無為往往與人為相對：「無為而尊者，天道也；有為而累

〔註4〕 王弼注，樓宇烈校釋：《老子道德經注校釋》，北京：中華書局，2008年，91頁。
〔註5〕 王弼注，樓宇烈校釋：《老子道德經注校釋》，北京：中華書局，2008年，186頁。
〔註6〕 郭慶藩撰，王孝魚點校：《莊子集釋》，北京：中華書局，1961年，591頁。
〔註7〕 王弼注，樓宇烈校釋：《老子道德經注校釋》，北京：中華書局，2008年，150頁。
〔註8〕 郭慶藩撰，王孝魚點校：《莊子集釋》，北京：中華書局，1961年，404頁。

者，人道也」。他在《馬蹄》篇裏說，歷史上設禮樂、刑政治理百姓，正如「伯樂善治馬而陶匠善治埴木」戕害人的自然真性！《胠篋》云：「絕聖棄知，大盜乃止；摘玉毀珠，小盜不起；焚符破璽，而民樸鄙；掊斗折衡，而民不爭。」〔註9〕一切物質桎梏都毀了，人自然就反樸歸真。《應帝王》以「日鑿一竅，七日而渾沌死」寓言說明：事物性質都是自然賦予的，如果人為加以改變，就會造成痛苦和不幸。《在宥》篇中說：「聞在宥天下，不聞治天下也」〔註10〕，就是主張取消政治。《莊子》「自然無為」旨在擺脫各種人為限制與束縛，讓人回到心靈精神家園，使人詩意、自由地存在，以人為本。因此，《老子》「自然無為」是要達到「無為而治」的政治自治，《莊子》「自然無為」追求的是個體內在「自由」。從《老子》到《莊子》，「自然無為」表現出以宇宙論、政治論為中心向人格論、境界論轉移傾向。

老莊「自然」觀，含有原始崇拜意味。「道法自然」，是人們的貴全保真之道，即所謂「聖人之道，為而不爭」。可以看出，人們對當時社會不滿、對人為不合理制度的否定以及對自身力量的懷疑。

二、禪宗自然觀

印度佛教自傳入中國起，就不斷本土化，漸漸吸收、融合中國儒道兩家思想，「自然觀」也不例外。早期佛經翻譯中，「自然」一詞主要表示「般若波羅蜜」、「境界」、「智慧」等。如《正法華經》、《光讚經》用「自然」翻譯「諸法實相」；《無量壽經》則用「自然」形容佛國不可思議。禪宗自然觀，意在讓人減少妄想和執著，從而開顯本有佛性。禪宗自然，主要指「本來面目」和「平常心」。「本來面目」，是慧能思想核心，即本心是佛，「心」本清淨。「平常心」是馬祖道一對慧能思想發展，是本心是佛的理體在生活中事相體現和生活實踐。

（一）本心是佛

眾生皆有佛性思想早就有之，佛陀在菩提樹下證道後說的第一句話就是：「大地眾生皆俱如來智慧德相，皆因執著妄想不能證得。」認為眾生皆有佛性，因為執著妄想等原因而未證悟。竺道生由《大般泥洹經》推出「一闡提亦有佛性」，後在《涅槃經》中得到證實，《涅槃經》說：「一切眾生悉有佛

〔註9〕 郭慶藩撰，王孝魚點校：《莊子集釋》，北京：中華書局，1961年，353頁。
〔註10〕 郭慶藩撰，王孝魚點校：《莊子集釋》，北京：中華書局，1961年，364頁。

性，煩惱覆故，不知不見」〔註11〕。《大乘起信論》云：「其心性本來清淨，無明力故，染心相現」，〔註12〕認爲心性本來清淨，無明覆蓋，故有染心。禪宗繼承了這種眾生皆有佛性思想。祖師達摩提出「二入四行」禪法，開禪宗慧悟並重參禪之風。二祖慧可提倡《楞伽經》、《法華經》等大乘經典，強調「一切眾生皆有佛性」。三祖僧璨提倡坐禪以「息亂」。四祖道信，著有《入道安心方便法門》，認爲「念佛即是念心」。五祖弘忍認爲眾生清淨心是成佛根基，需要勤加修持，主張通過坐禪入定，破除妄心，見到眞心。這種漸修主張爲弟子神秀繼承。神秀曾作《觀心論》闡述其禪法思想，主張坐禪攝心、守眞心，通過修習禪定，達到息妄顯眞，了悟本覺眞心目的。他反對把鑄像寫經、燒香拜佛等外在事相活動作爲修行主要方式，把修行要點從外在的事相追求拉迴心本體，試圖改變修行方法上舍本逐末現象。這種轉變在六祖慧能那裡發揮到極致。慧能反覆強調「自性本淨」。《壇經》說：「人性本淨，爲妄念故，蓋覆眞如」〔註13〕，人性本清淨，妄念覆蓋了眞如本性。佛即在自性中，是人之自性本來具有的：「何期自性，本自清淨！何期自性，本不生滅！何期自性，本自具足！」慧能反覆闡說這個意思：「故知本性自有般若之智」，「何不從於自心頓現眞如本性」。所以慧能主張頓悟說：「迷來經累劫，悟則刹那間」。「前念迷即凡，後念悟即佛。」「自性迷，佛即眾生；自性悟，眾生即是佛」，眾生與佛區別關鍵在「自性」是迷是悟。這種「心本體」的思想還體現在其「唯心淨土」思想上：「迷人念佛生彼，悟者自淨其心。」〔註14〕把從西方淨土外在事相的追求轉向心性的修行，從外在事相追求轉爲理體的強調。早在《華嚴經》就有理事無礙的觀點，《金剛經》中也隨處可見理事圓融的句式：「如來說三十二相即是非相」，「滅度一切眾生已，而無有一眾生可滅度者」〔註15〕……有乃事相或是假名，空乃是實相或本體。這種對「心性」的強調使得禪宗不同於傳統佛教的讀經漸修修行方式。這種「心性」的強調落實到生活實踐和修行方法上，便是後來馬祖道一提出的「平常心是道」。

〔註11〕 《大般涅槃經》，《大正藏》12 冊，450 頁上。
〔註12〕 《大乘起信論》，《大正藏》32 冊，575 頁上。
〔註13〕 《壇經》，《大正藏》48 冊，338 頁下。
〔註14〕 《壇經》，《大正藏》48 冊，341 頁中。
〔註15〕 《金剛經》，《大正藏》8 冊，751 頁上。

（二）平常心是道

慧能以後，南宗禪分爲五派，影響較大的是青原惟信和南嶽懷讓兩支。懷讓弟子馬祖道一繼承了本心是佛觀點，他說：「心外無別佛，佛外無別心。」〔註16〕並提出「平常心是道」觀點：「謂平常心無造作、無是非、無取捨、無斷常、無凡無聖。……只如今行住坐臥、應機接物盡是道。」〔註17〕也就是在生活中隨緣自在的人生態度。強調在日常實踐中去體會眞心，從而把禪引向生活化、日常化。長沙景岑說：「要眠即眠，要坐即坐」；〔註18〕「熱即取涼，寒即向火。」可見，「平常心」，其實就是自然，它存在於放下名利計較的樸素、自然生活中。「若無閒事掛心頭，便是人間好時節」。〔註19〕圓悟佛果禪師說：「了取平常心是道，饑來吃飯困來眠」。〔註20〕牛頭法融禪師說：「汝但任心自在，莫作觀行，亦莫澄心，莫起貪瞋，莫懷愁慮……」〔註21〕修行不是枯坐青燈古佛旁一臉苦相，而是心中萬緣放下，隨緣自在。《五燈會元》卷六大珠慧海認爲常人：「吃飯時不肯吃飯，百種須索；睡時不肯睡，千般計較」。〔註22〕而修道人饑餐困眠是生活在當下，對禪宗自在精神的形象詮釋。黃檗禪師《宛陵錄》認爲悟道關鍵在於心態的平和自然，因此強調在生活中「無心」的運用：「終日吃飯未曾咬著一粒米。終日行未曾踏著一片地。與摩時無人我等相。終日不離一切事。不被諸境惑。方名自在人……安然端坐任運不拘。方名解脫」。〔註23〕認爲學道者應在日常生活中，不起分別心，保持自自然然狀態。「平常心是道」主張，把禪引向生活化，把修道寓於日常生活和行爲實踐中，是本心是佛、即心是佛在生活層面的運用。《五燈會元》丹霞天然禪師載：「（師）……取木佛燒火向，院主訶曰：『何得燒我木佛？』師以杖子撥灰曰：『吾燒取捨利。』主曰：『木佛何有舍利？』師曰：『既無舍利，更取兩尊燒。』」〔註24〕可見，禪宗否定執著外在事相，直指人心，向自然心性回歸，以開顯佛性。

〔註16〕　《景德傳燈錄》，《大正藏》51 冊，245 頁下。
〔註17〕　《景德傳燈錄》，《大正藏》51 冊，440 頁上。
〔註18〕　《景德傳燈錄》，《大正藏》51 冊，275 頁上。
〔註19〕　《禪宗頌古聯珠通集》，《卍新續藏》65 冊，668 頁下。
〔註20〕　《圓悟佛果禪師語錄》，《大正藏》47 冊，741 頁上。
〔註21〕　《景德傳燈錄》，《大正藏》51 冊，226 頁下。
〔註22〕　《五燈會元》，《大正藏》80 冊，79 頁上。
〔註23〕　《黃檗斷際禪師宛陵錄》，《大正藏》48 冊，384 頁上。
〔註24〕　《五燈會元》，《大正藏》80 冊，110 頁下。

三、禪宗自然觀與老莊自然觀之比較

（一）自然而然，禪宗自然觀與老莊自然觀之同

　　無論是老莊，還是禪宗，它們自然觀都認為宇宙萬物有其運行規律，人應該遵循事物內在發展規律，順應自然。老莊的「自然」，指事物自身的本然，是一種本性存在。老子常用「復歸於樸」描述天地萬物運動，追求樸拙審美理想，強調美自然天成。老子說：「五色令人目盲，五音令人耳聾……」〔註25〕「視久則眩，聽繁則惑」，對感官聲色的追求，會讓人失去理智。感官往往是欲望來源，容易使「心」被外物奴役。「一曰五色亂目，使目不明；二曰五聲亂耳，使耳不聰；三曰五臭薰鼻，困惾中顙……」〔註26〕莊子的「日鑿一竅，七日而渾沌死。」（《應帝王》）說明違背自然本性帶來的惡果。佛教也是如此，以多欲為苦，認為眼耳鼻舌身意感官容易讓人產生分別心，色聲香味觸法幻而不真。《八大人覺經》說：「多欲為苦；生死疲勞，從貪欲起」〔註27〕，從而強調「捨離五欲，修諸聖道」，減少欲望，恢復本有佛性。《維摩詰經》裏，維摩詰回答文殊怎樣對眾生行慈悲時說：「行自然慈，無因得故。」〔註28〕意思是應該修自然慈，不應該取相生慈，心無所取而生無緣大慈，化導眾生了悟本具佛性，屏息諸緣，自然契入真如法性。禪宗為了打破修行對法的執著，倡導不立文字、見性成佛。《壇經》說：「心平何勞持戒，行直何用修禪。」〔註29〕「心平」和「行直」，都主張身心的自然。百丈懷海說：「莫記憶。莫緣念。放捨身心。令其自在。心如木石。無所辨別。心無所行。心地若空。慧日自現。如雲開日出相似。但歇一切攀緣。貪瞋愛取。垢淨情盡。對五欲八風不動。不被見聞覺知所縛。不被諸境所惑。自然具足神通妙用，是解脫人。」〔註30〕並有詩：「綠楊芳草春風岸，高臥橫眠得自由。」他讚揚雪峰禪師不假雕琢、天然本色的修行：「僧問：『抱璞投師，請師雕琢。』師曰：『不雕琢。』曰：『為甚麼不雕琢？』師曰：『須知曹山好手。』」〔註31〕認為不應執著於經教學理，強調自然而然以開顯本有佛性。

〔註25〕 王弼注，樓宇烈校釋：《老子道德經注校釋》，北京：中華書局，2008 年，27 頁。
〔註26〕 郭慶藩撰，王孝魚點校：《莊子集釋》，北京：中華書局，1961 年，453 頁。
〔註27〕 《八大人覺經》，《大正藏》17 冊，715 頁中。
〔註28〕 《維摩詰經》，《大正藏》14 冊，547 頁中。
〔註29〕 《壇經》，《大正藏》48 冊，352 頁中。
〔註30〕 《五燈會元》，《大正藏》80 冊，70 頁上。
〔註31〕 《五燈會元》，《大正藏》80 冊，264 頁上。

（二）老莊自然觀之道本體與禪宗自然觀心性論

　　老莊到禪宗，其「自然觀」由「道」本體到「心性論」，從現實自然到觀念自然，呈現客體化向心念化的發展過程。

第一，老莊自然觀之道本體

　　道家以「道」爲宇宙根本、事物本原。《老子》中「道」具有本體論意義：「道生一，一生二，二生三，三生萬物。」〔註32〕「道」是創造宇宙動力，是一切存在根源。道具有超越性而又內在於萬物，天地萬物由「道」產生。「天下萬物生於有，有生於無」。〔註33〕「無」蘊涵「有」，含藏無限。「無，名天地之始；有，名萬物之母」〔註34〕。「大道汎兮，其可左右。萬物恃之以生而不辭，功成不名有。」〔註35〕「道」無形無質，但最本質特徵，就在於「自然」之性。「道法自然」，以「自然」爲本，所以，老子之「道」，就是「自然之道」。老子的「道」，也就是事物「自身如此」或「自己而然」之「道」，即事物「自身生成變化」之「道」，「自然」是「道」最本源規定性。

　　莊子同樣把「道」作爲天地萬物根本原理和規律。《莊子・大宗師》云：「夫道，有情有信，無爲無形；可傳而不可受，可得而不可見。」〔註36〕「道」雖「無爲無形」，但從事物變化中可以察覺到它存在。和老子一樣，《莊子》也認爲「道」是無形無聲、無始無終、無所不在，甚至「在螻蟻」、「在瓦甓」、「在屎溺」〔註37〕（《知北遊》）。因爲萬物有它形成原因，因此，莊子言「道」，亦以「自然」爲特性。莊子也認爲「道」是萬物變化規律：「道者，萬物之所由也」〔註38〕。（《漁父》）道是萬物所遵循法則，萬物遵循道變化則生長，否則會死亡，遵循道規律做事就會成功，否則會失敗。與老子宇宙和政治視角不同，莊子視角主要探討個體價值問題。他的「道」探討的是人與宇宙同一性，以人爲本體：「天地與我並生，而萬物與我爲一。」「物物而不爲物所物」，擺脫物役而獲得絕對自由。莊子的人格理想境界是「至人」、「神人」、「聖人」。

〔註32〕　王弼注，樓宇烈校釋：《老子道德經注校釋》，北京：中華書局，2008 年，117 頁。
〔註33〕　王弼注，樓宇烈校釋：《老子道德經注校釋》，北京：中華書局，2008 年，110 頁。
〔註34〕　王弼注，樓宇烈校釋：《老子道德經注校釋》，北京：中華書局，2008 年，1 頁。
〔註35〕　王弼注，樓宇烈校釋：《老子道德經注校釋》，北京：中華書局，2008 年，85 頁。
〔註36〕　郭慶藩撰，王孝魚點校：《莊子集釋》，北京：中華書局，1961 年，246 頁。
〔註37〕　郭慶藩撰，王孝魚點校：《莊子集釋》，北京：中華書局，1961 年，750 頁。
〔註38〕　郭慶藩撰，王孝魚點校：《莊子集釋》，北京：中華書局，1961 年，1035 頁。

「至人神矣，大澤焚而不能熱，河漢粗而不能寒，疾雷破出、飄風振海而不能驚。」〔註39〕（《齊物論》）至人，對外在環境變化能夠泰然處之。實現這樣理想人格途徑便是順應自然：「是故鳧脛雖短，續之則憂；鶴脛雖長，斷之則悲。」〔註40〕「不樂壽，不哀夭；不榮通，不醜窮」，〔註41〕（《莊子・天地》）捨掉外在的名利，通過泯物我、同死生、超利害等心理調節，順應自然，從而獲得心靈上的自由。通過「心齋」、「坐忘」等方法，以達到空明境地，與道相通。爲避免被異化，莊子要求保持「心」原本的清明境界。用「虛」、「靜」等修養工夫來使「心」保持清淨無爲狀態，「不與物遷」，也就不會被物役。

由老子開始，莊子發展的這種天人合一的思想後來成爲道家的基本理念。宇宙萬物相互聯繫，遵循著自然的規律同時又體現著「道」。老莊自然觀「道」本體，就是注重宇宙萬物之間的相互聯繫，遵循事物運行、生長和發展的規律，順應自然。它既強調人性的本眞，順應人的本性，回歸人的本眞；主張「天人合一」，注重人與自然和諧。所以，莊子認爲恢複道德的本質，返歸自然眞性，最終落實到「無」上。「無爲而才自然矣。」〔註42〕

第二，禪宗自然觀之心性論

如果說道家注重人與自然關係，佛教則溯本求源，認爲「天人合一」根源在心性，心是萬法之源。山河大地皆是心念顯現。心性一直是佛教核心問題，是修行成佛關鍵。早在《楞嚴經》、《維摩詰經》等大乘經典裏，就有關於心性問題的說明。《楞嚴經》說：「一切眾生，從無始來生死相續，皆由不知常住眞心，性淨明體，用諸妄想，此想不眞故有輪轉。」〔註43〕點明眾生生死輪轉是因爲本來清淨心性被妄想執著纏縛，容易誤把攀緣心當做自己的本性。阿難七處回答心在何處，找到的其實都是自己的攀緣心。《維摩詰經》說：「隨其心淨，則佛土淨」。〔註44〕《大般涅槃經》肯定法身有「常、樂、我、淨」四德，認爲佛性本常，但被煩惱障蔽不能顯現，需要經過修行，開顯佛性，都強調「心性本淨，客塵所染」。《大乘起性論》云：「是故三界

〔註39〕 郭慶藩撰，王孝魚點校：《莊子集釋》，北京：中華書局，1961年，96頁。
〔註40〕 郭慶藩撰，王孝魚點校：《莊子集釋》，北京：中華書局，1961年，317頁。
〔註41〕 郭慶藩撰，王孝魚點校：《莊子集釋》，北京：中華書局，1961年，407頁。
〔註42〕 郭慶藩撰，王孝魚點校：《莊子集釋》，北京：中華書局，1961年，716頁。
〔註43〕 《楞嚴經》，《大正藏》19 冊，106 頁下。
〔註44〕 《維摩詰所說經》，《大正藏》14 冊，538 頁中。

切，皆以心爲自性。離心則無六塵境界。」〔註45〕《金剛經》云：「不應住色生心，不應住聲、香、味、觸、法生心，應無所住而生其心」，〔註46〕慧能聽到，頓悟：「一切萬法不離自性。」禪宗繼承這一思想，並突出強調這一點。如《壇經》：「菩提自性，本來清淨。」〔註47〕（《行由品第一》）「一切般若智，皆從自性生」，「萬法盡在自心」，「三世諸佛，十二部經，在人性中本自具有」，強調自性本來清淨，修行即在去除妄想執著，開顯清淨佛性。眾生和佛的差別只在自性的迷悟：「自性迷即是眾生，自性覺即是佛。」禪，是還得本心即佛性，去妄顯眞，離一切相，其核心觀念和終極追求是「離相」、「無念」、「見性」。

禪宗看自然一方面保留了它的事相之假有，另一方面，卻又追尋空性理體。「老僧三十年前未參禪時，見山是山，見水是水。及至後來，親見知識，有個入處，見山不是山，見水不是水。而今得個休歇處，依前見山只是山，見水只是水。」〔註48〕是青原禪師證悟的三重境界，第一階段見到的山水是客觀存在的實體，即自然界中的山水；證悟空性後，開始否定對象和世界，以般若空觀照世界，萬物空幻虛無，變化無常，假而不實，「色即是空」，這樣看到的世界便不同於之前的世界，即山不是山，水不是水；第三個階段，乃是否定之否定，看到了事物的空性本質，而又不執著於空，山水的視覺表象依然如故，但卻是眞如之顯現，妄即是眞，世界萬物假有而不妨礙萬物空性本質，「空即是色」。山水，代指世間萬物，指參禪者心相，世間山水萬物乃是心念的顯現，也是修行者的修行水平之體現。所以，禪宗自然觀乃是心性論，「見自本性，識自本心。」「心生，種種法生；心滅，種種法滅；一心不生，萬法無咎。」〔註49〕（《壇經》）

同是強調自然而然地順應事物發展規律的自然觀，老莊講自由和虛無，是由有到無，無爲而無不爲；禪宗講假有和空性，世間萬物非有非無，山河大地是心念之顯現。老莊以「道」爲本體，崇尚生命自然狀態，認爲人的自由根源於自然。禪宗，是心性論，強調以佛性爲本，是心是佛，是心作佛，以心性爲本體，心生萬法，自然萬物是心念的顯現。「道」本體是無，是萬物

〔註45〕　《大乘起信論》，《大正藏》32 冊，585 頁下。
〔註46〕　《金剛經》，《大正藏》8 冊，749 頁下。
〔註47〕　《壇經》，《大正藏》48 冊，347 頁下。
〔註48〕　《五燈會元》，《大正藏》80 冊，361 頁下。
〔註49〕　《壇經》，《大正藏》48 冊，361 頁下。

本源，也是萬物運行規律。禪宗主要是「心性論」。禪宗通過「自心頓現眞如本性」(《壇經》) 契證妙明眞心。禪之境界，是由「悟」之活動所展開的世界，禪者可透過言辭、文字、舉止的啓示，去親自體驗那本來就內在於自己的自性。老子美學以自然本眞爲美。禪宗自然觀，在於自然心相化，自然是心念顯現，將自然移植於當下心境，自然是對心念的考量。

四、老莊自然觀之山水精神與禪宗自然觀之山水皆眞如

第一，老莊自然觀之山水精神

老莊哲學在啓發人回歸自然本性時，也把人帶向對外在自然的熱愛。老莊哲學語境中「自然」是自然而然，不假人爲的狀態，暗含合於自然界本然狀態。儘管老莊哲學「自然」並未直接指向自然山水，但自然山水是未受文明污染「原生狀態」。他嚮往的返樸歸眞境界，把視角引向自然山林，便將「自然」落實到客觀自然界，促成了語意轉變。

「大道廢，有仁義；慧智出，有大僞。」〔註 50〕老子認爲社會理想狀態是純任自然的狀態，所以認爲應該回到事物最初狀態：「夫物芸芸，各復歸其根。歸根曰靜，靜曰覆命。」〔註 51〕老子認爲，萬物的運動發展越來越離開「道」：去「道」越遠，就越不合乎自然，回到本來狀態，持守虛靜，合於自然。莊子繼承了老子這一思想，莊子爲實現生命內在意願，追求個體自由理想，就會在不自覺中歸向山水，追尋自然，安頓生命。莊子「無何有之鄉」，是與痛苦的「人間世」相對的理想世界。莊子與惠子「遊於濠梁之上」而知「魚之樂」(《秋水》)。

尋找能夠進入到道家精神的客觀世界，山水自然是主要選擇。老莊之「道」，其理論本身包含了走向「自然」內涵。老莊之「道」與自然山水之間，老莊思想與自然審美意識之間，包含著豐富的美學思想內涵。

第二，禪宗自然觀之山水皆真如

老莊自然觀是「天地與我同根，萬物與我同體」的本體論；而禪宗只是把自然作爲「色相」，個體於其中通過體證而得解脫。正是從心性出發，禪宗主張以心觀自然，認爲山河大地、世界萬象皆是心念之顯現，「萬法唯心」，見色即見心。禪宗看自然把自然變得心靈化。

〔註 50〕 王弼注，樓宇烈校釋：《老子道德經注校釋》，北京：中華書局，2008 年，43 頁。
〔註 51〕 王弼注，樓宇烈校釋：《老子道德經注校釋》，北京：中華書局，2008 年，35 頁。

禪宗看自然像看萬物一樣，沒有自性，把自然看空。禪宗自然觀在美學
上的特點在於：借助自然開顯本具佛性。自然作爲色相，被賦予「唯心」意
義。禪宗把山水自然看作是佛性顯現：「青青翠竹，總是法身。鬱鬱黃花，
無非般若。」〔註52〕禪宗這樣看自然，明顯不同於老莊。老莊是親和自然，
順任萬物；禪宗是於自然中證悟禪理。老莊和禪宗對自然的理解都有自然
而然一面，不同的是老莊強調自然無爲，禪宗注重空觀解脫。「三界唯心，萬
法唯識。……眼色耳聲，萬法成辦。萬法匪緣，豈觀如幻？山河大地，誰
堅誰變？」〔註53〕世間萬法都是因緣和合而成，虛幻不實。參禪悟道者，一
方面不能執幻爲眞；另一方面，也不能執著於空，離色而求空。《維摩經·
不二法門品》云：「色即是空，非色滅空，色性自空。」〔註54〕參禪悟道，即
是直觀體悟眼前「物色」，當下證得空性。因此，禪宗在自然「物色」中，體
悟諸法實相。禪者常借助自然景物喻道說法，《五燈會元》卷六載，一位僧
人誦《法華經》，當誦到「諸法從本來，常自寂滅相」句時，久思不決，聽
到黃鶯啼叫，豁然大悟，作偈：「諸法從本來，常自寂滅相。春至百花開，
黃鶯啼柳上。」〔註55〕前兩句破除人們對「相」的執著，後兩句破除人們對
「空」的執著，啓發參禪者於紛紜遷變的現象界中，體悟當體即空的宇宙
實相。禪宗也常用自然景物來象徵禪悟境界。《禪宗頌古聯珠通集》卷十六
載：長沙景岑禪師一日遊山歸來。首座問：「和尚甚處去來？」師曰：「遊山
來。」座曰：「到甚麼處？」師曰：「始從芳草去，又逐落花回。」座曰：「大
似春意。」師曰：「也勝秋露滴芙蕖。」〔註56〕前句意謂由色證入空性，後
句意謂由空性返回物色界。首座謂景岑只是追隨春意，仍落現象。景岑答以
「也勝秋露滴芙蕖」，謂已經超出現象世界，證入眞際。唐代以後，很多禪宗
僧人作寫景詩表達山水皆眞如思想。宋代臨濟宗汾陽善昭有詩：「春雨與春
雲，資生萬物新。青蒼山點點，碧綠草勻勻。雨霽長空靜，雲收一色眞。」
〔註57〕前四句寫春季自然景色欣欣向榮；頸聯點出空性的本質：雨過天晴，
長空寂寥。「靜」、「眞」是對眞如法性的表述。點點青山，勻勻碧草，寂寥長

〔註52〕　《景德傳燈錄》，《大正藏》51 冊，246 頁下。
〔註53〕　《五燈會元》，《大正藏》80 冊，197 頁上。
〔註54〕　《維摩詰所説經》，《大正藏》38 冊，551 頁上。
〔註55〕　《五燈會元》，《大正藏》80 冊，139 頁下。
〔註56〕　《禪宗頌古聯珠通集》，《卍新續藏》65 冊，570 頁上。
〔註57〕　《汾陽無德禪師語錄》，《大正藏》47 冊，628 頁上。

空，舒卷白雲，無一不是眞如法性的表徵。總之，禪宗自然觀主張山水皆眞如，強調在對自然的直覺觀照中，契悟宇宙實相，對中國古代美學觀念產生重大影響。中國古代文人多追求清靜幽遠的人生境界，追求空靈、淡遠風格，對唐以後詩歌、繪畫、書法等藝術都產生了重要影響。

　　老莊追求自然中的質樸、本眞，禪宗將自然歸於心境。老莊講虛靜和無，禪宗講清淨和空。老莊主以物化心，禪宗強調以心化物。老莊美學崇尙人的自然生命以及人性的自由體現。禪宗尋求境界中的頓悟，自然是一個既無還有，既有還無的喻體，更多是一種心相。

第二節　蘇軾詩論自然觀的佛教和道家思想淵源

一、佛教和道家自然觀對蘇軾詩論自然觀影響

　　老莊「自然」觀本質上還是哲學範疇，魏晉時期才將其應用於文學領域。魏晉南北朝時期，爲避免殘酷的政治鬥爭和殺戮，清談玄理成爲士大夫階層的雅好。許多作家把創作興趣轉向自然：「莊老告退，而山水方滋」。人物品評從道德評判趨於審美判斷，審美意識轉向崇尙「自然」。親近自然山水，成爲魏晉人個性主義表現。《文心雕龍》「自然」觀繼承了道家「自然」觀。劉勰《原道》篇提出：「心生而言立，言立而文明，自然之道也。」〔註58〕在劉勰看來，「文」的產生與天地存在都是「自然之道」體現。這裡「自然」還有「自己如此」、「本來如此」含義。《明詩》篇指出：「人稟七情，應物斯感，感物吟志，莫非自然。」〔註59〕文學的發生是人思想感情受到外物觸動，產生情感，自然抒發結果。鍾嶸《詩品》反對用典，也追求自然，他認爲詩歌情感應是自然的。李白「清水出芙蓉，天然去雕飾」道出詩歌清新自然特點。《二十四詩品》云：「俯拾即是，不取諸鄰。俱道適往，著手成春，如逢花開，如瞻歲新⋯⋯」。〔註60〕詩應是自然而然，如花之開，如歲之新。爲自然立品，標誌著「自然」作爲一種審美理想自覺。蘇軾結合自己創作經驗，並在繼承前人「自然」觀基礎上，形成了自己詩論「自然觀」。

〔註58〕劉勰著，范文瀾注：《文心雕龍注》，北京：人民文學出版社，1958年，2頁。

〔註59〕劉勰著，范文瀾注：《文心雕龍注》，北京：人民文學出版社，1958年，66頁。

〔註60〕司空圖：《二十四詩品》，何文煥《歷代詩話》，北京：中華書局，1981年，37頁。

第一，率性真情——情感之自然

蘇軾「自然」觀形成，因其情感的自然率真。《甌北詩話》稱其「襟懷坦蕩，中無他腸」。他性情率真，創作不拘一格，情感噴發如萬斛泉湧。他不是有意作文，而常常是內心情感自然流露。他在《韓愈論》中說：「夫有喜怒，而後有仁義」〔註61〕，認爲喜怒哀樂是仁義禮樂基礎，出於「性」，而非出於「情」。他說自己文章：「大略如行雲流水……文理自然，姿態橫生」〔註62〕。強調要有真情實感和創作衝動，追求行文自然，《南行前集敘》稱：「與凡耳目之所接者，雜然有觸於中，而發於詠歎。」〔註63〕他讚揚辯才詩：「如風吹水，自成文理」。他在《題孟郊詩》中說：「詩從肺腑出。」〔註64〕他說張旭書法：「張長史草書必醉，或以爲奇，醒即天真不全。」〔註65〕（《書張長史草書》）在他看來，在酒醉中流露出來的往往是最真實的感情。張旭待醉作書，最能表達真情實感。蘇軾最欽佩陶淵明「真」品格：「陶淵明欲仕則仕，不以求仕爲嫌。欲隱則隱，不以去之爲高……古今賢者貴其真也。」〔註66〕（《書〈李簡夫詩集〉後》）方東樹《昭昧詹言》贊其：「自以真骨面目與天下相見，隨意吐屬，自然高妙」。〔註67〕明朝李贄評他：「平生心事宛然如見，如對長公披襟面語，朝夕共遊。」〔註68〕清代趙翼在《甌北詩話》中形容蘇軾的文風是：「有必達之隱，無難顯之情」。〔註69〕蘇詩主要風格特色是奔放自然，正如朱熹所說，是「一滾說盡無餘意」（《朱子語類》）。蘇軾詩論「自然觀」對於真情實感的強調，突破儒家溫柔敦厚詩教傳統，使作品更富有生命活力。

第二，不能不爲之——表達之自然

如果說真情實感是蘇軾「自然」論對詩文表達內容強調，那麼「不能不爲之」側重於表達層面「自然」。蘇軾「不能不爲之」主張，受父親蘇洵影響。

〔註61〕孔凡禮點校：《蘇軾文集》，北京：中華書局，1986年，113頁。

〔註62〕孔凡禮點校：《蘇軾文集》，北京：中華書局，1986年，2069頁。

〔註63〕孔凡禮點校：《蘇軾文集》，北京：中華書局，1986年，323頁。

〔註64〕孔凡禮點校：《蘇軾文集》，北京：中華書局，1986年，2090頁。

〔註65〕孔凡禮點校：《蘇軾文集》，北京：中華書局，1986年，2178頁。

〔註66〕孔凡禮點校：《蘇軾文集》，北京：中華書局，1986年，2148頁。

〔註67〕清·方東樹：《昭昧詹言》，四川大學中文系唐宋文學研究室編：《蘇軾資料彙編》，北京：中華書局，1994年版，1479頁。

〔註68〕四川大學中文系唐宋文學研究室編：《蘇軾資料彙編》，北京：中華書局，1994年版，1017頁。

〔註69〕趙翼：《甌北詩話》，北京：人民文學出版社，1963年，56頁。

蘇洵在《仲兄字文甫說》中說：「今夫玉非不溫然美矣，而不得以爲文；刻鏤組繡，非不文矣，而不可與論乎自然。」〔註70〕玉僅有內在美，外表太粗糙，不能成「文」；雕刻刺繡工藝品，因爲過於雕琢，失去自然美，認爲好的文章應該是像風水相遭一樣自然成文，也是天下「至文」。這一思想影響到蘇軾，蘇軾說：「未嘗敢有作文之意」〔註71〕，（《南行前集敍》）主張詩文表達要自然。他說：「夫昔之爲文，非能爲之爲工也。」「不能不爲」，就是「不能自已」創作衝動。作家蓄積了豐富的情感，就像山川雲興霧起，草木開花結果，充滿生機，自然流露。蘇軾認爲，作家在「不能不爲」時的創作，才是上乘之作。「遇事則發，不暇思也。……言發於心，而衝余口」〔註72〕，（《思堂記》）情之所至，必發之於聲，不吐不快。（《東坡題跋·評草書》）還云：「詩不求工，字不求奇，天眞爛漫是吾師。」蘇軾多次寫到創作衝動來臨時的感受和狀態：「森然欲作不可回，吐向君家雪色壁。」〔註73〕（《郭祥正家醉畫竹石壁上……》）創作衝動還常使詩人意氣風發：「興來一揮百紙盡，駿馬倏忽踏九州」。「作詩火急追亡逋，清景一失後難摹。」（《臘日遊孤山訪惠思二僧》）蘇軾在《書蒲永升畫後》中寫孫知微作畫情形：「一日，倉皇入寺，索筆墨甚急，奮袂如風，須臾而成」〔註74〕，描摹畫家忽得靈感時的創作狀態，一揮而就，畫出逼眞形象「活水」。創作衝動來臨時，應善於捕捉，形諸筆端，否則「如兔起鶻落，少縱則逝矣」。趙翼《甌北詩話》評價蘇詩：「其妙處在乎心地空明，自然流出」，〔註75〕不以鍛鍊爲工，信手拈來，自然天成，此即蘇軾「不能不爲之」表達自然之妙。他反對「浮巧輕媚」（《上歐陽內翰書》），也反感「好爲艱深」《答謝民師書》）。他說：「凡人文字，當務使平和」，（《與魯直》）認爲好的文章應該自然而然流露出來，不能人爲強求。「不能不爲之」，不僅僅是創作的自然而發，也蘊含蘇軾自然率眞人格魅力。

第三，隨物賦形——摹物之自然

「隨物賦形」，就是按照事物本來面貌創作，是蘇軾自然觀在摹物方面體

〔註70〕蘇洵著，曾棗莊、金成禮箋注：《嘉祐集箋注》，上海：上海古籍出版社，1993年，412頁。
〔註71〕孔凡禮點校：《蘇軾文集》，北京：中華書局，1986年，323頁。
〔註72〕孔凡禮點校：《蘇軾文集》，北京：中華書局，1986年，363頁。
〔註73〕王文誥輯注，孔凡禮點校：《蘇軾詩集》，北京：中華書局，1982年，1234頁。
〔註74〕孔凡禮校：《蘇軾文集》，北京：中華書局，1986年，2688頁。
〔註75〕趙翼：《甌北詩話》，北京：人民文學出版社，1963年，56頁。

現。他說：「吾文如萬斛泉源……及其與山石曲折，隨物賦形」〔註76〕。（《自評文》）認爲創作應該隨著創作對象不同特點，賦以不同創作形式，如水之流形，「隨物賦形」，順其自然，像庖丁解牛、郢人運斤那樣遵從事物規律。他在《書蒲永升畫後》中認爲繪畫中水可分爲「活水」和「死水」兩種。「死水」，就是「多作平遠細皺，……然其品格，特與印板水紙爭工拙於毫釐間耳。」很明顯，這不是蘇軾審美取向，蘇軾更青睞「活水」：「畫奔湍巨浪，與山石曲折，隨物賦形，盡水之變。」水，與山石相遇，便會依照事物形態發生改變，發生曲折變化。「隨物賦形」，是要能畫出變化、流動的水，暗含把握事物本質，掌握事物規律之意。也就是「萬物皆有常形，唯水不然，因物以爲形」。〔註77〕掌握事物變化之理。就像吳道子畫人物能盡「天下之能事」，就在於他「得自然之數」，掌握描寫人物的技巧和規律。如《淨因院畫記》中說：「山石竹木水波煙雲，雖無常形而有常理。」〔註78〕水波煙雲雖無常形，但千變萬化中卻有規律，善畫者應懂得掌握。「物固有是理，患不知。」〔註79〕（《答虔倅俞括奉議書》）。蘇軾詩寫得自然奔放得力於他細緻敏銳的觀察力。如「天外黑風吹海立，浙東飛雨過江來」；「黑雲翻墨未遮山，白雨跳珠亂入船」（《望湖樓醉書》）……彷彿身臨其境。蘇軾遊記散文，善於捕捉扣人心弦瞬間，給予生動形象描繪。從汪洋恣肆長篇大作，到短小精悍小品，都遵循自然文風，隨物賦形，達到「行雲流水，文理自然」境界。「隨物賦形」還是客觀對象摹寫與作者主觀感情相融合過程，也就是禪宗「心生萬法」，他筆下的景物往往帶有主觀感情烙印。如《記承天寺夜遊》寫庭中漫步，月光如水，恬淡自適；《石鐘山記》寫怪石林立，棲鶻驚鳴，令人毛髮聳立；前後《赤壁賦》，描寫水落石出的多景，形象逼眞。

二、蘇軾詩論自然觀之美學意義

由於佛老自然觀影響，其獨具人格魅力的率性眞情，「不能不爲之」創作主張，以及隨物賦形表達方式，都是蘇軾詩論自然觀體現，同時也形成了他直抒胸臆、長於議論文風以及晚年平淡美學追求。

〔註76〕孔凡禮點校：《蘇軾文集》，北京：中華書局，1986年，2069頁。
〔註77〕蘇軾：《東坡易傳》，上海：上海古籍出版社，1989年，121頁。
〔註78〕孔凡禮點校：《蘇軾文集》北京：中華書局，1986年，367頁。
〔註79〕孔凡禮點校：《蘇軾文集》北京：中華書局，1986年，1793頁。

第一，直抒胸臆之表達方式

《文心雕龍》裏，劉勰反對苦思冥想式的創作：「察心養術，無務苦慮，含章司契，不必勞情」〔註80〕（《文心雕龍‧神思》），認為文章不可強作而能，應該採取「意得則舒懷以命筆，理伏則投筆以卷懷」〔註81〕創作態度。蘇軾「不能不為之」創作態度，即是直抒胸臆之表達方式。他在《密州通判廳題名記》中說自己作文：「輒輸寫腑髒」〔註82〕，闡述為文直抒胸臆觀點。蘇軾常常直接抒發各種情感。如「美哉洋洋乎，彭城之遊樂復樂」〔註83〕（《答王鞏》），抒發友人來訪興奮不已歡快心情。「君無輕此樂，此樂清且樂」〔註84〕（《與梁先、舒煥泛舟，得臨釀字二首》）表達忘卻名利的淡泊之樂。《中秋見月和子由》：「誰為天公洗眸子，應費明河千斛水」，〔註85〕是詩人想像之辭，直接抒發出來，帶有幾分童趣。《與劉貢父七首》之二中感歎：「而明年之憂，方未可測」，〔註86〕形象刻畫出蘇軾為徐州水患擔憂的心理。「要將百篇詩，一吐千丈氣」〔註87〕（《與頓起、孫勉泛舟，探韻得未字》），反映出他直率的性格。以文為詩更便於情感的直接抒發，蘇軾長詩多使用這種手法。蘇軾主張直抒胸臆的主張影響直至清初。元好問認為真詩從肝肺中流出，渾然天成，只見性情不見文字。他評蘇詞：「非有意於文字之工，不得不然之為工也。」〔註88〕李贄提出「童心說」，認為天下之至文是：「蓄極積久，勢不能遏」，可以視為蘇軾自然觀的發展。「公安派」提出「性靈說」，強調不拘格套，張揚個性。「竟陵派」，也主張獨抒性靈。這一脈絡詩學精神，都主張抒發真性情，直抒胸臆，和蘇軾的自然詩學觀有異曲同工之妙。這樣直抒胸臆的創作主張，嬉笑怒罵皆成章的創作態度，也自然形成他的議論文風。

第二，嬉笑怒罵皆成章——長於議論

蘇軾經常在詩文中直接表達自己喜惡愛憎，雖然親友時常提醒他注意防範小人。但他以為「言必中當世之過」，不以為然。蘇軾徐州任時，曾作《司

〔註80〕 劉勰著，范文瀾注：《文心雕龍注》，北京：人民文學出版社，1958 年，493 頁。

〔註81〕 劉勰著，范文瀾注：《文心雕龍注》，北京：人民文學出版社，1958 年，646 頁。

〔註82〕 孔凡禮點校：《蘇軾文集》，北京：中華書局，1986 年，376 頁。

〔註83〕 王文誥輯注，孔凡禮點校：《蘇軾詩集》，北京：中華書局，1982 年，863 頁。

〔註84〕 王文誥輯注，孔凡禮點校：《蘇軾詩集》，北京：中華書局，1982 年，73 頁。

〔註85〕 王文誥輯注，孔凡禮點校：《蘇軾詩集》，北京：中華書局，1982 年，862 頁。

〔註86〕 王文誥輯注，孔凡禮點校：《蘇軾詩集》，北京：中華書局，1982 年，1464 頁。

〔註87〕 王文誥輯注，孔凡禮點校：《蘇軾詩集》，北京：中華書局，1982 年，865 頁。

〔註88〕 元好問：《遺山文集》，北京：商務印書館，1937 年，101 頁。

馬君實獨樂園》:「先生獨何事,四方望陶冶,兒童誦君實,走卒知司馬。撫掌笑先生,年來效喑啞。」〔註89〕烏臺詩案審問時,蘇軾承認是諷刺新法:「以譏諷見任執政不得其人。」可謂禍從口出。烏臺詩案後,蘇軾心有餘悸,有所收斂,但其本性不改,即使在後期傚仿陶淵明平淡詩風的「和陶詩」中,蘇軾亦以議論怒罵入詩:「道喪士失己,出語輒不情。江左風流人,醉中亦求名。」(《和陶飲酒二十首》其三)〔註90〕通過與東晉名士徒有虛名的對比,突出陶淵明清真自適的形象。再如,其《和陶詠三良》、《和陶詠荊軻》對陶詩中歌頌人物三良和荊軻進行批評。《和陶詠三良》認為三良之盲目殉死是愚忠,稱讚晏子「事君不以私」的賢能,透露出蘇軾理智的君臣觀。《和陶詠荊軻》認為燕太子丹讓荊軻行刺秦王是魯莽的行為,批評荊軻刺秦的輕率與不智,透露出詩人對暴政的仇恨。再如《和陶己酉歲九月九日》:「悵望南陽野,古潭霏慶霄。伯始真糞土,平生夏畦勞。」〔註91〕批評胡廣畏懼權臣不敢爭大義,汲汲名利,蘇軾視其為糞土,一腔憤慨。《和陶雜詩》其五罵曹操:「孟德黠老狐,奸言嗾鴻豫。」〔註92〕《和陶擬古》指名譴責當時儋州的官員。蘇轍曾評價蘇軾的性格:「見義勇於敢為,而不顧其害。」〔註93〕對蘇軾這種好罵行為,很多人不滿,如黃庭堅《答洪駒父書》批評其文:「短處在好罵,慎勿襲其軌也。」〔註94〕認為怒罵會傷害詩歌高雅之美。葉燮《原詩》卷一《內篇上》:「蘇軾之詩……嬉笑怒罵,無不鼓舞於筆端」〔註95〕。所以,蘇軾之議論也是其心中情感自然流露出來的,而非刻意堆砌。《甌北詩話》評:「議論英爽,筆鋒精銳,……心地空明,自然流出。」〔註96〕蘇軾「自然」美學涵蓋了文、詩、詞、繪畫、書法等藝術領域。劉熙載認為蘇軾和陸游皆有豪有曠:「但放翁是有意要做詩人,東坡雖為詩,仍有夷然不屑之意,所以尤高。」〔註97〕(《藝概·詩概》)清代趙翼比較蘇軾和黃庭堅,認為:「東坡

〔註89〕王文誥輯注,孔凡禮點校:《蘇軾詩集》,北京:中華書局,1982年,376頁。
〔註90〕王文誥輯注,孔凡禮點校:《蘇軾詩集》,北京:中華書局,1982年,1881頁。
〔註91〕王文誥輯注,孔凡禮點校:《蘇軾詩集》,北京:中華書局,1982年,2144頁。
〔註92〕王文誥輯注,孔凡禮點校:《蘇軾詩集》,北京:中華書局,1982年,2272頁。
〔註93〕王文誥輯注,孔凡禮點校:《蘇軾詩集》,北京:中華書局,1982年,2803頁。
〔註94〕黃庭堅:《豫章黃先生文集》,《四部叢刊》初編集部(164冊)據嘉興沈氏藏宋乾道刊本影印,23頁。
〔註95〕葉燮著、霍松林校注:《原詩》,北京:人民文學出版社,1979年,9頁。
〔註96〕趙翼:《甌北詩話》,北京:人民文學出版社,1963年,58頁。
〔註97〕劉熙載:《藝概》,上海:上海古籍出版社,1978年,52頁。

隨物賦形，信筆揮灑，不拘一格……山谷則以拗峭避俗，不肯作一尋常語，而無從容游泳之趣。……」〔註 98〕（《甌北詩話》）在對比視角中，道出蘇軾自然詩風意義和價值。

　　錢鍾書《宋詩選注‧序》評宋詩：「愛講道理，發議論」〔註 99〕。蘇詩愛議論既是蘇軾率性的個性使然，也和禪宗盛行有關。北宋禪宗的各種機鋒公案蔚然成風，宋詩議論之風受到影響。

第三，平淡之美學追求

　　蘇軾「自然」論，從表達內容的率性真情到表達方式的「不能不為之」，以及「隨物賦形」的摹物之自然，都意在追求自然而然創作狀態，創作出「行雲流水」般流暢文章。自然，反映在風格層面，即平淡，也是蘇軾晚年主要追求的風格。「平淡」作為文學範疇，始見於六朝。如鍾嶸《詩品》稱郭璞「始變永嘉平淡之體」〔註 100〕，認為永嘉詩人貴黃老、尚虛淡，晚唐司空圖《二十四詩品》，專列「沖淡」一品，並且多處提到「淡」，如：「人淡如菊」；〔註 101〕「濃盡必枯，淡者屬深」〔註 102〕。宋初，很多人批評雕琢浮靡文風，提出平淡審美理想。梅堯臣詩中多次提及「平淡」：「因吟適情性，稍欲到平淡」；「中作淵明詩，平淡可比倫」，（《寄宋次道中道》）「其順物玩情之詩，則平淡邃美」，（《林和靖先生詩集序》）「作詩無古今，唯造平淡難」〔註 103〕（《讀邵不疑學士詩卷》）……歐陽修力主改革五代詩風之纖巧秀靡弊端和西崑體形式主義傾向，提倡平淡、自然詩風，《六一詩話》引梅堯臣話，講詩的平淡標準是：「狀難寫之景如在目前，含不盡之意見於言外」。〔註 104〕道出了獲得平淡的艱辛，並認為平淡美應有言外之意。他說：「世好競辛鹹，古味殊淡泊。」〔註 105〕（《送楊辟秀才〈慶曆三年〉》）「淡泊味愈長，始終殊不變。」〔註 106〕王安石《題張司業詩》說：「看似尋常最奇崛，成如容易卻艱辛。」看似容易，實際是經過曲折探索和艱辛努力才達到。

〔註 98〕趙翼：《甌北詩話》，北京：人民文學出版社，1963 年，162 頁。

〔註 99〕錢鍾書：《宋詩選注》，北京：三聯書店，2002 年，7 頁。

〔註 100〕鍾嶸：《詩品》，何文煥：《歷代詩話》，北京：中華書局，1981 年，12 頁。

〔註 101〕郭紹虞：《詩品集解》，北京：人民文學出版社，1981 年，12 頁。

〔註 102〕郭紹虞：《詩品集解》，北京：人民文學出版社，1981 年，18 頁。

〔註 103〕梅堯臣：《宛陵先生文集》卷四十六，宋集珍本叢刊，正統四年本影印本。

〔註 104〕歐陽修：《六一詩話》，何文煥《歷代詩話》，北京：中華書局，1981 年，263 頁。

〔註 105〕歐陽修：《居士集》卷二，宋集珍本叢刊，正統四年本影印本。

〔註 106〕歐陽修：《居士集》卷九，宋集珍本叢刊，正統四年本影印本。

　　蘇軾認爲陶淵明是平淡自然風格典範。「因採菊而見山，境與意會，此句最有妙處。」〔註107〕「見」含自然之意，不經意爲之，自由閒適之意躍然紙上。平淡自然中，不露斧鑿痕跡。蘇軾「平淡」詩論背後，是以從容態度對待挫折的人格風貌。平淡中蘊含深遠內涵，是一種人生境界，「寄至味於淡泊」。《記承天寺夜遊》寫蘇軾貶於黃州後，夜宿承天寺，面對政治挫折，蘇軾沒有滿腹牢騷和一蹶不振，反而在賞月中獲得自由閒適。看似平淡，仔細體會，乃識其趣。經歷了生活的挫折與磨難，達到平和超然境界。蘇軾「平淡」詩論最大價值，在於他把人格境界與藝術境界融合在一起，從而使它具有了更爲崇高的美學品格。禪宗止觀與道家「心齋」「坐忘」有異曲同工之妙，兩者均要求主體回歸寂靜狀態，以超脫心態感悟自然，暗合平淡美理論內涵。「平淡」帶有更多以理制情的理性主義性質，「在多數情況下，通向『平淡』的路徑是不『平淡』的。」〔註108〕創作中，情感的「平淡」多見於歷經磨難後的生命，「平淡」屬於人生「老」境。王安石、蘇軾、黃庭堅、陸游都是在其生命後期歸於自然平淡。蘇軾晚年人格和詩風都模仿陶淵明：「吾於淵明，豈獨好其詩也哉？如其爲人，實有感焉」〔註109〕。如《和陶遊斜川》：「春江淥未波，人臥船自流。」〔註110〕頗似陶詩隨緣自適，自然平淡之情懷。「平淡」是詩藝的返樸歸眞：「反覆不已，乃識其奇趣」〔註111〕。蘇軾云：「漸老漸熟，乃造平淡。」黃庭堅說：「學工夫已多，讀書貫穿，自當造平淡。」（《與洪駒父書》）〔註112〕如果說黃庭堅平淡重藝術方法的錘鍊，蘇軾平淡則是審美情感的流露，是人生境界成熟的體現。

第三節　蘇軾自然觀與陶詩自然觀之比較──佛教自然觀與蘇軾詩論自然觀

　　蘇軾品評最多的是陶淵明，傾慕其高潔人格並模仿其平淡自然詩風。陶淵明詩文在當世並未受重視，當時詩壇刻意追求華麗詞藻和繁縟文風，鍾嶸

〔註107〕孔凡禮點校：《蘇軾文集》，北京：中華書局，1986年，2091頁。
〔註108〕冷成金：《蘇軾哲學觀與文藝觀》，北京：學苑出版社，2003年，584頁。
〔註109〕王文誥輯注，孔凡禮點校：《蘇軾詩集》，北京：中華書局，1982年，1833頁。
〔註110〕王文誥輯注，孔凡禮點校：《蘇軾詩集》，北京：中華書局，1982年，2318頁。
〔註111〕孔凡禮點校：《蘇軾文集》，北京：中華書局，1986年，2206頁。
〔註112〕劉琳等點校：《黃庭堅全集》，成都：四川大學出版社，2001年，484頁。

《詩品》僅將其詩列爲中品。唐代受陶淵明影響較大的是白居易，作《效陶潛體詩十六首》，頗似陶詩風格。宋代，和陶蔚然成風。因爲貶謫的經歷和對仕途的厭倦，晚年的蘇軾益發喜愛並倣仿陶淵明。他說讀陶詩情形：「惟恐讀盡，後無以自遣耳。」〔註113〕（《書淵明〈羲農去我舊〉詩》）珍惜之情，溢於言表，並以淵明自比：「只淵明，是前生。」（《江城子》）蘇軾有時把他當作老師，《陶驥子駿佚老堂》云：「淵吾所師。」有時，把自己比作淵明：「田園處處好，淵明胡不歸！」（《出都來陳所乘船上有小詩聊爲和之》）「且待淵明賦歸去，共將詩酒趁流年。」（《寄黎眉州》）晚年貶謫期間，蘇軾作大量《和陶詩》，倣仿陶淵明歸隱生活。由於個性和時代原因，蘇軾「和陶詩」有著不同於陶詩本色，他的「和陶詩」更多是他晚年生活眞實寫照。陶淵明幾度徘徊後，選擇了高風絕塵的歸隱生活，與世隔絕，建構起唯美的世外桃源作爲自己精神家園，主要受道家「自然觀」影響；而蘇軾政治生涯的幾次跌宕起伏，也沒打消他的用世之心，受到佛家思想的影響，他用「心安即是歸處」的方式，緩和了出處、仕隱的矛盾，建構起「唯心淨土」般的精神家園。下面具體比較兩人不同。

一、陶淵明隱逸思想與蘇軾「心安即是歸處」人生態度

第一，陶淵明隱逸思想

　　人們心中，陶淵明主要是高雅脫俗的隱士形象，鍾嶸《詩品》稱陶淵明爲：「隱逸詩人之宗」。〔註114〕中國古代隱士文化歷史悠久，古代士人大抵非隱即仕。兩千多年的士人心路歷程史，其實是儒家建功立業思想與道家隱逸思想交替的歷史。根深蒂固的儒家思想以及修齊治平的歷史使命使得他們崇尚事功，期望通過出仕參政的方式，實現「兼濟天下」理想，這樣的生活會給他們的身心帶來很大束縛，而且無情的現實往往會一次次擊碎他們的理想，道家的隱逸生活往往能夠滿足他們追求獨立人格和自由的需要，所以出處和仕隱就成了中國士人徘徊的兩條道路。

　　這種衝突在陶淵明那裡表現尤爲明顯，陶淵明早年就萌生了隱逸思想，當他步入官場以後，對現實失望，隱逸思想更加強烈。經過多次仕與隱的徘徊與選擇，終於選擇了歸隱田園。他二十九歲第一次步入仕途，擔任江洲祭

〔註113〕王文誥輯注，孔凡禮點校：《蘇軾詩集》，北京：中華書局，1982年，2091頁。
〔註114〕鍾嶸著，曹旭箋注：《詩品箋注》，北京：人民文學出版社，2009年，154頁。

酒，「是歲爲江州祭酒，未幾辭歸。州復以主簿召，不就。」〔註115〕但是不久，因「不堪吏職」(《晉書・陶潛傳》)而辭職。第二次，出任桓玄幕僚，因爲母守喪原因，再次去職。第三次，陶淵明任鎮軍將軍劉裕參軍，數月之後，爲彭澤令，不久即解綬去職。年輕時，淵明本有濟世之志，但由於魏晉時期的血腥政權，他不斷在仕與隱之間徘徊。歸田之後，《歸去來兮辭》中其掙脫牢籠的喜悅心情溢於言表：「歸去來兮，田園將蕪胡不歸！」〔註116〕《歸園田居》其一云：「久在樊籠裏，復得返自然。」〔註117〕在《丙辰歲八月中於下潠田舍穫》、《庚戌歲九月於西田穫早稻》等詩中，他多次表達自己歸隱願望。《飲酒》詩第九首藉田父勸仕，以「吾駕不可回」作答，表明他的隱居之心堅決。歸田之後，他生活每況愈下：「夏日長抱饑，寒夜無被眠。」〔註118〕(《怨詩楚調示龐主簿鄧治中》)非常貧困，甚至要靠叩門乞食度日，《乞食》云：「饑來驅我去，不知竟何之？行行至斯里，叩門拙言辭。」〔註119〕但是，歸隱的選擇已不再改變：「寧固窮以濟意，不委曲而累己」、「我心固匪石，君情定何如？」〔註120〕借燕子不背離舊巢志行，表達歸隱決心。

陶淵明生活的年代，儒道釋三家思想並存，他或多或少對各家思想都有接觸。慧遠駐廬山後，佛教淨土宗興盛，進行了有八十名僧人參加歷時一年的佛經翻譯活動。《蓮社高賢傳》中說慧遠曾以書招淵明，淵明卻「攢眉而去」。「攢眉而去」，可看出陶淵明對佛教的態度。雖然他對生死也很達觀：「縱浪大化中，不喜亦不懼」、「既來孰不去，人理固有終。」(《五嶽旦作和王主簿》)「有生必有死，早終非命促」，但是他畢竟認爲：「應盡便須盡，無復獨多慮」，(《形影神》)「人生似幻化，終當歸空無」，並不相信佛教輪迴報應之說。「死去何所道，託體同山阿」，順應自然，與自然化而爲一。所以，陶淵明隱逸思想主要受道家思想影響。朱熹認爲「淵明所說者莊、老。」〔註121〕陶淵明批評當時社會道德淪喪，世風澆薄，人人競奔於榮利。因而他懷念上古的淳樸和太平：「余生三季後，慨然念黃虞」(《贈羊長史》)，「望軒唐

〔註115〕吳仁傑：《陶靖節先生年譜》，《陶淵明資料彙編》（下），中華書局，1962年，85頁。
〔註116〕逯欽立校注：《陶淵明集》，北京：中華書局，1979年，159頁。
〔註117〕逯欽立校注：《陶淵明集》，北京：中華書局，1979年，40頁。
〔註118〕逯欽立校注：《陶淵明集》，北京：中華書局，1979年，49頁。
〔註119〕逯欽立校注：《陶淵明集》，北京：中華書局，1979年，48頁。
〔註120〕逯欽立校注：《陶淵明集》，北京：中華書局，1979年，109頁。
〔註121〕朱熹：《朱子語類》，北京：中華書局，1986年，3243頁。

而永歎，甘貧賤以辭榮」（《感士不遇賦》），「黃唐莫逮，慨獨在余」（《時運》）。受道家小國寡民社會影響，陶淵明心目中理想的社會是一種「自然」的社會。陶淵明明顯受道家自然論影響，稱他那個時代：「眞風告逝」，（《感士不遇賦》）說他自己：「質性自然」，把擺脫了官場稱爲「復得返自然」（《歸園田居》其一）。主張不「以心爲形役」，不願被功名利祿牢籠，保持人性的質樸淳眞。「眞」字在陶詩中多次出現，如「養眞衡茅下」（《辛丑歲七月赴假江陵夜行塗口》），「此中有眞意」（《飲酒二十首》其五）「任眞無所先」（《連雨獨飲》），……詩中悠見南山以及目觀飛鳥結伴歸巢的自然景物，透露出道家思想的與世無爭、清淨無爲。這也是莊子提倡的「法天貴眞」思想，《漁父》中云：「故聖人法天貴眞」，〔註122〕他成就的不是事功的人生，而是審美的人生。這樣的人生態度體現在詩歌創作上，就是平淡自然、質樸率眞的創作風格。

第二，蘇軾「心安即是歸處」人生態度

和陶淵明一樣，歸隱也是蘇軾夢寐以求的願望，「歸去」是他不能忘懷的情結：「可憐倦鳥不知時，空羨奇鯨得所歸」、「從此歸耕劍外，何人送我池南？」（《西太一見王荊公舊詩，偶次其韻二首》之一）、「扁舟一棹歸何處？」（《書李世南所畫秋景二首》之一）、「知君此去便歸耕」（《與孟震同遊常州僧舍三首》）、「故人日夜望我歸」（《次韻同正輔表兄遊白水山》）、「歸去應須早。」（《卜算子·感舊》）「歸去來兮，吾歸何處？」（《滿庭芳》）「歸」字在蘇軾作品中反覆出現。蘇軾因不斷被捲入黨爭，深感厭倦，他很多詩文表達了他出世思想：「勸我試求三畝田，從公已覺十年遲。」（《次荊公韻四絕》之三）「解佩投簪，求田問舍，黃雞白酒漁樵社。」（《踏莎行》）多舛的政治生涯令蘇軾意識到官場對心靈和自由的束縛，然而蘇軾一生，並未像陶淵明歸隱田園。

在陶淵明那裡，「窮則獨善其身，達則兼濟天下」思想佔據主導地位，實質上是由儒入道的路子。蘇軾可貴之處在於他把「獨善」與「兼濟」統一起來。早在唐代，白居易就認爲隱在朝市過於喧囂，歸隱丘樊太過冷清，故提出「中隱」說：「不如作中隱，隱在留司官。」認爲「中隱」「似出復似處，非忙亦非閒」，是出和處的折衷，較易踐行。蘇軾一生敬仰白居易，他外任杭

〔註122〕郭慶藩撰，王孝魚點校：《莊子集釋》，北京：中華書局，2006 年，1023 頁。

州時，就寫下了「未成小隱聊中隱，可得長閒勝暫閒」句子。（《六月二十七日望湖樓醉書五絕》）蘇軾對於歸隱理解的超越性在於，歸隱不再是一種空間上或地理上遠離世俗的生活方式，而是一種心靈內在的淡然處世態度；田園也已不再只是幾畝田地，主要是心靈上的安適。熙寧六年，蘇軾任職杭州通判時，作《病中游祖塔院》：「因病得閒殊不惡，安心是藥更無方。」〔註123〕《次子由浴罷》：「安心會自得，助長勿相督。」〔註124〕元豐六年（1083）作《定風波》：「試問嶺南應不好？卻道，此心安處是吾鄉」，〔註125〕抒發自己隨遇而安的曠達襟懷。爲了實現儒家的治國、平天下的歷史使命，文人士子要進入仕途，往往要離開家鄉。「家」作爲出發的地方，在一次次的建構中就具有了精神家園的意義。「此心安處是吾鄉」，心靈就是自己的家園。一切苦難、不幸都在內心化解。蘇軾超越了對家園的事相執著，只要「心安」，無論身處何種境遇都一樣。正是這樣，他能在人生低谷時保持樂觀豁達，事業的輝煌期依舊平和淡泊。

　　「心安」，意味著不以外在世俗爲標準，而以心靈自由爲原則，即擺脫外在得失成敗，保持心靈安寧。「我生百事常隨緣，四方水陸無不便。」隨緣自適，以心靈平和寧靜對待得失、榮辱。「君子不必仕，亦不必不仕」〔註126〕，（《靈璧張氏園亭記》）「陶淵明欲仕則仕，不以求之爲賢，欲隱則隱，不以去之爲高」〔註127〕（《書李簡夫詩集後》）。蘇軾和陶淵明不同在於，仕和隱不是絕對衝突對立，而主要以心靈自由爲準則：「我坐華堂上，不改麋鹿姿。」〔註128〕（《和陶飲酒》第八首）這樣，蘇軾便打破了仕與隱二元對立，某種程度上統一了仕與隱，以較爲樂觀豁達心境度過他跌宕起伏一生。正因爲這樣，他的人生也就更富於進和退的張力。他能夠在艱難的日子裏發現並創造生活的美好。貶謫海南，吟道：「胸中有佳處，海瘴不能腓。」（《和陶王撫軍座送客再送張中》）只要胸中安恬，瘴煙蠻雨也不能侵襲詩人。《和陶歸園田居》其二：「窮猿既投林，疲馬初解鞍。」〔註129〕「窮猿」、「疲馬」的比喻，

〔註123〕孔凡禮點校：《蘇軾文集》，北京：中華書局，1986 年，475 頁。
〔註124〕王文誥輯注，孔凡禮點校：《蘇軾詩集》，北京：中華書局，1982 年，2303 頁。
〔註125〕鄒同慶，王宗堂校注：《蘇軾詞編年校注》，北京·中華書局，2002 年，579 頁。
〔註126〕孔凡禮點校：《蘇軾文集》，北京：中華書局，1986 年，368 頁。
〔註127〕孔凡禮點校：《蘇軾文集》，北京：中華書局，1986 年，2148 頁。
〔註128〕王文誥輯注，孔凡禮點校：《蘇軾詩集》，北京：中華書局，1982 年，1881 頁。
〔註129〕王文誥輯注，孔凡禮點校：《蘇軾詩集》，北京：中華書局，1982 年，2103 頁。

可看出詩人對仕途和官場的厭倦,「南池綠錢生,北嶺紫筍長。復壺豈解飲,好語時見廣。」〔註130〕反襯出後面回歸大自然的輕鬆愉悅,幾乎看不出貶謫的失落和哀傷。另一方面,蘇軾又保持著世間的煙火氣息,以藝術化的生命形態去消解來自世俗社會的束縛。「我欲乘風歸去,又恐瓊樓玉宇,高處不勝寒」。蘇軾最終沒有「乘風歸去」,他擔心美玉砌成的樓宇,經不住高聳九天的寒冷,他更熱愛人間的生活:「起舞弄清影,何似在人間!」貶謫黃州、惠州、儋州時,蘇軾把艱苦困難的生活過得趣味十足。黃州時,自製蜜酒,作《蜜酒歌》:「不如春甕自生香,蜂為耕耘花作米。」〔註131〕惠州時作桂酒:「爛煮葵羹斟桂醑」〔註132〕。貶嶺南時,「以山芋作玉糝羹」。蘇軾的詩文總是空靈而富於生活氣息。所以,蘇軾與陶淵明歸隱生活不同的地方,是調和了出世與入世的矛盾,在入世中出世,不似陶淵明的高風絕塵。

而化解仕與隱衝突的主要良藥,即佛家心法。把殘酷的貶謫生活看作歸隱,是生活的無奈,卻也是蘇軾的達觀,藉此既完成其歸隱的夙願,同時又可消解失意之悲,所以,貶謫還是歸隱,就在一念間。「一念即是天堂,一念即是地獄」(《壇經》)禪宗「即心即佛」,「心生則種種法生,心滅則種種法滅」,以心為萬物之本;同時又講「心即無心」,要「不即不離,不住不著」。《金剛經》說:「應無所住而生其心」,既不是執著於一事一物,也不是執著於空,而是心隨緣而生,隨緣而滅,「行到水窮處,坐看雲起時。」「但自無心於萬物,何妨萬物常圍繞」。〔註133〕「夫參禪學道,須得一切處不生心」。蘇軾深通其理,重內心而輕外物,以心靈的曠達從苦難中得到解脫。「此心安處」也便是「無心」,不留意物,不執著於外境,〔註134〕「平生寓物不留物,在家學得忘家禪。」「出本無心歸亦好,白雲還似忘雲人。」(《望雲樓》)這些都表現出無心於外物的心態。他在《書李邦直超然臺賦後》中說:「以為撤弦而聽鳴琴,卻酒而御芳茶,猶未離乎聲、味也。是故即世之所樂,而得超然,此古之達者所難。」〔註135〕擺脫個人的喜怒好惡,內心不隨外境而動。不需離開外物去追求超然,真正的超然恰恰是在即世之樂中,即「寓意於物,而不

〔註130〕王文誥輯注,孔凡禮點校:《蘇軾詩集》,北京:中華書局,1982年,2103頁。
〔註131〕王文誥輯注,孔凡禮點校:《蘇軾詩集》,北京:中華書局,1982年,1115頁。
〔註132〕王文誥輯注,孔凡禮點校:《蘇軾詩集》,北京:中華書局,1982年,2077頁。
〔註133〕《大慧普覺禪師語錄》,《大正藏》47冊,899頁上。
〔註134〕《古尊宿語錄》,《卍新續藏》68冊,22頁中。
〔註135〕孔凡禮點校:《蘇軾文集》,北京:中華書局,1986年,2059頁。

留意於物」,「不留於一物,故其神與萬物交。」(《書李伯時山莊圖後》)。他沒有因貶謫的打擊而萎靡不振,卻是頗為曠達、樂觀,主要得益於佛老思想的滋養。

蘇軾文化人格不同於屈原的悲壯、陶淵明的歸隱、李白的逍遙和杜甫的悲天憫人,和范仲淹的「不以物喜,不以己悲」頗為契合,較好地調和了「出」與「入」的矛盾衝突。宋代被貶謫的文人心態一般都比較穩定、平和,不走極端,能夠較好消解謫居苦悶,調節人生低谷期心態。正是禪宗思想影響,才塑造了這種獨特宋型人格,進退自如人生態度,得失隨緣樂觀心態。禪宗的影響,不僅體現在對宋代士大夫的人格塑造上,還體現在蘇軾對淨土思想的理解上。

二、陶淵明桃源淨土與蘇軾唯心淨土

第一,陶淵明桃源淨土

陶淵明桃花源幾乎成了世外桃源的代名詞,他筆下的「桃花源」表現了對和諧淳樸社會的追求:「土地平曠,屋舍儼然,有良田美池桑竹之屬。」〔註136〕(《桃花源記》)沒有賦稅、戰亂,人與人之間關係那麼和睦、融洽。「春蠶收長絲,秋熟靡王稅」,人人平等,沒有壓迫,無衣食之憂,豐衣足食。男女老少都善良熱情,民風淳樸,「怡然自樂」。桃花源有著自己的時間和運行規律:「相命肆農耕,日入從所憩。桑竹垂餘蔭,菽稷隨時藝。」〔註137〕一幅原始農業社會場面,在自然狀態下盡顯生命本真:「童孺縱行歌,斑白歡遊詣」,正是老子期待中的社會。「奇蹤隱五百,一朝敞神界。淳薄既異源,旋復還幽蔽。」和老子試圖回到原始社會以保持人性純真一樣,桃花源用自己方式守護了時空的原始性和神聖性。美麗的理想和殘酷的現實形成強烈對比,它寄託了作者美好的理想和願望。陶淵明筆下的「田園」也和「桃花源」一樣,是作者理想的棲居之地,是他身心得以安頓的理想所在。如《歸園田居》其一:「方宅十餘畝,草屋八九間。……狗吠深巷中,雞鳴桑樹顛。」〔註138〕常見的鄉村意象,為我們白描式再現出美麗的田園生活,與起伏的宦海形成強烈對比。他對田園的深情在多首詩中都有表述:「園田日夢想,安得

〔註136〕逯欽立校注:《陶淵明集》,北京:中華書局,1979年,165頁。
〔註137〕逯欽立校注:《陶淵明集》,北京:中華書局,1979年,165頁。
〔註138〕逯欽立校注:《陶淵明集》,北京:中華書局,1979年,40頁。

久離析。」「詩書敦宿好，林園無世情。」「靜念園林好，人間良可辭」，田園在陶淵明心目中是與官場對立的存在，是自然淳樸的象徵，也是自己的選擇和理想所在，就像老莊對人異化的厭惡而嚮往民風的淳樸一樣。

陶淵明筆下桃花源和田園是他心中的一方神聖淨土，這淨土思想主要來源於道家自然觀。袁行霈認為陶淵明主要思考：「人如何保持自然」，認為他的隱逸思想主要受道家自然觀影響。張松輝《「桃花源」的原型是道教茅山洞天》一文認為，「桃花源」原型是道教茅山洞天。范子燁在《〈桃花源記〉的文學密碼與藝術建構》中比較了「桃花源」與《老子道德經》兩段文字：

> 土地平曠，屋舍儼然，……阡陌交通，雞犬相聞。……黃髮垂髫，並怡然自樂。〔註139〕

> 小國寡民……甘其食，美其服，安其居，樂其俗。〔註140〕

作者認為：「陶淵明用近於晉人口語的書面語言對《道德經》進行改寫」〔註141〕，詩人田園生活，注入老子哲學情思。《歸園田居》和《桃花源記》中描寫的田園生活和道家「自然」思想相契合，表現了陶淵明對道家天人合一的嚮往。「質性自然，非矯厲所得。」《歸去來兮辭序》）「久在樊籠裏，復得返自然。」（《歸園田居》其一）田園是人類和自然和諧共處的場所，如：「木欣欣以向榮，泉涓涓而始流。」（《歸去來兮辭》）「桃李羅堂前，榆柳蔭後簷。」（《歸園田居五首》之一）「翩翩新來燕，雙雙入我廬。」（《擬古》）無論是人生態度還是他對人之本性的看法，都代表了他對自然的崇尚。「相思則披衣，言笑無厭時」，是他對真摯鄉情的讚美；「羈鳥戀舊林，池魚思故淵」是他對自由的渴望。田園生活賦予他的精神快樂遠遠大於物質帶來的貧乏。陶淵明筆下的桃源淨土，因對現實不滿而產生，故其理想性、完美性與現實形成二元對立。而蘇軾和陶詩模仿陶詩性情之真，卻又有自己的獨特風格，故其筆下的淨土也不同於陶詩的桃源淨土。

第二，蘇軾唯心淨土

由於蘇軾不再將「兼濟」與「獨善」截然對立，故而他筆下的淨土也是唯心淨土，不同於陶淵明筆下的桃源淨土。蘇軾和陶詩不在模擬，主要在寄意，借他人之酒杯，澆胸中之塊壘。陶淵明在《桃花源記》中，描繪了一個

〔註139〕逯欽立校注：《陶淵明集》，北京：中華書局，1979年，165頁。
〔註140〕陳鼓應注譯：《老子今注今譯》，北京：商務印書館，2012年，345頁。
〔註141〕范子燁：《〈桃花源記〉的文學密碼與藝術建構》，《文學評論》，2011年第4期。

他理想中的精神家園，蘇軾則在《和陶桃花源》中，以理性的筆調，描繪出「仇池」意象。《和陶桃花源》詩：

> 凡聖無異居，清濁共此世。心閒偶自見，念起忽已逝。欲知眞一處，要使六用廢。桃源信不遠，杖藜可小憩。躬耕任地力，絕學抱天藝。臂雞有時鳴，尻駕無可稅。苓龜亦晨吸，杞狗或夜吠。耘樵得甘芳，齕齧謝炮製。子驥雖形隔，淵明已心詣。高山不難越，淺水何足厲。不如我仇池，高舉復幾歲。從來一生死，近又等癡慧。蒲澗安期境，羅浮稚川界。夢往從之遊，神交發吾蔽。桃花滿庭下，流水在戶外。卻笑逃秦人，有畏非眞契。〔註142〕

仇池是蘇軾心中桃花源：「一點空明是何處，老人眞欲住仇池」（《雙石》）。這個理想的精神家園類似於陶淵明的桃源淨土，「躬耕任地力，絕學抱天藝。……苓龜亦晨吸，杞狗或夜吠。」和陶詩一樣，躬耕自得、雞鳴狗吠、自然氣息濃鬱，是人間一片淨土。和陶詩不同之處在於，蘇軾認爲，桃源淨土的有無，關鍵在於心念的清淨：「心閒偶自見，念起忽已逝。欲知眞一處，要使六用廢。」「六用」，即佛家眼、耳、鼻、舌、身、意六根。從陶詩外在的事相淨土，轉向唯心淨土，明顯受到佛家思想的影響。佛教淨土從理事角度可分事相淨土和理相淨土。事相淨土即佛國淨土，理相淨土即唯心淨土。藕益大師《佛說阿彌陀經要解》：「事持者，信有西方阿彌陀佛，而猶未達是心作佛、是心是佛，但以決志願求生故，如子憶母無時暫忘，名爲事持。理持者，信彼西方阿彌陀佛是我心具、是我心造，即以自心所具所造洪名，而爲繫心之境令不暫忘，名爲理持」〔註143〕。《維摩詰經》說：「欲得淨土，當淨其心。隨其心淨，則佛土淨」。〔註144〕認爲淨土成於淨業，淨業本於淨心。欲得淨土，當淨其心，心淨則所得之佛土淨。指出求生西方淨土關鍵之處在於自淨其心，方能和極樂世界相應，理事圓融。《壇經》云：「但心清淨，即是自性西方。」〔註145〕大珠慧海也說：「若心清淨，所在之處，皆爲淨土。」〔註146〕把從西方淨土外在事相的追求轉向心性的修行，從外在事相追求轉爲心性的強調。蘇軾在這裡把陶詩中的桃源淨土上升爲佛家的唯心淨土，淨土

〔註142〕 王文誥輯注，孔凡禮點校：《蘇軾詩集》，北京：中華書局，1982 年，2196 頁。
〔註143〕 藕益智旭：《阿彌陀經要解》，《大正藏》37 冊，371 頁上。
〔註144〕 《維摩詰所說經》，《大正藏》14 冊，538 頁中。
〔註145〕 《壇經》，《大正藏》48 冊，352 頁中。
〔註146〕 《景德傳燈錄》，《大正藏》51 冊，440 頁下。

的有無關鍵在於心念的狀態。他的《阿彌陀佛頌》云：「既從一念生，還從一念滅。」〔註147〕頗得佛家真意，淨土有無，關鍵在於心念狀態。「凡聖無異居，清濁共此世」，表明不必向外尋求桃源淨土，現實中即有安頓心靈之處。「桃花滿庭下，流水在戶外」，充滿詩意的畫面，是蘇軾為慕陶找到的最佳可行方式，即心靈歸隱。

　　蘇軾不斷被捲入政黨鬥爭，其思想衝突比淵明複雜。淵明可以棄官隱居，他卻沒有。其《送曹輔赴閩漕》云：「淵明賦歸去，談笑便解官。我今何為者，索身良獨難。」〔註148〕蘇軾的靈活在於，他把貶謫生活當成了歸隱，既滿足了夙願，又消釋了貶謫的哀傷。貶謫之時，蘇軾既要克服惡劣的自然環境和物質生活，又要調整精神和心理上的不適，所以，把貶謫當成歸隱，本身就是心靈上的超越與調適。如《和陶歸園田居》其六：「斜川追淵明，東皋友王績。詩成竟何用，六簿本無益。」〔註149〕字裏行間流露出作者在貶謫生活中追求隱逸閒適生活的心境。「以彼無盡景，寓我有限年。」〔註150〕（《和陶歸園田居》其一）在作者看來，惠州美麗的自然環境和淳古的民風，可以生活至老，是歸隱的理想之地。「稍喜海南州，自古無戰場。」〔註151〕（《和陶擬古》其四）沒有爭戰之事的海南，風景奇異秀麗，就是無肉可吃也心滿意足。《和陶雜詩》其四：「琴臺有遺魄，笑我歸不早」，〔註152〕借司馬相如典故說自己歸隱已晚。把貶謫生活當成歸隱，既充分利用了當時的自然環境，同時也是蘇軾心理上的調適和自我安慰。他能把貶謫生活過得那麼輕鬆有趣，主要在於他汲取了佛家唯心淨土的精神實質，把貶謫之處，當成心靈上的一方淨土，從而化解了政治失意的抑鬱和難堪。

三、陶淵明自然之物化與蘇軾自然之理趣

第一，陶淵明自然之物化

　　經過幾度仕隱徘徊之後，陶淵明最終在與大自然的朝夕相處中與自然融而為一，田園景色成為詩人生活一部分。他將整個身心融入自然中，他的

〔註147〕王文誥輯注，孔凡禮點校：《蘇軾詩集》，北京：中華書局，1982 年，585 頁。
〔註148〕王文誥輯注，孔凡禮點校：《蘇軾詩集》，北京：中華書局，1982 年，1592 頁。
〔註149〕王文誥輯注，孔凡禮點校：《蘇軾詩集》，北京：中華書局，1982 年，2106 頁。
〔註150〕王文誥輯注，孔凡禮點校：《蘇軾詩集》，北京：中華書局，1982 年，2103 頁。
〔註151〕王文誥輯注，孔凡禮點校：《蘇軾詩集》，北京：中華書局，1982 年，2260 頁。
〔註152〕王文誥輯注，孔凡禮點校：《蘇軾詩集》，北京：中華書局，1982 年，2272 頁。

田園詩作很難分出到底是寫景還是抒情。「方宅十餘畝，草屋八九間。榆柳蔭後簷，桃李羅堂前。」〔註 153〕（《歸園田居》其一），以寫意的白描手法，勾勒出田園生活中幾幅畫面，抒寫歸隱生活的閒適自在，渲染出人與自然合而爲一的氣氛，字裏行間流露作者歸田後自在舒適的樂趣。「採菊東籬下，悠然見南山。」〔註 154〕（《飲酒》其五）這種與自然融合的境界，正是道家物化境界。

　　陶淵明的田園山水詩因主觀心靈的投射，使審美主體對象化、自然化，達到情與景合，意與境會，心靈與自然交融無間。由於詩人貫注了主觀情感，物象更大程度上是作者主觀感情的投射而具有象徵意義。如陶淵明愛菊，多因菊花是高潔情操象徵。「採菊東籬下，悠然見南山」，以白描筆法勾勒出一副恬淡的自然圖景，山之悠然主要因爲所見之人悠然。可以看出，陶淵明在菊意象中寄予了濃重的隱逸色彩。「芳菊開林耀，青松冠岩列」〔註 155〕，（《和郭主簿》）通過對「菊」和「松」貞秀品質的讚美，抒發自己隱逸之願。陶淵明在詩中還寫了很多鳥，如：飛鳥、羈鳥、孤鳥、倦鳥、歸鳥、鴻雁、春燕、孤鸞等……這裡的鳥，與詩人一樣，是靜謐祥和自然中的一部分。《歸鳥》贊鳥：「遇雲頡頏，相鳴而歸。」〔註 156〕歸鳥因爲回到自然中而充滿生機，象徵詩人返回自然得到自由的喜悅。「眾鳥欣有託，吾亦愛吾廬」以鳥的回鄉比喻自己找到人生歸宿。鳥是與詩人相伴的自然的一部分，類似意象還有「雲」、「松」、「蘭」等。在獨特情感體驗中，它們成爲詩人審美理想象徵，充滿天人合一意蘊。在他筆下，田園、飛鳥、青松、菊花、南山……一切都詩化了。

　　因爲寧靜恬淡的隱居生活，陶淵明容易進入到物我兩忘境界：「不覺知有我，安知物爲貴。」〔註 157〕（《飲酒》十四）通過躬耕田園的方式，達到物我兩忘、委運乘化的境界。陶淵明物我渾融的自然觀，主要受道家思想影響，他任自然、厭官場、追求自由等思想和行爲，正是道家自然觀的反映。

第二，蘇軾自然之理趣

　　儒家借自然比德，如「仁者樂山，智者樂水。」賦予自然以神聖含義，

〔註 153〕逯欽立校注：《陶淵明集》，北京：中華書局，1979 年，40 頁。
〔註 154〕逯欽立校注：《陶淵明集》，北京：中華書局，1979 年，86 頁。
〔註 155〕逯欽立校注：《陶淵明集》，北京：中華書局，1979 年，60 頁。
〔註 156〕逯欽立校注：《陶淵明集》，北京：中華書局，1979 年，32 頁。
〔註 157〕逯欽立校注：《陶淵明集》，北京：中華書局，1979 年，96 頁。

卻也給人性套上無形枷鎖。道家和佛家自然都有自然而然之意，但是道家的自然強調身心與自然融而爲一，物我互融，返本歸眞，借自然之清淨去除人爲的干擾和束縛，把自然看成心靈的避難所。佛家的自然是禪意的自然，認爲山河大地皆是心念之顯現，山水悉眞如，百草樹木作獅子吼，眼中的自然莫不是心念的顯現。所見山水林泉是內心的反映，更注重內心對自然的觀照。宋代詩人多受禪宗山水皆眞如自然觀影響，眼中的自然山水乃是作者心境之反映，故其自然山水詩多富哲理禪機，這在蘇軾山水詩中尤爲明顯。

　　蘇軾從小便受大自然陶冶。嘉祐四年（1059 年），他同父親和弟弟進京應試，一路暢覽山川景色，寫下了大部分是山水詩的《南行集》。出任杭州期間，經常遊賞西湖湖光山色。此後，蘇軾又在密、徐、湖、黃、杭、穎、定等州郡任職。晚年，他又被貶到嶺南惠州和海南，足跡踏遍大半個國土。他有時深更半夜獨自一人「倚杖聽江聲」（《臨江仙》）；有時身披蓑衣，「輕舟短棹任斜橫」（《漁父》）；有時雨後「杖慕徐步轉斜陽」……自然山水於蘇軾，也有和陶淵明一樣藉以忘卻塵世煩惱、擺脫痛苦的一面。所謂「惟江上之清風，與山間之明月……取之無盡，用之不竭。」寄情山水，是蘇軾隨緣自適思想的體現。如果說陶淵明是位隱士，蘇軾就是智者。陶淵明既明道之不行便決然隱去，以求獨善其身。蘇軾雖常言「歸去」，但終老未踐。他說：「我不如陶生，世事纏綿之。」〔註158〕（《和陶飲酒二十首》）在自然詩化的道路上，陶詩渾樸，王詩散淡，蘇詩則顯得理性。受禪宗自然觀影響，蘇軾超越了道家物我同一的自然觀，他更注重心靈對外物的滲透。李澤厚認爲，蘊含禪意的中國文藝，多借助自然景色來展現心靈境界：「這境界的展現又把人引向更高一層的本體求索」〔註159〕。所以，一方面，蘇軾借自然山水解憂忘煩，另一方面，蘇軾以禪宗的觀照方式對待之，所以他筆下的自然山水就多了一層理趣。《望湖樓醉書五絕》其二：「水枕能令山俯仰，風船解與月徘徊。」〔註160〕荷塘月色的天然之趣，是作者隨遇而安的安閒自在心境體現。他遊廬山東林寺作偈：「溪聲即是廣長舌，山色豈非清淨身。」潺潺溪水，蔥鬱青山，本身就是佛法的體現。陶詩雖有「心遠地自偏」的詩句，但陶淵明確實是過起了隱居生活，遠離官場，全身心沉浸在歸隱田園的樂趣中。蘇軾

〔註158〕王文誥輯注，孔凡禮點校：《蘇軾詩集》，北京：中華書局，1982 年，1881 頁。
〔註159〕李澤厚：《美的歷程》，北京：生活・讀書・新知三聯書店，2007 年，115 頁。
〔註160〕王文誥輯注，孔凡禮點校：《蘇軾詩集》，北京：中華書局，1982 年，339 頁。

和詩：「小舟眞一葉，下有暗浪喧。夜棹醉中發，不知枕幾偏。」〔註161〕「小舟」喻己，「暗浪」喻險惡之世情。既身在世途，索性任其浮沉，以隨緣自適心態面對榮辱得失。因此，蘇軾不像陶淵明「倚南窗以寄傲，審容膝之易安」，刻意隱居，而是隨緣而適，在貶謫生活中追求隱居的樂趣，自得其樂。《百步洪》中，詩人以洪水隱喻人世的險惡，「紛紛爭奪醉夢裏，豈信荊棘埋銅駝。」〔註162〕歲月流逝、宇宙無限，詩人感到紛紛攘攘爭名奪利的可笑。「但應此心無所住，造物雖駛如吾何」，以佛家思想安慰自己，可以看出詩人樂觀的人生態度。蘇軾山水詩還常常借助自然景物，對世態人生作出哲理概括。如：「揮索梔竿立嘯空，篙師酬寢浪花中。」〔註163〕（《慈湖夾阻風》其一）以弱纜與風浪的抗爭，暗喻人生，以暗礁四伏、狹隘曲折水路，比喻人生之險惡，表現詩人敢於抗爭、不畏險阻人生態度。蘇軾筆下，山水自然景象往往是對人生的哲理概括。

　　前人山水詩的意義在於發現自然，而蘇軾卻以禪宗的方式觀照自然，在更高層次上回歸到人自身，突出人的主體意義。蘇軾山水詩並不追求情景交融的意境，只是以禪意的眼光去審視自然，與自然保持一定的距離。「塵心消盡道心平，江南與塞北，何處不堪行。」（《臨江仙》）如果能以超脫之心待物，還計較什麼得志與失意？蘇軾山水禪詩一般都是性靈所發，不是胸中先有佛家經典然後再拼湊景物，這正是蘇軾山水禪詩可貴之處，也是蘇軾佛學思想內化後的表現。

　　陶淵明偏重於個體自我的高蹈不俗，蘇軾則借用佛家文化化解儒與道的矛盾，出和處的衝突，以出世之心做入世之事，構建心靈的淨土。正是佛家的這份理性精神，使得蘇軾筆下的山水詩多了份理趣，不同於陶淵明山水詩道家般的物化。

〔註161〕王文誥輯注，孔凡禮點校：《蘇軾詩集》，北京：中華書局，1982 年，2103 頁。

〔註162〕王文誥輯注，孔凡禮點校：《蘇軾詩集》，北京：中華書局，1982 年，891 頁。

〔註163〕王文誥輯注，孔凡禮點校：《蘇軾詩集》，北京：中華書局，1982 年，2034 頁。

第五章　蘇軾詩學中道觀與佛學

　　由於蘇軾兼容並包精神，使得他的詩論和創作呈現不偏不倚的中道圓融精神，這和佛家中道思想有異曲同工之妙。

第一節　蘇軾詩學中道觀內涵及其美學意義

一、佛教中道觀

　　「中道」，佛教中最初指苦樂中道。釋迦牟尼佛在家時過著王族的享樂生活，後又進行六年的苦行修煉，意識到偏於苦樂兩端都不能得到解脫。《中阿含經》說：「莫求欲樂、極下賤業，爲凡夫行。亦莫求自身苦行，至苦非聖行，無義相應，離此二邊，則有中道。」〔註1〕「五比丘，捨此二邊，有取中道，成明成智，成就於定，而得自在」〔註2〕。《金剛經》中大量『說……，即非……。是名……』的句式也是佛教「中道」思想體現。如「如是滅度無量眾生，實無眾生得滅度者。」〔註3〕度眾生是事相，因爲眾生也是變化無常的，像水中月、鏡中影一樣轉瞬即逝，虛幻不實。故從理體上說，眾生亦空，無能度與所度，所以「實無眾生得滅度者。」前面的事相乃是順應眾生的知見而說。「了悟人法二空。即得中道之理。」〔註4〕《心經》：「色即是空，空即是色」，〔註5〕也是「中道」思想體現。《佛說摩訶衍寶嚴經》中說：「謂不

〔註1〕　《中阿含經》，《大正藏》1 冊，701 頁中。
〔註2〕　《中阿含經》，《大正藏》1 冊，777 頁下。
〔註3〕　《金剛經》，《大正藏》25 冊，887 頁中。
〔註4〕　《金剛經注解》，《卍新續藏》24 冊，785 頁下。
〔註5〕　《心經》，《大正藏》8 冊，848 頁下。

觀色有常無常，亦不觀受想行識有常無常，是謂中道真實觀法。」〔註6〕公元2世紀，印度龍樹創立中觀派，其《中論》釋「中道」云：「眾因緣生法，我說即是空，亦爲是假名，亦是中道義」。〔註7〕也就是說，世間萬法皆爲緣起，事物相對而言沒有絕對的存在，本無自性。但「空」並非絕對的虛無，而是現象（假有）存在。這種對空、有皆不執著的思維方式，便是「中道」。「以真諦故無有。俗諦故無無。真諦故無有雖無而有。俗諦故無無雖有而無。雖無而有不滯於無。雖有而無不著於有。不著於有即常著永消。不滯於無即斷無見滅。即知，二諦遠離二邊名爲中道。」〔註8〕不壞假名而說實相。龍樹在《中論》中還提出了著名的「八不」說：「不生亦不滅，不常亦不斷，不一亦不異，不來亦不出。」「生」、「滅」、「常」、「斷」這些人們通常用來區別事物的概念並非絕對的衝突對立，事物本無謂生滅、常斷、一異、來出，是因緣而生。中觀派認爲萬事萬物因緣和合，因而沒有必要進行虛妄分別。《注維摩詰經》釋之：「言有而不有，言無而不無」〔註9〕。《維摩詰經》認爲「菩薩行」是：「不當住於調伏、不調伏心」，〔註10〕「非凡夫行，非聖賢行」，「非垢行，非淨行」，「雖過魔行，而現降伏眾魔」，「求一切智，無非時求」，「雖觀諸法不生，而不入正位」，「觀十二緣起，而入諸邪見」，「攝一切眾生，而不愛著」，「樂遠離，而不依身心盡」，「行於空，而殖眾德本」，「行無相，而度眾生」，「行六波羅蜜，而遍知眾生心、心數法」……也是不偏執一端的「中道」思想。其「不二法門」，反對虛妄分別，也是中道精神體現。「世間、出世間爲二。世間性空，即是出世間。於其中不入、不出、不溢、不散，是爲入不二法門。」〔註11〕「我、無我爲二。我尚不可得，非我何可得？見我實性者，不復起二，是爲入不二法門。」〔註12〕僧肇「非有非無」、「即動即靜」來闡說中道義。《不真空論》說：「然則萬物果有其所以不有，有其所以不無。有其所以不有，故雖有而非有；有其所以不無，故雖無而非無。雖無而非無，無者不絕虛；雖有而非有，有者非真有。若有不即真，無不夷跡，然

〔註 6〕　《佛說摩訶衍寶嚴經》，《大正藏》12 冊，196 頁上。
〔註 7〕　《中論》，《大正藏》30 冊，1 頁上。
〔註 8〕　《中觀論疏》，《《大正藏》42 冊，20 頁上。
〔註 9〕　《注維摩詰經》，《大正藏》38 冊，347 頁上。
〔註 10〕　《維摩詰所說經》，《大正藏》14 冊，545 頁中。
〔註 11〕　《維摩詰所說經》，《大正藏》14 冊，551 頁上。
〔註 12〕　《維摩詰所說經》，《大正藏》14 冊，551 頁上。

則有無稱異，其致一也。」〔註13〕《物不遷論》中提出「必求靜於諸動，不釋動於求靜」的「動靜相即」說。天台宗智顗在《摩訶止觀》中闡釋龍樹中道理論說：「初觀用空，後觀用假，是為雙存方便。入中道中，能雙遮二諦。」〔註14〕《華嚴經》中「於二不二並皆離，知其悉是語言道。」〔註15〕與龍樹中道了無二致。六祖慧能也說：「問有將無對，問無將有對，問凡將聖對，即生中道義……」〔註16〕總而言之，佛教的「中道」，指反對執著於「兩邊」的思維方法，反對虛妄的「分別」執著，要求於無差別中見出差別和於差別中見出無差別，既看到事物的區別，又看到事物之間相互聯繫、相互轉化的一面，辯證圓融。

　　中國詩論中，中道思想是一種頗具張力的審美趣味。如皎然推崇謝靈運的詩「但見情性，不睹文字」。文字和性情渾融一體，不即不離，有得意忘言之效。司空圖「味在酸鹹之外」，味在味外而不離味，「象外之象，景外之景」，象在象外而不離象，景在景外而不離景。嚴羽的「詩有別材，非關書也；詩有別趣，非關理也。然非多讀書，多窮理，則不能極其至。」〔註17〕（《滄浪詩話·詩辨》）詩材不出於書本，詩趣不來自理路，然不讀書無以養材，不窮理無以識趣，既相異又相聯，也是不即二邊不離二邊的中道義。這種不偏不倚的審美趣味往往在大家的創作或詩論思想中更為明顯，蘇軾因其兼收並蓄的創作態度和佛家思想的影響，故其詩論也蘊含這種不偏不倚的中道思維方式和審美趣味。

二、蘇軾詩學「中道」觀內涵

　　蘇軾性格比較直率，凡有所思，便訴諸筆端，抒寫性情，不容於官場。烏臺詩案後，他痛定思痛，反觀自身：「反觀從來舉意動作，皆不中道」。（《黃州安國寺記》）但他的文藝思想卻體現出大家風範，體現出博採眾家之長、兼收並蓄的特點，如「出新意於法度，寄妙理於豪放」；「發纖穠於簡古，寄至味於淡泊」；「端莊雜流麗，剛健含婀娜」等詩學主張，皆彰顯辯證圓融的中

〔註13〕　《肇論》，《大正藏》45 冊，152 頁上。

〔註14〕　《摩訶止觀》，《大正藏》46 冊，23 頁下。

〔註15〕　《大方廣佛華嚴經》，《大正藏》10 冊，160 頁中。

〔註16〕　《壇經》，《大正藏》48 冊，360 頁上。

〔註17〕　嚴羽著，郭紹虞校釋：《滄浪詩話校釋》，北京：人民文學出版社，1962 年，46 頁。

道精神。許學夷《詩源辨體》評其爲：「才質備美，造詣兼至，故奔放處有收斂，傾倒處有含蓄。」〔註18〕

第一，出新意於法度，寄妙理於豪放

蘇軾在《書吳道子畫後》云：「出新意於法度之中，寄妙理於豪放之外」，〔註19〕評吳道子畫人物能在前人基礎上有所創新，也是蘇軾文藝觀體現。「逆來順往，旁見側出，橫斜平直」，指其畫法不拘成法，變化無窮，又像庖丁解牛、郢人運斤那樣掌握事物內在法度。新意迭出又不越法度，雄渾豪放又蘊含妙理。取新意和法度、豪放與妙理之中道。他評文與可畫：「千變萬化，未始相襲，而各當其處」。〔註20〕（《淨因院畫記》）就是強調既要創新，又要遵循事物客觀規律。

與此對應，在詩歌上他提出「衝口出常言，法度去前規」（《頌詩》）。即詩中所出之新意須合乎藝術規律。但如果一味地務新求奇，就會流於險怪。蘇軾深諳此理，所以他明確指出：「好新務奇，乃詩之病。」〔註21〕（《題柳子厚詩》）創新但又不能超出「法度」，不能違背事物客觀規律，體現自由與規律的辯證統一。後來的黃庭堅也主張嚴格遵循法度，注意總結前人如何謀篇布局、遣詞造句，爲後人學詩提供亦步亦趨路徑，但未免偏執一端，爲法度束縛。清代趙翼比較說：「東坡隨物賦形，信筆揮灑，……山谷則專以拗峭避俗……而無從容游泳之趣。」〔註22〕指出黃庭堅死守法度而失自然之弊。周必大《二老堂詩話》云：「蘇文忠公詩，初若豪邁天成，其實關鍵甚密。」〔註23〕如：「清風肅塑搖窗扉，窗前修竹一尺圍。紛紛蒼雪落夏簟，冉冉綠霧沾人衣。」〔註24〕（《壽星院寒碧軒》）句句無寒碧二字，而寒碧之意各在其中。眞正達到「自然」的境界，需由有法而臻於無法，故古人於「定法」外，每每追求「活法」。蘇軾認爲「法不患不立，患不活。」〔註25〕「活法」作爲無定之法，超越了具體的字法、句法、章法，順任事物內部之規律，看似無

〔註18〕 王友勝：《蘇詩研究史稿》，北京：中華書局，2010年，147頁。
〔註19〕 孔凡禮點校：《蘇軾文集》，北京：中華書局，1986年，2210頁。
〔註20〕 孔凡禮點校：《蘇軾文集》，北京：中華書局，1986年，367頁。
〔註21〕 孔凡禮點校：《蘇軾文集》，北京：中華書局，1986年，2109頁。
〔註22〕 趙翼：《甌北詩話》，北京：人民文學出版社，1981年，168頁。
〔註23〕 何文煥：《歷代詩話》，北京：中華書局，1981年，655頁。
〔註24〕 王文誥輯注，孔凡禮點校：《蘇軾詩集》，北京：中華書局，1982年，1684頁。
〔註25〕 蘇軾：《東坡志林》，北京：中華書局，1981年版，64頁。

法而又有法。「信手拈得俱天成」〔註26〕。《石蒼舒醉墨堂》云：「我書意造本無法，點畫信手煩推求。不須臨池更苦學，完取絹素充表襠。」〔註27〕一方面，有法到無法，來自「堆牆敗筆如山丘」的勤苦練習；另一方面，無法才是最終目標。如果一味苦習苦摹而不知創新，那還不如「完取絹素充表襠」，拿鍊字的絹素作被服去。

「寄妙理於豪放之外」，是蘇詩要達到的另一個境界。豪放是蘇詩本色，但蘇詩豪放不是粗豪、縱放，一瀉無餘。而是於豪放之外，能引人回味，啟迪睿智，寓哲理於豪放風格之中。蘇詩的豪放不同於李白詩歌天馬行空的豪放和浪漫，蘇詩豪放與「以議論為詩」、「以學問為詩」密切相關。蘇軾《贈詩僧道通》云：「雄豪而妙苦而腴」，〔註28〕「苦而腴」是一種可以反覆咀嚼回味的「至味」，以「至味」喻「至理」，又與「雄豪」相統一。如果說「寓新意於法度，寄妙理於豪放」是創作論中道，那麼「發纖穠於簡古，寄至味於淡泊」則是風格論中道。

第二，發纖穠於簡古，寄至味於淡泊

蘇軾詩文以豪放著稱，但也有超逸淡遠的一面。他在《書黃子思詩集後》中稱讚韋應物和柳宗元作品風格能夠：「發纖穠於簡古，寄至味於澹泊」〔註29〕。「纖穠」是明麗，而「簡古」則是樸實。「淡泊」主要指素樸的風貌，「至味」主要指耐人咀嚼的風韻內涵。蘇軾將這對立兩者結合，在看似平淡素樸形式下蘊含耐人咀嚼韻味，即用純樸簡潔形式表現豐富深刻內容。「發纖穠於簡古，寄至味於淡泊」，即在質樸中蘊涵著文采，在凝練中有深厚的韻味。他在《給姪兒信》中說：「漸老漸熟，乃造平淡」。開始要氣象崢嶸、五色絢爛，而後成熟了才漸趨平淡。蘇軾到了晚年，追求淡遠詩風，以陶淵明平淡詩風為楷模。他多次讚美陶淵明「一語天然萬古新，豪華落盡見真淳」風格。「質而實綺，癯而實腴」。(《子瞻和陶淵明詩集引》)認為陶淵明詩歌在質樸形式中包含綺麗豐富內容。《評韓柳詩》說：「所貴乎枯澹者，謂其外枯而中膏，似澹而實美」〔註30〕，即形式上枯淡，內容上充實。所以蘇軾既推崇司空圖「詩文高雅，猶有承平之遺風」的平淡樸實之風，又「恨其寒儉有

〔註26〕 王文誥輯注，孔凡禮點校：《蘇軾詩集》，北京：中華書局，1982 年，1157 頁。
〔註27〕 王文誥輯注，孔凡禮點校：《蘇軾詩集》，北京：中華書局，1982 年，236 頁。
〔註28〕 王文誥輯注，孔凡禮點校：《蘇軾詩集》，北京：中華書局，1982 年，2451 頁。
〔註29〕 孔凡禮點校：《蘇軾文集》，北京：中華書局，1986 年，2124 頁。
〔註30〕 孔凡禮點校：《蘇軾文集》，北京：中華書局，1986 年，2109 頁。

僧人態」，批評他過於「枯淡」，缺乏內容上的豐富與充實。

「發纖穠於簡古，寄至味於淡泊」，雖是對韋柳詩而言，也是蘇軾自己一部分詩詞境界。蘇軾作有一百餘首《和陶詩》。蘇軾的和詩既似陶詩平淡，又有他自成一家特點。如《和陶歸田園居》之三：「新浴覺身輕，新沐感髮稀。風乎懸瀑下，卻行詠而歸。仰觀江搖山，俯見月在衣。」頗似陶詩平淡詩風，但蘇軾很多詩作仍有自己特點。紀昀說他「斂才就陶，而時時亦自露本色」。〔註31〕「寄至味於淡泊」，不僅指藝術風格，也是一種人生境界。蘇軾流居儋州，在食無糧、居無室困境中常讀陶淵明詩和柳子厚詩，相同的處境使他與陶柳詩激起共鳴。沒有一番人生的閱歷和歷練，就不會有淡泊中的「至味」，人生的高境。「發纖穠於簡古，寄至味於淡泊」，也即走過了「看山是山，看水是水」的認識事物的事相階段，超越了「看山不是山，看水不是水」的認識事物的理相本質階段，回歸到「看山還是山，看水還是水」的理事圓融階段。這種風格論的中道觀還體現在「端莊雜流麗，剛健含婀娜」文藝觀上。

第三，端莊雜流麗，剛健含婀娜

蘇軾《次韻子由論書》認為好的書法應該是：「端莊雜流麗，剛健含婀娜。」〔註32〕「端莊雜流麗」，即認為書法體態端莊而又圓潤流美。「剛健含婀娜」，即認為剛健挺拔的骨力應該體現在敦厚的外形中。他說：「徐家父之秀絕，字外出力中藏稜。」〔註33〕（《孫莘老求墨妙亭詩》）讚揚藏筆力於圓勁渾厚中。他不滿杜甫「書貴瘦硬方通神」說，推崇蔡襄的風格：「僕嘗論君謨書為本朝第一」。〔註34〕蔡書婉約而不軟媚，符合蘇軾中道審美理想。

書論如此，蘇軾詩論亦有異曲同工之妙。「剛健含婀娜」，即剛中有柔，柔中有剛。既含剛健之風，又有婀娜之姿，陰陽互含，方具張力。古人以陰陽為萬物之本，《周易·繫辭上》云：「一陰一陽之謂道。」〔註35〕陰陽二者相互作用，引起事物變化、發展。陰陽代表著相反相成兩方面，事物運動變化的現象和規律，基本上都可以用陰陽來概括，天體日月的運行、晝夜四時的交替、氣候變化等。人們常把天看作陽，地看作陰，父為陽，母為陰，剛為陽，柔為陰，陰陽具有普遍意義。《周易》以乾卦為陽，以坤卦為陰：「天

〔註31〕王文誥輯注，孔凡禮點校：《蘇軾詩集》，北京：中華書局，1982 年，1892 頁。
〔註32〕王文誥輯注，孔凡禮點校：《蘇軾詩集》，北京：中華書局，1982 年，209 頁。
〔註33〕王文誥輯注，孔凡禮點校：《蘇軾詩集》，北京：中華書局，1982 年，371 頁。
〔註34〕孔凡禮點校：《蘇軾文集》，北京：中華書局，1986 年，2192 頁。
〔註35〕黃壽祺，張善文譯注：《周易譯注》，上海：上海古籍出版社，2007 年，3 頁。

行健，君子以自強不息，地勢坤，君子以厚德載物」。〔註36〕根據陰陽變化規律衍生出六十四卦，喻示事物發展不同階段。宇宙間事物千變萬化，究其根源，都是陰陽消長結果。陰陽互相包含，你中有我，我中有你。獨陽不生，孤陰不長，陰陽調和，方能孕育萬物，所以《周易》也強調陰陽調和的中正之道。如乾卦釋「亢龍有悔」：「窮之災也」，巨龍高飛而有悔恨，是因為窮極一端而帶來災難。《周易・同人卦》：「柔得位得中而應乎乾，曰同人。」〔註37〕柔順者守持中道，所以能夠和同於人。「中正而應，君子正也。」行為中正，是君子純正美德。蘇軾晚年《東坡易傳》也繼承了這種陰陽互含的思想。而在早期，他的這種中道詩學思想已經較為成熟地運用在他的創作中。蘇軾《念奴嬌・赤壁懷古》抒發壯志難酬，報國無路感慨，主題沉重而嚴肅，但「小喬初嫁了」，為豪放詞增添一縷柔情。元豐五年蘇軾在黃州所作《水龍吟》上篇境界開闊，氣勢飛動，下片以范蠡攜西子泛舟五湖作結，剛中有柔。再如其送別詞《浣溪沙》：「惟見眉間一點黃，詔書催發羽書忙，從教嬌淚洗紅妝。上殿雲霄生羽翼，論兵齒頰帶冰霜，歸來衫袖有天香。」〔註38〕用佳人淚洗紅妝反襯英雄本色，剛柔並具。「剛健含婀娜」亦有柔中寓剛，陰柔為主，剛健為輔。這類多體現在以香草美人喻君臣相合的手法中。如他的《賀新郎》：

> 乳燕飛華屋，悄無人，桐陰轉午，萬涼新浴。手弄生綃白團扇，扇手一時似玉。漸困倚、孤眠清熟。廉外誰來推繡戶？枉教人、夢斷瑤臺曲。又卻是、風敲竹。　　石榴半吐紅巾蹙。待浮花浪蕊都盡，伴君幽獨。穠豔一枝細看取，芳心千重似束。又恐被、西風驚綠。若待得君來，向此花前，對酒不忍觸。共粉淚，兩簌簌！〔註39〕

詞上片以乳燕、華屋、青竹為背景，以班婕妤失寵喻作者仕途失落之感。下片表達不與群小沉浮的高尚節操，柔中帶剛。以纏綿的格調抒發政治失意之慨，既是蘇軾對香草美人詩歌手法的繼承，也是對傳統婉約詞的創新。再如他的《洞仙歌》，借花蕊夫人的俏麗形象暗寫韶顏易逝、時光流逝之歎。「剛健含婀娜」，符合了人們對陰陽互含的審美心理需求。

〔註36〕　黃壽祺，張善文譯注：《周易譯注》，上海：上海古籍出版社，2007年，3頁。
〔註37〕　黃壽祺，張善文譯注：《周易譯注》，上海：上海古籍出版社，2007年，85頁。
〔註38〕　王宗堂，鄒同慶譯注：《蘇軾詞編年校注》，北京：中華書局，2002年，255頁。
〔註39〕　王宗堂，鄒同慶譯注：《蘇軾詞編年校注》，北京：中華書局，2002年，677頁。

　　「出新意於法度之中，寄妙理於豪放之外」，「端莊雜流麗，剛健含婀娜」，「發纖穠於簡古，寄至味於淡泊」。這種不住一邊、不滯一端思想，顯然受到佛家中道思維方式影響，它不僅貫穿在各種不同藝術形式中，使蘇軾能夠打通不同藝術形式之間壁壘，融會貫通，同時也能夠雜糅多種風格於一體，這也是蘇軾較為圓融人生觀的反映和體現。

三、蘇軾詩學中道觀美學意義

第一，風格之體兼眾妙

　　「寄妙理於豪放之外」之「妙理」與「豪放」；「發纖穠於簡古，寄至味於淡泊」之「纖穠」與「簡古」；「端莊雜流麗，剛健含婀娜」之「端莊」與「流麗」，「剛健」與「婀娜」，都是融對立風格於一體，從而使詩歌具有體兼眾妙的藝術風格和張力，「中邊皆甜」的美學效果。在蘇軾看來，不同風格各有千秋，但這些風格之間並不是壁壘森嚴，而是可以互相滲融的。他的《書唐氏六家書後》說：「永禪師書，骨氣深穩，體兼眾妙，精能之至，反造疏淡。」〔註40〕認為永禪師書法能融會眾家之長，有「體兼眾妙」風格。一般情況，我們認為真書應該端莊，草書應該瀟灑，蘇軾說：「真書難於飄揚，草書難於嚴重」，〔註41〕（《論書》）認為單方面風格，往往比較單調，書法藝術應在通常所具備風格中滲入不同風格因素。他在《跋秦少游書》中評其：「兼百技」〔註42〕，秦少游草書美妙，是由於他融會了東晉書法風格，博採眾長。「短長肥瘦各有態，玉環飛燕誰敢憎？」〔註43〕（《孫莘老求墨妙亭詩》）藝術風格是多種多樣的，不僅不應互相排斥，而且可以兼容，莊中見麗，柔中有剛。與主張書法「體兼眾妙」相應，蘇軾認為作詩「鹹酸雜眾好，中有至味永。」〔註44〕（《送參寥師》）蘇軾「於前人無所不學」，愛好陶、謝、李、杜、韓、柳、白等詩。蘇軾認為，陶淵明詩「質而實綺，臞而實腴」；李白詩「飄逸絕倫而傷於易」；杜甫詩有「英偉絕世之姿」；韋應物「發纖穠於簡古，寄至味於淡泊」；司空圖詩文「高雅」，有「味外之味」；韓愈詩「豪放奇險」，但「溫麗靜深不及」。蘇詩風格多樣：正如劉克莊《後村詩話》所評：「有汗

〔註40〕孔凡禮點校：《蘇軾文集》，北京：中華書局，1986 年，2206 頁。
〔註41〕孔凡禮點校：《蘇軾文集》，北京：中華書局，1986 年，2183 頁。
〔註42〕孔凡禮點校：《蘇軾文集》，北京：中華書局，1986 年，2194 頁。
〔註43〕王文誥輯注，孔凡禮點校：《蘇軾詩集》，北京：中華書局，1982 年，371 頁。
〔註44〕王文誥輯注，孔凡禮點校：《蘇軾詩集》，北京：中華書局，1982 年，905 頁。

漫者，有典麗者，有麗縟者，有簡淡者，歙張開合，千變萬化。」蘇軾經常
將兩種及兩種以上風格寓於一體。如他的一類詞介於豪放與婉約之間，既清
曠雄壯也不乏委婉細密，王水照先生稱之爲「清雄」風格，將委婉與曠達融
爲一體。如《永遇樂・彭城夜宿燕子樓，夢盼盼，因作此詞》：

　　　明月如霜，好風如水，清景無限。曲港跳魚，圓荷瀉露，寂寞
　　無人見。如三鼓，鏗然一葉，黯黯夢雲驚斷。夜茫茫，重尋無處，
　　覺來小園行遍。天涯倦客，山中歸路，望斷故園心眼。燕子樓空，
　　佳人何在？〔註45〕

詞前半部分寫自己在清幽寒寂的深夜，尋找夢中佳人，卻是「樓空」人去，
寂寞淒涼之感油然而生，感悟到「古今如夢，何曾夢覺，但有舊歡新怨」人
生眞諦，寓悲慨於柔情。《陽關曲・中秋月》、《陽關曲・答李公擇》等，也都
有這種清雄風格特點，體現出打通兩種相異乃至相反風格傾向滲融成一種新
風格精神。蘇軾這種糅各種風格於一體的融匯貫通精神還體現在他對不同藝
術形式上。

第二，藝術觀之融會貫通

　　蘇軾不僅能雜糅多種風格於一體，還能打通不同藝術門類之間壁壘，融
會貫通。「發纖穠於簡古，寄至味於淡泊」，是蘇軾對韋應物、柳宗元文風評
價，「質而實綺，臞而實腴」是對陶淵明詩歌評價，「出新意於法度之中，寄
妙理於豪放之外」和「端莊雜流麗，剛健含婀娜」都是書論，卻也適合詩文
理論。所以，蘇軾的才華在於，他能找到文學和藝術之間的共性，兼採眾長
而自成一家，融會貫通。所以，他能打通藝術之間的隔閡，以文爲詩，以詩
爲詞，提出詩中有畫論，達到藝術之間融會貫通的境界。「通」是蘇軾對各種
文藝形式運用自如的表現，呈現了他的藝術手法嫻熟和非凡的創造力。他在
《書唐氏六家書後》中，評論了柳公權等六家書法，指出他們之間師承關係
和獨特風格，並通過陶詩、杜詩藝術成就來闡述六家書法成就，令人立體感
認知了六家書法造詣。如他說：「顏魯公書，雄秀獨出，一變古法，如杜子美
詩，格力天縱」〔註46〕，顏魯公書法之所以能「雄秀獨出」，就像杜甫詩融會
諸家之長，囊括了諸多書法藝術嫻熟技巧。由於永禪法師兼收並蓄了眾多書
法的技巧風格，就像陶淵明詩的「質而實綺、臞而實腴」般風韻，能令人體

〔註45〕王宗堂，鄒同慶校注：《蘇軾詞編年校注》，北京：中華書局，2002年，247頁。
〔註46〕孔凡禮點校：《蘇軾文集》，北京：中華書局，1986年，2206頁。

味其中深層內涵。蘇軾這種打通詩論和書論之間隔閡和界限，使詩論與書論互爲補充、相得益彰的做法，還體現在他的詩和畫上。

如蘇軾奔赴黃州途中所作的《梅花二首》（其一）和其書法《梅花詩帖》，就相得益彰。元豐三年，蘇軾正承受著「烏臺詩案」的巨大打擊，大雪紛飛，朔風卷地，卻要奔赴荒漠的黃州，劫後餘生的悲愴，使他備感冤屈和冷落。途中，一株梅花生長在荒蕪草棘間，並且遭到狂風暴雪猛烈摧殘，處境惡劣仍頑強生長。梅花的精神給予蘇軾面對挫折的勇氣和力量。作詩讚：「一夜東風吹石裂，半隨飛雪度關山。」〔註47〕之後，蘇軾又用草書寫了《梅花詩帖》。帖隨著情感越來越強烈，字體由行草、小草轉爲大草、狂草，情感逐漸突破理性束縛，用筆愈加奔放，揮灑淋漓，如一首悲壯樂章。從開始低沉平穩到最後飛揚灑脫，是蘇軾理想與現實激烈衝突的外化。把二者聯繫，就會感到作者濃烈憤懣的情感。

這種不同藝術之間相互滲透，也體現在他關於詩與畫關係論述上。他說：「味摩詰之詩，詩中有畫。觀摩詰之畫，畫中有詩。」〔註48〕即可以從聽覺中領悟到視覺效果，或從視覺中領悟到聽覺效果。如：「黑雲翻墨未遮山，白雨跳珠亂入船」〔註49〕，用簡練、形象筆觸，令人身臨其境感受到烏雲壓境的昏暗，瓢潑大雨的快速掠過，以及望湖樓前明淨遼闊的接天水光。以飽蘸了墨水的畫筆在紙布上急速翻滾比喻暴風雨來臨的迅猛和洶湧，雨點像作者用畫筆在紙布上跳躍地上下點，從視覺和聽覺上讓人感到滴水四濺的聲音。通過繪畫形象性，彌補詩歌抽象性不足。這種詩畫相輔技藝，豐富了詩境，形成立體感和空間感審美效果。

各種藝術有獨立藝術特徵，如何使不同藝術相結合？蘇軾說：「溪光自古無人畫，憑仗新詩與寫成。」〔註50〕溪水波紋閃爍搖盪無定，難以用筆在紙上靜態描繪，但可以借助詩歌摹寫。「詩不能盡，溢而爲書，變而爲畫，皆詩之餘。」〔註51〕當詩不能充分表達思想感情時，以書法和繪畫方式表達。創作實踐中，蘇軾以文爲詩、以詩爲詞、以詩爲文、詩畫一律、書畫聯姻等現象不勝枚舉。詩、詞、文、畫、書法等不同藝術形式之間相輔相成，既是蘇

〔註47〕 孔凡禮點校：《蘇軾文集》，北京：中華書局，1986年，1026頁。
〔註48〕 王文誥輯注，孔凡禮點校：《蘇軾詩集》，北京：中華書局，1982年，2209頁。
〔註49〕 孔凡禮點校：《蘇軾文集》，北京：中華書局，1986年，340頁。
〔註50〕 王文誥輯注，孔凡禮點校：《蘇軾詩集》，北京：中華書局，1982年，667頁。
〔註51〕 孔凡禮點校：《蘇軾文集》，北京：中華書局，1986年，614頁。

軾的天才稟賦和嫻熟技巧體現，同時也提高和豐富了藝術的表現形式和審美趣味。

第三，人生態度之圓融

蘇軾圓融地處理藝術之間關係，是他圓融人生態度反映。蘇軾認為，弄通事物之間的會通處，是關鍵點。他說：「物一理也，通其意則無適而不可。」〔註52〕（《跋君謨飛白》）把握了事物規律就可以隨心所欲不逾矩。運用到書法上，不僅可以駕馭眞、行、草、隸各種書體，還可通變。蘇軾在《送錢塘聰師聞復敘》中說：「聰若得道，琴與書皆與有力，詩其尤也。」〔註53〕認為琴和書法都統一於「道」中，把握了「道」這一普遍規律，就會理解琴和書法，並會通其他門類藝術。

蘇軾融會貫通精神與佛家的圓融不二精神有異曲同工之妙。佛家圓融思維，注重多角度、全方位把握對象，對於相互對立立場，能看到雙方相反相成一面，即「不二」，矛盾對立雙方是互相依存、相互轉化、不可分割的統一體。佛家「中道」思想，不累於有，不滯於無，強調對矛盾的協調融合。蘇軾創作論和風格論的融會貫通是他圓融的人生態度之反映和體現。蘇軾青年時，文學才華得到主考官歐陽修賞識，積極入世，主要踐行儒家思想。中老年時，屢遭貶謫，政治的失意和生活的窮困潦倒，使得他轉向道家和佛家，取道家之養生和佛家之心法，將三家思想較為圓融地取為己用，從而較為積極樂觀地度過了他的一生。他避免了王安石式的偏激、司馬光式的固執、程頤式的拘泥，廣採博收，技兼百藝。貶謫黃州後，由於「烏臺詩案」的巨大的變故與打擊和人生翻天覆地的變化，他時常發出「人生如夢」感歎，但同時也有「飄飄然如遺世獨立，羽化而登仙」的道家思想。正是佛老思想的滋潤，使身心交瘁的蘇軾依然曠達樂觀。儒家的堅毅執著，老莊的率眞自然，佛家的超脫自在，使他逆境中仍能保持樂觀的生活態度。當他人生順利之時：「胸中萬卷，致君堯舜」，躊躇滿志；前途茫然時，又生「小舟從此逝，江海寄餘生」隱逸思想。終其一生，儒家思想是其精神主體，佛老思想為其所用，蘇軾較為樂觀、曠達地度過了一生。蘇軾的圓融中道文藝觀得益於他圓融的人生態度。

〔註52〕孔凡禮點校：《蘇軾文集》，北京：中華書局，1986 年，2181 頁。
〔註53〕孔凡禮點校：《蘇軾文集》，北京：中華書局，1986 年，325 頁。

第二節　蘇軾詩學中道觀與杜甫詩學中庸觀

　　蘇軾很推崇杜甫:「杜子美在窮困之中,一飲一食,未嘗忘君,詩人以來,一人而已。」〔註54〕(《與王定國四十一首》之八)並作過很多評論文章,如《辨杜子美杜鵑詩》、《書子美雲安詩》、《評子美詩》等。杜甫詩歌理論批評,既注重思想內容,又重視藝術表現;既主張「親風雅」,推崇古體,又主張「轉益多師是汝師」,肯定近體。古今並重,文質兼備,崇尚中和之美,主要受到儒家中庸思想影響。

一、杜甫詩學中庸觀

　　王運熙在《杜甫的文學思想》一文中評價杜甫:「既強調思想內容,又注意藝術表現」,〔註55〕既推重古體,又注意近體,既追求風格的雄渾古樸,又重視語言清麗華美。杜甫和蘇軾一樣不偏一端,詩騷並重,古今兼取,清詞麗句兼尚,正是這種「轉益多師」態度,成就了他的文學。

第一,詩騷並重

　　《詩經》和《楚辭》,是中國詩史兩個源頭,《詩經》的「風雅」精神,代表了言志的詩歌傳統,《楚辭》的綺麗文風往往是詩緣情的又一代表。後世的書寫中,人們往往厚此薄彼,取其一端。從初唐起,陳子昂就反對沒有風骨的作品,批判描寫宮廷豔情的齊梁文學:「采麗競繁,而興寄都絕」。〔註56〕認為齊梁詩風華麗,風雅功用缺失。盛唐時期,李白云:「蓬萊文章建安骨」。〔註57〕(《宣州謝朓樓餞別校書叔雲》)《古風·第一》說:「大雅久不作,吾衰竟誰陳?……自從建安來,綺麗不足珍。」〔註58〕前抑楚辭,後貶六朝。糾正「務華去實」風氣,否定綺麗文風。元結《篋中集》序云:「風雅不興,幾及千載……近世作者……拘限聲病,喜尚形似……」〔註59〕主張回歸儒家詩教傳統,否定六朝以來詩歌在語言、形式方面貢獻。

〔註54〕王文誥輯注、孔凡禮點校:《蘇軾詩集》,北京:中華書局,1982年,1513頁。
〔註55〕王運熙:《杜甫的文學思想》,《杜甫研究論文集(三輯)》,北京:中華書局,1963年,179頁。
〔註56〕徐鵬:《陳子昂集》,北京:中華書局,1962年,256頁。
〔註57〕王琦注:《李太白全集》,北京:中華書局,1977年,87頁。
〔註58〕王琦注:《李太白全集》,北京:中華書局,1977年,187頁。
〔註59〕楊家駱校:《新校元次山集》,世界書局,1984年,100頁。

　　和陳子昂、李白、元結等人相比，杜甫詩論主張要通達和全面，他既主張要「親風雅」，強調詩歌的內容表達，同時對六朝文學也並不完全摒棄，而是汲取其「緣情」特性，取其詩歌的格律等長處。頗似劉勰《文心雕龍・辨騷》「憑軾以倚雅頌，懸轡以馭楚篇」既宗經亦尚楚騷精神。從「別裁僞體親風雅」和「竊攀屈宋宜方駕」〔註60〕兩句詩中，可以看到杜甫對兩部經典的推崇和肯定。他在《陳拾遺故宅》中讚揚陳子昂：「有才繼騷雅，哲匠不比肩」。〔註61〕再如：「搖落深知宋玉悲，風流儒雅亦吾師。」〔註62〕可見杜甫同時重視風雅傳統和《離騷》綺麗文風。從重視詩歌內容出發，杜甫繼承了風雅精神寫時事傳統，以史入詩，創作出「三吏」、「三別」等現實主義作品，有「詩史」之稱。可貴的是杜甫進一步提出「轉益多師是汝師」創作主張，兼採眾人之長，形成自己獨特風格，兼收並蓄，更爲全面。「轉益多師」重在繼承，「別裁僞體」強調創新，繼承和創新相結合，可謂一體兩面，熔古鑄今，辯證中庸。

第二，不薄今人愛古人

　　杜甫詩論中庸觀還體現在能集眾家之長，鎔鑄前代和同代的詩歌創作成就，古今並重。《文心雕龍・通變》稱：「文辭氣力，通變則久」〔註63〕，「變則其久，通則不乏。」認爲創作應有所繼承，推陳出新才能永久流傳，強調繼承和創新不可偏廢。在繼承古人方面，杜甫主張風雅騷賦兼學。《戲爲六絕句》五曰：「竊攀屈宋宜方駕」；〔註64〕《戲爲六絕句》六曰：「別裁僞體親風雅」。〔註65〕杜甫對漢魏詩歌極力稱讚，「詩看子建親」（《奉贈韋左丞丈二十二韻》；「文章曹植波瀾闊」（《追酬高故蜀州人日見寄》）；又云：「李陵蘇武是吾師」。對於六朝詩歌，杜甫有選擇性推崇。如《夜聽許十一誦詩愛而有作》中稱「陶謝不枝梧」；《石櫃閣》道：「優游謝康樂，放浪陶彭澤」；《春日憶李白》稱：「清新庾開府，俊逸鮑參軍」。稱庾信後期詩是「凌雲健筆意縱橫」，認爲其「暮年詩賦動江關」。

　　杜甫同時也讚美同時代詩人，把他們和古人相比，「不薄今人愛古人」。

〔註60〕　仇兆鰲注：《杜詩詳注》，北京：中華書局，1979年，901頁。
〔註61〕　仇兆鰲注：《杜詩詳注》，北京：中華書局，1979年，948頁。
〔註62〕　仇兆鰲注：《杜詩詳注》，北京：中華書局，1979年，1501頁。
〔註63〕　劉勰著，范文瀾注：《文心雕龍注》，北京：人民文學出版社，1958年，519頁。
〔註64〕　郭紹虞：《中國歷代文論選》，上海：上海古籍出版社，2001年，122頁。
〔註65〕　郭紹虞：《中國歷代文論選》，上海：上海古籍出版社，2001年，122頁。

他稱讚四傑：「不廢江河萬古流」。〔註66〕推崇李白：「清新庾開府，俊逸鮑參軍」(《春日憶李白》)讚美陳子昂：「有才繼騷雅，哲匠不比肩」(《陳拾遺故宅》)。兼收並蓄，海納百川。葉燮《原詩》評價杜甫詩：「漢魏之渾樸古雅，六朝之藻麗穠纖，韶秀淡遠，甫詩無一不備。」〔註67〕杜甫既主張要繼承風雅傳統，又主張要「轉益多師」。不僅屈宋可學，今人之成果也應加以借鑒，「好古而不遺近」。〔註68〕正是這種兼收並蓄思想，使杜詩「言奪蘇、李，氣吞曹、劉，掩顏、謝之孤高，雜徐、庾之流麗」，〔註69〕取得「盡得古今之體勢」效果。這些都為杜甫詩文大成打下堅實基礎。

第三，清詞麗句必為鄰

與「不薄今人愛古人」古今兼學態度相同，杜甫詩歌的語言風格也是雄渾古樸和清麗華美並重，雄豪與清婉兼取。「凌雲健筆意縱橫」和「未掣鯨魚碧海中」，(《戲為六絕句》) 都是推崇詩歌雄健之風。詩句如：「地平江動蜀，天闊樹浮秦」；「會當凌絕頂，一覽眾山小」(《望嶽》)；「無邊落木蕭蕭下，不盡長江滾滾來」；「江間波浪兼天湧，塞上風雲接地陰」；「星垂平野闊，月湧大江流」(《旅夜書懷》)；「吳楚東南坼，乾坤日夜浮。」同時，杜甫沒有否定六朝「清詞麗句」，他肯定六朝詩歌在形式技巧方面的努力，肯定其綺麗風格，在《偶題》中謂：「餘波綺麗為。」〔註70〕「近伏盈川雄，未甘特進麗」，「綺麗玄暉擁」，「揮翰綺繡揚，篇什若有神」(《贈太子太師汝陽郡王璡》)。杜甫對齊梁詩歌過分追求詞藻形式之美弊端也知之甚深，故他在肯定綺麗風格同時，崇尚清新的詩句。在《戲為六絕句》其五中稱：「清詞麗句必為鄰。」〔註71〕強調麗和清配合，並力主「清詞麗句」上攀屈宋，做到內容和形式的統一。《解悶其八》中讚賞孟浩然：「清詩句句盡堪傳」。杜甫的創作是風骨與辭采的統一，沉鬱頓挫中又蕭散流麗，用他的詩歌總結就是「詞富麗氣沉雄」(《秋興八首》)。

正是這種「不偏不倚」思想使得杜甫較為全面學習了古今詩歌，創造出

〔註66〕仇兆鰲注：《杜詩詳注》，北京：中華書局，1979年版，896頁。
〔註67〕葉燮著，霍松林校注：《原詩》，北京：人民文學出版社，1979年，51頁。
〔註68〕《杜甫研究論文集(三輯)·論〈戲為六絕句〉》，北京：中華書局，1963年，172頁。
〔註69〕仇兆鰲注：《杜詩詳注》，北京：中華書局，1979年，2235頁。
〔註70〕仇兆鰲注：《杜詩詳注》，北京：中華書局，1979年，1541頁。
〔註71〕郭紹虞：《中國歷代文論選》，上海：上海古籍出版社，2001年，122頁。

多種多樣風格。秦觀《韓愈論》認爲杜甫詩歌融合諸家之長:「窮高妙之格,極豪逸之氣,包沖澹之趣,兼峻潔之姿,備藻麗之態」〔註 72〕杜甫詩歌的這種全面的成就,顯然與杜甫詩騷並重,古今兼取,清詞麗句兼尚,不偏不倚的詩論中庸觀有著密不可分的關係,正是杜甫詩論中這種「尚中」態度成就了其集大成地位。

二、蘇軾詩學中道觀與杜甫詩學中庸觀之同

蘇軾與杜甫似而不同,倆人都受到儒家思想影響,都強調汲取眾家之長,轉益多師,思想內容和藝術手法並重,但倆人創作卻呈現不同風格。下面比較分析倆人詩論觀異同。

第一,中和之美

「中和」是中庸思想在美學上體現。《中庸》說:「喜怒哀樂之未發,謂之中;發而皆中節,謂之和。」〔註 73〕致中和,天地才能各安其所。孔子從中和美學觀出發,強調文學藝術應「樂而不淫,哀而不傷。」藝術情感表達應有「度」的節制,強烈但不能過分,微妙含蓄然不能隱晦,要恰到好處。儒家詩論中文與質、形與神、雅與俗,在相互牽制的結構中顯現出中和圓融精神,都是中和美體現。對立因素的統一,是中和之美基本要求。《禮記》在「中和」思想基礎上進一步提出「溫柔敦厚」詩教,兼有政治性和審美性。就政治性而言,「溫柔敦厚」與委婉規諫的譎諫傳統相聯繫;審美性而言,它與含蓄詩風相聯繫,試圖在審美與功利之間保持平衡。道家也講「陰陽之和」,儒道佛三家在這點上頗爲契合。

杜詩符合儒家詩論以中和爲美要求,形成沉鬱頓挫風格。由於儒家修齊治平使命感,杜詩蘊積著深厚情感,這種情感每欲噴薄而出時,他的中庸處世心態,便把這噴薄欲出的情感抑制住了。《自京赴奉先縣詠懷五百字》,先敘抱負之落空,待到鬱勃不平之氣要爆發出來,卻又轉入對驪山的描寫,寫到「朱門酒肉臭,路有凍死骨」,〔註 74〕憤慨之情又變成「榮枯咫尺異,惆悵難再述」的感慨。感情沉鬱頓挫,中和委婉。《壯遊》、《北征》、《洗兵馬》、《秋興八首》都是這樣。因爲杜甫忠君愛國,自覺肩負國家興亡的歷史使命,所

〔註 72〕 徐培均注:《淮海集箋注》,上海:上海古籍出版社,751 頁。

〔註 73〕 楊伯峻譯注:《論語譯注》,北京:中華書局,1980 年,30 頁。

〔註 74〕 仇兆鰲注:《杜詩詳注》,北京:中華書局,1979 年版,270 頁。

以他在詩歌中規諷君王,但他所信奉的儒家思想又使其小心翼翼地規範在
「禮」範圍內,「怨而不怒」。杜甫常通過託物抒情、託物寓意等手法將不滿
轉化為哀歎,抒發得中正平和。如《苦竹》:「青冥亦自守,軟弱強扶持。味
苦夏蟲避,叢卑春鳥疑。軒墀曾不重,剪伐欲無辭。」〔註75〕苦竹處境之艱
難,雖身居山野也能自守情操。夏蟲因味苦而避,春鳥因叢卑而疑,「味苦」、
「叢卑」貶中含褒,暗含苦竹清高自許節操。苦竹即使遭人剪伐也不想有所
抗辭,暗示詩人懷才不遇之處境,體現出詩人儒家溫柔敦厚的涵養,哀而不
傷。再如《蒹葭》、《鸚鵡》、《促織》等,借蒹葭詠賢人失志,借促織、歸燕
抒思鄉之愁。再如《石壕吏》,揭露官吏橫暴,反映人民苦難。作者巧妙地將
自己主觀情感和道德評價通過敘事表達出來,「怨刺」「上政」遵循於「禮」
的規範,「怨而不怒」。

　　中和之美要求對感情要有節制,以使人達到寧靜愉悅。蘇軾詩歌創作的
前期風格以豪放為主,意境宏富開闊。在早期《邵茂誠詩集敘》中曾流露出
中和審美追求。他在《邵茂誠詩集敘》中感慨世事無常,故批評文人之詩多
「怨而不通」,讚歎邵茂誠「其文清和妙麗如晉、宋間人。」〔註76〕因而邵茂
誠的詩「哀而不怨」,也就難能可貴,讀之彌月不厭,從中不難看出蘇軾的審
美取向。這種中和美學追求到了晚年,愈加成為他的主要審美追求,體現在
他對平淡風格的肯定和創作上。蘇軾在「烏臺詩案」後,屢次貶謫,早年的
昂揚鬥志和豪情壯志變而為隨遇而安的淡泊情懷。貶謫嶺南,生存異常艱
難,以至「盡賣酒器,以供衣食」,由此讚歎陶淵明「厄窮至此……然胸中也
超然自得不改其度」〔註77〕精神,這種處窮而能淡泊平和心態,到晚年更突
出:「韋應物、柳宗元發纖穠於簡古,寄至味於澹泊」〔註78〕,(《書黃子思詩
集後》)「所貴乎枯澹者,謂其外枯而中膏,似澹而實美」〔註79〕,(《評韓柳
詩》)「淵明作詩不多,然其詩質而實綺,臞而實腴」,(《與蘇轍書》)都體現
了他中和美學追求。「外枯而中膏」,「臞而實腴」,首先是一種更老練人生境
界,其人生在經歷磨礪之後,褪去了少年的輕狂,平和淡泊。其次,文字上
由絢爛而歸平淡。蘇軾給二郎姪的信中說:「其實不是平淡,絢爛之極也。」

〔註75〕 仇兆鰲注:《杜詩詳注》,北京:中華書局,1979年版,613頁。
〔註76〕 孔凡禮點校:《蘇軾文集》,北京:中華書局,1986年,320頁。
〔註77〕 王文誥輯注,孔凡禮點校:《蘇軾詩集》,北京:中華書局,1982年,2252頁。
〔註78〕 孔凡禮點校:《蘇軾文集》,北京:中華書局,1986年,2124頁。
〔註79〕 孔凡禮點校:《蘇軾文集》,北京:中華書局,1986年,2109頁。

（《與二郎姪書》）它不是枯淡無味，而是「質而實綺」，在看似樸質淡泊的文字中，包含著深厚韻味，「美在鹹酸之外」。任職密州時期的《水調歌頭》中，作者出世與入世的內心複雜鬥爭，最終歸結爲「但願人長久，千里共嬋娟」的美好祝願，情感由鬥爭走向恬淡平和。寫於貶謫黃州時期的《定風波》中：「也無風雨也無晴」，也是心境的平和，不爲外物所干擾的淡然。蘇軾晚年崇尚平淡之美，正是對人生和藝術的中和態度，是人格境界與文藝思想的昇華。它典型地表現了宋人重理性、尚平和文化心態，成爲宋代代表性詩學理念。

第二，文道並重

《論語》曰：「質勝文則野，文勝質則史」〔註80〕，認爲理想的文學創作應該是文質兼取，內容和形式並重。劉勰在《文心雕龍‧風骨》中提出作品應兼有風骨文采：「藻耀而高翔」〔註81〕，既具備華美辭采，又富有充實內容的作品，才是一流文章。鍾嶸《詩品》序中說：「幹之以風力，潤之以丹采」，〔註82〕都是對詩歌內容和辭采方面的要求。杜甫繼承了這種文質兼取思想，他一方面提倡風雅，注重詩歌思想內容，另一方面又注重詩歌韻律形式，力求文質兼備。

首先，杜甫重視詩歌表達內容，要求它於國家人民有益，繼承了儒家文學的詩教傳統，強調文學爲社會政治服務。《詠懷古蹟五首》云：「風流儒雅亦吾師」〔註83〕。認爲文學應該反映「風衰俗怨」〔註84〕的時代。在《陳拾遺故宅》中杜甫評價陳子昂：「有才繼騷雅，哲匠不比肩」〔註85〕，正是因爲他注重「風雅」，提倡「興寄」，主張詩文表現社會弊端，反映詩人憂國傷時感情，所以才有「詩史」美譽。

其次，杜甫注重詩歌內容的同時還注重語言的推敲錘鍊，講究詩歌聲韻格律。「陶冶性靈在底物，新詩改罷自長吟。(《解悶》其七)；「賦詩新句穩，不覺自長吟」(《長吟》)；是注重詩歌的遣詞造句。「覓句新知律」(《又示宗武》)；「遣辭必中律」(《橋陵詩三十韻》；「晚節漸於詩律細」(《遣悶戲呈路十

〔註80〕 楊伯峻譯注：《論語譯注》，北京：中華書局，1980 年，68 頁。

〔註81〕 劉勰著，范文瀾注：《文心雕龍注》，北京：人民文學出版社，1958 年，513 頁。

〔註82〕 鍾嶸著，曹旭箋注：《詩品箋注》，北京：人民文學出版社，2009 年，25 頁。

〔註83〕 仇兆鰲注：《杜詩詳注》，北京：中華書局，1979 年，1501 頁。

〔註84〕 仇兆鰲注：《杜詩詳注》，北京：中華書局，1979 年，674 頁。

〔註85〕 仇兆鰲注：《杜詩詳注》，北京：中華書局，1979 年，949 頁。

九曹長》），是他對詩歌格律的重視。同時，杜甫還重視詩歌章法結構安排，如：「文章曹植波瀾闊」〔註86〕，「波瀾獨老成」，〔註87〕中的「波瀾」都指文章章法。爲了追求完美，杜甫往往反覆推敲，慘淡經營。《寄劉峽州伯華使君四十韻》曰：「雕刻初誰料，纖毫欲自矜」〔註88〕，主張詩歌需千錘百鍊、細膩雕琢，「爲人性僻耽佳句，語不驚人死不休」。（《江上值水如海勢聊短述》）馬茂元《論〈戲爲六絕句〉》一文將杜甫這種文質並重文學思想概括爲「務華而不去實」。〔註89〕

　　「文」與「道」的關係，也是宋代文學家關注的問題。歐陽修主張「道盛文至」，強調「道」對「文」具有統領作用。王安石將文學與政治聯繫在一起，強調經世致用。宋代道學家的文道關係論表現爲重道輕文傾向，周敦頤提出「文以載道」觀點，程頤則進一步提出「作文害道」說，朱熹雖然強調文道合一，但他著重強調道爲本，文爲末。蘇軾反對道學家和政治家重道輕文做法，糾正了「重道輕文」傾向。他稱讚顏太初詩文說：「言必中當世之過」，〔註90〕要求文章要揭露現實，有補於世。早期他寫過大量政論文，揭露社會流弊，如《諫買浙燈狀》、《上皇帝書》等。但是，蘇軾的文並沒有淪爲「道」的附庸，他認爲文學有獨立的藝術和審美價值：「有道而不藝，物雖形於心，不形於手」。〔註91〕（《書李伯時山莊圖後》）蘇軾對藝術之「技」也同樣重視，認爲空講求「道」而不研求技藝，那麼即便內心能體認到「道」的真知，還是不能將之表述清楚。蘇軾主張先要通過博覽群書來提升「技」「藝」：「自孔子聖人，其學必始於觀書。」（《李氏山房藏書記》）「博觀而約取，厚積而薄發」。（《稼說送張琥》）表現在詩歌創作上，「技」主要指藝術表現力和創作技巧。蘇軾也重視詩律，如「傳家詩律細，已自過宗武」，（《夜坐與邁聯句》）「已分酒杯欺淺懦，敢將詩律鬥深嚴」。（《謝人見和前篇二首》）

　　用典方面，蘇軾不避俚俗，雅俗兼取。由於蘇軾認爲詩眼作用重要，故

〔註86〕仇兆鰲注：《杜詩詳注》，北京：中華書局，1979年，2040頁。
〔註87〕仇兆鰲注：《杜詩詳注》，北京：中華書局，1979年，110頁。
〔註88〕仇兆鰲注：《杜詩詳注》，北京：中華書局，1979年版，1719頁。
〔註89〕《杜甫研究論文集（三輯）·論〈戲爲六絕句〉》，北京：中華書局，1963年，172頁。
〔註90〕孔凡禮點校：《蘇軾文集》，北京：中華書局，1986年，313頁。
〔註91〕孔凡禮點校：《蘇軾文集》，北京：中華書局，1986年，2211頁。

對鍊字也尤爲重視。另外，蘇軾認爲，技爲創作的一種規律，而道爲客觀事物的規律，兩者相通相融，技中含道、道中融技，二者相輔相成。他在《跋秦少游書》中說：「技進而道不進，則不可，少游乃技、道兩進也。」〔註92〕藝術可以精妙地反映世間萬物與其中妙理。「技」可以將「道」形象化具體化，提升「技」的過程就是接近和展現「道」的過程。所以，蘇軾的詩論觀也是技道並重。

三、蘇軾詩學中道觀與杜甫詩學中庸觀之異

蘇軾和杜甫的折衷詩論都崇尚中和之美，文道並重，但由於二人受到儒釋思想的不同影響，二人對「道」的理解有所不同。杜甫詩論主要受儒家思想影響。孔子的理論是以「仁」爲核心的，中庸是「仁」思想的實踐。孔子關注的是現實社會，中庸作爲一種道德標準，是協調社會倫理關係的準則。而「中道」作爲佛教的修行準則，更指向無自性空，是追求個人解脫的途徑。以否定「邊見」，「不落二邊」爲其核心內容，是不執著於一端的辯證思維方法，與儒家中庸之道似而不同。兩者都強調不落兩邊，不走極端。儒家的「中庸」是對立面雙方的調和、折衷，如「質勝文則野，文勝質則史。文質彬彬，然後君子。」〔註93〕（《論語・雍也》）「《關雎》樂而不淫，哀而不傷」等，〔註94〕（《八佾》）「過猶不及」，主要指在生活中堅持適度原則。「中道」思想的終極追求是佛家的涅槃、實相，「無分別」狀態。「中庸」和「中道」思想中，皆賦予了「中」不偏不倚的含義。「中」，既不『過』，也不『不及』，於兩端取其中。由於儒家實用主義，「中庸」多指世間生活的不偏不倚，有很強的道德倫理意味。而「中道」由於建立在般若空體悟上，故多指修行方法和對事物規律把握。杜甫詩論中庸觀，主要受儒家思想影響，其所持的「道」主要指倫理道德範疇，有一定的實用和政治傾向性。蘇軾詩論中道觀由於受到佛道思想的影響，其道藝論把文從道中獨立出來，其「道」還指對事物的規律把握，具有本體論意義。

第一，杜甫詩學之中庸思想

中庸，是儒家哲學思想，主張不偏不倚。《論語》云：「中庸之爲德也，

〔註92〕 孔凡禮點校：《蘇軾文集》，北京：中華書局，1986年，2194頁。
〔註93〕 楊伯峻譯注：《論語譯注》，北京：中華書局，1980年，114頁。
〔註94〕 楊伯峻譯注：《論語譯注》，北京：中華書局，1980年，31頁。

其至矣乎！」〔註95〕《中庸》云：「喜怒哀樂之未發，謂之中」，朱熹注：「無所偏倚，故謂之中。」〔註96〕《論語》中，子貢問孔子，子張和子夏兩個人，誰強一些。孔子認爲，前者有些過分，後者有些趕不上，並認爲：「過猶不及」〔註97〕，過分和趕不上同樣不好，因爲沒有掌握適度原則。他爲舜能實現「執中」之道而推崇：「執其兩端，用其中於民」〔註98〕。蔡尚思總結孔子中庸體現：「『子溫而厲，威而不猛』，是他待人的中庸；『子釣而不綱，弋不射宿』，是他對物的中庸；季文子三思而後行，子聞之曰：『再，斯可矣』，是他做事的中庸；見危授命與，危邦不入，是他處理生死的中庸；師也過，商也不及，是他評價人物的中庸；樂而不淫，哀而不傷，是他審美的中庸；敬鬼神而遠之，是他對待鬼神的中庸；『周而不比』、『和而不同』，是他交友之道的中庸；既要親親，又要尚賢，是他選用人才的中庸；禮之用，和爲貴，是他治國之道的中庸。」〔註99〕儒家中庸觀與倫理政治息息相關。「仁政」是儒家「仁」思想的重要部分，也是儒家治人之道的政治體現。「弟子入則孝，出則弟，謹而信，泛愛眾而親仁。行有餘力，則以學文。」〔註100〕（《論語·學而》）孔子要求弟子們以孝悌、謹信、親仁等倫理道德爲先，故儒家詩論強調詩文的教化作用。其提出「詩，可以興，可以觀，可以群，可以怨」〔註101〕觀點，「觀」指詩歌「觀風俗之盛衰」功能，「群」指詩歌可以幫助人溝通感情，促進社會和諧，「怨」指詩有批判現實怨刺諷喻功用，「興觀群怨」說主要強調詩歌爲社會政治服務的教化功能。

杜甫出生於儒家世家。他追溯祖先：「傳之以仁義理智信，列之以公侯伯子男。」〔註102〕（《唐故萬年縣君京兆杜氏墓誌》）杜甫嚴守祖訓，終生服膺儒家思想，並以其作爲安身立命的根本。「不敢忘本，不敢違仁」。〔註103〕他的人生理想是「致君堯舜上，再使風俗淳」。在長安杜甫雖然被安史叛軍俘虜，但是並沒投降，而是冒著生命危險逃出追隨唐朝天子：「麻鞋見天子，衣

〔註95〕 楊伯峻譯注：《論語譯注》，北京：中華書局，1980年，114頁。
〔註96〕 朱熹注：《四書章句集注》，北京：中華書局，1983年，18頁。
〔註97〕 楊伯峻譯注：《論語譯注》，北京：中華書局，1980年，108頁。
〔註98〕 朱熹注：《四書章句集注》，北京：中華書局，1983年，19頁。
〔註99〕 蔡尚思：《孔子思想體系》，上海：上海人民出版社，1982年，115頁。
〔註100〕 楊伯峻譯注：《論語譯注》，北京：中華書局，1980年，4頁。
〔註101〕 楊伯峻譯注：《論語譯注》，北京：中華書局，1980年，183頁。
〔註102〕 仇兆鰲注：《杜詩詳注》，北京：中華書局，1979年，2229頁。
〔註103〕 仇兆鰲注：《杜詩詳注》，北京：中華書局，1979年，2217頁。

袖露兩肘」(《述懷》)，肅宗都被其感動。杜甫不僅愛國，還心繫人民、關心民眾生活。「三吏」、「三別」等關心民生疾苦作品在杜甫創作中佔了相當比例。晚年的杜甫雖然隱逸幽居，遠離政治，但是還心繫朝政和民生。正因為終身服膺儒家思想，成就了他「詩史」、「詩聖」美譽。「三吏」、「三別」、《北征》等作品，其中既可以「觀」——揭露批判社會問題；又可以「群」——使詩起到軍民融洽，共同平叛的效果；還可以「怨」——以詩來諷刺揭露社會弊端。葉燮《原詩》評杜詩：「隨舉其一篇，篇舉其一句，無處不可見憂國愛君」。〔註104〕杜甫心繫朝廷，未嘗一飯忘君。杜甫詩論也主要受儒家思想影響，在中庸思想影響下，杜甫論詩古今並重，文質兼取，創作則遵循「怨而不怒」、「哀而不傷」的中和美學要求。所以，杜甫詩論與儒家倫理政治息息相關，其出發點在修齊治平，有著較強的功利色彩和實用主義傾向，主要是儒家之道。

第二，蘇軾詩學之中道思想

　　蘇軾很多詩歌和杜甫一樣，關係到當時國計民生，他時常在詩歌中指責時弊，有現實主義一面。蘇軾承歐陽修衣缽，推動古文運動，師祧韓愈、柳宗元，力求借儒家正統文藝觀，挽狂瀾於既倒。在文道關係上，蘇軾繼承了歐陽修「道勝文至」文道觀，重視「道」作用。蘇軾認為鼂錯先生詩文：「皆有為而作，精悍確苦，言必中當世之過」〔註105〕，(《鼂錯先生詩集敘》)像藥石可以治病，五穀可以充饑一樣，對社會弊端起到療效。蘇軾也和杜甫一樣忠於國家，心憂黎民，寫了《驪山三絕句》、《新城道中二首》、《雪夜獨宿柏仙庵》、《五禽言五首》、《送子由使契丹》等反映現實的作品。但蘇軾將「道」範圍從儒家之道擴大到事物的普遍規律。「聖人知道之難言也，故借陰陽以言之，曰：『一陰一陽之謂道。』」〔註106〕明確提出以「應物」、「觀物」、「寓物」為道和致道方法：「夫道何常之有，應物而已矣。」〔註107〕他在《上曾丞相書》中說：「幽居默處而觀萬物之變，盡其自然之理，而斷之於中。」〔註108〕在《書黃道輔品茶要錄後》中說：「一物之變，可以盡南山之竹。」〔註109〕

〔註104〕葉燮著，霍松林校注：《原詩》，北京：人民文學出版社，1979年，45頁。
〔註105〕孔凡禮點校：《蘇軾文集》，北京：中華書局，1986年，313頁。
〔註106〕蘇軾：《東坡易傳》，上海：上海古籍出版社，1989年，120頁。
〔註107〕孔凡禮點校：《蘇軾文集》，北京：中華書局，1986年，173頁。
〔註108〕孔凡禮點校：《蘇軾文集》，北京：中華書局，1986年，1378頁。
〔註109〕孔凡禮點校：《蘇軾文集》，北京：中華書局，1986年，2067頁。

都意在說明道在物中，把「道」從神壇拉到日常生活中，認為「夫聖人之道，自本而觀之，則皆出於人情」。蘇軾一方面強調道在物中，人要體道，必須寓於物中，另一方面，蘇軾認為，有道無道並不在棄物不取，而在於是否為物所役：「君子可以寓意於物，而不可以留意於物。」〔註110〕（《寶繪堂記》）「物之來也，吾無所增，物之去也，吾無所虧。」〔註111〕（《江子靜字序》）蘇軾這種對待物的態度深得佛家之真諦，把世間萬物看作空與假有的統一，既沒有像汲取了道家營養的李白那樣「乘風歸去」，避世歸隱，也沒有像以儒家為主的士人那樣貶謫之後一蹶不振。頗有幾分「猶如木人看花鳥，何妨萬物假圍繞」的中道圓融達觀。正是佛家的中道思維使得他汲取三家思想，既有儒家的經世濟民、勇於敢為，又有道家的崇尚自然、怡情山水，更有佛家的以出世心態入世，心安即是歸處，隨遇而安的人生態度。蘇軾在《勝相院經藏記一首》序中說：「一切世間，無取無捨，無憎無惡，無可無不可。」〔註112〕他在《海月辯公真贊》中說：「人皆趨世，出世者誰？人皆遺世，世誰為之？有大士，處此兩間，非濁非清，非律非禪」〔註113〕，贊海月禪師深得中道之義，言語間不無欽慕。蘇軾在惠州時作《思無邪齋銘》闡釋「思無邪」：「明目直視而無所見，攝心正念而無所覺」〔註114〕，「有思」即無邪之思，「無所思」指不為外界紛煩瑣屑干擾。這樣的「有思而無所思」正是中道圓融境界。《前赤壁賦》中，儘管他在詞裏寫著「小舟從此逝，江海寄餘生」，但從未真正避世隱居，而始終在不入不出之間，「一蓑煙雨任平生」，達到「也無風雨也無晴」的中道境界。蘇軾突破了文章內容宣揚儒家之道侷限，更重視作品的藝術價值。正是得益於佛家的對待功利的淡泊，蘇軾會說：「靜故了群動，空故納萬境。」（《送參寥師》）「山川草木蟲魚之類，皆是供吾家樂事也。」〔註115〕（《記承天寺夜遊》）這就與世俗功利情感不同，「江上之清風，與山間之明月」，（《前赤壁賦》）成為他「取之無盡，用之不竭」的可樂之物。

〔註110〕 孔凡禮點校：《蘇軾文集》，北京：中華書局，1986 年，356 頁。
〔註111〕 孔凡禮點校：《蘇軾文集》，北京：中華書局，1986 年，332 頁。
〔註112〕 孔凡禮點校：《蘇軾文集》，北京：中華書局，1986 年，388 頁。
〔註113〕 孔凡禮點校：《蘇軾文集》，北京：中華書局，1986 年，638 頁。
〔註114〕 孔凡禮點校：《蘇軾文集》，北京：中華書局，1986 年，574 頁。
〔註115〕 孔凡禮點校：《蘇軾文集》，北京：中華書局，1986 年，2260 頁。

第三節　蘇軾詩學中道觀與皎然詩學中道觀

一、皎然詩學中道觀

　　皎然早年積極進取，嚮往仕途，其《五言述祖德贈湖上諸沈》云：「飽用黃金無所求，長裾曳地干王侯。」〔註116〕但卻四處碰壁，「空堂危坐」，滿腹憂愁。中年以後，先是修道，後轉為修佛：「一聞西天旨，初禪已無熱。涓子非我宗，然公有真訣。卻尋丘壑趣，始與纓紱別。」〔註117〕這裡的「然公」指的是湛然，是天台宗傳人。大概在三十五歲左右，皎然出家。

　　《詩式》中，皎然賦予詩歌以崇高地位。《詩式》序說：「夫詩者，眾妙之華實，六經之菁英」〔註118〕，對詩的價值高度認可。皎然詩論很大程度上得益於深湛的佛學修養。由於詩僧身份，皎然習慣以中道觀來思考詩學問題。《詩議》中說文章：「雖有態而語嫩，雖有力而意薄，雖正而質，雖直而鄙，……此所謂詩家之中道也。」〔註119〕正是以佛家中觀思想來分析詩歌創作。受佛家中道觀影響，皎然主張「不落二邊」，不執一端。從表面看，皎然「中道」觀和儒家「中和」美相似，但儒家「中和」美與政治道德密切聯繫，著眼點是文學社會功用；皎然詩論中道觀和蘇軾詩論中道觀頗為相似，立足於文學本位，注重文學批評和鑒賞方法論。

第一，皎然詩學中道觀創作論

　　皎然認為，要作出好詩，必須進行艱苦構思，但又認為理想的效果是渾成自然，不見雕刻斧鑿痕跡。這和蘇軾的平淡論有異曲同工之妙。皎然提出詩歌自然美是苦思之後自然：「詩不要苦思，苦思則喪於天真，此甚不然。……但貴成章以後，有易其貌，若不思而得也。」〔註120〕（《詩議》）苦思的目的是為了選出最能表達詩人思想感情的手法，經過艱苦經營，表達的內容是詩人內心感情的自然流露，所以看起來仍然自然，「行行重行行，與君生別離」，這樣的詩句，看似容易自然，其實是苦心經營的結果。「詩有二廢」云：「雖欲廢巧尚直，而思致不得置」，〔註121〕詩雖須廢巧飾尚質樸，但詩的質樸應是

〔註116〕皎然著，李壯鷹校注：《詩式校注》，北京：人民文學出版社，2003年，370頁。
〔註117〕皎然著，李壯鷹校注：《詩式校注》，北京：人民文學出版社，2003年，371頁。
〔註118〕皎然著，李壯鷹校注：《詩式校注》，北京：人民文學出版社，2003年，1頁。
〔註119〕皎然著，李壯鷹校注：《詩式校注》，北京：人民文學出版社，2003年，376頁。
〔註120〕皎然著，李壯鷹校注：《詩式校注》，北京：人民文學出版社，2003年，376頁。
〔註121〕皎然著，李壯鷹校注：《詩式校注》，北京：人民文學出版社，2003年，20頁。

經過構思錘鍊得出來的。《詩式》序云：「其作用也，放意須險，定句須難，雖取由我衷，而得若神授。」〔註122〕認爲要在「至難至險」的苦思狀態中取境，不同於賈島孟郊派詩人的苦吟，而是構思時要苦思，成篇後還須自然無斤削之痕。詩要創新，「險」就是必須的。「取境之時，須至難至險，始見奇句」〔註123〕，構思過程中要經過一番「苦思」，選景造境，苦思之後，神氣頓旺，佳句縱橫，最後達到自然平淡，不露斧痕：「有似等閒，不思而得」，從而達到「苦思」和「自然」完美統一。王璨的：「南登灞陵岸，回首望長安」，皎然認爲看似不悲，但仔細品味，卻痛苦至極：「察思則已極，覽詞則不傷」，〔註124〕能引起讀者共鳴。這樣的詩融苦思與自然爲一體。

第二，皎然詩學中道觀復變論

「通變」一詞，來自《周易‧繫辭》：「窮則變，變則通，通則久」，〔註125〕說明事物變化發展的道理。《文心雕龍‧通變》云：「憑情以會通，負氣以適變」〔註126〕，會通古今之文，使創作不斷煥發生機。繼承前人，善於變通，才不至於貧乏枯竭：「文律運周，日新其業。變則其久，通則不乏。」《詩式》中，皎然也提出復變觀：「反古曰復，不滯曰變。若惟復不變，則陷於相似之格」〔註127〕，強調復和變對創作重要性，認爲如果一味復古，就會陷於相似模式而無新意。反之，如果只是趨新而不能繼承，也是落於一邊。「復變二門，復忌太過」，於復於變，皎然主張取「中道」態度。一方面要和古人對話，向古人借鑒學習，但同時不應過分模擬古人，以免雷同：「復忌太過，詩人呼爲膏肓之疾，安可治也？」亦步亦趨，一味因襲模仿古人，藝術上缺少創新，是詩家大忌。他說：「不滯曰變」，〔註128〕變就是有所創新。他的《詩議》說：「若句句同區，篇篇共轍，名爲貫魚之手，非變之才也。」〔註129〕可以見出，皎然對於復古太過以致雷同不滿，但是，詩歌中的新變，又要把握適度，也不應該「太過」，最好呈現微妙的變化。他認爲如陳子昂「復多而

〔註122〕皎然著，李壯鷹校注：《詩式校注》，北京：人民文學出版社，2003年，1頁。

〔註123〕皎然著，李壯鷹校注：《詩式校注》，北京：人民文學出版社，2003年，39頁。

〔註124〕皎然著，李壯鷹校注：《詩式校注》，北京：人民文學出版社，2003年，376頁。

〔註125〕黃壽祺，張善文譯注：《周易》，上海：上海古籍出版社，2007年，390頁。

〔註126〕劉勰著，范文瀾注：《文心雕龍注》，北京：人民文學出版社，1958年，519頁。

〔註127〕皎然著，李壯鷹校注：《詩式校注》，北京：人民文學出版社，2003年，331頁。

〔註128〕皎然著，李壯鷹校注：《詩式校注》，北京：人民文學出版社，2003年，331頁。

〔註129〕皎然著，李壯鷹校注：《詩式校注》，北京：人民文學出版社，2003年，331頁。

變少」和沈佺期與宋之問的「復少而變多」都非理想狀態，而要允執厥中，亦復亦變。同樣是中道思維，皎然強調變而不失其正。這種中道思想，還反映在皎然的風格論上。

第三，皎然詩學中道觀風格論

皎然的「詩有四不」、「詩有二要」、「詩有六至」、「詩有四深」、「詩有四離」等詩學觀，「中道」思想始終一以貫之。皎然風格論中道觀有：「氣高而不怒，怒則失於風流；力勁而不露，露則傷於斤斧。」〔註130〕詩的氣格要高，但不能陷於叫囂怒罵，以免失去詩的風流韻致；筆力遒勁而不鋒芒外露，仍須以渾涵出之，如太顯露，則有斤斧斫削之痕；正是以中道思維方式，矯正詩歌風格之偏。「詩有二要」之「氣足而不怒張」意同於上面的「氣高而不怒」。「二廢」其一：「雖欲廢言而尚意，而典麗不得遺。」〔註131〕詩崇尚質樸，主張得言外之意，但又不是不經雕琢的粗陋，並不因此而排斥詩歌語言的典麗。「詩有四離」同樣以中道思維方式談論詩歌要避免的弊端。「雖尚高逸，而離迂遠；雖欲飛動，而離輕浮。」〔註132〕詩尚高逸的同時，要離「迂遠」之弊。詩中的「飛動」之勢靈動，但又要避免輕浮之弊。「詩有六至」之「至奇而不差；至麗而自然；至苦而無跡；至近而意遠；至放而不迂。」〔註133〕詩歌語言既要典麗，又要自然。「至苦而無跡」，皎然主張艱苦構思，但又要自然。「詩有四深」之「氣象氤氳，由深於體勢」；〔註134〕皎然認為好的詩歌應該「氣象氤氳」，詩的整體變化就像雲氣縈繞般，是體勢之深緣故。「詩有六迷」，即詩歌創作中六個「誤區」，即「以虛誕而為高古，以緩慢而為澹濘……以詭怪而為新奇；以爛熟而為穩約；以氣劣弱而為容易。」〔註135〕不應以虛妄荒誕之筆冒為高古之辭；不可以散緩蕪蔓而為沖淡之美，不可以詭怪冒充新奇等，也是風格論的中道。

另外，皎然詩論中道觀還多有體現。如「情多而不暗，暗則蹶於拙鈍；才贍而不疏，疏則損於筋脈。」詩人感情豐富，則容易沉溺於感情之中而表達不清，給人以拙頓之感，所以詩人既要感情豐富，又要表達流暢；多才之

〔註130〕皎然著，李壯鷹校注：《詩式校注》，北京：人民文學出版社，2003 年，17 頁。
〔註131〕皎然著，李壯鷹校注：《詩式校注》，北京：人民文學出版社，2003 年，20 頁。
〔註132〕皎然著，李壯鷹校注：《詩式校注》，北京：人民文學出版社，2003 年，22 頁。
〔註133〕皎然著，李壯鷹校注：《詩式校注》，北京：人民文學出版社，2003 年，26 頁。
〔註134〕皎然著，李壯鷹校注：《詩式校注》，北京：人民文學出版社，2003 年，18 頁。
〔註135〕皎然著，李壯鷹校注：《詩式校注》，北京：人民文學出版社，2003 年，24 頁。

士，往往不肯用心構思，使作品散漫不經。「雖有道情，而離深僻；雖用經史，而離書生」；認為詩中可以表達禪理，卻要避免晦澀。可以以學問入詩，但不能「殆同書鈔」，逞才炫學。「六至」之「至險而不僻」，作詩構思要新奇，但又反對失之冷僻生澀。「詩有四深」之：「用律不滯，由深於聲對；用事不直，由深於義類。」詩中韻律諧婉，由於詩人諳熟聲對；使事用典暗含其中而不發露，需要詩人對典故義類熟悉，也是用中道思維來闡析詩內在機理。皎然出於修行體會，把佛家中道思維方式用於揭示詩歌創作中若干問題，帶有很強針對性。其主張不落二邊，不執一端的思維方式，對於詩歌創作、批評以及詩歌意境、語言等問題起到了很好的糾偏作用。

二、蘇軾詩學中道觀與皎然詩學中道觀之同

　　蘇軾和皎然，一為詩僧，一自稱為居士，由於受佛學思想影響，皎然詩論中道觀和蘇軾試論中道觀都有尚意傾向，都形神兼取，其詩學觀都有中道思想的折射。

第一，尚意

　　皎然詩論中道觀重視意的重要性：「至近而意遠」，即言近旨遠。詩歌要貼近生活，又要有深遠之意。「意」，《說文解字》解釋：「意，志也，從心察言而知意也。」〔註 136〕就是人之心聲或人的思想。在文藝創作方面，「意」指創作者的精神內涵與藝術家審美旨趣。皎然《辯體有一十九字》釋「意」為「立言盤薄曰意。」〔註 137〕李壯鷹解釋為：「謂詩中之言，委婉曲折而不質直，故含深微之意。」〔註 138〕並把以下詩句列為含意之作品：「橘柚垂華實，乃在深山側。」（《古詩》）「甘泉無竹實，鵷雛欲還海。」「池塘生春草，園柳變鳴禽。」（謝靈運《登池上樓》）另外，曹植的《贈徐幹》，江淹《擬班婕妤詠團扇》，張衡《四愁詩》，阮籍《詠懷》詩，陶淵明《飲酒》詩等，皆歸為「意」之作。皎然認為創作構思過程關鍵是「勢」與「意」：「夫詩人作用，勢有通塞，意有盤礡」。〔註 139〕皎然解釋：「意有盤礡者，謂一篇之中，雖詞歸一旨，而興乃多端」〔註 140〕，就是詩人反覆涵詠，提煉出作品主題，並以

〔註 136〕許慎：《說文解字》，北京：中華書局，1963 年，217 頁。
〔註 137〕皎然著，李壯鷹校注：《詩式校注》，北京：人民文學出版社，2003 年，85 頁。
〔註 138〕皎然著，李壯鷹校注：《詩式校注》，北京：人民文學出版社，2003 年，85 頁。
〔註 139〕皎然著，李壯鷹校注：《詩式校注》，北京：人民文學出版社，2003 年，13 頁。
〔註 140〕皎然著，李壯鷹校注：《詩式校注》，北京：人民文學出版社，2003 年，13 頁。

「比興」手法表達出來，因此創作主要是「事類」和「情感」。「意度盤礡，由深於作用」，詩中的用意曲折而不質直，是由於「作用」之深，即創作構思之精微。皎然認為：「詩人意立變化，無有倚傍，得之者懸解其間。」〔註141〕拋開物象限制，才能很好地表達出感情。因為僧人身份，皎然尚靜崇遠，他的靜穆和幽遠之風的獨特之處在於「意中之靜」和「意中之遠」。皎然認為：「非如松風不動，林狖未鳴，乃謂意中之靜。」〔註142〕即詩整體意境之靜，即使詩中意象不是靜的，但給人靜謐意味，即是「意中之靜」。如謝靈運的「石淺水潺湲」；謝朓「喧鳥覆春洲」，「風動萬年枝」，宋之問「夜絃響明月」，「露濕寒塘草，月映清淮流。方抱新離恨，獨守故園秋。」雖是動景，卻是詩人恬寂心境的反映。皎然解釋「遠」是：「非如渺渺望水、杳杳看山，乃謂意中之遠。」〔註143〕「意中之遠」，即指詩中所體現的整體意境之高遠和作者超然之情。如「胡風吹朔雪，千里度龍山。」（鮑照《學劉公幹體》）「日落長沙渚，曾陰萬里生。藉蘭素多意，臨風默含情。」（江淹《登廬山香爐峰》）。「飛霜遙度海，殘月迴臨邊。」可見作者以「意」為主的審美取向。他受佛教唯心思想影響，認為萬象皆由心造：「如何萬象自心出，而心淡然無所營」，詩云：「吾知真相非本色，此中妙用君心得。」（《周長史昉畫毗沙門天王歌》）以「意」役「象」，「意」不但可以裁奪物象，還可以創造物象。打破「意」與「象」之間的平衡，走上主「意」詩學的道路，開宋人主「意」先聲。

宋代文藝重意。明代，董其昌說：「晉人書取韻，唐人書取法，宋人書取意。」劉熙載《藝概》說：「唐詩以情韻氣格勝，而宋蘇黃皆以意勝。」〔註144〕繆鉞評：「唐詩以韻勝，宋詩以意勝」，〔註145〕「意」，是蘇軾欣賞、評價各種藝術的價值尺度。朱靖華認為：「作為一個『體兼眾妙』的藝術綜合論者，『意』在綜合論中的關鍵作用，是蘇軾……建構藝術精品、發展創造思維的基石」。〔註146〕蘇軾在《既醉備五福論》中說：「夫詩者，不可以言語求

〔註141〕皎然著，李壯鷹校注：《詩式校注》，北京：人民文學出版社，2003年，359頁。
〔註142〕皎然著，李壯鷹校注：《詩式校注》，北京：人民文學出版社，2003年，71頁。
〔註143〕皎然著，李壯鷹校注：《詩式校注》，北京：人民文學出版社，2003年，71頁。
〔註144〕劉熙載：《藝概》，上海：上海古籍出版社，1978年，49頁。
〔註145〕繆鉞：《詩詞散論》，上海：上海古籍出版社，1982年，36頁。
〔註146〕朱靖華：《蘇軾的綜合論及綜合研究蘇軾》，《中國人民大學學報》，2002年第3期，114頁。

而得，必將深觀其意焉」，批評李、杜之後詩人：「雖有遠韻，而才不逮意」
〔註147〕（《書黃子思詩集後》）。晚年，他講作文之法：「天下之事，散在經、
子、史中，不可徒得，必有一物以攝之……意是也。」〔註148〕指出「意」是
作文的關鍵和宗旨，散在經史子集中的材料，必須立意才能爲己所用。所以
他說：「筆力曲折，無不盡意。」《書朱象先畫後》中說：「文以達吾心，畫以
適吾意」〔註149〕。「善畫者畫意不畫形，善詩者道意不道名」。書法上，蘇軾
同樣把「意」作爲重點，注重內在精神的追求：「我書意造本無法，點畫信手
煩推求」。〔註150〕（《石蒼舒醉墨堂》）

　　「寫意」要求作者抓住與主體相契合的事物特徵，抒發作者主觀感情、
意趣，表現作者審美理想。寫意不力求對表現對象作精確描繪，而主要突出
作者主觀感受：「但抒我胸中逸氣」，以意率境，主要表現作者審美理想或精
神品格。皎然、蘇軾尚意詩論明顯受到佛教唯心主義思想影響。

第二，形神並重

　　皎然風格論中，體現著形與神辯證統一的中道精神。在概括某種風格特
色時，皎然往往把神看做是主導的決定因素，如高、逸、遠、靜等。皎然解
釋「靜」、「遠」風格說：「靜，非如松風不動，林狖未鳴，乃謂意中之靜。
遠，非如渺渺望水，杳杳看山，乃謂意中之遠」。〔註151〕「松風不動，林狖未
鳴」，是意象之靜，而「意中之靜」，指作品整體意境。前者是形，後者是
神，是詩歌的主體風格。如「石淺水潺湲，日落山照耀」（謝靈運《七里
瀨》），「魚戲新荷動，鳥散餘花落」（謝朓《直中書省》），外在的平淡寧靜是
詩人淡泊平和心態的體現。同樣，「渺渺望水，杳杳看山」，是意象之遠，「意
中之遠」，指詩歌意境高遠，亦指詩人在詩中所寄託的超遠之情。前者是形，
後者是神，詩人內在感情通過外在形象來表達，神主形。如「胡風吹朔雪，
千里度龍山」（鮑照《學劉公幹體》），「雲去蒼梧野，水還江漢流」（謝朓《別
范零陵》）。意象是意境載體。皎然詩論中的風格，往往是形與神的統一。「詩
有六迷」條云：「以虛誕而爲高古；以緩慢而爲澹寧；以錯用意而爲獨善；以

〔註147〕孔凡禮點校：《蘇軾文集》，北京：中華書局，1986 年，2124 頁。
〔註148〕葛立方：《韻語陽秋》，北京：中華書局，1981 年，101 頁。
〔註149〕孔凡禮點校：《蘇軾文集》，北京：中華書局，1986 年，2211 頁。
〔註150〕孔凡禮點校：《蘇軾文集》，北京：中華書局，1986 年，236 頁。
〔註151〕皎然著，李壯鷹校注：《詩式校注》，北京：人民文學出版社，2003 年，71 頁。

詭怪而為新奇；以爛熟而為穩約；以氣劣弱而為容易」，〔註152〕即是「形」與「神」的錯位。把虛妄當高古，緩慢當沖淡，邪僻之思當特立不俗，詭怪當新奇，陳腐濫調當穩約，氣勢衰弱當氣盛言宜，是對「高古」、「沖淡」、「獨善」、「新奇」、「穩約」、「容易」六種風格認識的偏差。外在的「形」與內在的「神」相符合，才是上乘之作。這種形與神的要求，同樣是中道思想體現。

蘇軾也重視形神辯證統一，揭示形神之間不即不離、相輔相成關係。蘇軾曾大量論及形似重要性。胡仔《苕溪漁隱叢話》曾云蘇軾作《病鶴詩》：「於『三尺長脛瘦軀』，『瘦』字前加一『閣』字：『儼然如見病鶴矣。』」〔註153〕可見蘇軾體物傳神之妙。寫舟中觀景：「水枕能令山俯仰，風船解與月徘徊。」（《六月二十七日望湖樓醉書》）躺船靜觀，但見遠山俯仰，不覺畫船飄蕩。以船為參照物的視角，形象地寫出了自由、愜意的心態，寓意隨緣自適的生活態度。又如：「微風萬頃靴文細，斷霞半空魚尾赤。」（《遊金山寺》）靴皺喻水紋，細因微風，「魚尾赤」形容「斷霞」，「半空」，應落日之景，水波粼粼，江天霞染。蘇軾重形，更重視神。略形攝神、捨言取意是中國美學一大特徵。東晉顧愷之最早提出「以形寫神」的觀點。蘇軾《以書陳懷立傳神》繼承了顧愷之觀點：「凡人意思，各有所在。或在眉目，或在鼻口，虎頭云：『頰上加三毛，覺精彩殊勝』。」〔註154〕在顧愷之傳神論基礎上，蘇軾提出「意思」的說法，人的個性特徵不同，其外在表現也不同，創作應深入到人的精神個性之中。他認為藝術的極致，應當是體現神：「論畫以形似，見與兒童鄰。……邊鸞雀寫生，趙昌花傳神。」〔註155〕（《書鄢陵王主簿所畫折枝二首》）繪畫只求形似，作詩止於摹物，都比較淺顯，唐代邊鸞、宋代趙昌畫花鳥，都比不上王主簿畫的折枝形神兼備。文與可畫的墨竹，不僅「根莖節葉」千變萬化，而且透露出「條達遂茂」的原因，是因為作者在繪畫過程中，融進了自己對「物理」把握。蘇軾讚美李公麟畫馬：「不獨畫肉兼畫骨。」（《次韻吳傳正〈枯木歌〉》）李公麟不僅畫出了馬的外表，還把握了馬的內在精神和個性。《評詩人寫物》云：「『桑之未落，其葉沃若。』他木殆不可以當此。

〔註152〕皎然著，李壯鷹校注：《詩式校注》，北京：人民文學出版社，2003年，24頁。
〔註153〕胡仔纂集，廖德明校點：《苕溪漁隱叢話‧前集》，北京：人民文學出版社，1962年，284頁。
〔註154〕孔凡禮點校：《蘇軾文集》，北京：中華書局，1986年，2214頁。
〔註155〕孔凡禮點校：《蘇軾文集》，北京：中華書局，1986年，1526頁。

林逋《梅花》詩云：『疏影橫斜水清淺，暗香浮動月黃昏。』決非桃李詩。皮日休《白蓮花》詩云：『無情有恨何人見，月曉風清欲墮時。』決非紅梅詩。」〔註156〕「桑之未落」二句，以飽滿的桑葚和桑葉比喻女子年輕美貌。林逋以「疏影」、「暗香」形容梅花幽潔孤雅神韻。「無情有恨」二句，以白蓮花摹孤清幽怨神韻，都是體物傳神之作。《論書》曰：「書必有神、氣、骨、肉、血」〔註157〕，其中神、氣、骨指書法的神，肉、血則是形。形與神互相滲透，方能使作品得整體美感。

　　佛教中道反對邊見，主張不落兩邊。正是受到佛家思想影響。皎然、蘇軾詩論取其中道，不偏不倚，文質並重，形神皆尚，皆尚意、尚理、尚靜。蘇軾詩論中道觀和皎然詩論中道觀從儒家政教觀中剝離出來，其著眼點是詩歌內部規律，是一種文學批評和鑒賞方法論，側重於詩歌美學層面。但由於二人身份不同，一為僧人，一為居士，所受佛教思想影響程度不同，二人詩論中道觀又各有千秋。

三、蘇軾詩學中道觀與皎然詩學中道觀之異

第一，平淡自然與苦思自然

　　同樣崇尚自然詩風，蘇軾尚平淡自然，皎然尚苦思自然。和蘇軾一樣，皎然也崇尚自然詩風，主張「語與興驅，勢逐情起」，〔註158〕隨著情興的自然抒發而遣語造勢。讚歎謝靈運文章：「真於情性，尚於作用」〔註159〕。皎然從崇尚自然出發，認為聲律會束縛詩人情性自然抒發：「律家之流，拘而多忌，失於自然」〔註160〕，他讚美曹植「不拘對屬」。《詩式》中，皎然以詩歌「不用事」為第一格，「詩有五格：不用事第一……」〔註161〕認為過多用典會傷害詩歌自然之美，破壞詩人情感自然抒發。他認為，若拘於用事，會傷害詩歌天真自然之美。曹植的「高臺多悲風」，謝靈運的「明月照積雪」都是自然天成的好詩句。皎然觀點與鍾嶸提倡「直尋」、反對用典思想一脈相承。皎然崇尚的自然美，和蘇軾主張一樣，都是反覆推敲錘鍊後的自然。「其作用也，放

〔註156〕孔凡禮點校：《蘇軾文集》，北京：中華書局，1986年，2143頁。
〔註157〕孔凡禮點校：《蘇軾文集》，北京：中華書局，1986年，2183頁。
〔註158〕皎然著，李壯鷹校注：《詩式校注》，北京：人民文學出版社，2003年，110頁。
〔註159〕皎然著，李壯鷹校注：《詩式校注》，北京：人民文學出版社，2003年，118頁。
〔註160〕皎然著，李壯鷹校注：《詩式校注》，北京：人民文學出版社，2003年，223頁。
〔註161〕皎然著，李壯鷹校注：《詩式校注》，北京：人民文學出版社，2003年，93頁。

意須險，定句須難，雖取由我衷，而得若神授」〔註162〕，「取境之時，需至難至險……成篇之後……有似等閒不思而得」〔註163〕。因此，皎然的「自然」是苦心經營的自然，「至苦而無跡」。〔註164〕「苦」，指詩人在創造藝術形象時付出的艱辛勞動，無論遣詞造句還是謀篇布局，都精心思考，使作品形式完美。由於皎然僧人身份，佛門崇尚空寂、超脫現實的審美取向使得皎然將高、逸詩風置於諸體之首。「風韻朗暢曰高」，即以自然暢達的語言表達清高脫俗的情思。如陶淵明「山氣日夕佳，飛鳥相與還。」左思「振衣千仞岡，濯足萬里流」等，表現了作者高雅脫俗志趣。皎然和蘇軾一樣追求人工努力後的自然，但他的自然觀更側重於苦思自然，更側重於文章形式的錘鍊與推敲。

蘇軾平淡自然與皎然苦思自然不同之處在於，蘇軾的平淡自然多得益於生活的磨煉，其底蘊是人生態度的平和淡泊。是超越了雕潤綺麗的老成風格，更是一種成熟的人生境界，是文字與胸襟的雙重磨煉。蘇軾的《與二郎侄書》中說：「漸老漸熟，乃造平淡。」〔註165〕是由「氣象崢嶸」到思想和藝術的雙重成熟，很大程度得益於心境的平和淡泊。「烏臺詩案」後，生活的挫折，磨平了蘇軾曾經高昂的政治理想，轉而追求心靈的安適。蘇軾與陶淵明區別在於，陶淵明人格追求到生存方式基本是老莊思想的實踐者，借助回歸自然的生活方式來實現其以自然為旨趣的人格追求。蘇軾並沒有以犧牲社會價值來換取個體精神價值實現，受禪宗出世入世不二思想影響，他使二者並行不悖。社會價值層面上，盡自己所能利國利民；個體精神層面上，保持平和愉悅的心境和自由的審美心靈。蘇軾的平淡自然是人格、性情的自然流露，是真實生活的寫照。所以蘇軾平淡自然比皎然苦思自然多了一份煙火氣息，多了一份世俗生活的趣味。

第二，皎然詩論中道觀之法度與蘇軾詩論中道觀之新意

皎然和蘇軾都重視法度和創新，但皎然詩論中道觀偏於強調法度，而蘇軾詩論中道觀則創新意味更強。皎然也主張創新，反對模擬。強調直尋，不依傍經史；不拘泥於工整等，但皎然詩論更重視法度。因為皎然是僧人，虔

〔註162〕皎然著，李壯鷹校注：《詩式校注》，北京：人民文學出版社，2003 年，1 頁。
〔註163〕皎然著，李壯鷹校注：《詩式校注》，北京：人民文學出版社，2003 年，30 頁。
〔註164〕皎然著，李壯鷹校注：《詩式校注》，北京：人民文學出版社，2003 年，21 頁。
〔註165〕孔凡禮點校：《蘇軾文集》，北京：中華書局，1986 年，2523 頁。

誠信奉佛法。《皎然集》中詩大多是證性談禪之作，清新、自然，選用水、月、山溪、雲、寒山、幽竹等意象，形成清冷、幽遠之氛圍。如《溪上月》、《南池雜詠五首‧寒竹》、《聞鐘》等。他的樂府詩《從軍行》、《塞下曲》，也只是沿襲舊題，並不是對征戰生活有真實感受。他說自己作文章，是為闡明佛理，怡悅性情：「理心之外，或有所作，意在適情性，樂云泉。」〔註166〕（《贈李舍人使君書》）如果說，佛家的心性思想為蘇軾所用，成就了他「心安即是歸處」的樂觀與曠達，那麼在皎然這裡，佛家思想，切切實實形成了他世界觀。他認為謝靈運詩之所以能「發皆造極」，是得於「空王之道助」緣故；受佛家唯心主義影響，他認為創作本源在於詩人心性，強調詩人先驗「天機」對創作決定作用。因此，他論詩不重社會內容，對陳子昂關心國事民生詩不予重視，讚賞謝靈運、陶潛等抒寫日常詩。所以，皎然論詩重點，在詩的形式方面，注重亦步亦趨的法度。「詩式」，式者，法式也，即作詩應當遵從的法度。其「四不」、「四深」、「二要」、「二廢」、「四離」等詩論中道觀多著眼於創作之法度，形成較為系統的「作用」論。皎然認為創作更重要是要艱苦構思，搜羅萬象，追求「意古辭新」，「精思一搜，萬象不能藏其巧。」〔註167〕詩人通過構思將宇宙萬象美表現出來，「作用」的要義在於以精思搜萬象。「作者措意，雖有聲律，不妨作用」〔註168〕，皎然借用《神仙傳》故事，強調謀篇布局運思立意作用。壺公跳入壺中，在其中自由自在地遊動。壺是體，比喻詩人、物境所在之體，壺公好像詩人的意，意在壺中的遊動，也即壺之用。「尚於作用」詩學觀貫穿在《詩式》中。「詩有四深」，從「體勢」、「作用」、「聲對」和「用事」四方面展開，幾乎囊括了詩有「四不」、「二要」、「二廢」、「六離」和「六至」等「詩家之中道」內容，可謂是「詩家之中道」綱領。這也是盛唐詩論重「意興」向中唐詩論尚「作用」的轉變。

「法」，是前人經過漫長探索而得到的法則，一旦確立並定型化之後，促使人們以之為典範和準則。時過境遷，當設立「法」的環境發生變化，「法」便慢慢顯出它的侷限性並變得僵化，這時的「法」就會束縛創作。蘇軾也講究法度，蘇軾認為，在學詩開始階段，要效法以前的典範作品，遵循前人法度。《謝館職啓》說：「唯任己以真前，學師心而無法。」〔註169〕《上曾丞相

〔註166〕皎然：《皎然集》，四部叢刊初編影印本，北京：商務印書館，1929年。
〔註167〕皎然著，李壯鷹校注：《詩式校注》，北京：人民文學出版社，2003年，1頁。
〔註168〕皎然著，李壯鷹校注：《詩式校注》，北京：人民文學出版社，2003年，13頁。
〔註169〕孔凡禮點校：《蘇軾文集》，北京：中華書局，1986年，1326頁。

書》云：「幽居默處而觀萬物之變，盡其自然之理而斷之於中。」〔註170〕和亦步亦趨的法度相比較，蘇軾更強調創新，強調獨出機杼，自成一家。「出新意於法度之中」。蘇軾書法受顏眞卿等人影響，但卻能超越唐人，自成一家。《書黃子思詩集後》中說：「至唐顏、柳，始集古今筆法而盡發之，極書之變，……至於詩亦然」〔註171〕，強調在繼承前人基礎上創新。蘇軾楷書剛健挺拔，用墨豐腴肥厚，富於變化，使人感到蘇軾楷書自然靈動。蘇軾認爲，既要以前人之「法」爲基礎，更要在此基礎之上跳出來，提出了「無法之法」觀點。《跋王荊公書》中說：「荊公書得無法之法」〔註172〕，別人不容易學。在《評草書》中說：「吾書雖不甚佳，然自出新意，不踐古人」〔註173〕，都是強調創作不拘成法，自出新意。蘇軾文學創作同樣不拘成法、大膽創新，在詩歌領域，「以文爲詩」、「以議論爲詩」、「以才學爲詩」，開創了不同於唐詩風貌的宋詩體制。他創作豪放詞，《念奴嬌・赤壁懷古》，氣勢雄渾，詞境壯闊，具磅礡陽剛之美。打破「詩莊詞媚」攀籬，以詩爲詞，有慷慨激昂之氣。胡寅在《題酒邊詞》評：「一洗綺羅香澤之態，擺脫綢繆宛轉之度」，道出蘇軾詞突破性變革。嚴羽《滄浪詩話》說：「至東坡、山谷始出己意以爲詩，唐人之風變矣。」〔註174〕和皎然亦步亦趨的法度、技巧、苦思相比，蘇軾的創作多了一份靈動和對生活的熱愛，創新意味更濃。和皎然把佛教當作信仰不同，蘇軾多是借佛教思想化爲己用，以消解政治失意的苦悶。蘇軾學佛，並不影響他對現實生活乃至貶謫生活的熱愛。

〔註170〕孔凡禮點校：《蘇軾文集》，北京：中華書局，1986年，1378頁。

〔註171〕孔凡禮點校：《蘇軾文集》，北京：中華書局，1986年，2124頁。

〔註172〕孔凡禮點校：《蘇軾文集》，北京：中華書局，1986年，2179頁。

〔註173〕孔凡禮點校：《蘇軾文集》，北京：中華書局，1986年，2183頁。

〔註174〕嚴羽著，郭紹虞校釋：《滄浪詩話校釋》，北京：人民文學出版社，1962年，24頁。

第六章　蘇軾詩禪論

關於詩與禪關係，蘇軾說：「哪能廢詩酒，亦未妨禪寂。」（《次王鞏韻》）「詩法不相妨」，「暫借好詩消永夜，每逢佳處輒參禪。」（《夜直玉堂攜李之儀端叔詩百餘首，讀至夜半，書其後》）創作上，蘇軾經常以禪入詩或以詩融禪。

第一節　蘇軾「禪詩」辨正

現將蘇軾禪詩概括為以禪語入詩，以禪理入詩、以禪趣入詩，以禪境入詩四類，擇其要而分析之。

一、以禪語入詩

嚴羽《滄浪詩話》中評宋詩：「以才學為詩」〔註1〕，蘇軾常在作品中引用佛教經典，但有的作品雖然引用了佛家典故及佛教用語，細究其實，卻與佛教思想沒有關聯。

元豐元年（1078），參寥赴徐州訪蘇軾，蘇軾作《次韻潛師放魚》：「法師說法臨泗水，無數天花隨麈尾。」〔註2〕借用佛典讚歎參寥說法有感染力。《與參寥師行園中，得黃耳蕈》：「遣化何時取眾香，法筵齋缽久淒涼。」〔註3〕用維摩詰遣化取香飯典故，比喻參寥教誨有如香界之飯食，受用不盡。《趙閱道

〔註1〕 嚴羽著，郭紹虞校釋：《滄浪詩話校釋》，北京：人民文學出版社，1983年版，26頁。
〔註2〕 王文誥輯注，孔凡禮點校：《蘇軾詩集》，北京：中華書局，1982年，882頁。
〔註3〕 王文誥輯注，孔凡禮點校：《蘇軾詩集》，北京：中華書局，1982年，903頁。

高齋》：「超然已了一大事，掛冠而去眞秋毫。」〔註4〕讚歎趙抃勘破世事，視功名富貴如逆旅的覺悟。「超然已了一大事」，《法華經》：「云何名諸佛世尊唯以一大事因緣故出現於世？」〔註5〕蘇軾暗用典故，讚歎趙抃如佛陀般開示眾生。《書摩公詩後》：「但嗟濁惡世，不受龍象蹴。……霜顱隱白毫，鎖骨埋青玉。皆云似達摩，隻履還西竺。壁閒餘清詩，字勢頗拔俗。爲吟五字偈，一洗凡眼肉。」〔註6〕「龍象蹴」，比喻菩薩以威德教化、開導眾生。《維摩詰經》：「譬如龍象蹴踏」〔註7〕。「白毫」，傳佛祖眉間有白毫，如日正中，用達摩西化典故。全詩佛語皆爲讚歎僧人寶摩爲有道高僧，並未表達禪理。蘇軾與王詵交好，王得耳疾，蘇軾作《次韻王都尉偶得耳疾》勸慰：「聰明不在根塵裏，藥餌空爲婢僕憂。」〔註8〕借佛語勸慰他，六根，即眼耳鼻舌身意，六塵，即色聲香味觸法。言外之意是，沒有世俗之事纏繞，倒也瀟灑自在，立意獨特。《乞數珠一首贈南禪湜老》：「未敢轉千佛，且從千佛轉。」〔註9〕化用《壇經》「心迷法華轉，心悟轉法華」典故。〔註10〕《侄安節遠來夜坐三首》其一：「遮眼文書元不讀，」〔註11〕貶謫黃州後，蘇軾還未從沉重打擊中擺脫出來，用《景德傳燈錄》藥山惟儼禪師云讀經：「只圖遮眼」典故：「有僧問：『和尚尋常不許人看經。爲什麼卻自看？』師曰：『我只圖遮眼。』」〔註12〕巧妙表達出貶謫黃州不能簽書公事的尷尬無聊處境。

二、以禪境入詩

禪宗一向講求不立文字，教外別傳，這種特點，正與唐詩的「不著一字，盡得風流」，「言有盡而意無窮」含蓄蘊籍的審美追求相互一致。蘇詩中呈現出澄澈空靈、靜寂清寒禪境的，多是描述清幽的環境。如「但聞煙外鐘，不見煙中寺。幽人行未已，草露濕芒履。惟應山頭月，夜夜照來去。」〔註13〕意境幽遠。「拾薪煮藥憐僧病，掃地焚香淨客魂。」〔註14〕清修的環

〔註4〕王文誥輯注，孔凡禮點校：《蘇軾詩集》，北京：中華書局，1982年，991頁。
〔註5〕《法華經》，《大正藏》9冊，7頁上。
〔註6〕王文誥輯注，孔凡禮點校：《蘇軾詩集》，北京：中華書局，1982年，1023頁。
〔註7〕《維摩詰所說經》，《大正藏》14冊，547頁上。
〔註8〕王文誥輯注，孔凡禮點校：《蘇軾詩集》，北京：中華書局，1982年，150頁。
〔註9〕王文誥輯注，孔凡禮點校：《蘇軾詩集》，北京：中華書局，1982年，2432頁。
〔註10〕《壇經》，《大正藏》48冊，355頁中。
〔註11〕王文誥輯注，孔凡禮點校：《蘇軾詩集》，北京：中華書局，1982年，1094頁。
〔註12〕《景德傳燈錄》，《大正藏》51冊，311頁中。
〔註13〕王文誥輯注，孔凡禮點校：《蘇軾詩集》，北京：中華書局，1982年，380頁。

境，蘊含禪意。《雪齋》：「人間熱惱無處洗，故向西齋作雪峰。我夢扁舟入吳越，長廊靜院燈如月……惟見空庭滿山雪。」〔註 15〕「熱惱」即佛家語，指逼於劇苦而焦灼煩惱。《佛本行集經》卷三十五：「除滅一切熱惱諸苦。」〔註 16〕寫景之句，雪齋寂然無人，白雪皚皚，清冷寂靜之感亦是作者內心的反映，深蘊禪意。元豐二年（1079）端午，蘇軾賞玩於湖州諸寺，歸來耿耿難寐，作《端午遍遊諸寺得禪字》：「焚香引幽步，酌茗開淨筵。……忽登最高塔，眼界窮大千。」〔註 17〕全詩無一字論禪，卻又似乎處處透露出禪思。

這種以禪境入詩還體現在詞境上，如：「暮雲收盡溢清寒，銀漢無聲轉玉盤。」（《陽關曲・中秋作》）「一葉舟輕，雙槳鴻驚，水天清、影湛波平。」「桂魄飛來，光射處，冷浸一天秋碧。」（《念奴嬌》）「明月如霜，好風如水，清景無限。」（《永遇樂》）「夜闌風靜欲歸時，惟有一江明月、碧琉璃。」（《虞美人》）詞中的清冷意境，彷彿濾去了世俗紛擾，在水清月明氛圍中，一切都那樣寧靜和諧，纖塵不染。禪賦予蘇詞超塵脫俗境界，洗盡鉛華和脂粉氣息，形成他獨特的清曠詞風。

三、以禪理入詩

北宋時代，文字禪興起，禪宗由不立文字，到文字禪，詩歌領域由不著文字到議論為詩、才學為詩，正反映了禪宗這種變化。議論為詩、才學為詩等詩風形成，正與禪宗史發展到北宋時期情況不謀而合，蘇軾禪詩的精華在於以禪理入詩，既有人生如夢感慨，也有渴望解脫的願望，還有心安即是歸處的達觀，以及對禪的種種體悟，這也是蘇軾禪詩的主要部分。

（一）人生如夢之感慨

「人生如夢」主題，在蘇軾詩中反覆出現。早年，蘇軾的虛幻感還帶有幾分為賦新詞強說愁的意味。如《和子由澠池懷舊》：「人生到處知何似？應似飛鴻踏雪泥。」〔註 18〕語氣較為平淡，滄桑變幻之感是由外物觸發。《吉祥寺僧求閣名》：「過眼榮枯電與風，久長那得似花紅。上人宴坐觀空閣，觀

〔註 14〕 王文誥輯注，孔凡禮點校：《蘇軾詩集》，北京：中華書局，1982 年，390 頁。
〔註 15〕 王文誥輯注，孔凡禮點校：《蘇軾詩集》，北京：中華書局，1982 年，927 頁。
〔註 16〕 《佛本行集經》，《大正藏》3 冊，817 頁中。
〔註 17〕 王文誥輯注，孔凡禮點校：《蘇軾詩集》，北京：中華書局，1982 年，951 頁。
〔註 18〕 王文誥輯注，孔凡禮點校：《蘇軾詩集》，北京：中華書局，1982 年，96 頁。

色觀空色即空。」〔註19〕也是應景之作。這樣由景物引發的人生如夢感慨很多，「已將世界等微塵，空裏浮花夢裏身。」〔註20〕「寓世身如夢，安閒日似年。」「所遇孰非夢，事過吾何求。」《百步洪》詩稱：「紛紛爭奪醉夢裏，豈信荊棘埋銅駝」；〔註21〕只是這時的感慨大多由外在事物引起。隨著年歲的增長和閱歷的增加，人生夢幻之感漸漸化爲蘇軾眞實感觸。元豐二年（1079），蘇軾知湖州軍州事。南遷途中，寄詩予蘇轍：「吾生如寄耳，寧獨爲此別。別離隨處有，悲惱緣愛結。」〔註22〕佛教裏眾生行殺、盜、淫、妄等不善，由此流轉三界，不能出離，稱愛結。《大集經》卷三：「煩惱因緣受業果，諸見因緣增愛結。」〔註23〕再如：「人似秋鴻來有信，事如春夢了無痕」；「閉眼種觀夢幻身」。〔註24〕（《次韻王廷老退居見寄》）「人間何者非夢幻」，〔註25〕（《四月十一日初食荔支》）《天竺寺》：「四十七年眞一夢，天涯流落淚橫斜。」〔註26〕「烏臺詩案」和黃州之貶後，蘇軾「人生如夢」感慨成爲詩中反覆吟唱的旋律：「舊遊空在人何處，二十三年眞一夢。」（《送陳睦知潭州》）《念奴嬌‧赤壁懷古》：「人生如夢，一樽還酹江月」。「陰晴朝暮幾回新，已向虛空付此身。」（《望雲樓》）「千里孤帆又獨來，五年一夢誰相對。」（《龜山辯才師》）蘇軾任職密州時，經常到常山遊玩，作《再過常山和昔年留別詩》：「哪知夢幻軀，念念非昔人。」〔註27〕《登州海市》：「心知所見皆幻影，敢以耳目煩神工。」〔註28〕借海市蜃樓之幻象寓意人生虛幻之感。元豐八年（1085）六月，蘇軾復朝奉郎，十月底登州任，詔以禮部郎中召還，十二月遷起居舍人。一年內幾經遷徙，詩人身心疲憊：「遊仙夢覺月臨幌，賀雨詩成雲滿山。憐我白頭來仗下，看君黃氣發眉間。」（《次韻穆父舍人再贈之什》）宋哲宗元祐二年（1087），蘇軾任翰林學士，可謂一生中最輝煌時刻，但由於之前的貶謫和打擊，蘇軾對待富貴和榮華有著較爲清醒認識：「再

〔註19〕 王文誥輯注，孔凡禮點校：《蘇軾詩集》，北京：中華書局，1982年，331頁。
〔註20〕 王文誥輯注，孔凡禮點校：《蘇軾詩集》，北京：中華書局，1982年，392頁。
〔註21〕 王文誥輯注，孔凡禮點校：《蘇軾詩集》，北京：中華書局，1982年，891頁。
〔註22〕 王文誥輯注，孔凡禮點校：《蘇軾詩集》，北京：中華書局，1982年，935頁。
〔註23〕 《大方等大集經》，《大正藏》13冊，17頁上。
〔註24〕 王文誥輯注，孔凡禮點校：《蘇軾詩集》，北京：中華書局，1982年，890頁。
〔註25〕 王文誥輯注，孔凡禮點校：《蘇軾詩集》，北京：中華書局，1982年，2121頁。
〔註26〕 王文誥輯注，孔凡禮點校：《蘇軾詩集》，北京：中華書局，1982年，2056頁。
〔註27〕 王文誥輯注，孔凡禮點校：《蘇軾詩集》，北京：中華書局，1982年，1381頁。
〔註28〕 王文誥輯注，孔凡禮點校：《蘇軾詩集》，北京：中華書局，1982年，1387頁。

入都門萬事空，閒看清洛漾東風。當年帷幄幾人在，回首觚稜一夢中。」
（《送杜介歸揚州》）如果說之前的人生如夢之感帶有幾許失落的哀傷，這時
卻多了幾分理性與從容。「紛紛榮瘁何能久，雲雨從來翻覆手。」（《次韻三舍
人省上》）元祐三年（1088）秋，蘇軾與黃庭堅、秦觀唱和而作《虛飄飄》：
「虛飄飄，比浮名利猶監牢。」〔註29〕世俗名利富貴猶如過眼雲煙，人生虛
幻不實。

（二）尋求解脫之願望

　　困於官場，跌宕起伏的政治生涯，往往使得蘇軾身心疲憊，往往有渴望
從牢籠裏飛出的願望，這種棲身於佛老渴望得到解脫的願望，也在蘇軾禪
詩裏反覆出現。「憑君借取《法界觀》，一洗人間萬事非。」〔註30〕（《和子
由四首·送春》）《法界觀》即《修大方廣佛華嚴法界觀門》，略稱《法界觀
門》、《法界觀》。「但應此心無所住，造物雖駛如吾何。」〔註31〕（《百步洪二
首》）《送劉寺壓赴餘姚》：「我老人間萬事休，君亦洗心從佛祖。手香新寫《法
界觀》，眼淨不覷登伽女。」〔註32〕「風流二老長還往，顧我歸期尙渺茫。」
（《留別金山寶覺、圓通二長老》）羨慕寶覺、圓通二長老逍遙自在，欣慕
其樂而自歎弗如。「結習漸消留不住，卻須還與散花天。」（《座上賦戴花得
天字》）以《維摩經》天女散花之典故，反映蘇軾希望早日去除習氣得到解脫
的願望。「我欲仙山掇瑤草，傾筐坐歎何時盈。」（《次韻僧潛見贈》）慨歎
俗務纏身，不得解脫，欲獲清靜之心。元豐二年（1079）任職湖州時，讚歎
宗本禪師傳法不輟，表達了相隨以遊願望。「何時策杖相隨去，任性逍遙不
學禪。」〔註33〕流露出嚮往曠達灑脫生活的心理。元豐三年初（1080），蘇軾
因「烏臺詩案」被貶離京，赴黃州途中游淨居寺，作《遊淨居寺》：「稽首
兩足尊，舉頭雙涕揮。靈山會未散，八部猶光輝。願從二聖往，一洗千劫
非。」〔註34〕蘇軾深感困於官場，身陷囹圄，期望通過佛法得到解脫。元
豐六年（1083），蘇軾得幼子蘇遯，元豐七年七月，蘇遯因病夭亡，蘇軾痛失
愛子，作《葉濤致遠見和二詩，復次其韻》其一：「欲除苦海浪，先乾愛河

〔註29〕　王文誥輯注，孔凡禮點校：《蘇軾詩集》，北京：中華書局，1982年，1587頁。
〔註30〕　王文誥輯注，孔凡禮點校：《蘇軾詩集》，北京：中華書局，1982年，627頁。
〔註31〕　王文誥輯注，孔凡禮點校：《蘇軾詩集》，北京：中華書局，1982年，891頁。
〔註32〕　王文誥輯注，孔凡禮點校：《蘇軾詩集》，北京：中華書局，1982年，951頁。
〔註33〕　王文誥輯注，孔凡禮點校：《蘇軾詩集》，北京：中華書局，1982年，1761頁。
〔註34〕　王文誥輯注，孔凡禮點校：《蘇軾詩集》，北京：中華書局，1982年，1024頁。

水。」〔註35〕蘇軾的切身經歷，讓他體會到佛家愛別離之苦，並認為去欲斷愛方能解脫。元豐八年（1085）五月，蘇軾赴文登經過揚州石塔寺，無擇來告別，蘇軾作詩：「我亦化身東海去，姓名莫遣世人知。」（《余將赴文登，過廣陵，而擇老移住石塔，相送》）抒發懷鄉歸隱之情。同年，蘇軾遊覽鎮江金山寺，作《金山妙高臺》：「蓬萊不可到，若水三萬里。不如金山去，清風半帆耳。」〔註36〕通過神奇莫測江山之景，抒發懷鄉歸隱之情。再如《次韻劉貢父獨直省中》：「明窗畏日曉先暾，高柳鳴蜩午更喧。」〔註37〕靜謐的山林，瀟灑為詩，枕榻而眠，可以看出蘇軾對自由的嚮往與追求。蘇軾元祐六年（1091）離杭，召為翰林，之後又任職潁州，第二年徙揚州，蘇軾深感疲憊，夢幻滄桑之感便生：「二年閱三州，我老不自惜。……吾生如寄耳，出處誰能必」〔註38〕（《送芝上人遊廬山》）。便萌生：「豈知世外人，長與魚鳥逸」退隱之意。元祐七年（1092），蘇軾作《憶江南寄純如五首・其五》：「弱累已償俗盡，老身將伴僧居。未許季鷹高潔，秋風直為鱸魚。」〔註39〕詩引張翰思鱸魚之膾而棄官之事，表明自己託身佛老，歸隱之意。

（三）心安即是歸處之達觀

蘇軾早期作品是豪放的，歡快明朗幾近主色調。「我今身世兩悠悠，去無所逐來無戀。」〔註40〕（《泗州僧伽塔》）「水枕能令山俯仰，風船解與月徘徊。」荷花因「無主」而「到處開」，是自然而然現象，比喻任運逍遙、不執著形式。越到晚年，蘇軾顛沛流離的政治生涯似乎詮釋著無常含義，佛老思想給了蘇軾逆境生活心靈的慰藉，所以，無論處境怎樣艱難，他還能保持較為樂觀心態：「我生百事常隨緣，四方水陸無不便」〔註41〕（《和蔣夔寄茶》）這種在困境中的樂觀曠達也是蘇軾作品核心魅力。「澹然無憂樂，苦語不成些。」〔註42〕（《遷居臨皋亭》）關於安心的典故，《五燈會元》卷一：「可曰：『我心未寧，乞師與安。』祖曰：『將心來，與汝安。』可良久曰：『覓心了

〔註35〕 王文誥輯注，孔凡禮點校：《蘇軾詩集》，北京：中華書局，1982年，1240頁。
〔註36〕 王文誥輯注，孔凡禮點校：《蘇軾詩集》，北京：中華書局，1982年，1368頁。
〔註37〕 王文誥輯注，孔凡禮點校：《蘇軾詩集》，北京：中華書局，1982年，1505頁。
〔註38〕 王文誥輯注，孔凡禮點校：《蘇軾詩集》，北京：中華書局，1982年，1899頁。
〔註39〕 王文誥輯注，孔凡禮點校：《蘇軾詩集》，北京：中華書局，1982年，1923頁。
〔註40〕 王文誥輯注，孔凡禮點校：《蘇軾詩集》，北京：中華書局，1982年，289頁。
〔註41〕 王文誥輯注，孔凡禮點校：《蘇軾詩集》，北京：中華書局，1982年，653頁。
〔註42〕 王文誥輯注，孔凡禮點校：《蘇軾詩集》，北京：中華書局，1982年，1053頁。

不可得。』祖曰：『我與汝安心竟。』」〔註43〕蘇軾作品中多次用到此典故。如「欲問雲公覓心地，要知何處是無還。」〔註44〕「因病得閒殊不惡，安心是藥更無方。」〔註45〕（《病中游祖塔院》）「安心好住王文度，此理何須更問人。」〔註46〕（《弔天竺海月辯師三首》其三）「不妨更有安心病，臥看縈簾一炷香。」〔註47〕（《臂痛謁告作三絕句示四君子》其一）意在求諸佛家安心之法，袪除病痛，更意在找到內心皈依處，獲得心靈安頓。其二：「心有何求遣病安，年來古井不生瀾。祇愁戲瓦閒童子，卻作泠泠一水看。」意謂內心已波瀾不生，雖有外在紛擾，卻已獲得內心安寧與清靜。「此心安處是吾鄉」〔註48〕（《定風波》），借佛禪思想以安心，是蘇軾在逆境中自我解脫的精神支柱。元豐二年（1079），蘇軾赴湖州任，途中與秦觀、參寥同遊惠山，作《贈惠山僧惠表》：「行遍天涯意未闌，將心到處遣人安。……客來茶罷空無有，盧橘楊梅尚帶酸。」〔註49〕詩中描繪的清空寂靜之境，即是讚歎惠表修行之境界，也是蘇軾心安之心境體現。

　　蘇軾借佛家思想消釋煩惱的作品很多。「憑君借取法界觀，一洗人間萬事非。」〔註50〕（《送春》）表達欲入華嚴法界，以卻人間是非紛擾的願望。「但應此心無所住」（《百步洪》）用《金剛經》「應無所住而生其心」之意表達解脫之道。《王鞏清虛堂》：「清虛堂裏王居士，閉眼觀心如止水。水中照見萬象空，敢問堂中誰隱几。……勿將一念住清虛，居士與我蓋同耳。」〔註51〕詩讚歎王鞏佛學修養，「勿將一念住清虛」，既是對王鞏建議，也是蘇軾在出世與入世之間選擇。元豐四年（1081），蘇軾於黃州作《武昌酌菩薩泉送王子立》：「何處低頭不見我，四方同此水中天」，表明自己無欲無求，不爲榮辱得失所動的超脫狀態。同年，楊繪寄詩，蘇軾作《次韻答元素》：「……遽遽未必都非夢，了了方知不落空。莫把存亡悲六客，已將地獄等天宮。」〔註52〕此時，

〔註43〕　《五燈會元》，《大正藏》80冊，40頁中。
〔註44〕　王文誥輯注，孔凡禮點校：《蘇軾詩集》，北京：中華書局，1982年，474頁。
〔註45〕　王文誥輯注，孔凡禮點校：《蘇軾詩集》，北京：中華書局，1982年，475頁。
〔註46〕　王文誥輯注，孔凡禮點校：《蘇軾詩集》，北京：中華書局，1982年，479頁。
〔註47〕　王文誥輯注，孔凡禮點校：《蘇軾詩集》，北京：中華書局，1982年，1800頁。
〔註48〕　鄒同慶，王宗堂校注：《蘇軾詞編年校注》，北京：中華書局，2002年，579頁。
〔註49〕　王文誥輯注，孔凡禮點校：《蘇軾詩集》，北京：中華書局，1982年，946頁。
〔註50〕　王文誥輯注，孔凡禮點校：《蘇軾詩集》，北京：中華書局，1982年，627頁。
〔註51〕　王文誥輯注，孔凡禮點校：《蘇軾詩集》，北京：中華書局，1982年，964頁。
〔註52〕　王文誥輯注，孔凡禮點校：《蘇軾詩集》，北京：中華書局，1982年，1114頁。

張子野、劉孝叔等人已卒。面對古人天各一方、生死相隔現實，蘇軾感慨世事變遷，唯有樂觀面對，方可化解痛苦哀傷。《蜀僧明操思歸書龍丘子壁》云：「更嫌勞生能幾日，莫將歸思擾衰年。片雲會得無心否，南北東西只一天。」用《楞嚴經》典故：「當知虛空生汝心內，猶如片雲點太清裏」〔註53〕，蘇軾借佛典勸慰陳慥，世界本空，不必執著於他鄉故鄉之別，妄生分別，以免為歸思所擾，也是蘇軾自我安慰之詞。《書王定國所藏王晉卿畫著色山二首》其一云：「我心空無物，斯文定何間。君看古井水，萬象自往還。」〔註54〕「萬象自往還」，頗得禪家之如如不動之心態。

四、以禪趣入詩

佛家思想滋養了蘇軾曠達的生活態度，賦予他生活的樂觀精神，從平淡甚至生活的逆境中生出幽默性格，這種對待生活的從容在禪詩形成理趣，讓我們感受到他那顆對生活熱情洋溢的心。《和何長官六言次韻五首》其四云：「清風初號地籟，明月自寫天榮容。貧家何以娛客？但知抹月批風。」〔註55〕貧家以批風抹月娛客，似信手拈來，任性自適，頗有一份禪趣。再如《月夜與客飲杏花下》：「杏花飛簾散餘春，明月入戶尋幽人。褰衣步月踏花影，炯如流水涵青蘋。」〔註56〕杏花、明月、庭院的意象構成一幅寧靜而空靈的超脫境界。「明月入戶尋幽人」，形象寫出月光靜靜灑在庭院情形，「尋」字將月亮擬人化，寫出月亮動態和幾分俏皮，頗有禪趣。

佛教典故，佛教語言，是蘇軾以詩歌形式表達思想情懷的重要題材。佛禪思想，使蘇軾詩歌具有了更深邃的思想，更樂觀的人生態度。

第二節　作詩與參禪論

關於詩與禪的關係，蘇軾說：「暫借好詩消永夜，每逢佳處輒參禪」，〔註57〕（《夜直玉堂，攜李之儀端叔詩百餘首，讀至夜半，書其後》）蘇軾把「好詩」與「參禪」聯繫在一起。「靜故了群動，空故納萬境」，靜，是禪者

〔註53〕王文誥輯注，孔凡禮點校：《蘇軾詩集》，北京：中華書局，1982年，1137頁。
〔註54〕王文誥輯注，孔凡禮點校：《蘇軾詩集》，北京：中華書局，1982年，1368頁。
〔註55〕王文誥輯注，孔凡禮點校：《蘇軾詩集》，北京：中華書局，1982年，1059頁。
〔註56〕王文誥輯注，孔凡禮點校：《蘇軾詩集》，北京：中華書局，1982年，926頁。
〔註57〕王文誥輯注，孔凡禮點校：《蘇軾詩集》，北京：中華書局，1982年，1616頁。

修行方法，也是詩人察知萬物路徑。在靜心凝慮中，蘇軾詩也達到與禪相通境界，可謂詩禪無礙。

一、唐宋南宗禪發展及其地理分布

　　禪宗是佛教本土化、中國化的產物，主張不立文字，教外別傳，直指人心，見性成佛。禪宗繼承了印度原始佛教心性論，並突出強調心理體，認為苦樂、得失、真妄、迷悟都在自心。「萬法唯心」，生活環境，乃至身邊的山河大地都是心念結果。所以，禪宗講「以心傳心」。早在靈山會上，就有佛祖拈花，迦葉會心微笑典故。中國歷史上，由菩提達摩開始，至六祖慧能為止，為禪宗開始。祖師達摩，提出「理入」和「行入」禪法：「理入者。謂藉教悟宗。深信含生、凡聖同一真性，但為客塵妄覆。不能顯了。若也捨妄歸真，凝住壁觀，自他、凡聖等一，堅住不移，更不隨於言教。」〔註58〕「行入」即「四行」：「一者報怨行，二者隨緣行，三者無所求行，四稱法行。」〔註59〕開禪宗慧悟並重參禪之風。二祖慧可，「立雪斷臂，懇求法印」，〔註60〕受達摩影響，重視《楞伽經》。認為，眾生清淨性如日光，「只為攀緣妄念諸見，煩惱重雲，覆障聖道，不能顯了。若妄念不生，默然淨坐，大涅槃日，自然明淨。」〔註61〕人本心與佛無異，破除無明煩惱，人人都可成佛，重視自悟。主要在司空山和河北傳法。三祖僧璨，居住於安徽省潛山縣天柱山三祖寺，著有《信心銘》。《楞伽師資記》云其：「隱思空山，蕭然淨坐，不出文記。」〔註62〕認為證道境界無法完全用語言表達，「聖道幽通，言詮之所不逮。法身空寂，見聞之所不及，即文字語言，徒勞施設也。」〔註63〕四祖道信，主要在湖北省黃岡市西北西山四祖寺弘法。著有《入道安心方便法門》，提倡「守心」、「空心」：「守一不移者。以此淨眼。眼注意看一物。無問晝夜時。專精常不動。其心欲馳散。急手還攝來。以繩繫鳥足。欲飛還掣取。終日看不已。泯然心自定。」〔註64〕強調精勤攝心、空心，「凡捨身之法。先定空空心。使心境寂淨。鑄想玄寂。令心不移。心性寂定。即斷攀緣。窈窈冥冥。凝淨心

〔註58〕　《楞伽師資記》，《大正藏》85 冊，1285 頁上。
〔註59〕　《楞伽師資記》，《大正藏》85 冊，1285 頁上。
〔註60〕　《傳法正宗定祖圖》，《大正藏》51 冊，771 頁下。
〔註61〕　《楞伽師資記》，《大正藏》85 冊，1285 頁中。
〔註62〕　《楞伽師資記》，《大正藏》85 冊，1286 頁中。
〔註63〕　《楞伽師資記》，《大正藏》85 冊，1286 頁中。
〔註64〕　《楞伽師資記》，《大正藏》85 冊，1286 頁下。

虛。則幾泊恬乎。泯然氣盡。住清淨法身。不受後有。」〔註65〕五祖弘忍（601～670），在湖北省黃梅縣東山寺傳法，他的思想常常被稱爲「東山法門」。認爲清淨心是成佛根基，但還需要勤加修持。他主張修持要遠離塵囂、靜坐，這種漸修的主張爲弟子神秀繼承。這時禪宗分化爲南北宗。南宗慧能提倡自證於心，自悟本性。慧能南下後在廣東曹溪南華禪寺傳法，其禪法常被稱爲「曹溪禪」，在中唐以後興盛，成爲禪宗主流。

慧能思想中心是他的佛性說：「自性常清淨」，佛性本具，不必外覓。「人性本淨，爲妄念故，蓋覆眞如，離妄念，本性淨。」佛性人人皆有，只因人們心中妄念覆蓋眞如本性。慧能繼承了禪宗以來以心傳心，不立文字傳統。提出頓悟成佛說，直指理體，成佛在於「一念」，在於刹那頓悟。打破人們對讀經、念佛、坐禪，布施、造寺等事相的執著，突出修行心性的根本性，淡化修行環境的差別性，淡化出世入世區別：「法在世間」，「若欲修行，在家亦得，不由在寺」。慧能著名的弟子主要有南嶽懷讓、青原行思兩家弘傳最盛。南嶽下數傳形成潙仰、臨濟兩宗；強調平常心是道，注重從日常生活中悟道，「饑則吃飯，困則打眠，寒則向火，熱則乘涼」（《密庵語錄》）從「青青翠竹，鬱鬱黃花」（《祖堂集》卷三）中發現禪意。青原下分爲曹洞、雲門、法眼三宗；世稱「五家」。臨濟宗在宋代形成黃龍、楊岐兩派，合稱「五家七宗」。唐代南宗禪發展流派分布如下：

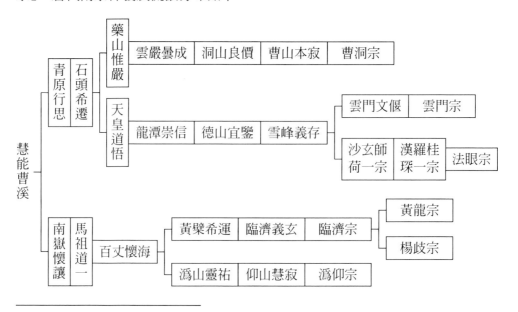

_____

〔註65〕 《楞伽師資記》，《大正藏》85 冊，1286 頁下。

　　慧能禪宗由今廣東發展至湖南、江西，擴及浙江、福建、湖北、江蘇。
觀此分布，今江西最多，浙江次之，湖南福建湖北又次之，廣東江蘇安徽四
川陝西河南山西河北又次之，禪宗中心在大江以南。到了宋代，南禪宗發展
更爲興盛，尤其是曹洞宗、臨濟宗和雲門宗，特別是臨濟宗中的楊岐派。

二、蘇軾詩與南宗禪

　　唐代以來，文人雅士就癡迷南禪宗，許多詩人同禪師都有淵源，皎然、
王梵志、寒山、拾得等人本身即是僧人；王維、孟浩然、王昌齡、常建、劉
禹錫等許多詩人創作與禪密切相關，詩禪聯袂蔚爲風氣。宋代，大多數帝王
將佛教作爲維護統治的工具。宋孝宗曾主張「以佛治心，以道治身，以儒治
世」，在這樣政治背景下，宋代士大夫爭相談禪風氣濃厚。歐陽修早年極力捍
衛儒家正統地位，著《本論》對佛教進行攻擊。契嵩禪師，爲闢此風，著《輔
教篇》加以反駁辨正。歐陽修見此書後，改變了自己過激的闢佛態度，並且
讚歎道：「不意僧中有此龍象」。還立即去拜見契嵩禪師，請求開示。晚年，
歐陽修改變了對佛教偏激看法：「吾初不知佛書其妙至此……今此衰殘，忽聞
奧義。方將研究命也，奈何？汝等勉旃無蹈後悔，於是捐酒肉，徹聲色，灰
心默坐。令老兵近寺，借華嚴經，讀至八卷，乃安坐而逝。」〔註66〕王安石
變法失敗，退居江寧後也皈依佛教，幾乎每日讀經參佛，成爲虔誠佛教徒。
蘇軾一生政治生涯跌宕起伏，幾經遷徙，所到之處，方外之友和地方的禪宗
文化是他度過苦厄生活的良藥。

　　蘇軾一生顛沛流離，政治生涯跌宕起伏。其一生任職經歷大致如下：
1071 年杭州通判，1074 年密州太守，1076 年徐州太守，1079 年湖州太守；
1080 年謫居黃州，1084 年往常州，1085 年任登州太守，1086 年以翰林學士
知制誥，1089 年任杭州太守，1091 年任潁州太守，1092 年任揚州太守，1093
年調定州太守，1094 年往惠州貶所，1097 年謫居海南儋州，1101 年北返往常
州。其所到之處，都要遊山玩水，觀賞寺廟，結交僧友。根據王兆鵬《唐宋
文學編年地圖》統計，對於當時禪風濃厚之地，蘇軾幾乎都到過，禪宗文化
可謂觸手可及。南宗禪的「佛法在世間，不離世間覺」的精神尤爲蘇軾喜
愛。蘇軾汲取了禪宗佛性本具的思想，如「圓間有物物間空，豈有圓空入井
中。不信天形眞個樣，故應眼力自先窮。連環易解如神手，萬竅猶號未濟

〔註66〕　《居士分燈錄》，《卍新纂續藏經》86 冊，594 頁上。

風。」〔註67〕（《記夢》）心本空，故能臻於圓空無有障礙。人本具佛性，所以能領悟佛法眞諦。就像先有窮千里之目，後有探察天形之舉。連環自解，萬竅自鳴，物性使然，故修行應從自性上下工夫。《送小本禪師赴法雲》：「是身如浮雲，安可限南北。出岫本無心，既雨歸亦得。」〔註68〕用《壇經》：「人有南北，佛性無南北」的典故。「出岫本無心，既雨歸亦得」，自然而然，蘊含一片禪機。《觀臺》：「三界無所住，一臺聊自寧。塵勞付白骨，寂照起黃庭。殘磬風中嫋，孤燈雪後青。須防童子戲，投瓦犯清冷。」〔註69〕全詩以禪語入詩，詩禪互融，表達出清淨心的保持需要長久維護，頗有「時時勤拂拭，莫使惹塵埃」意味。《次韻答寶覺》：「從來無腳不解滑，誰信石頭行路難。」〔註70〕讚歎寶覺參禪問道不辭辛苦，將寶覺巡遊千山比作丹霞天然禪師之杖錫觀方，認爲參禪問道在日常生活中。

宋哲宗紹聖元年，年屆六十的蘇軾被貶嶺南。所以，蘇軾得以遊曹溪、訪南華：「莫言西蜀萬里，且到南華一遊。」（《僕所至未嘗出遊過長蘆聞復禪師病甚不可不一》）蘇軾在嶺南，多次遊歷並寄居南華寺，蘇軾文集中有五封寫給南華重辯長老的書信。《書柳子厚大鑒禪師碑後》云：「長老重辯師，儒釋兼通，道學純備。」〔註71〕稱南華長老兼通儒釋，也可以看出蘇軾儒釋融通思想。《南華寺》云：「云何見祖師，要識本來面……飲水既自知，指月無復眩。」〔註72〕蘇軾曾表示向南宗禪皈依：「不向南華結香火，此生何處是眞依。」〔註73〕老病之身貶於偏僻之地，南宗禪是蘇軾精神世界的良藥。

因爲慧能在曹溪傳法，人們將慧能禪法稱爲曹溪禪，又稱「曹溪一滴水」。蘇軾詩中多次提到「曹溪水」。如：「竹中一滴曹溪水，漲起西江十八灘。」〔註74〕《六月七日泊金陵阻風得鍾山泉公書寄詩爲謝》云：「南行萬里亦何事，一酌曹溪知水味。」〔註75〕《過嶺寄子由三首》云：「七年來往我何

〔註67〕 王文誥輯注，孔凡禮點校：《蘇軾詩集》，北京：中華書局，1982 年，1326 頁。
〔註68〕 王文誥輯注，孔凡禮點校：《蘇軾詩集》，北京：中華書局，1982 年，1757 頁。
〔註69〕 王文誥輯注，孔凡禮點校：《蘇軾詩集》，北京：中華書局，1982 年，1688 頁。
〔註70〕 王文誥輯注，孔凡禮點校：《蘇軾詩集》，北京：中華書局，1982 年，1258 頁。
〔註71〕 孔凡禮點校：《蘇軾文集》，北京：中華書局，1986 年，2084 頁。
〔註72〕 王文誥輯注，孔凡禮點校：《蘇軾詩集》，北京：中華書局，1982 年，2060 頁。
〔註73〕 王文誥輯注，孔凡禮點校：《蘇軾詩集》，北京：中華書局，1982 年，2423 頁。
〔註74〕 王文誥輯注，孔凡禮點校：《蘇軾詩集》，北京：中華書局，1982 年，2423 頁。
〔註75〕 王文誥輯注，孔凡禮點校：《蘇軾詩集》，北京：中華書局，1982 年，2031 頁。

堪，又試曹溪一勺甘。」〔註76〕在貶謫的艱辛人生途中，曹溪水是甘甜的，《卓錫泉銘》云：「六祖初往曹溪卓錫，泉湧清涼滑甘」，〔註77〕也寓意南宗禪思想給予蘇軾精神撫慰和心靈安頓。《程德孺惠海中柏石兼辱佳篇輒復和謝》云：「不知庾嶺三年別，收得曹溪一滴無。」〔註78〕「願求南宗一勺水，往與屈賈湔餘哀。」再如「南行萬里亦何事，一酌曹溪知水味」，只要汲取了禪宗精神，即使「南行萬里」也不會感到艱難。蘇軾還曾到過曹溪，寫下：「山堂夜岑寂，燈下看傳燈。不覺燈花落，茶毗一個僧。」〔註79〕（《曹溪夜觀傳燈錄燈花落一僧字上口占》）以幽默筆調寫出自己夜觀燈錄時感受。具體而言，蘇軾禪法屬於雲門宗。與蘇軾交往的大覺懷璉、契嵩、圓通居訥、佛印了元都屬雲門宗。元豐四年，他參訪圓通寺，謁見雲門宗禪僧居訥並作《圓通禪院，先君舊遊也……》，詩中有句：「此生初飲廬山水，他日徒參雪竇禪」。〔註80〕

三、以詩入禪疏證

　　禪的詩化，是佛教中國化產物。「禪宗語錄體影響了詩話體產生，禪宗偈頌則影響了宋代論詩詩。」〔註81〕詩與禪的關係主要是禪對詩的滲透。

　　印度原始佛教中，很多佛經都有詩偈。如《金剛經》：「爾時，世尊而說偈言：若以色見我，以音聲求我，是人行邪道，不能見如來。」〔註82〕佛經中佛陀在講經說法時，每每強調而重說時，往往以偈頌式韻文重複一遍。既可強調經文大意，又可增加經文韻律之美。中國是詩的國度，中國化的禪宗，以詩示禪，以詩證禪的例子更是屢見不鮮。眾所周知的《壇經》中神秀的詩偈：「身是菩提樹，心如明鏡臺。時時勤拂拭，莫使惹塵埃。」〔註83〕慧能的詩偈：「菩提本無樹，明鏡亦非臺。本來無一物，何處惹塵埃。」雖然這時二人都未達到徹悟的境界，神秀偏事相之有，而六祖偏理體之空，都是以詩偈表達對參禪體悟。再如《五燈會元》卷二：《六祖大鑒禪師旁出法嗣第一世》之

〔註76〕王文誥輯注，孔凡禮點校：《蘇軾詩集》，北京：中華書局，1982年，2565頁。

〔註77〕孔凡禮點校：《蘇軾文集》，北京：中華書局，1986年，566頁。

〔註78〕王文誥輯注，孔凡禮點校：《蘇軾詩集》，北京：中華書局，1982年，1949頁。

〔註79〕王文誥輯注，孔凡禮點校：《蘇軾詩集》，北京：中華書局，1982年，2410頁。

〔註80〕王文誥輯注，孔凡禮點校：《蘇軾詩集》，北京：中華書局，1982年，1211頁。

〔註81〕張伯偉：《中國古代文學批評方法研究》，北京：中華書局，2002年，587頁。

〔註82〕《金剛經》，《大正藏》8冊，752頁上。

〔註83〕《壇經》，《大正藏》48冊，348頁中。

壽州智通禪師：「三身元我體，四智本心明。身智融無礙，應物任隨形。起修皆妄動，守住匪真精。妙旨因師曉，終亡污染名。」〔註84〕《信州智常禪師》詩偈：「無端起知解，著相求菩提。情存一念悟，寧越昔時迷。自性覺源體，隨照枉遷流。不入祖師室，茫然趣兩頭。」〔註85〕韻文似詩。永嘉真覺禪師之《永嘉集》幾近詩集。司空山本淨禪詩，師作偈曰：「見聞覺知無障礙，聲香味觸常三昧。如鳥空中只麼飛，無取無捨無憎愛。若會應處本無心，始得名爲觀自在。」〔註86〕《五燈會元》卷十三：「百花落盡啼無盡，更向亂峰深處啼。枯木花開劫外春，倒騎玉象趁麒麟。而今高隱千峰外，月皎風清好日辰……」〔註87〕很多禪師偈頌，就是一首優美的詩。《五燈會元》卷十四青原下十二世襄州石門元易禪師：「上堂：『皓月當空，澄潭無影。紫薇轉處夕陽輝，彩鳳歸時天欲曉。碧霄雲外，石筍橫空。……正值秋風來入戶，一聲砧杵落誰家。』」〔註88〕青原下十四世杭州淨慈自得慧暉禪師，「上堂：『朔風凜凜掃寒林，葉落歸根露赤心。萬派朝宗船到岸，六窗虛映芥投針。本成現，莫他尋，性地開開耀古今。戶外凍消春色動，四山渾作木龍吟。』」〔註89〕

　　許多禪師除了自創詩偈外，禪師們喜歡引用詩人的名篇佳句，引導弟子去領悟禪理，借詩開示。「上堂：『乾坤之內，宇宙之間，中有一寶，秘在形山。大眾，眼在鼻上，腳在肚下，且道寶在甚麼處？』良久云：『人面不知何處去，桃花依舊笑春風。』」上堂：『古者道，將此深心奉塵刹，是則名爲報佛恩。圓通則不然，時挑野茶和根煮，旋斫生柴帶葉燒。」〔註90〕引用了唐人崔護和杜荀鶴的詩。問：「如何是夾山境？」師曰：「白雲抱子青嶂裏，鳥

〔註84〕 普濟著，朱俊紅點校：《五燈會元》，北京：中華書局，海口：海南出版社，2011年，106頁。

〔註85〕 普濟著，朱俊紅點校：《五燈會元》，北京：中華書局，海口：海南出版社，2011年，108頁。

〔註86〕 普濟著，朱俊紅點校：《五燈會元》，北京：中華書局，海口：海南出版社，2011年，119頁。

〔註87〕 普濟著，朱俊紅點校：《五燈會元》，北京：中華書局，海口：海南出版社，2011年，1071頁。

〔註88〕 普濟著，朱俊紅點校：《五燈會元》，北京：中華書局，海口：海南出版社，2011年，1227頁。

〔註89〕 普濟著，朱俊紅點校：《五燈會元》，北京：中華書局，海口：海南出版社，2011年，1252頁。

〔註90〕 普濟著，朱俊紅點校：《五燈會元》，北京：中華書局，海口：海南出版社，2011年，1653頁。

銜花落碧岩前。」〔註91〕僧問：「如何是西來意？師曰：樹帶滄浪色，山橫一抹青。」〔註92〕都是以詩示禪，禪師以詩開示道在平常中。再如：「問：『……未審如何是向上一路？』師曰：『行到水窮處，坐看雲起時。』」〔註93〕「向上一路」，指無上至高之禪道眞諦，引用王維「行到水窮處，坐看雲起時」詩句，表達隨緣任運思想。

　　「借詩說禪」成爲北宋後期叢林的普遍現象，很多禪師們認爲詩禪相通。明代吹萬廣眞禪師提出「蓋詩家法即禪家法也」。他還認爲：「託詩參禪，不唯有好詩，兼有好禪」命題。「學詩如參禪，愼勿參死句。」僧達觀《石門文字禪序》云：「禪如春也，文字則花也……而曰禪與文字有二乎哉。」〔註94〕以春不離花，花不離春作喻，說明詩禪一致。元好問認爲，詩賦予禪以形式，禪賦予詩以內容：「詩爲禪客添花錦，禪是詩家切玉刀。」〔註95〕王世禎說：「捨筏登岸，禪家以爲悟境，詩家以爲化境，詩禪一致，等無差別。」〔註96〕從詩禪境界角度，說明二者相同之處。兩宋以來參禪詩，多是針對創作中某個理論問題，以禪喻詩，亦不無現實性。如龔相的參禪詩：「學詩渾似學參禪，悟了方知歲是年。點鐵成金猶是妄，高山流水任自然。」〔註97〕以禪喻詩，強調詩要妙悟、自然，批評江西詩派亦步亦趨的模仿。又吳可參禪詩：「學詩渾似學參禪，頭上安頭不足傳。跳出少陵窠臼外，丈夫志氣本衝天。」〔註98〕以禪喻詩，要求詩作自出機杼，大膽創新。清人龐塏在《詩義固說》中說：「禪者云：『從門入者，不是家珍，須自己胸中流出，然後照天照地。』詩用故事字眼，皆『從門入者』，能抒寫性情，是『胸中流出』者也。」〔註99〕認爲詩和禪都追求自然，又說：「禪者云：『打成一片。』詩有賓有主，有景有情，須知四肢百骸，連合具體。若泛塡濫寫，牛

〔註91〕普濟著，朱俊紅點校：《五燈會元》，北京：中華書局，海口：海南出版社，2011 年，389 頁。

〔註92〕普濟著，朱俊紅點校：《五燈會元》，北京：中華書局，海口：海南出版社，2011 年，1159 頁。

〔註93〕普濟著，朱俊紅點校：《五燈會元》，北京：中華書局，海口：海南出版社，2011 年，1616 頁。

〔註94〕《石門文字禪》，《嘉興藏》23 冊，577 頁上。

〔註95〕元好問：《元遺山詩集箋注》，北京：人民文學出版社，1958 年，658 頁。

〔註96〕王世禎：《帶經堂詩話》，北京：人民文學出版社，1963 年，83 頁。

〔註97〕魏慶之：《詩人玉屑》，上海：上海古籍出版社，1978 年，9 頁。

〔註98〕魏慶之：《詩人玉屑》，上海：上海古籍出版社，1978 年，9 頁。

〔註99〕丁福保：《清詩話續編》，上海：上海古籍出版社，1983 年，739 頁。

頭馬身，參錯支離，成得甚物？亦須『打成一片』乃得。」……詩與禪，都是人的性靈和精神的訴求，互相滲透、互相交融。

四、詩與禪的交匯

周裕鍇認為：「詩和禪在價值取向、情感特徵、思維方式和語言表現等方面……表現出驚人相似性。」〔註100〕詩與禪確實有很多相似的地方，它們把握世界方式都比較直觀形象，都是通過比喻、象徵等含蓄地表達。詩空靈，用詩來表達禪的悟境，形象含蓄，由於禪機極妙，用禪來深遠詩的悟境，靈趣盎然。詩和禪都重視妙悟、追求意在言外之效，禪和宋詩都注重心能轉物的心物關係。

（一）妙悟：禪與詩直覺思維方式的契合

禪宗排斥邏輯思維，強調佛性本具，往往通過參禪體悟，明心見性。注重妙悟自得，這種思維方式與詩有相通之處。禪師悟道入門，往往由某種因緣悟入。佛果禪師曾這樣比喻：「言悟者，如失一件物，多年廢置而一旦得之，又如傷寒病忽然得汗，直是慶快也。」〔註101〕（《圓悟佛果禪師語錄》）嚴羽《滄浪詩話》說：「大抵禪道惟在妙悟，詩道亦在妙悟。……惟悟乃為當行，乃為本色」。〔註102〕揭示了詩禪在思維方式上相同之處。「禪假悟以傳法，詩借悟而成思」，兩宋期間以及兩宋以後，此類說法頗多。張汝勤《戲徐觀空》云：「學詩如學禪，所貴在觀妙。」禪宗悟道捨筏，不立文字的修行途徑，使重視審美對象外在之「形」轉向內在之「神」。受禪悟思維影響，中國古典詩歌自唐而後追求「羚羊掛角，無跡可求」、「言有盡而意無窮」審美效果。蘇軾並沒有提出「妙悟」這一術語，但他很多論述說的正是妙悟問題。《湖上夜歸》云：「清吟雜夢寐，得句旋已忘。」《臘日遊孤山訪惠思二僧》亦云：「作詩火急追亡逋，清景一失後難摹。」〔註103〕強調妙悟的直覺性質。劉熙載《藝概》指出：「東坡詩……機括實自禪悟中來」，以至「舌底瀾翻如是」，〔註104〕指出蘇軾詩歌妙悟、自然特點。

〔註100〕周裕鍇：《中國禪宗與詩歌》，上海：上海人民出版社，1992年，297頁。

〔註101〕《大正藏》47冊，770頁中。

〔註102〕嚴羽著，郭紹虞校釋：《滄浪詩話校釋》，北京：人民文學出版社，1962年，10頁。

〔註103〕王文誥輯注，孔凡禮點校：《蘇軾詩集》，北京：中華書局，1982年，316頁。

〔註104〕劉熙載：《藝概·詩概》，上海：上海古籍出版社，1978年，49頁。

（二）意在言外──詩與禪之表達方式

詩和禪還有一個共同點就是超語言性。禪宗認爲佛法主要是心法，語言不能完全表達心中感受和體悟。禪宗的宗旨是「不立文字，直指人心，見性成佛。」〔註105〕不看重經教的「語言」、「文字」。認爲「眞如」不能用語言文字來明白地表示出來，因此常用比興、象徵、比喻方式啓發人，去悟得原本具有的妙明眞心、自家寶藏。「法性亦非今始有，以煩惱暗故不見。」〔註106〕（《神會禪師語錄》）百丈淮海禪師說：「但有語句，盡屬法塵垢。但有語句，盡屬煩惱邊收。但有語句，盡屬不了義教。」〔註107〕（《古尊宿語錄》）主張以體悟證道。《維摩詰經》裏，維摩詰以沉默不語開示不二法門。南嶽懷讓禪師道「說似一物即不中」，清涼文益禪師指出「我向爾道」，已是「第二義」。禪師們經常採取自相矛盾、有意誤讀或答非所問的「活句」方式，截斷源流，打斷妄念，以隻言片語開啓學僧，如德山禪師的棒打、臨濟禪師斷喝等。

中國藝術也崇尚言有盡而意無窮的意在言外之美。中國畫重視通過有限筆墨、線條等傳達無限的情感體驗，強調虛實相生。詩也追求「言有盡而意無窮」審美效果。皎然說：「但見情性，不睹文字，蓋詩道之極也」〔註108〕。司空圖《二十四詩品》云：「不著一字，盡得風流」。梅堯臣認爲：「含不盡之意見於言外」。都強調通過有限表現無限。嚴羽說：「不涉理路，不落言筌者，上也。詩者，吟詠情性也。盛唐詩人惟在興趣，羚羊掛角，無跡可求。故其妙處透徹玲瓏，不可湊泊，如空中之音，相中之色，水中之月，鏡中之象，言有盡而意無窮」，〔註109〕形象道出詩歌意在言外審美特點。禪之不可言說性與詩之含蓄象徵性，是詩禪可以相互借鑒的重要因素。

（三）心能轉物──詩與禪之心物關係

詩歌心與物的關係，早在陸機《文賦》就有體現：「遵四時而歎逝，瞻萬物而思紛。悲落葉于勁秋，喜柔條於芳春。」〔註110〕心受到外物觸動有所感

〔註105〕《古尊宿語錄》，《大正藏》68冊，140頁上。
〔註106〕《神會和尚語錄》，《大正藏》25冊，219頁上。
〔註107〕《古尊宿語錄》，《大正藏》68冊，6頁上。
〔註108〕皎然著，李壯鷹校注：《詩式校注》，北京：人民文學出版社，2003年，71頁。
〔註109〕嚴羽著，郭紹虞校釋：《滄浪詩話校釋》，北京：人民文學出版社，1962年，24頁。
〔註110〕郭紹虞：《中國歷代文論選》，上海：上海古籍出版社，2001年，66頁。

發而爲文章。劉勰《文心雕龍》也說：「人稟七情，應物斯感」﹝註111﹞，（《明詩》）「情以物遷，辭以情發。」鍾嶸《詩品》序說：「氣之動物，物之感人，故搖盪性情，形諸舞詠。」﹝註112﹞強調環境對詩情的觸發。在宋前心與物的審美關係中，主要是物化或審美移情：「宋詩中的自然景物開始從引發詩人情感的『觸發型意象』，逐漸轉變爲聽從詩人調遣的『僕役型意象』……在心物二元關係上，更強調主體意識的決定作用。」﹝註113﹞這無疑受到佛教思想影響。在心與物關係上，佛教強調心不爲外物所轉。《楞嚴經》曰：「一切眾生從無始來，迷己爲物，失於本心，爲物所轉。故於是中觀大觀小，若能轉物，則同如來。」﹝註114﹞與六朝、唐詩相比，宋詩總體而言更傾向於「尚意」的內省型詩歌，正是受佛教這種「心能轉物」思想影響。佛教「不爲物所轉」的觀念在蘇軾詩學中轉化爲「不囿於物」的創作態度。「定心無一物，法樂勝五欲。」﹝註115﹞借佛理說明詩人與審美對象關係，心能轉物的超然狀態更有利於審美的純粹性。蘇軾《僧清順新作垂雲亭》云：「天公爭向背，詩眼巧增損。……蔥蔥城郭麗，淡淡煙村遠。紛紛鳥鵲去，一一漁樵返。」﹝註116﹞「詩眼巧增損」，詩人有選擇地對景物進行觀照，城郭煙村，是作者淡然心境的寫照。這種「心能轉物」的思想使得宋詩更注重追求禪趣、禪理，與唐代詩人追求創作中含蓄渾融的意境相異。這在蘇軾詩中多有體現，《廬山煙雨》以自然事物說明「平常心是道」。《題西林壁》啓示人們觀察事物應全面、多角度。《贈東林總長老》說明禪無所不在。

（四）禪與詩之無我之境

「境界」一詞是佛教用語。佛教將眼、耳、鼻、舌、身、意六根所對應色、聲、香、味、觸、法稱爲六境，以及由此產生的六識稱爲十八境界。《華嚴經》說：「了知境界，如夢如幻」。﹝註117﹞《無量壽經》說：「斯義宏深，非我境界。」﹝註118﹞禪境的根本特徵是空寂、淡然、寧靜、超脫。「禪家以更超

﹝註111﹞ 劉勰著，范文瀾注：《文心雕龍注》，北京：人民文學出版社，1958 年，65 頁。
﹝註112﹞ 鍾嶸著，曹旭箋注：《詩品箋注》，北京：人民文學出版社，2009 年，1 頁。
﹝註113﹞ 周裕鍇：《宋代詩學通論》，上海：上海古籍出版社，2007 年，84 頁。
﹝註114﹞ 《楞嚴經》，《大正藏》19 冊，111 頁下。
﹝註115﹞ 王文誥輯注，孔凡禮點校：《蘇軾詩集》，北京：中華書局，1982 年，1947 頁。
﹝註116﹞ 王文誥輯注，孔凡禮點校：《蘇軾詩集》，北京：中華書局，1982 年，451 頁。
﹝註117﹞ 《大方廣佛華嚴經》，《大正藏》10 冊，88 頁下。
﹝註118﹞ 《佛說無量壽經》，《大正藏》12 冊，267 頁中。

然的方式審視自然，……是『心即宇宙』的立場。」〔註119〕禪者眼中，一切
只是物質世界直接呈現，濾去了作者主觀感情，如王維《鳥鳴澗》，夜晚寂靜
的春山中，桂花自開自落、自生自滅。彷彿連時空界限都已泯滅，靜謐空靈。
沈德潛《說詩晬語》中說：「王右丞詩不用禪語，時得禪理。」〔註120〕王維詩
裏，境是心的外化，那一片自然空靈的禪機是他心中對禪的理解的體現。與
把景物作為襯托、比喻和象徵手法不同，他筆下的自然就是禪。如他的《冬
晚對雪憶胡居士家》：「隔牖風驚竹，開門雪滿山。灑空深巷靜，積素廣庭閒。」
〔註121〕一片靜謐、安寧的氛圍，釀出天然的禪意。蘇軾禪詩頗多理趣，卻也
有富有意境的作品。如《端午遍遊諸寺得禪字》：「焚香引幽步，酌茗開淨筵。
微雨止還作，小窗幽更妍。盆山不見日，草木自蒼然。」〔註122〕寫詩人遍遊
諸寺過程中所看到的景物，清新自然。微雨中，詩人漫步寺院，群山環繞，
草木蓊鬱，幽然寧靜。詩的無我之境正得益於禪宗思想的浸染。

　　「文字」是詩與禪融合的中介。從這個意義上說，「文字禪」提供了詩禪
相融最佳範本。從某種意義上說，「文字禪」是佛教中國化和文學化的必然歸
宿。蘇軾云：「臺閣山林本無異，故應文字不離禪。」〔註123〕（《次韻參寥寄
少游》）《景德傳燈錄》的刊行，是文字禪產生的源頭。然後有汾陽善昭的《頌
古》，到惠洪《石門文字禪》，將文字禪理論化、系統化。儘管文字禪使禪風
與禪本意背道而馳，但正因為文字禪興盛，才促進了禪宗的詩化。

五、論詩不能禪

　　詩與禪，也有不同之處。雖然中國詩論以「詩言志」說開其端，從先秦
至兩漢，中國詩學理論以「詩言志」為中心，往往由於「詩教」目的，把「志」
與政治、教化聯繫在一起。《毛詩序》云：「先王以是經夫婦，成孝敬，厚人
倫，美教化，移風俗。」〔註124〕「志」主要是道德倫理規範，因此，「言志」
說最終必然要歸結到「詩教」本質上來。但是，詩言情的內涵卻隨著時代和
文學自身規律的發展而日益彰顯。早在屈原時代，詩歌「抒情」之說就已產

〔註119〕周裕鍇：《中國禪宗與詩歌》，上海：上海人民出版社，1992年，112頁。
〔註120〕沈德潛：《說詩晬語》，北京：人民文學出版社，1979年，252頁。
〔註121〕王維著，趙殿成箋注：《王右丞集箋注》，上海：上海古籍出版社，1984年，
　　　　122頁。
〔註122〕王文誥輯注，孔凡禮點校：《蘇軾詩集》，北京：中華書局，1982年，951頁。
〔註123〕王文誥輯注，孔凡禮點校：《蘇軾詩集》，北京：中華書局，1982年，2755頁。
〔註124〕郭紹虞：《中國歷代文論選》，上海：上海古籍出版社，2001年，30頁。

生，《楚辭‧惜頌》中說：「惜誦以致愍兮，發憤以抒情」。陸機《文賦》直接提出：「詩緣情而綺靡，賦體物而瀏亮」。〔註125〕要求作詩直抒胸臆，表達創作主體感情，首次強調情感在詩歌創作中的重要作用，把抒情作爲詩歌的本質特點。劉勰提倡「爲情而造文」。司馬遷提出「發憤著書」，韓愈提出「不平則鳴」，歐陽修的「詩窮而後工」等，都認爲詩歌主要表達人的喜怒哀樂之情。可以說，詩歌的核心就是感情，有著較強的主體意識。禪的作用在於引導人們明心見性，在生活中時時觀照自己的念頭，是理性的思維方式，是對妄心的察覺與糾正，需要破除對世間事物和感情的執著。禪家要悟的「本心」是不被外界所惑、不動心起念的「清淨心」。泯滅大喜大悲，而隨緣自在。詩主「託物言志」，禪主「莫隨萬物」；詩須「緣情以綺靡」，禪須「息妄顯眞心」。正是因爲詩與禪有著本質的不同，所以很多人認爲詩禪有隔閡。劉克莊說：「詩之不可爲禪，猶釋之不可爲詩也。」（《題何秀才詩禪方丈》）。他認爲二者無論是對生活的反映還是在表達方式上都不能互相溝通。更有強烈反對以詩入禪者。清代李重華說：「試思詩歌自尼父論定，何緣墮入佛事？」〔註126〕清代潘德輿說：「阿諛誹謗，戲謔淫蕩，誇詐邪誕之詩作而詩教熄……此禪宗餘唾，非風雅之正傳。」〔註127〕都是以儒家詩論排斥以禪入詩。李漁說：「詞之最忌者，有道學氣，有書本氣，有禪和子氣。」〔註128〕不少詩僧也道出二者差別，皎然《詩式》序中說：「世事喧喧，非禪者之意」〔註129〕，又說：「予將放爾，各還其性」〔註130〕，詩與佛事本性不同，爲免相互妨礙，從此兩不相干。宋代詩僧文珦，著有《潛山集》，詩作甚豐。一方面，他覺得「浩歌誰與和，禪意自相通」〔註131〕，另一方面又說：「平生清淨禪，猶嫌被詩污。」〔註132〕既要寫詩遣懷，又怕詩污染清淨禪，左右爲難。這些都說明，禪和詩的區別。

〔註125〕郭紹虞：《中國歷代文論選》，上海：上海古籍出版社，66頁。
〔註126〕丁福保：《清詩話》，上海：上海古籍出版社，1978年，937頁。
〔註127〕郭紹虞：《清詩話續編》，上海：上海古籍出版社，1983年，2007頁。
〔註128〕唐圭璋：《詞話叢編》，北京：中華書局，1986年，553頁。
〔註129〕皎然著，李壯鷹校著：《詩式校注》，北京：人民文學出版社，2003年，1頁。
〔註130〕皎然著，李壯鷹校著：《詩式校注》，北京：人民文學出版社，2003年，1頁。
〔註131〕《四庫全書珍本初集》93冊，北京：商務印書館，1935年。
〔註132〕《四庫全書珍本初集》93冊，北京：商務印書館，1935年。

結　語

　　佛學對蘇軾人生和詩論思想及其創作的影響都是顯而易見的。總而言之，佛學對蘇軾詩學批評範式影響可概括爲以下幾方面：

第一，詩本位

　　蘇軾青少年以儒家思想爲主，重視文學的社會作用，強調有爲而作，針砭時弊。他在《題柳子厚詩》中寫道：「詩須要有爲而作」〔註1〕，認爲文章的目的在於揭發政治過失和社會中的不平，是儒家兼濟天下思想反映。越到後來，蘇軾的文學本位思想逐漸凸顯，認爲文章的藝術具有獨立的審美價値，如「文章如金玉珠貝，未易鄙棄也」，認爲文章並不僅僅是載道工具。受佛家思想影響，這種文學本位思想更爲明顯。「欲令詩語妙，無厭空且靜。靜故了群動，空故納萬境。」〔註2〕虛靜而能洞察萬物，空明而能接納萬事。蘇軾認爲，在創作中詩人內心處於「空靜」狀態，有助於更好地觀察萬物。靜，讓人從利害關係中解脫出來，從而擁有自由之特質和內涵。禪定的寧靜，能把世間萬物觀察得更仔細。海納百川，有容乃大。在創作中詩人不執著於事物，才能容納萬物。其作品題材和風格隨著人生境遇之起伏而改變，不沾滯一物一境，萬象紛紜。受佛家思想影響，蘇軾把文學從功利狀態下釋放出來，以文學爲本位，開闢出一片廣闊的疆土。

第二，自然

　　早年的蘇軾追求自然文風，多是個性使然。其率性眞情的情感表達和直抒胸臆的表達方式形成縱橫恣肆、長於議論的文風。到晚年，一番人生閱歷

〔註1〕 王文誥輯注，孔凡禮點校《蘇軾詩集》，北京：中華書局，1982年，2110頁。
〔註2〕 王文誥輯注，孔凡禮點校《蘇軾詩集》，北京：中華書局，1982年，906頁。

和挫折之後，受佛道思想影響，轉而為平淡自然的美學追求，是人生和藝術的雙重成熟。佛家和道家都追求自然適意、寧靜淡遠的自由境界，但由於蘇軾受禪宗自然觀影響，他的詩論自然觀又和受道家思想影響的陶淵明不同。正是受佛家「心能轉物，則同如來」思想的影響，眼中的自然是主體心念的顯現，蘇軾筆下的自然多了份理性：「西湖亦何有，萬象生我目。」當詩人去體驗世界時，西湖的萬象才獲得存在的意義。「凡物皆可觀，苟有可樂，非必怪奇偉麗者也。」（《超然臺記》）這也是宋代詩學的重要特點，理性，主意。所以，蘇軾筆下的淨土不同於陶淵明的桃源淨土，而是唯心淨土。

第三，圓融

蘇軾思想以儒家為主，而兼釋、道兩家。仕途順利時以儒家濟世為主，以天下為己任；遭受貶謫時則不時流露釋、道思想，以樂觀曠達態度對待逆境。佛教對他來說，是一種調節心理的有效方法，他習佛並不是真正地出於虔誠信仰，而是秉著實用主義態度，解決生活中問題。在蘇軾人生觀裏，佛教思想與儒家思想相輔相成，形成他儒表佛裏的人格。在入世中出世，圓融不二。這種圓融的生活態度在他文藝層面的表現就是中道圓融的文藝觀和創作思想，形神並重，文質兼取，風格雜糅，並能打通藝術之間壁壘，體兼眾妙，頗具張力。

參考文獻

一、

1. 王文誥輯注、孔凡禮點校,《蘇軾詩集》,北京:中華書局,1982 年。

2. 孔凡禮點校,《蘇軾文集》,北京:中華書局,1986 年。

3. 四川大學中文系唐宋文學研究室,《蘇軾資料彙編》,北京:中華書局,1994 年。

4. 孔凡禮,《蘇軾年譜》,北京:中華書局,1998 年。

5. 鄒同慶、王宗堂,《蘇軾詞編年校注》,北京:中華書局,2002 年。

6. 張志烈、馬德富、周裕鍇,《蘇軾全集校注》,石家莊:河北人民出版社,2010 年。

7. 李之亮,《蘇軾文集編年箋注》,成都:巴蜀書社,2015 年。

8. 徐中玉,《論蘇軾的創作經驗》,上海:華東師大出版社,1981 年。

9. 曾棗莊,《蘇軾評傳》,成都:四川人民出版社,1981 年。

10. 顏中其,《蘇東坡軼事彙編》,長沙:嶽麓書社,1984 年。

11. 劉國珺,《蘇軾文藝理論研究》,天津:南開大學出版社,1984 年。

12. 曾棗莊,《三蘇文藝思想》,成都:四川文藝出版社,1985 年。

13. 顏中其,《蘇軾論文藝》,北京:北京出版社,1985 年。

14. 謝桃坊,《蘇軾詩研究》,成都:巴蜀書社,1987 年。

15. 黃鳴奮,《論蘇軾的文藝心理觀》,福州:海峽文藝出版社,1987 年。

16. 王世德,《儒道佛美學的融合:蘇軾文藝美學思想研究》,重慶:重慶出版社,1993 年。

17. 朱靖華,《蘇軾新評》,北京:中國文學出版,1993 年。

18. 王洪,《蘇軾詩歌研究》,北京:朝華出版社,1993 年。

19. 朴永煥，《蘇軾禪詩研究》，北京：中國社會科學出版社，1995 年。

20. 曾棗莊，《三蘇研究》，成都：巴蜀書社，1999 年。

21. 王水照，《蘇軾研究》，石家莊：河北教育出版社，1999 年。

22. 曾棗莊，《蘇詩匯評》，成都：四川文藝出版社，2000 年。

23. 林語堂，《蘇東坡傳》，長沙：湖南文藝出版社，2000 年。

24. 陶文鵬，《蘇軾詩詞藝術論》，上海：上海古籍出版社，2001 年。

25. 李廣揚、李勃洋，《瀟灑人生——蘇軾與佛禪》，鄭州：河南人民出版社，2001 年。

26. 曾棗莊等，《蘇軾研究史》，南京：江蘇教育出版社，2001 年。

27. 陶文鵬，《蘇軾詩詞藝術論》，上海：上海古籍出版社，2001 年。

28. 楊勝寬，《杜學與蘇學》，成都：巴蜀書社，2003 年。

29. 冷成金，《蘇軾哲學觀與文藝觀》，北京：學苑出版社，2003 年。

30. 王水照，《蘇軾評傳》，南京：南京大學出版社，2004 年。

31. 鄭芳祥，《出生入死——蘇軾貶謫嶺南文學作品主題研究》，成都：巴蜀書社，2006 年。

32. 中國人民大學中文系，《中國蘇軾研究》，北京：學苑出版社，2007 年。

33. 蘇軾著，劉文忠評，《東坡志林》，北京：中華書局，2007 年。

34. 康震，《康震評說蘇東坡》，北京：中華書局，2008 年。

35. 李國文，《走近蘇東坡》，上海：東方出版中心，2008 年。

36. 王友勝，《蘇詩研究史稿》，北京：中華書局，2010 年。

37. 葛澤溥，《蘇軾題畫詩選評箋釋》，鄭州：河南大學出版社，2012 年。

38. 林語堂，《蘇東坡傳》，長沙：湖南文藝出版社，2012 年。

39. 山本和義，《詩人與造物——蘇軾論考》，北京：中國社會科學出版社，2013 年。

40. 凌濛初輯，《東坡禪喜集》，中國人民大學圖書館館藏善本。

41. 畢沅，《續資治通鑒》，北京：中華書局，1957 年。

42. 脫脫等，《宋史》，北京：中華書局，1977 年。

43. 李燾，《續資治通鑒長編》，北京：中華書局，2004 年。

44. 黃以周等輯注，顧吉辰等點校，《續資治通鑒長編拾補》，北京：中華書局，2004 年。

45. 大正新修大藏經刊行會，《大正新修大藏經》，日本東京，1962 年。

46. 郭朋，《宋元佛教》，福州：福建人民出版社，1981 年。

47. 慧皎，《高僧傳》，北京：中華書局，1982 年。

48. 郭朋，《壇經校釋》，北京：中華書局，1983 年。

49. 方立天，《華嚴經獅子章校釋》，北京：人民文學出版社，1983 年。

50. 普濟，《五燈會元》，北京：中華書局，1984 年。

51. 贊寧，《宋高僧傳》，北京：中華書局，1987 年。

52. 任繼愈，《中國佛教史》，北京：中國社會科學出版社，1988 年。

53. 王志敏，《佛教與美學》，瀋陽：遼寧人民出版社，1989 年。

54. 曾祖蔭，《中國佛教與美學》，上海：華中師大出版社，1991 年。

55. 丁福保，《佛學大辭典》，上海：上海書店，1991 年。

56. 僧祐，《弘明集》，上海：上海古籍出版社，1991 年。

57. 顧吉辰，《宋代佛教史稿》，鄭州：中州古籍出版社，1993 年。

58. 僧祐，《出三藏記集》，北京：中華書局，1995 年。

59. 祁志祥，《佛教美學》，上海：上海人民出版社，1997 年。

60. 黃啟江，《北宋佛教史論稿》，臺灣：商務印書館，1997 年。

61. 方立天，《中國佛教哲學要義》，北京：中國人民大學出版社，2002 年。

62. 劉長東，《宋代佛教政策論稿》，成都：巴蜀書社，2005 年。

63. 楊曾文，《宋元禪宗史》，北京：中國社會科學出版社，2006 年。

64. 僧肇著，張春波校釋，《肇論校釋》，北京：中華書局，2010 年。

65. 閆孟祥，《宋代佛教史》，北京：人民出版社，2013 年。

66. 劉勰著，范文瀾注，《文心雕龍注》，北京：人民文學出版社，1958 年。

67. 嚴羽著，郭紹虞校釋，《滄浪詩話校釋》，北京：人民文學出版社，1961 年。

68. 何文煥，《歷代詩話》，北京：中華書局，1981 年。

69. 葛兆光，《禪宗與中國文化》，上海：上海人民出版社，1986 年。

70. 肖馳，《中國詩歌美學》，北京：北京大學出版社，1986 年。

71. 徐復觀，《中國藝術精神》，瀋陽：春風文藝出版社，1987 年。

72. 程亞林，《詩與禪》，南昌：江西人民出版社，1989 年。

73. 鈴木大拙，《禪風禪骨》，北京：中國青年出版社，1989 年。

74. 李淼，《禪宗與中國古代詩歌藝術》，長春：長春出版社，1990 年。

75. 賴永海，《佛道詩禪》，北京：中國青年出版社，1990 年。

76. 張伯偉，《禪與詩學》，浙江：浙江人民出版社，1992 年。

77. 周裕鍇，《中國禪宗與詩歌》，上海：上海人民出版社，1992 年。

78. 李淼，《禪意與化境》，上海：上海文藝出版社，1993 年。

79. 陳洪，《佛教與中國古典文學》，天津：天津人民出版社，1993 年。

80. 謝思煒，《禪宗與文學批評》，北京：中國社會科學出版社，1993 年。

81. 魏道儒，《宋代禪宗文化》，鄭州：中州古籍出版社，1993 年。

82. 黃河濤，《禪與中國藝術精神的嬗變》，北京：商務印書館，1994 年。

83. 覃召文，《禪月詩魂》，北京：三聯書店，1994 年。

84. 張毅，《宋代文學思想史》，北京：中華書局，1995 年。

85. 朱光潛，《文藝心理學》，合肥：安徽教育出版社，1996 年。

86. 王運熙，顧易生，《中國文學批評通史》，上海：上海古籍出版社，1996 年。

87. 孫昌武，《禪思與詩情》，北京：中華書局，1997 年。

88. 周裕鍇，《宋代詩學通論》，成都：巴蜀書社，1997 年。

89. 周裕鍇，《文字禪與宋代詩學》，北京：高等教育出版社，1998 年。

90. 吳文治，《宋詩話全編》，南京：江蘇古籍出版社，1998 年。

91. 吳言生，《禪宗詩歌境界》，北京：中華書局，2001 年。

92. 皎然著，李壯鷹校釋，《詩式校注》，北京：人民文學出版社，2003 年。

93. 宗白華，《藝境》，北京：北京大學出版社，2005 年。

94. 張節末，《禪宗美學》，北京：北京大學出版社，2006 年。

95. 張培鋒，《宋代士大夫佛學與文學》，北京：宗教文化出版社，2007 年。

96. 孫昌武，《佛教與中國文學》，上海：上海人民出版社，2007 年。

97. 胡遂，《佛教禪宗與唐代詩風之發展演變》，北京：中華書局，2007 年。

98. 張培鋒，《禪的智慧：宋詩與禪》，北京：中華書局，2009 年。

99. 馬奔騰，《禪境與詩境》，北京：中華書局，2010 年。

100. 陳允吉，《佛教與中國文學論稿》，上海：上海古籍出版社，2010 年。

101. 張晶，《禪與唐宋詩學》，北京：新星出版社，2010 年。

102. 張煜，《心性與詩禪——北宋文人與佛教論稿》，上海：華東師範大學出版社，2012 年。

103. 劉洋，《王安石詩作與佛禪之關係研究》，北京：中央民族大學出版社，2013 年。

104. 周裕鍇，《法眼與詩心：宋代佛禪語境下的詩學話語建構》，北京：中國社會科學出版社，2014 年。

二、期刊論文

1. 顧易生，〈蘇軾的文藝思想〉，《文學遺產》，1980 年第 2 期。

2. 祁志祥，〈平淡——中國古代詩苑中的一種風格美〉，《文藝研究》，1986 年第 3 期。

3. 于民，〈空王之道助而意境成──談佛教禪宗對意境認識生成的作用〉，《文藝研究》，1990 年第 1 期。

4. 劉石，〈蘇軾與佛教三辨〉，《北京師範大學學報》，1990 年第 3 期。

5. 孫蓉蓉，〈論古代文學批評中的直覺思維〉，《南京大學學報》，1990 年第 3 期。

6. 孫德彪、劉清豔，〈試談禪宗對古代文論之影響〉，《延邊大學學報》，1991 年第 1 期。

7. 韓經太，〈中國詩學的平淡美理想〉，《中國社會科學》，1991 年第 3 期。

8. 周述成，〈論禪之體悟與審美體悟〉，《文藝研究》，1993 年第 3 期。

9. 楊勝寬，〈佛道思想與蘇軾仕途生涯〉，《西南民族大學學報》，1993 年第 4 期。

10. 孫昌武，〈蘇軾與佛教〉，《文學遺產》，1994 年第 1 期。

11. 鄭榮基，〈蘇軾文藝理論批評和創作思想的核心〉，《中南民族學院學報》，1994 年第 4 期。

12. 鄺文，〈略論蘇軾的禪宗思想及其對其詩論詩作的影響〉，《華南師範大學學報》，1995 年第 3 期。

13. 李康化，〈清曠──東坡詞之美學風度〉，《社會科學戰線》，1997 年第 2 期。

14. 謝思煒，〈禪宗的審美意義及其歷史內涵〉，《文藝研究》，1997 年第 5 期。

15. 普慧，〈慧遠的禪智論與東晉南北朝的審美虛靜說〉，《文藝研究》，1998 年第 5 期。

16. 程國斌，〈二十世紀蘇軾文論研究〉，《暨南學報》，1999 年第 2 期。

17. 謝建中，〈蘇軾〈東坡易傳〉考論〉，《文學遺產》，2000 年第 6 期。

18. 唐瑛，〈從「妙悟」在禪宗史的發展軌跡看妙悟說的內涵〉，《陝西廣播電視大學學報》，2001 年第 4 期。

19. 李凱，〈蘇氏蜀學文藝思想的巴蜀文化特徵〉，《四川師範大學學報》，2001 年第 5 期。

20. 吳洪澤，〈禪悟與蘇詞的創造性〉，《四川大學學報》，2001 年第 6 期。

21. 遲寶東，〈試論佛禪對蘇軾詞之影響〉，《海南師範學院學報》，2002 年第 3 期。

22. 范學琴，〈從《前赤壁賦》看佛禪思想對蘇軾的影響〉，《皖西學院學報》，2002 年第 3 期。

23. 段宗社，〈「妙悟」與「詩法」：試論唐宋以來古典詩歌理論的發展〉，《西安聯合大學學報》，2003 年第 1 期。

24. 高林廣，〈論蘇軾的藝術辯證法〉，《內蒙古社會科學》，2003 年第 4 期。

25. 方立天，〈佛教「空」義解析〉，《中國人民大學學報》，2003 年第 6 期。

26. 芮宏明，〈「妙悟」與唐宋詩學〉，《文藝理論研究》，2005 年第 1 期。

27. 王春豔，〈從「頓悟」到「妙悟」——禪思維向藝術思維的轉化〉，《廣東外語外貿大學學報》，2005 年第 1 期。

28. 張秋蟬，〈論作爲詩學範疇的「空」〉，《安慶師範學院學報》，2005 年第 2 期。

29. 趙青，〈由「以禪入詩」、「以禪喻詩」到「妙悟之說」——中國古代詩歌創作、批評史上一次創造雙贏的溝通〉，《甘肅聯合大學學報》，2005 年第 4 期。

30. 劉宗朝，〈蘇軾詩詞禪學思想及人生觀〉，《新疆廣播電視大學學報》，2006 年第 1 期。

31. 唐德勝，〈妙悟與體道——中國古代「妙悟」鑒賞說的哲學基礎與歷史演變〉，《廣州大學學報》，2006 年第 9 期。

32. 李向明，〈蘇軾禪理詩生成的文化背景〉，《求索》，2007 年第 1 期。

33. 妞肖寒，〈試論蘇軾的「自然」論文藝觀〉，《社會科學輯刊》，2007 年第 2 期。

34. 宋國棟，〈論美學「空」範疇的產生內涵及意義〉，《中國文學研究》，2007 年第 1 期。

35. 翟玉肖，〈儒、道、佛思想對蘇軾人格魅力的影響〉，《文教資料》，2007 年第 2 期。

36. 阮堂明，〈論蘇軾對「水」的詩意表現與美學闡發〉，《文學遺產》，2007 年第 3 期。

37. 吳洪激，〈略論蘇軾詩詞中的禪玄風味和審美情趣〉，《東坡赤壁詩詞》，2008 年第 4 期。

38. 衛芳，〈論蘇軾詩詞中的哲學底蘊及精神突圍〉，《鄭州大學學報》，2008 年第 5 期。

39. 陳希，〈蘇軾詩詞禪學思想及人生觀〉，《瀋陽農業大學學報》，2009 年第 2 期。

40. 倪武業，〈「空」的美學意蘊淺析〉，《中國礦業大學學報》，2009 年第 4 期。

41. 肖占鵬、劉偉，〈智者的悟語——論蘇軾禪意詩的當代價值〉，《天津大學學報》，2010 年第 2 期。

42. 李瑩，〈「妙悟」的審美特徵〉，《寧夏社會科學》，2011 年第 6 期。

後　記

　　佛學，把我引入新的天地。其精湛的佛教義理、浩瀚的書籍海洋，讓我萬分驚喜、感動！而蘇軾在某種程度上又將精湛的佛教義理以形象、詩意的文學創作表達出來，以鮮活的生命形象詮釋佛學義理，其蘊含佛教哲理的文學創作給人以美的享受。「人生到處知何似？應似飛鴻踏雪泥」，對人生空漠、無常的感歎，是佛教般若空的形象詮釋。「歸去，也無風雨也無晴」，更是以達觀的心態消釋了貶謫的苦悶，比起以往失意的文人多了份曠達，而這正得益於佛家思想和文化的滋養，也是蘇軾人格形象在文學史上的獨特魅力所在。蘇學、佛學浩瀚如海洋，由於水平有限，文章還有很多不足之處，敬請專家批評指正！感謝導師陶禮天教授的支持和悉心指導！